世界经典文库

世界二十大名著

傲慢与偏见

第七册

描写当时社会的世间百态　折射女权主义的价值光辉

图文珍藏版

[英]奥斯汀⊙著

马博⊙主编　王茵⊙译

线装書局

图书在版编目（CIP）数据

傲慢与偏见 / (英) 奥斯汀著 ; 马博主编. -- 北京:
线装书局, 2016.1(2021.6)
（世界二十大名著）
ISBN 978-7-5120-2006-1

Ⅰ.①傲… Ⅱ.①奥… ②马… Ⅲ.①长篇小说－英
国－近代 Ⅳ.①I561.44

中国版本图书馆CIP数据核字(2015)第258797号

傲慢与偏见

作　　者：［英］奥斯汀
主　　编：马　博
责任编辑：高晓彬
出版发行：线装书局
地　址：北京市丰台区方庄日月天地大厦B座17层（100078）
电　话：010-58077126（发行部）010-58076938（总编室）
网　址：www.zgxzsj.com
经　　销：新华书店
印　　制：北京彩虹伟业印刷有限公司
开　　本：710mm × 1040mm　1/16
印　　张：14
字　　数：170千字
版　　次：2021年6月第1版第2次印刷
印　　数：3001－9000套

定　　价：4980.00元（全二十册）

线装书局官方微信

目　录

第二部

第三部

导 读

《傲慢与偏见》是闻名遐迩的英国现实主义女性小说家简·奥斯汀的杰作。她的作品题材较窄,基本上都是描写她所处的那个阶层的爱情故事,但她观察仔细,文笔细腻,生动而深刻地描述了那个时代生活的许多层面,具有鲜明的时代性。

简·奥斯汀(1775—1817)生于英国南部汉浦夏斯蒡芬屯的一个基督教教区长的家里。她从16岁便开始写作,仅为娱乐家人之用。《傲慢与偏见》《曼斯菲尔德庄园》《爱玛》《诺桑觉寺》《劝导》等,后两部于她死后第一次用真名发表,附有作者小传,人们才知道她的简单身世。

这些作品往往用诙谐戏谑的喜剧手法,以青年男女爱情婚姻为主题,写出一些平常故事,给我们勾画出资产阶级社会初期,封建保守势力还很顽固的乡村生活场景,奥斯汀的写作态度非常严谨,写人写事,精雕细琢,一丝不苟。她自己就说:"我用一枝如此精细的笔,在一块两寸宽的象牙上绘画……"她对自己作品的评价是恰如其分的。

她的作品阐明了恋爱婚姻的伦理道德观,真实地反映了许多人性最本质的特点,又具有较强的现实性。威廉·莱昂菲尔普斯曾说:"奥斯汀是世界上最重要的文学艺术家之一,而《傲慢与偏见》又是她的代表作。"总之,《傲慢与偏见》受到一代又一代读者的喜爱,得到评论家如此重视,不愧为世界文学宝库中的珍品。

第一部

第一章

我们不可否认如此一个真理,那就是钱钞充裕的单身汉想做的第一件事常常是要找一位女士成家,这可是一条毋庸置疑、深入人心的真理。难道不是吗?你看,假使有一位单身汉刚搬到一个新住处,即便周围的邻居们对他并不熟悉,但任何有闺女的户主都会把他当成自己将来的女婿,而其他的人别想有机会染指。

有那么一天,贝内特夫人问她的丈夫贝内特先生:"亲爱的,你是不是了解内瑟菲尔德庄园已经被别人租下来了?"她丈夫回答她说,他没有听任何人跟他说过此事。于是贝内特太太就自顾自地说道:"我敢确定,的确已经租给别人了。原因是刚才朗太太过来时,她把所有情况详详细细地告知了我。"而贝内特先生依旧是一语不发。此时的贝内特太太早已讨厌她丈夫的漫不经心了,就向他大声问道:"你真的就如此无动于衷到底由谁承租的吗?""假使你真的想叫我明白,那我听听也无所谓。请说下去吧!"

经过贝内特先生的同意,贝内特太太就开始了她的故事:

"是的,亲爱的贝内特先生,听我说。不久前来过的朗太太说了,是一位英格兰北部的阔少爷租下内瑟菲尔德庄园,那位阔少爷星期一那天坐着一辆驷马马车去看房子时觉得非常满意,当场就与莫里斯把一切的事宜都说明白了。他还说趁米迦勒节日到来之前,先搬到新屋去住,在下个周末之前吩咐几个仆人先过来照看、收拾一下房子。"

"那么这个人是姓什么的呢?"贝内特先生问道。

"他姓宾利。"贝内特太太干脆地回答。

"那么这个宾利是已婚还是未婚呢?"

"当然是单身的了,我已经弄得明明白白。亲爱的,这个单身汉阔佬每年的收入有四五千镑呢!那可不就是女儿们上辈子修来的福分了?"

"你这话真让我难以理解!他有钱跟咱们的女儿们有什么关系呢?"贝内特先生说道。

"我亲爱的贝内特先生啊,你的脑子实在太不好用了。真是叫人厌烦透顶!实话和你说吧,咱们的闺女那么多,一定有一个适合做他的太太的!"贝内特太太提高了嗓门说道。

“我清楚你的意思了,那么说他搬到这周围来住的目的就是这个吗?”

“蠢货!什么目的啊?你怎么这么说?我又如何明白他到这里来住的动机是什么啊?我的意思是说,或许他到此处定居以后还能看上咱们几个女儿中的一个呢!因此说,只要他搬过来,你立即就得去他府上拜访他!”

“我并不这么想,根本没有必要嘛!为何非得让我亲自去做这事儿呢?照我看只要你带着女儿们过去就行了,或者叫女儿们自己去登门拜访也可以了。我觉得,这样做的效果也许会更好些。无论如何,你年纪又不大,你的魅力绝不比女儿们中任何一个差,说不好啊,到时候那个宾利先生会首选你呢!”

“我的先生,你实在是太给我面子了吗?在这之前,我的确有过耀眼而光芒闪耀的风光日子,可现在我都马上黄脸婆了,怎么能和年轻的姑娘们抢风头呢?我都是有五个待嫁闺女的母亲了,哪还有心思琢磨自己的美德和一个男人有什么关系呢?我只是诚心诚意地帮咱们的女儿们着想。”

“喔!按你这么说,你是如此关心咱们女儿的终身大事而丝毫不含自己的私念?”贝内特先生漫不经心地说。

“行了,在这方面,咱们没必要较劲。我只是想对你重申一次,只要宾利先生搬过来,你必须得过去与他见上一面。”贝内特太太说。

“我还是把我的意思说得再明白一些:我是肯定不能照你的意思去做的!”

“女儿是咱俩共同的,身为父亲,你为何不帮她们想一下呢?只要那五个姑娘中有一个嫁过去了,那就是咱们一家的大喜事了。这样的亲家你不要,你还想找什么样的啊?威廉爵士夫妻俩也要去的,他们不也是怀着这样的念头而去的吗?一般情况下,他们对新来的邻居是充耳不闻、视而不见的。这次他们主动拜访,目的已经非常明显了。你是我们家的男主人,你首先去拜访他之后,我们母女几个也才好采取行动啊!”

“你真不愧是处理问题周到细致的人!那个宾利先生能看见你,也算是他的荣幸。你去的时候可以带上我的亲笔信,也就是叫他明白,不管他看上咱们的哪个女儿,我都会百分之百地同意的。可是,我一定会记得给小莉齐说上几句顺耳的话。”

“求你别这样做,我会感到为难的。其他的女儿哪个都比莉齐要强不少:就比方说,简比她要漂亮有魅力;莉迪亚的脾气也比她要温柔有耐心。我就是弄不清楚,为何你总是对她特别呵护呢?”

“我们的所有女儿没有一个称得上是真正好的。她们与其他人家的姑娘全都一个样儿,都是又傻又笨,我就是觉得莉齐相对而言要机灵一些。”贝内特先生回答道。

“我的先生啊,你为何这般贬低自己的孩子,这可真叫人费解!你心中根本就不关注女儿们的终身大事,我那脆弱的神经根本经不起你这样打击啊!”

“亲爱的夫人,你误会我了。对你那些脆弱的神经,我确实够尊重的了!为何是打击它们呢?无论如何它们也是与我共同生活了二十多年的伙伴,在此段时间里,你总是适时地向我提醒我要注意它们的存在。”贝内特先生闷声说。

“哎呀,我的命实在太不好了！连你也不理解我遭受的罪。”

“我想,现在这里搬来了一位年收入四五千镑的有钱人,你会很快好起来的,这不用太大的担心。”

“你都不肯亲自去拜访他,就算是搬来二十个阔少爷,跟我们有何关系!”

“这就不劳您费心,亲爱的！等搬来了二十个这样的人,我肯定会一个个去登门拜访的。你觉得这个主意怎么样?”

这个与常人有异而脾气古怪的贝内特先生有两个鲜明的特点:第一个是不善言辞,性格多重性。哪怕与他生活了二十三年的太太,也对他拿捏不准;第二个是乖巧诙谐,挖苦人的本事比任何人都强。可他的那位太太就没有那般让人费解了。她脑子想的东西非常简单,智商没有那么高,见识也非常浅薄,喜欢耍小女人脾气,喜怒无度,稍有不如意的事就会让她觉得又触动那根脆弱的神经。她认为自己生命中的首要大事是为几个女儿找到如意郎君。她平日的爱好是去串门拜访亲朋好友和打听各类消息。

第二章

贝内特先生是第一批去拜访宾利先生的人之一。应该说,在他心里,早就打定主意要去拜访宾利先生的,只是他太太整天在催促他,他在表面才不答应的。这件事是他拜访宾利先生回到家后的当天晚上,才让他太太知道。事情的透露经过是这样的,当时,贝内特先生看着他二女儿正在装扮帽子,就对她说:

“莉齐,如果宾利先生能喜欢你这顶帽子就好了。”

他的那位太太则满腹牢骚地说:“我们根本就没有去拜访宾利先生,又怎么知道人家喜欢什么东西呢?”

伊丽莎白则说:“妈妈,你怎么就忘了呢?我们是要在舞会上与他见面的,朗太太还答应把他介绍给我们呢。”

而这会儿更让贝内特太太来气:“谁会相信朗太太呢?她自己就有两个侄女,这个自私自利又两面三刀的女人是绝对不会为别人着想的。我才看不惯她这个人呢!”

贝内特先生则说:“我对她也是看不顺眼。你并不指望她来帮忙,这很让我感到欣慰。”

他的太太不想理睬他,又忍不住要出气,就找茬儿骂起自己的女儿来了:

“基蒂,别总是那么一副咳嗽相！看在老天爷的面子上,我那脆弱的神经可经不起你这么折腾！你体谅一下我的苦衷,别让我的神经崩溃了!”

贝内特先生也附和着说:“基蒂呀,你真是没有自知之明,要咳嗽也得拣个好时辰啊!”

基蒂来气了,本来身体不舒服就难受却又无端受指责心情更难受,说:“我又不是咳着玩的,你们以为这样我愿意啊?”

“莉齐,你们的下一次舞会是在什么时候啊?”

“还有两个星期吧,从明天开始算的话。”

贝内特太太则说:“喔,原来是这样子啊!朗太太要到舞会开始的前一天才能回到家呢。那么说她根本就不可能把你们介绍给宾利先生了,她自己根本就没有机会认识他。”

“这么说,亲爱的,你不就是十分方便了吗?到时候可以反过来把她介绍给宾利先生,这样你就比她有多一些优越感。”

“贝内特先生,我自己都还没有认识他呢,又怎么能把朗太太介绍给他呢?那是办不到的!就你爱捉弄人!”

“亲爱的,你还真让我佩服你的审慎呢!才认识两个星期当然说不上是认识充分了,谁又有那么大的本事在两个星期内就把一个人给了解透彻呢?但是话也得说回来,在这件事情上,咱们不捷足先登的话,别人可是不会拱手相让的!总而言之,朗太太和她的侄女终究也是要认识宾利先生的!如果说到时候你不肯给她们做介绍的话,那让我来介绍好了,这样做也不至于让朗太太觉得我们是有什么不良居心。”

贝内特先生所有的女儿们都目瞪口呆地看着他,他太太则愤愤地说了一句:“真是无聊透顶!”

这个时候的贝内特先生则大声地说道:“你在瞎叫什么啊?难道你觉得给别人做介绍讲点礼仪是无聊透顶的吗?你这个看法我可不敢苟同。玛丽,你的看法呢?在我心中,你可是一个富有主见和洞察力的姑娘,你平时看的都是鸿篇巨制,还能动手做札记。”

而玛丽确实有发表见解的想法,只是一时无从表达。

贝内特先生则继续说:“还不如趁玛丽在思考的时候,让我们再来谈一谈那个宾利先生。”

他太太则大嚷了起来:“别说了,我讨厌宾利先生!”

“太让我觉得意外了,亲爱的。还真让我难以相信这句话是从你嘴里说出来的呢!只是让我觉得纳闷,你为什么不早些对我说明白呢?如果在今天早上我去拜见宾利先生之前我听到这样的话,那我就不会去拜访他了。很不凑巧,我已经去见过他,我们也就避免不了要结识他。”

她们几个全部都一脸的惊愕,这正合贝内特先生之意,他的太太更是吃惊不小,半天说不出一句话。当她们反应过来之后,就一起欢呼雀跃起来。这时贝内特太太对他们几个说:“其实,我早就想到会是这个样子的。亲爱的贝内特先生,你的心肠真好!我就相信我会把你说服过来。既然你也是那么关心女儿们的事情,又怎么会轻易放弃这样的一个大好时机呢?这样的朋友是可遇不可求的。真是让我有了个意外的惊喜!我早上就已经去过了,可直到刚才才说出来,这不就是与我们开了一个很大的玩笑吗?”

“基蒂,这会儿你可以随心所欲地咳个不停了。”贝内特先生一边对女儿说,一边走出了房间。当他看见自己的太太那欣喜若狂的样子时,真有些不忍心再多看她一眼。

把门关了起来,贝内特太太转身对她的几个女儿说:“孩子们,你们多幸福啊!有这么一个关心你们疼爱你们的爸爸。我不知道你们怎样做才能报答他的好心好意,以及我对你们的关心。不过,我可以告诉你们,像我们这个年纪的人,很少有人有兴趣天天去结识新朋友;可是,为了你们大家好,我们是心甘情愿去做任何事情的。莉迪亚,我的心肝宝贝,虽然说你是最小的,但我敢说,在舞会上,宾利先生肯定会找你跳舞的。”

莉迪亚则一副漠不关心的样子:“我知道,我根本就没有担心过什么。我年纪小,可我的个子是最高的。”

那个晚上,那母女几个一直就在猜测着宾利先生什么时候会回拜贝内特先生,也在讨论着她们什么时候请他到家里来吃一顿饭。

第三章

虽然说她们母女总共有六个人一起向贝内特先生问长问短的,可贝内特先生就是不给她们一个满意的答案。于是这六个女人就千方百计地向这个男主人套话,包括采用了露骨的盘问,以及千奇百怪的假设以及不着边际的猜想。不管这几个女人手段再高明贝内特先生也能应付过去,结果是这几个女人不得不宣布告退。后来她们只好到邻居卢卡斯太太那儿去打听间接的消息。卢卡斯太太赞不绝口地告诉她们,宾利先生十分受威廉爵士的喜欢,虽然他年轻,可是一表人才,为人又十分随和。最让人振奋的消息就是他准备请很多人来参加下一次的舞会,这可是一个再好不过的消息了!谈情说爱的可靠步骤就是对舞蹈有兴趣。所有的女性都渴望在舞会上取得宾利先生的青睐。

回来后,贝内特太太对她丈夫说:“如果我能让一个女儿幸福地住到内瑟菲尔德庄园的话,我就感激不尽了。如果其他几个女儿也能嫁给这样的好人家,就是咱们前世修来的福分。”

没过几天,宾利先生来回访贝内特先生,他们两个人在贝内特先生的书房里大约坐着交谈了十分钟的时间。本来,宾利先生早就听说这家主人有几个年轻貌美的小姐,希望能借此机会见见她们,但后来只是见到了男主人。那些幸运的小姐们当时就围在楼上的窗口边,看见了他穿着一件蓝色套装骑在一匹黑马上。

不久之后,贝内特先生向宾利先生发出了请柬,请他到家里去吃饭。贝内特太太心里特别高兴,她老早就拟好了菜谱,她要借此机会把她作为女主人的当家本领给宾利先生见识见识。不过,没能按计划进行,因为宾利先生来信说,他第二天要进城去，无法接受他们的盛情邀请。宴请被推迟了，这很让贝内特太太担心。她觉得宾利先生才到特福德郡没几天，又要进城去，难道有什么不测之事？她心里有顾虑："难道这个宾利先生是漂泊不定的人吗？他总是那样子来去匆匆？难道他真的不会在这里长时间地住下来？"还多亏卢卡斯太太给她说过，没准他到伦敦是多叫一些人来参加舞会，这才让贝内特太太得到了稍许的安慰。很快，邻居们就传说开来了，说宾利先生要从城里带回来十二位女宾和七位男宾。那些小姐们听到了这阴盛阳衰的数字，不禁有些担心。后来到舞会开始的前一天，又有人说宾利先生从伦敦带来的不是十二个女宾，而只有六位——他自己的五个姐妹和他的一个表姐妹，这总算让那些小姐们大为放心。最后等到宾客们步入舞会时，总共才来了五个人——宾利先生，他的两个姐妹，他的姐夫，一个青年。

仪表堂堂的宾利先生一副真正的绅士派头，和蔼可亲的态度，大方得体的举止，真真切切的是一个有实力的人物。他的那些姐妹们都是窈窕淑女，仪态万方。他的姐夫赫斯特先生给人的印象是像个绅士。不过，他的那位朋友达西先生十分迅速就引起了所有在场人的注意：他不仅身材伟岸，举止文雅有气质，又眉清目秀，精神抖擞。他到场还没有五分钟，人们就私下里议论开了，说他每年的收入有一万镑。男宾们众口一词地说他仪表堂堂；女宾们则说就连宾利先生也没有他漂亮英俊。整个舞会几乎在一半以上的时间里，人们都是满眼羡慕地注视着这个不仅有财又有貌的先生。不过，后来，是他的言行举止引起了公众的愤慨，人们对他的评价大打折扣。他其实是个目光清高、自高自大而且傲视所有人的人，不能与人们沟通。所以，他在人们心目中的形象已经一落千丈了。人们已经不再羡慕他的财产比德比郡的还多，也不再看好他的相貌了，反而觉得那副面孔很讨人厌。他根本就不配与宾利相提并论。

而宾利先生不用多长时间就与全场所有的主要人物都结识了。他浑身充满朝气，和蔼可亲，无拘无束。又跳了所有的舞曲，到后来对大家说舞会散得太早，说不久他也要在内瑟菲尔德庄园开一次。他这样的好脾气，水到渠成的就博得了公众的更好评价。

宾利先生和他的那个朋友两个人给人的印象有多大的差别啊！达西先生只跟赫斯特夫人和宾利小姐分别跳了一次舞。当别人想向他推荐其他的小姐时，他却是全部拒绝掉，全然不理不顾。几乎是一个晚上的时间，他都是在舞厅里走来走去，虽然也偶尔与别的人说上那么一两句话。这个人真有个性！可以说，他算得上是世界上最清高最让人难以接受的人，没有人不希望他早点滚蛋的，更希望以后再也不要见到像他这样的人了。在讨厌他的人中，又算贝内特太太为第一了。本来嘛，达西先生的所有言行举止都让人不能接受，更不用说后来他又得罪了她的一个女儿。所以，她对达西先生的不喜欢马上就转变成了憎恶。

整个舞会中，由于男宾人数相对于女宾来说太少了，所以，伊丽莎白·贝内特只好干坐着等了两曲舞。那个时候，离她不远的地方，那个清高傲慢的达西先生在那儿一个人站着。后来宾利先生从舞池里走了出来，用了几分钟来与达西先生谈话，让他去请女宾跳舞。

“达西，来吧！”宾利先生说道，“我必须让你去跳舞，让你一个人傻乎乎地在这里干站着，我心里挺难受的。你还是来一曲吧！”

“我是不会去跳的。如果说有个与我十分熟悉的好舞伴的话还行，现在这种情况那么让我失望，让我讨厌跳舞。在这个舞会上的舞伴简直让人受不了。你的两个姐妹跳得还行，可她们都与别人跳了。我已经找不到合适的舞伴，其他的人都让我觉得是活受罪！”达西先生不满地说。

“你比我要挑剔得多，”宾利说话的声音也提高了起来，“我是绝对不会像你那样做的！说句心里话，你今晚的表现我从来没有见过，今晚有那么多漂亮的小姐，你还高兴不起来。你看那边，不就有好几个漂亮的小姐吗？”

“你当然不会比我挑剔了，整个舞厅里仅有的一个漂亮小姐都当了你的舞伴，你还能挑剔吗？”达西先生一边说一边望着与宾利先生跳舞的贝内特家的大小姐。

“是啊！像她这么漂亮的小姐我还是第一次看到。我跟你说，她有个妹妹，就坐在你后面呢。那位小姐也是很漂亮的，十分惹人喜爱。还是让我来给你们俩做个介绍吧！”

达西转过身来问：“你指的是哪一个呢？”边说边朝伊丽莎白看了看。刚好伊丽莎白也朝他看了一眼，他立即就收回了自己的注意力，很没精神地说：“这个小姐还行，但是要说能打动我的心，还有很大的一段距离！现在这种情况，我可是没有好心情去抬举那些坐冷板凳的小姐。你呢，也别在这里对我说什么了，还是回到你的舞伴身边去，免得让她也受冷落。她的笑容还是挺迷人的嘛！你的时间耗在我身上很没有价值。”

于是，宾利先生觉得再说也是白搭，就走过去跳舞。达西觉得更没有意思，也走到别的地方去了。而伊丽莎白依然坐在她的座位上，对达西先生觉得更讨厌。由于她生来就是性格开朗活泼，苦中作乐，喜欢给自己找乐趣，所以后来，她还是十分有兴趣把这件事说给她的亲朋好友们听。她觉得这么可笑的事情不与大伙一起分享实在是太可惜！

不过，那个晚上，贝内特一家还是过得十分快乐的。敏感的贝内特太太很快就发现了，她的大女儿是那么受内瑟菲尔德那帮人的喜欢。宾利先生就同她大女儿跳了两曲舞，而且就连他的两个姐妹也很看重她。简跟她母亲一样觉得十分自豪，不过，她是一个不那么喜欢自我吹嘘的人，说的话比她母亲说的少得多了。伊丽莎白也为她姐姐感到十分高兴，毕竟她不会因为自己的事情而心情不好。玛丽、凯瑟琳和莉迪亚都十分幸运，每曲舞都能有男舞伴，这件事对于她们三个人来说，都是十分重要的。玛丽也听到了别人向宾利小姐说自己的好话，夸奖她是那一带所有姑娘中才华最出众的人。舞会结束后，那兴高采烈的母女几个回到了朗伯恩。她们在这个村子里算得上是有名望的住户。当时，贝内特先生还没有休息，正在他的书房里看书。这个贝内特先生嗜书如命，只要书到手上，就爱不释手，也废寝忘食。不过，当那母女几个回来时，他还是放下了手中的书本，饶有兴趣地向她们打听舞会的情况。因为她们几个对舞会都寄托了深深的厚望,到底有什么收获呢?他本来还以为他夫人对新来的邻居大失所望呢,谁知道,一看她那神采飞扬的表情,就知道,他所想的都错了。

他太太一进房间就大叫了起来:"我亲爱的贝内特先生,这个晚上的舞会简直是棒极了!我们每个人都过得十分快活!你是我们家的男主人,没有去参加,真是太可惜了!我们的简是舞会上最走红的明星!简直取得了轰动效应。她是公认的美人,而且在宾利先生的眼中,她更是一位大美人,他们俩还一起跳了两曲舞呢!就单单这一点,你仔细想想有什么意义吧!亲爱的,所有的人都知道了宾利先生和简跳了两次!所有的姑娘中,就算她最走运,得到了宾利先生的第二次邀请。我看清楚了,宾利先生最先邀请的是卢卡斯小姐,可是明眼人都看得清楚,他们在一起是多么不协调,让别人看着就觉得难受!所以,宾利先生是没有一点感觉的。大伙也都知道,对像她那样的人,谁都不会有兴趣的。当我们的简走下舞池的时候,宾利先生全部的注意力都被吸引住了!他马上就向别人打听她的名字,让别人给他做介绍,马上又请她连跳第二次舞。他第三轮是和金小姐跳的,第四轮是和玛丽亚·卢卡斯,第五轮又是跟简跳,第六轮是跟莉齐,还有那布朗热舞。"

贝内特先生已经听得不耐烦了,就大声嚷道:"如果宾利先生也能体谅体谅我的话,他就不会与那么多人跳舞了,起码得减少一半!看在上帝的分上,求你别再提他的那些舞伴了!我真希望他的脚踝子在一开始就被扭伤。"

贝内特太太则说:"我亲爱的先生,我可是很喜欢他的!他是那么英俊有魅力!他的那两个姐妹也是那么让人喜欢!她们穿的衣服,我这个生活在这世界上几十年的人,也才第一次看见这么漂亮的衣服!十分讲究!那些衣服上的花边啊,我敢保证……"

贝内特先生已经没有性子听她唠唠叨叨那些华丽衣服的情况,不得不打断了她的话。她也只好改换了话题,态度十分刻薄而且用过分夸张的语调来说达西先生的令人厌恶的种种言行举止。她还不忘了补充说:"他不喜欢咱们的莉齐,我们的莉齐才看不惯他那狂妄自大的表现呢!这么让人恶心的讨厌鬼,根本就没有必要去认识和巴结他!还自以为了不起,清高自大目中无人,谁能受得了?他在整个舞厅到处瞎逛,还自诩是个了不起的大人物,可是,满屋子的人都鄙夷他。还嫌弃别人不够美丽,配不上他!简直就是没人喜欢他!亲爱的,如果你也在场,最好给他一次教训,让他尝一尝被打击的滋味!这个人真是让人讨厌极了!"

第四章

简在大家面前并不流露自己对宾利先生的爱慕之情,只有当她与伊丽莎白两个人单独在一起的时候,她才说自己是多么喜欢宾利先生,并且,几乎是佩服得五体投地。

“这是个不常见的好青年，不仅有自己的见识，而且还有好脾气，活泼开朗、平易近人。我还是第一次看见这么好的人，既严肃又活泼，既有气质又有教养。”

伊丽莎白也说道：“他是个人见人爱的英俊的年轻人。年轻漂亮，又有财富，就是一个完美无缺的人了。年轻就是资本，更别说他又这么一表人才，而且还有不少的年收入。”

“你不知道，当他第二次来邀请我时，我简直是受宠若惊！做梦都没有想到他会这样给我面子，我都乐坏了！”

“你真的没有想到他会这样做？嗯，我可是早就想到了！所以说，我与你之间的差别就在这里。别人抬举你，你会觉得浑身不舒服。我可不会这样，我会觉得那是很自然的事情，他请你跳两次舞，是理所当然的。谁都不会那么有眼无珠，你那么漂亮，他早就看出来了。他可不想让像你这么美丽的小姐受冷落，他是那么样想才来向你献殷勤，你根本用不着心怀感激，更用不着措手不及。他呢，是个公认的可爱的男子汉，你喜欢上了他，我也很替你高兴呢。哎，你以前可是喜欢上了不少不合格的人呢！”

“你讨厌，莉齐！”

“简，我知道你是个感情十分丰富的人，很容易喜欢上异性。你总是看到别人的可爱之处，而很少发现他们的不足之处。你觉得天下是好人的世界，没有坏人，没有讨人厌的人。在你心里，所有人都是完美的人。对别人，无论是谁，你从来就没有说过一句不满意的话。”

“我只是说我心里想的话，我觉得责难别人没有什么好处。”

“我相信你讲的是真话，可是，正是这一点，让人觉得奇怪。你可是个聪明伶俐的人，怎么会分不清别人的缺点与优点呢？那些人可都是那么无聊和又笨又傻。很多人都假装是办事公开，是老实人，这是很正常的现象。不过，如果开诚布公得干脆利落，只是一味地承认别人的长处或者还过分地夸大其词，对他们的短处只字不提；也就是说，心胸坦荡得让人佩服，也没有什么心计要算计别人，这样的人只能是你了。按照这样来分析的话，就连宾利先生的那两位姐妹，你也喜欢她们呢？她们的风度可是与宾利先生有天壤之别呢！”

“是这样子的，刚开始时看上去还比不上他。但是，只要你跟她们聊天之后，你就会发现她们可爱的地方了。宾利小姐要和他哥哥宾利先生住到一起，住在那儿给他料理家务事。我心里总是这么设想，今后，她和我们肯定会是好邻居的。”

默不作声的伊丽莎白心里不敢苟同简的观点。她倒觉得那姐妹俩在餐厅里的所有的行为，目的并不是想与人友好。伊丽莎白的观察力比她姐姐简的要更加敏锐和准确，况且她脾气也没有简的那么温柔有耐心。但是她是极有主见的人，绝对不会因为别人对她特别好或特别坏而会把自己的主意改变掉。所以说，凭着第一印象不好，她就很难再改变主意去对宾利先生的两个姐妹产生好的感觉了。虽然说宾利先生的两个姐妹都是十分让人喜欢的人，不过，她们的确是太傲慢。她们由于人长得标致可爱，每个人都拥有两万磅的财产，也在城里的第一流的私立学校里接受了教育。可是她们有钱做经济后盾,就花钱如流水,挥霍无度。她们俩只愿意与上层社会的人来往,在各方面都自视清高,视别人比不上她们。她们引以为豪的是她们出身于英格兰北部的一个十分体面的大家族里,任何时候,她们都是不会忘记这个的。不过,由于她们兄妹几个人的财产都是来自当时上层人看不起的做生意,所以她们最不愿意向人提起的就是这件事情。

宾利先生从他父亲手里得到了差不多十万英镑的财产。当时他父亲的最大愿望就是购买一份房地产,只是后来他心愿未了就告别人间到天堂去了。幸好宾利先生也有此意,他还早就留意在什么地方购置房地产。现在,他手里也购买了一幢满意的房子,另外还有一个大庄园供他打猎游玩。凡是认识他的人都知道,宾利先生是个和蔼可亲的人。没准他今生就全部在内瑟菲尔德度过呢,而让他的后代去操办购置房地产的事情。不过,他的两个姐妹都十分热切地盼望他早日拥有自己的房地产。如今虽然他还只是作为房客在那里居住,不过,他的妹妹却是十分乐意替他管理家务。而他的姐姐即赫斯特夫人因为嫁的丈夫是个财产不足却十分爱摆绅士派头的人,所以,她一有机会,就会把弟弟家当作自己的家来住。宾利先生成年还不够两年的时间,只是随意听人介绍,不由自主热情冲动地要到内瑟菲尔德来看房子。他把整幢房子全部看个遍,花了半个小时,觉得房子的位置和主房间都十分让他满意,另外还有房东在一旁夸奖房子的好处,他便表示要立即租下来住。

别看达西先生和宾利先生是性格迥然不同的人,但他们却是一对特别要好的朋友。达西先生发现舞会上的姑娘们除了宾利小姐之外,再也找不到又漂亮又有气质的小姐了。他对谁都漠不关心,没有哪位小姐让他动心,没有人能引起他的注意。虽然他也觉得简长得美丽动人,不过,他不喜欢她那么爱笑。但是,宾利先生与他不同。宾利先生觉得自己头一次看见那么多漂亮可爱的小姐,每个人都是可爱极了。所有的人对他都很好,也十分在意他,彼此之间无拘无束。所有的人与他在很短的时间内就彼此很熟悉了。他觉得简是所有姑娘中最最温柔漂亮的,在他眼里,是绝色的天使。可是宾利先生的姐妹俩同意达西先生的意见,认为简是个爱笑的甜美人,也很喜欢她,总爱说她是个甜姐儿,能够与她交个好朋友。宾利先生觉得自己的姐妹也这么看好简小姐,心中也很满意,认为今后对她朝思暮想也不过分。

第五章

卢卡斯一家是与贝内特家特别要好的邻居,他们就住在离朗伯恩不远的地方。卢卡斯全名为威廉·卢卡斯,他是一位爵士,以前曾经在梅里顿做生意,赚了不少钱。在他当那个小镇的镇长时,他给国王上了一书,于是就获得国王授予的爵士称号。他十分器重这个称号,对做生意不感兴趣了,也不愿意在那个小镇住下去。于是他就彻底地不做生意,离开了那个小镇,举家搬到了离梅里顿大约有一英里远的一所房子里住了下来。当他们搬进去时,给他们的房子起名为卢卡斯小屋。

在卢卡斯小屋附近,卢卡斯爵士可以心安理得地想一想他那让人羡慕的身份,又加上由于住在这里能够摆脱以前事务的麻烦,他就全心全意地让自己讲文明和讲礼貌。虽然说他已经是身为爵士,可是,他却没有以此自傲自居,反而因此变得更加谦和温柔。他对所有的人都很关心,也很诚实可靠,接待人物都十分亲善温和。自从那次觐见国王后,他更加注重自己温文尔雅的形象。他的太太也是一个十分和蔼的女性,她不是那种会拍马屁的机灵女人,所以,与贝内特太太做邻居倒也相安无事,而且还成了好邻居。卢卡斯夫妻膝下有几个小孩,大女儿已经二十七岁,是伊丽莎白的至亲好友,也是个机灵聪明的小姐。

卢卡斯家的小姐们和贝内特家的小姐们总爱凑在一起谈论她们每次参加舞会的趣事。所以,当她们从宾利先生那儿参加舞会回来后的第二天,卢卡斯家的小姐们就迫不及待地赶到了贝内特家,要与好朋友一起交流一下感觉,分享舞会的快乐。

见贝内特太太十分有分寸又很客气地说道:"夏洛特,昨晚的舞会,你开了个好头,值得庆祝呢。宾利先生第一个邀请你跳舞。"

"说是这么说,可是,我知道,宾利先生更喜欢和第二个舞伴跳舞。"

"你说的是简吧?简曾经二次作了他的舞伴。也许他真的很喜欢简——我个人的看法也是这样,他是很喜欢和简在一起——不过,有人对我说了一些事情,就是连我也有些莫名其妙的关于鲁宾逊先生的一些情况。"

"你指的是什么呢?是我在随意之中听到的鲁宾逊先生和宾利先生说的话吗?是不是我没有跟你说过呢?当时鲁宾逊先生问宾利先生是否喜欢梅里顿的舞会,还问了他是否觉得那些姑娘都很漂亮,以及他看上了哪一位小姐。我记得当时宾利先生二话没说就脱口而出说他最喜欢简小姐(即贝内特大小姐),这已经是很明显了的,我也觉得无可厚非。"

"太让人觉得意外了!他的态度一开始就这样明确!也许,好像还有可能会一切落空呢?"

夏洛特则不太同意她的意见,说:"伊丽莎白,我敢保证,我所了解的情况比你所了解的情况更有说服力。大家都公认,达西先生所说的话比他朋友宾利先生说的要逊色一些。可是,伊丽莎白,只不过是还能勉强凑合吧。"

"请你不要再向莉齐提起,达西先生的粗鲁言行已经让她生气了。这个达西先生不讨人喜欢,却是那么不讨人爱。谁让他爱上了就算是不幸运。昨晚我还听朗太太说起过,达西先生虽然有半个小时是坐在她旁边的,却从来不跟她说一句话。你说,这能算什么呢?"

简也开口说道:"妈妈,你所说的话都准确吗?没有丝毫偏差?可是,我却亲眼看到达西先生跟朗太太谈话了的。"

"不说那个了,那只不过是朗太太首先开口问他对内瑟菲尔德是否喜欢,你说他能不回答一下吗?朗太太还告诉我,说当时他那表情让人怪不舒服的。"

简说道:"关于达西先生,我从宾利小姐那儿了解到,他是个比较少话的人,一般地说,只有跟熟人在一起,他才比较爱说话,而且态度也比较平易近人。只因为我们跟他都是第一次见面的陌生人。"

"你说的这些话我可不会相信,我的宝贝!如果让我相信他是个平易近人的人,我怎么解释朗太太跟我说过的话呢?但是,也不难解释,大家都认为他是目光清高的人,一定是有人跟他说过朗太太家里没有马车,只是到去参加舞会时才临时请了一辆马车而已。"贝内特夫人解释说。

卢卡斯小姐说道:"我可不会去关心他是否和朗太太说话,但是,他应该邀请莉齐跳舞,哪怕是只有一次。"

贝内特太太说:"换了我是莉齐啊,下一次他要是来邀请我和他跳舞,我还不接受呢。"

卢卡斯小姐接着说:"他那样子真是骄傲得让人喘不过气来。不过,这一切都是很正常的,像他这样的人,不仅外表长得好,而且还是家财万贯,出身条件这么优越,该值得骄傲的资本都具备了,他能不引以为豪吗?所以,我就说他再怎么骄傲、目中无人都是在情理之中的。"

"是的,他有条件也有权利这么做。"伊丽莎白说道,"问题是他已经极大地伤害了我的自尊心,让我怎么去原谅他的骄傲自大、目中无人的良好的自我感觉呢?"

从来都觉得自己是很有高见的玛丽说:"我个人的看法是,几乎所有的人都会犯骄傲这毛病的。我读过的书不少,书里已经告诉我关于骄傲的一些道理。骄傲是一种通病,人们总是会轻而易举地犯这种毛病。原因是某个人有了某种值得骄傲的资本,暂且不管它是真的还是假的。总之,是能给人带来自豪的东西或事物,就会让人飘飘然不知道其他人的存在。在我们的身边,也不乏其人。虽然说虚荣与骄傲有一些关系,但它们绝对是两个不同概念的词,只是它们在某些情况下可以当作同义词使用。不过呢,人是可以骄傲的,却不能爱虚荣。我们对自己的看法指的是骄傲;别人想了解我们有什么想法就是指虚荣方面。”

“如果我也有达西先生那样多的财富,我可不会在乎别人说我骄傲、自命清高什么的,反正,我得拥有自己的一群大猎狗,而且我每天起码要喝一瓶酒。”卢卡斯家的一位小兄弟提高嗓门说道。

“那我敢向你说,你喝的酒过量了!要给我看见你拎着酒瓶倒酒,我会马上动手阻止你的。这样对你身体多不利啊!”贝内特太太说道。

那位小伙子不同意,说她不能让他扫兴。贝内特太太则说她一定会那样做的。他们两个人你一句我一句地争论了起来,一直到客人起身告辞,才结束那没有意义的争辩。

第六章

没过多久,朗伯恩的女士们就到内瑟菲尔德去拜访了那里的女士们,而很快内瑟菲尔德的女士们也按风俗作了回访。可爱的贝内特大小姐的确招人爱,越来越让宾利先生的姐妹赫斯特夫人和宾利小姐喜欢。虽然说简的母亲让人觉得难以接受,而且她的几个女儿也没有必要去深交,不过,宾利先生的姐妹俩还是觉得贝内特家的两位大小姐是值得交朋友的。惊喜万分的简很高兴自己得到她们的赏识,但是伊丽莎白却觉得宾利先生的姐妹俩态度也是清高自大,目中无人,就算是对她姐姐简也如此,让她接受不了。她无法喜欢那姐妹俩,她心里知道,她们之所以还对简好一些,只是因为她们的兄弟宾利先生对简爱慕的原因。当他们俩在一起的时候,所有的人都看得出来,那是很般配的一对。宾利先生是那么喜欢简小姐,而简小姐更是一见钟情于宾利先生,到现在已经陷得很深,几乎不能解脱。伊丽莎白早就看到了这一点,她很开心,看到这样好的进展。她知道,简是个很含蓄而感情又丰富的人,虽然她对宾利先生爱得难舍难分,可是她仍然能在众人面前做到很平静地笑盈盈地样子,因为她是个温柔平静的女孩,所以也就很难让大家看出什么破绽了。不过,伊丽莎白还是很高兴地把这件事与自己的好朋友卢卡斯小姐说了。

夏洛特回答说道:“如果简向大家瞒住这件事的话,就算是有意思的;不过,这样躲躲闪闪在某些时候也不合算。如果一个姑娘用这种遮遮掩掩的技巧来向自己的爱人隐藏了自己强烈的爱慕之情,这样就会永远没有机会取得他的喜欢了;同样,如此一来,就算她一个人认为自己有本事蒙住全世界其他人的眼睛,其实也没有什么人能给她带来好运了。男女两个人如果都心里想着对虚荣的爱慕和对恩情的回报的因素的话,就不去追求一个好的结果,这样最终往往都是不可靠的。刚开始的时候也许都不会很正式,本来,双方都有好感就是一个好的开端。但是,如果没有对方的哪怕是一小点儿的鼓舞,那么另一方是很少能够有勇气表白自己的爱慕之情的。百分之九十的女人表达出来的爱意要比她心里面想的还要多得多。所以说，现在宾利先生对你姐姐有意思，你必须助她一臂之力，否则的话，就只能永远停留在喜欢这一层次上了。实在是应该让他们进一步发展下去的。”

“就简的脾气性情来说，我是应该帮她的忙。她一开始就对他有意思，就连我也早就发现，只是苦于宾利先生没有发现，也许是他不够聪明吧。”

“哎呀，伊丽莎白，宾利先生怎么能像你那样对简了如指掌呢？”

“当一个女人爱上了一个男人的时候，女方不会故意隐瞒她的意思，男方也应该有所觉察，再笨的人也不会反应那么迟钝啊！”

“我倒有个主意，如果能让他们经常见面的话，宾利先生就会有所发现了。虽然他们两个见面的机会也不少，只是他们每次见面的时间都太短，都还来不及了解对方呢。更何况每次他们见面时，总不能两个人单独在一起，其他乱七八糟的人一大堆，这更是阻碍他们两个人谈心。我说呢，若是让简抓住时机，千万不要错过什么机会，一定要分秒必争。等到有一天能把他的心套住了，再好好地与他谈情说爱，还是可以的。”

伊丽莎白回答：“用你的这个办法来对待只想找个有钱的老公的女人还可以奏效。如果我也有心要去找个有钱的老公，或者只是很随机去找个能嫁的老公的话，我肯定会按照你所说的来做。只可惜咱们的简不是这样的人。她从来就不会使用心计来讨男人的欢心。就说现在吧，她自己也还没有清楚自己到底对宾利先生的爱有多深，到底爱得是否合适。因为他们俩认识才只有两个星期的时间，而且他们两个人在梅里顿一共只跳了四曲舞。某一个上午她到了他府上，两个人见过一面，然后他们两个在一起吃了四次饭。你说，他们俩就这么一点浅浅的交情，让她如何去深入了解他呢？”

“可是，你说的并不能代表全部的事实吧？如果说他们俩只是在一起吃饭的话，我们的简小姐可能已经发现了他有什么好胃口。我给你说啊，他们在一起总共有四个晚上呢，这四个晚上就非同寻常了。”

“你说得对，他们两个人在那四个晚上都了解到对方喜欢玩二十一点，两个人都不爱玩科默斯。我倒是发觉他们两个人对彼此的性格特征都了解得不多，只是很少很少的一部分。”

夏洛特说：“我是真诚地希望简能够获得这位如意郎君的欢心。就算明天他们两个要结婚，我也还会认为她是世界上最幸福的人的，因为这样会比用一年的时间来了解他的脾气性格要好。我还认为，幸福美满的婚姻完全是随机的事情。就算两个人都很了解对方的脾气性格，而且他们有很相似的脾气性格，也不见得他们的生活就是很幸福。两个人的脾气会越来越不相投，渐渐地就有了分歧。我的看法是，如果你已下定决心要和一个人过上一生一世，那么必须得对对方的优点缺点了解得清清楚楚。”

“啊，我的夏洛特啊，你这个人真逗！话又说回来，我却认为你的话说得不太合适。你要是也知道自己的决定有不合适之处，就不会那么做了。”

伊丽莎白这个人一心想着帮自己的姐姐取得宾利先生的欢心，全然没有想到自己让宾利先生的朋友达西先生慢慢地注意了起来。刚开始的时候，达西先生对她没有一点好感，觉得她不够漂亮动人。当时在舞会上他对她没有一点爱慕之情，他第二次见到她的时候，对她纯粹是为了找毛病的。他那时候还向他的朋友们说了她的外表一无是处，不过很快就对她改变了态度。他迅速发现伊丽莎白那双乌黑亮丽的眼眸充满了美丽动人的气质，让整个脸庞充满了机灵聪明的灵气。而且，很快从她身上又发现了好几个让他折服的优点。他每次都是十分挑剔地看着伊丽莎白，总觉得她的身上存在太多的缺陷，或者是什么地方长得不够得体，或者是另一处生得不够完美。但他还是得坦诚地承认，她的整体形象还是可以的，她小巧玲珑，让人赏心悦目。他也曾经对着众人信誓旦旦地说她身上没有上层人应该有的风度和气质。可是，她那招人喜爱的调皮模样又让他流连忘返。不过，所有的这些情况，伊丽莎白都还是蒙在鼓里。由于他一开始就觉得她不够漂亮，没有资格作他的舞伴，这已经让她觉得这个人是不受人欢迎的。

而达西已经留意她，希望与她深交下去。他首先是多注意她与别人说话，总会目不转睛地注视着她的一举一动。这样做了多次之后，伊丽莎白很快就发现，当时他在威廉·卢卡斯爵士家是作为满堂宾客中的一员，而她也是宾客之一。

伊丽莎白对夏洛特说："真是的，达西先生这样听我跟福斯特上校两个人聊天有什么意思呢？"

"我也不知道，这个问题嘛，解铃还须系铃人。"

"如果下次我再发现他这样做的话，我就会让他清楚，他那么做是绝对瞒不过我的。这个专门挖苦别人的家伙成天就想找别人的茬儿，我不给他一个下马威，他不会收敛。否则的话，就是他把我给制服了。"

真是说曹操，曹操就到！才说他不久，达西先生就朝她们两个人这方向走了过来。他那样子不很像要过来跟她们俩聊天，不过，卢卡斯小姐还是引导朋友把刚才的话题向他说一遍。伊丽莎白也觉得没有什么妨碍，就转过身去面对着他说：

"你好，达西先生，刚才我和福斯特先生说好了，要他在梅里顿举行一次舞会，你认为这个主意如何呢？你会觉得我说的话很合适吗？"

"不错啊！对于小姐们来说，舞会不就是最有意义的事情吗？"

"你总是那么对人不够宽容！太刻薄了！"

"这会儿轮到他来感受被人讥讽的滋味了。我到那边去打开钢琴，你来主持下面的活动，伊丽莎白。"卢卡斯小姐说道。

"这个人真让人捉摸不透，也不先看看是谁，就要我来弹琴唱歌。我又不是一心一意要在音乐这方面风光一回，所以，我是不会感谢你的好意的。事实就是这个样子，所有的来宾以前都是听第一流的演奏家的表演，我又怎么敢献丑让大家扫兴呢？"但是，卢卡斯小姐就是不让她有后退的余地，苦口婆心地劝说她出来露一手。伊丽莎白拗不过她，只好同意，就说："既然你这么说，不怕我丢人现眼，我又有什么担心的呢？大不了就当众出一回丑吧！"很快地，伊丽莎白又绷着脸庞瞧了一眼达西先生，对他说："我还算记得那句话，想来在场的各位也都知道那句话，也就是留口气息来把热粥吹凉！我也就暂且给自己留口气来唱唱歌吧。”

伊丽莎白的演奏在大家看来还不觉得是很好，不过也是挺有意思的。后来她只唱了两首歌，大家又鼓掌要求她再来几首。但是这时她还来不及做出答复，她的妹妹玛丽就迫不及待地坐到了钢琴面前。在贝内特家的五个姐妹中，长得最不好看的就算是玛丽了，她虽然也很想用“先天不足，后天补”的方法来弥补这个缺陷，就在学问上刻苦用功，充实自己的才干与知识，所以，总不放过任何展示自己才华的好机会。玛丽是属于那种既没有天赋又没有情趣的人，虽然说由于她还有上进心刻苦好学，不过这也让她形成了学究派头和迂腐、陈旧的作风。就是这方面使得她即使是造诣再高深，也达不到理想效果。她的姐姐伊丽莎白的琴弹得没有她的一半好，不过由于伊丽莎白给人的印象好，也就是她的一举一动都让人得到的是舒服的享受，很自然，很真实。所以，大家都比较爱听她弹琴。而玛丽呢，当她弹完了那支长曲之后，还想按她的两个妹妹的请求再演奏几曲苏格兰和爱尔兰的小调子来取得大家的夸奖和吹捧，她十分痛快地继续弹下去。但是，她还来不及高兴，她的两个姐妹和卢卡斯家的几个小姐还有另外的两三个军官，像赶集似的急忙走到房间另一头去跳舞了。

而当时达西先生就在他们不远处站着，沉默不作声的他只是光顾看着别人欢乐地欢度良宵。他不跟其他人说话，心中也积蓄了一些怨气。心中有事的他丝毫没有发觉到威廉·卢卡斯爵士此时已经在他身边站立多时。威廉先生先开口，说道：

“达西先生，你也是年轻人，为什么不喜欢年轻人的这种娱乐方法呢？有比较就有鉴别，还是跳舞最合适作为上流社会的高雅的娱乐方式。”

“是的，先生。跳舞是一种很不错的娱乐方式，不论是上流社会，还是下等社会都相当流行。就算是不文明的人也很会跳舞呢。”

“你的朋友的舞跳得十分出色，而且，我发现，你与他的舞技都不相上下。”威廉爵士微笑着说。很快宾利先生也过来了。

“爵士先生，你是否在梅里顿见过我跳舞呢？”

“是的，先生，看你跳舞就是一种享受。你以前经常到宫里去跳舞吗？”

“还从来没有去过呢，先生。”

“我还真难以相信你不肯赏脸到宫里去呢。”

“如果说能推脱得开的，我又何必去赏脸呢？”

“那么，你在城里有自己的房子吧？”

“是的。”达西先生还点了一下头。

“我也曾经计划要到城里长期住下去，因为我本人是很喜欢过上流社会的生活的。只是我还不能保证我太太是否能适应伦敦的空气。”

爵士有意停了下来，希望达西先生能回答他的话。但是达西先生却无意对他的话表示任何兴趣。刚好那个时候伊丽莎白往他们那个方向走了过来。卢卡斯先生脑子一转，就借机大献殷勤：

“喔，亲爱的伊丽莎白小姐，这么巧你也不跳舞啊？达西先生，现在请你允许我来为你介绍这位伊丽莎白小姐，她是一位非常合适的舞伴。现在有如此漂亮的佳丽给你作舞伴，你还会拒绝跳舞吗？”他一边说一边准备把伊丽莎白的手交给达西先生。达西先生首先是很惊奇，也想接过伊丽莎白的手。不过，伊丽莎白很快就抽回了自己的手，而且神情有些不对劲地对爵士先生说：“先生，我本来就不想跳舞的。如果你认为我是过来跳舞的，那么你就错了。”

这时达西倒是热情地邀请伊丽莎白跟他跳舞，不过，不管他怎样劝说，都说服不了她，就连爵士也无法说服她：“伊丽莎白小姐，众所周知你的舞跳得那么好，就算是让我饱一次眼福，这总不算是过分的吧？而且，这位达西先生平时跳舞不多，可他是个不错的带舞人。给他赏脸半个小时，这还不至于妨碍你的大事吧？”

而这时伊丽莎白微笑着说：“这位达西先生过于客气了。”

“他是有些客气。但是，亲爱的伊丽莎白小姐，面对这样的场面，他多礼也是有道理，更何况像你这样的舞伴可不是随便能找得到的。”

但是，伊丽莎白还只是狡猾地瞧了一眼他们两个人，转身就走开了。她的拒绝并没有让达西先生生气，反而让他心中甜蜜蜜地想念着她呢。而这个时候，宾利小姐朝他走了过来，并向他打招呼：

“我能知道你现在心中想的是什么。”

“我说你猜不着。”

“你肯定也是与我想一样的事情：这个晚上跟他们这样的人在一起真没劲，简直就无法再呆下去。从来没有什么事情让我这样生气过。这些人又吵又闹又庸俗不堪，没有什么特长又自命清高。如果你也说几句话，我会觉得心中舒服一些的。”

“跟你说实话吧，你把意思全部弄错了。我现在脑子里全部都是快乐美好的事情。我总在想着，一双聪颖的眼眸长在一个漂亮女人的动人脸庞上，是一副多么美丽的画面！有多大的吸引力啊！”

宾利小姐很快就目不转睛地盯着他看，盼望从他那里得到答案，到底是哪位有魅力的小姐让这位达西先生能动心。而这时的达西先生直言不讳地告诉她：“伊丽莎白·贝内特小姐。”

“伊丽莎白·贝内特小姐？你的话真让我吃惊！你被她迷住有多长时间了？啊，那我什么时候向你道喜呢？”宾利小姐语气中有些不屑地说。

“女人嘛，就是这样子的。我早就知道你会这样问我的。你们女人天生就有敏锐的想像力。你们总是把事情想得太美好，看男女两个人之类问题是从喜欢、爱慕一下子就跳跃到恋爱，再从爱恋一下子跳跃到结婚。我知道，你会是最早向我道喜的人的。”

“看你那严肃正经样，我就觉得这件事有好苗头啦，并且是百分之百有把握。你那位可爱之至的岳母大人可是很好的喔！你跟她在彭伯利住上一辈子是求之不得的吧？”

达西先生对她放肆的讽刺话似听非听，十分镇定。而他这样纹丝不动的样子，任由宾利小姐尽情地喋喋不休,她把他戏弄了大半天才作罢。

第七章

贝内特先生的全部财富包括在那一宗每年有两千镑进贡的房地产上。由于他没有儿子,按照英国法律规定,女儿无权继承父亲的财产,所以,他的女儿们算是太不幸运了。这桩好事由他的一个远房亲戚来继承,这是一个十分幸运的人。而她们的母亲即贝内特太太的家私,虽然对于像她那样的家境来说已经是可以的了,可是却很难补得上贝内特先生的资金短缺。她的父亲以前是梅里顿的一名律师,分给了她四千英镑的遗产。她有个妹妹嫁的丈夫是她们父亲的秘书即菲利普斯先生,也是由他来继承她们父亲的事务。在伦敦她还有个兄弟在从事着一项收入颇丰地位不错的生意。

梅里顿与朗伯恩村之间的路程只有一英里,这样贝内特家的几位小姐要到梅里顿去就方便多了。每一周她们都要去梅里顿三四次,去看望她们的姨妈,也总爱顺路到一家女帽店去逛一逛。特别是两个小些的妹妹凯瑟琳和莉迪亚,逛女帽店是最疯狂的。由于她们年轻不经事,不像她们的姐姐们想得那样多。一旦她们没事可干时,就到梅里顿去。她们一般都是早上出发的,这样可以打发掉早上的时间,为生活找点快乐,到晚上的时候,也能增添一些谈话的资本。由于乡下新闻很少,她们到了姨妈家之后,就千方百计地从姨妈那里打听一些新鲜事物。而当时,她们住的附近来了一个民兵团,这个团要在那里驻扎一个冬天,团部就设在梅里顿。这样,就给她们提供了丰富的新闻线索,她们俩更是乐此不疲了。所以,她们每一次去看望菲利普斯太太时,都有很大的收获,因为她们总能找到一些最有意思的消息带回来。每个消息里都会有几个新的军官名字和他们的社会关系,而且这些军官们的住处成了人人皆知的情况,她们也很快就认识了他们。由于菲利普斯先生一开始就去拜访了所有的军官,所以他的外甥女们很容易就找到了通向幸福的道路。从此以后,这两个妹妹口口声声都与那些军官有关。对于贝内特太太来说,宾利先生是很有钱的人,足以让她一提到他就神采飞扬。但是对于那些小姐们而言,宾利先生与她们眼中的军官的制服压根不能相提并论,她们觉得宾利先生分文不值。

在某个早上,她们姐妹几个又在兴高采烈地谈论着上面的话题,贝内特先生听到了,就不屑一顾地说:

"你们说话的神气让我看得出来,你们是再笨不过的两个笨姑娘了。本来,我还是有些怀疑的,如今,我敢百分之百地肯定。"

有些不知所措的凯瑟琳听了父亲的话就慌了起来,没敢吭声。而莉迪亚很镇定,完全不理会父亲的话语,还一个劲儿地说她是多么地喜欢卡特上校。由于他第二天上午就要去伦敦,十分渴望当天能见到他。

贝内特太太则有些责怪她的丈夫："我想不明白，亲爱的，她们可是自己的女儿，你怎么会那么喜欢说她们蠢笨呢？我就是看不惯世界上其他人的孩子，也绝对不会说自家女儿不好。"

"既然我自己的小孩不够聪明，那我就会有自知之明。"

"是的，你的话没错。但是，事实上，我们的孩子没有不聪明的。"

"这让我很高兴，因为我终于发现了我与你之间的一个分歧的意见。我当然是希望，咱们两个在每一点意见上都达成一致。但是，就说咱们的两个小女儿，要说她们聪明的话，我可不会与你的意见一致的。"

"我的贝内特先生啊，你怎么能够指望你的女儿这么年轻就像她们四五十岁的父母亲一样有理智呢？如果她们现在也有我们这个年纪，你就是让她们再去谈论什么军官的，我看她们也未必就肯再说了。我记起来了，当我也处在她们那个年龄时，有一段时间也十分喜欢军人穿的红制服，就是到了现在，我还是对红制服挺有好感呢。如果说现在有一位年轻英俊而每年有五六千镑收入的上校在追求我的一个女儿，我是会高兴得无法形容的。在威廉爵士家里的那天晚上福斯特上校就穿着一身军装，那样子真是让人赏心悦目，看起来又有风度又有气质。"

莉迪亚却大声叫道："妈妈，我听姨妈说，现在福斯特上校和卡特上校没有以前那么勤去沃森小姐家了。姨妈总看见他们到克拉克图书馆去看书。"

贝内特太太正要说些什么，就看见一个男仆人走进来，并递给贝内特大小姐一封信。这封信是由内瑟菲尔德送过来的，男仆人站在屋里等着送回信。贝内特太太高兴得喜上眉梢，当她女儿看信的时候，这位做母亲的大声问：

"简，快告诉我们，是谁写给你的信？里面写了些什么事情？快点吧，告诉我们，我们都要等不及了。"

简告诉大家："是宾利小姐写来的信，我读出来给你们听吧：

亲爱的小姐：

希望你今天大发慈悲，到这里来陪我和路易莎吃晚饭。否则的话，我们就要成为冤家了。成天就只有两个女人在一起，说着说着就会吵了起来，总会吵得不可开交。见信后，请速前来。我哥哥要和他的朋友到军官那边吃晚餐。

你永远的朋友

卡罗琳·宾利"

"啊，他们要到军官们那里吃晚饭，真是奇怪，姨妈没有告诉我们说有这件事，难道她也不知道吗？"

贝内特太太则说："真不幸，要上别人家去吃饭。"

而这时简问道："我是否可以坐车子过去？"

"亲爱的，这可不好，你还是骑马过去比较好。天阴下来了，如果要下雨的话，你就有可能要在那儿住下来。坐车还不如骑马好。”

伊丽莎白说：“妈妈，如果真的像你说的那样，他们不会送她回来，这样反倒是一件好事呢。”

“也是啊，那些男宾们肯定会乘坐宾利先生的马车到梅里顿那里去的，而赫斯特夫妻俩只有车没有马。”

“不过，我觉得还是乘马车去好。”

“好孩子，我跟你说，你父亲那里是用马的，因为农场上要用到马，没有空闲。是吧，贝内特先生？”

“嗯，农场上总是用马，几乎没有让我用的时候。”

“今天如果让你有机会用上，妈妈的心事也就少一桩了。”伊丽莎白说。

后来，在她的连续催促下，她父亲才承认家里的几匹马全都已经派上用场了。所以，简只得骑着别的一匹马到内瑟菲尔德去。当她母亲送她出门时，满脸喜色地祝愿天气一定要变坏，雨下得越大越好。后来让她如愿以偿，就在简出门不多久的时间里，果然下了很大的雨，除了她们的母亲一个人高兴外，所有的妹妹都十分着急。大雨不停地下了一整个晚上，简就只有在内瑟菲尔德留宿了。

贝内特太太不止一次地说：“我就知道我的话会应验。”好像是说如果她不说那些话的话，就不会下雨了。但是，我们也看到，贝内特太太的心愿的实现连着带来了很大的幸福，为她的女儿。到第二天早晨吃完早饭时，她们又收到了内瑟菲尔德的发送来的另一封信，是给伊丽莎白的，信中说：

> 亲爱的莉齐：
>
> 今天早上我发现自己特别难受，估计是昨晚路上受雨淋而酿成的病。这里热心的朋友让我先养好病再回去，他们一定要为我请来琼斯先生给我检查身体——不过，你们千万不要吃惊，就算是琼斯先生来给我看病，我也只是患了点轻微的头痛和喉痛而已，其他的一切都好。
>
> 姐字
>
> 即日

伊丽莎白把信念完了，贝内特先生就对他太太说：

“亲爱的夫人，如果你的女儿患了严重的病，或者赔上了性命，我们大家的心可能还会好受点。再怎么说，她是奉你的命令去大胆追求宾利先生的。”

“你那嘴巴就吐不出人话！她肯定不会送命的。轻轻地一点伤风就要了人的命，那还了得？还没有那么脆弱的人，这我还敢保证。只要她不出宾利家，她是啥事也不会有的。我现在倒想找一辆车子去看望她。”

最为着急的还算是伊丽莎白，虽然也找不到车子，她还是决定走着过去看望自己的姐姐。由于她不会骑马，她把自己马上要步行去内瑟菲尔德的决定告诉了大家。

她母亲则在一边大嚷了起来:“这孩子真笨！刚下过雨,全是泥泞的道路,我真想不到你是怎样想到这个主意的！你就不怕你一身泥泞的样子让内瑟菲尔德的人看见了很没面子吗?”

“我才不管他们怎么看怎么说呢！只要让我见到了简就行!”

她父亲则说:“莉齐,你这不是在逼我给你派一辆马套车吗?”

“我根本就不是这个意思,走路难不倒我。既然我已下定决心要走路去了,还怕什么路不好走?不就是三英里路吗?晚饭前我就赶回来。”

“你的义举让我感动!”玛丽说,“不过,我得提醒你一句,千万不能一时冲动而头脑发热,得用理智来战胜你的感情冲动。我的意思是,只要你有那份心意就行了。”

“我们两个跟你一起到梅里顿去。”两位小妹妹凯瑟琳和莉迪亚对伊丽莎白说,她也同意。于是三个姐妹一起步行着离开了家。

在路上,莉迪亚说:“如果我们赶得及的话,还有可能会碰见卡特上校呢,他不可能那么快就出发到伦敦去的。”

在梅里顿,三个姐妹就分手了。两个小妹妹取道去一位军官太太的家,而伊丽莎白一个人继续往前走。她健步如飞,急急忙忙地穿过了无数的田野和跨过了无数的栅栏以及众多的水沟,最后她终于看到了那座房子,她姐姐此时就在那里面养伤。赶到那房子时,她两腿已经酸软得几乎抬不起来。袜子上全是泥巴,脸红扑扑的,也气喘吁吁的。

仆人把她领到了早餐厅,除了简之外,所有的人都在那里。大家看见她那个模样进来,都十分吃惊。宾利先生的两个姐妹觉得这么大清早一个姑娘家踏着泥泞之路赶三英里来看她姐姐,让人百思不得其解,而且还是一个人自己来的呢！本来,伊丽莎白自以为他们会轻视她这一举动,不过,他们还是很客气地招待了她。宾利先生很友好而又有礼貌地与她打过招呼,还让仆人接待她。赫斯特先生一言不发,只顾一心一意地想着他的早饭。而达西先生向来就不爱多说话,他心里其实还有些矛盾。他也想着伊丽莎白是否有必要一个姑娘徒步走这三英里路赶过来,他发现了伊丽莎白由于赶路而引起的娇艳红扑扑的脸蛋更加动人。

伊丽莎白询问了她姐姐的情况,知道情况不是很好。当时她姐姐由于晚间没有休息好,早上还不能自己起床,还发着高烧,只能呆在房间里。他们马上就把伊丽莎白领去看她姐姐,这让她感到很欣慰。本来简并不说她希望有个家人来看望她,因为她怕家里人担心她病得很厉害,让他们放不下心。现在眼前来了妹妹,让她觉得十分惊喜。她还是很弱,不能多说话。宾利小姐向她们姐妹俩告辞时,她也只能说两三句表示感谢的话,因为他们待她那么多。那时屋里就只剩下简和她妹妹伊丽莎白了。

宾利先生的两个姐妹吃过早饭后到简房间来陪她聊天。她们对她那么热情和关切,让伊丽莎白改变了对她们的评价,觉得她们还可以,有了一些好感。后来琼斯医生也赶到了,为简做了检查,说她因为淋雨而得的重感冒——这大家都知道;

还说他会努力让她早日康复的，并让简在床上休息，也开了几种药给她服。都照着医生的嘱咐来做了，但是简的体温又上升，而且头也痛得更加难受。伊丽莎白寸步不离简的房间。由于男士们全部都出去了，宾利家的两位女士无事可干而经常来看望简。

下午三点钟，伊丽莎白很勉强地向宾利小姐说了自己要回家的意思，因为她觉得自己也该回家去了。宾利小姐答应让仆人用马车送她回去。本来，伊丽莎白是这样想的：稍稍做个样子推辞一下，就接受主人的盛意。不过简不愿伊丽莎白这么快就回去，让她多陪自己一些时间。宾利小姐也改变了主意，不派马车了，请她在内瑟菲尔德暂时住下来。伊丽莎白十分感激主人的好意，很快就让一个仆人到朗伯恩去告诉她家里人，说她留宿下来，并让仆人带些衣服过来。

第八章

下午五点钟，宾利家的姐妹俩出去换衣服了。到了六点半的时候，她们就派人来请伊丽莎白去吃晚饭。所有的人都是很有礼貌，很关心简的病情，特别是宾利先生更为关心简，他总是询问得很细致。伊丽莎白很高兴看到宾利先生的表现，只是她给的答案不是让人振奋的消息。简的病情没有半点的好转。那宾利两姐妹听说了简的病情没有好的迹象，就好几次地重复说她们十分担心和忧虑，说她们对重感冒感到恐怖，还说她们对生病最讨厌，简直让她们受不了。不过，刚说过这些话她们马上就兴高采烈地谈别的话题了。这样让伊丽莎白十分看不惯。简不在她们面前，她们就对简的情况十分冷漠，在简面前她们只不过是装出来的关心罢了。这样子使得伊丽莎白再一次对她们两个人产生了不好的感觉。是的，在饭桌旁边的人中，除了伊丽莎白和宾利先生之外，就没有人是真正关心简的了。宾利先生真的是十分担心简的病情，而且对伊丽莎白也是关心得周到、体贴。所以，也只有宾利先生是让伊丽莎白感到满意的人。伊丽莎白本来以为自己是没有接到主人家的邀请而来的客人，会受到主人的冷落，但现在有了宾利先生的关心和体贴之后，她就开始消除了自己心中的一些不安和负疚感。不过，也只有宾利先生一个人对她好，其他的人对她都不是很热情。宾利小姐成天就想着与达西先生聊天，想讨他欢心。她的那位已婚的姐姐也是几乎将全部的精力投到达西先生身上。而那个懒骨头赫斯特先生，虽然他就坐在离伊丽莎白十分近的地方，却是一副对其他事都不闻不问的样子，除了吃喝和玩牌之外。本来他还能偶尔和伊丽莎白说上一两句话，可是，当他发现伊丽莎白只吃那盘家常菜而偏偏不吃那众多的美味佳肴比如蔬菜炖肉片等时，就不再与她说话了。

急急忙忙吃过饭的伊丽莎白很快就回到简住的那个房间去。她刚走出饭厅，宾利小姐就迫不及待地造谣中伤她。说她沉默寡言而举止粗鲁，并且不懂礼节又态度傲慢，不懂得上流社会的规矩，而且又没有情趣，枯燥乏味，而且长得又不好看。真是要模样没模样,要气质没气质。宾利先生的姐姐也同意她妹妹的观点,还说:“她没有一点是值得认可的,除了她可以当长跑队员以外。瞧今天早上她那副狼狈模样,跟一个疯子有什么不同呢?”

“是的,就是一个疯子,路易莎。一想起来,我就忍不住要大笑。你们说,她这么跑一趟,值得吗?还说是为了她姐姐的病情呢!不就是一点伤风吗?这也用得着她如此疯狂地跑过来?哎呀!她那头发乱糟糟的,十足的乡巴佬!”

“说得不错!她那条衬裙更是让人过目难忘。也许你们都没有看见她那条漂亮极了的衬裙,我敢对上帝保证,所说全部是实话,起码有六英寸都沾满了泥巴。虽然她使劲地想扯外面的裙子来遮住里面的衬裙,可是没有作用。”

宾利先生这时开口说话了:“路易莎,你所描绘的一点也不错,但是,我有自己的看法。我发现今天早上伊丽莎白·贝内特小姐进屋时的模样十分可爱,至于你们说的沾满了泥巴的衬裙,我却没有看到。”

“达西先生,你说呢?你肯定看到了吧?我想你是不会心甘情愿看到她这样狼狈的,对吧?”宾利小姐问道。

“是的,你说对了。”

“刚下了一整夜的大雨,她就踩着到脚踝深的泥浆,一个女孩子连走带跑赶了三英里,或者四英里或者是五英里的路,谁知道她的目的是为了什么呢?我只是觉得她这样做实在是让人讨厌恶心之至。根本就不讲究体面,只有乡下人才会做得出来!”

“她是因为对她姐姐的深切关心和顾虑才这样做的,不正是姐妹之间手足情深的表现吗?这应该是很让人感动的才对呢。”宾利先生说。

宾利小姐语气怪怪地问达西先生:“达西先生,你以前曾经那么爱慕她那双美丽动人的眼睛和那张甜美的脸庞,现在她的行为如此冒失无礼,是否对你产生了什么负面的影响呢?我看她在你心目中的好印象大大地打折扣了吧?”

“什么负面影响也没有,反而让我产生了更好的感觉。长途奔波后,她那双眼睛更加有魅力了。”达西先生很平静地说。屋子里沉默了一会儿。赫斯特夫人又开始了她的议论:

“她的姐姐简·贝内特倒是个很招人爱的小姐,我非常看重她。我觉得她应该嫁个好人家,就可惜她的父母是那个模样,而且她的那些亲戚都是没有好地位和好身份。要想投靠那些亲戚,可是没门了。”

“似乎有人对我提起过,她们有一个姨父在梅里顿当律师。”

“不错,我还听人说,她们有个舅舅住在伦敦专门销售珠宝、绸缎的奇普赛德一带。”

“这不就是挺好的吗?”宾利小姐补充了一句,跟她姐姐赫斯特夫人得意地大笑了起来。

宾利先生说道:“她们本来就惹人爱,她们的舅舅再多,能住满奇普赛德街也是与她们没有任何关系的啊!”

达西先生说话了:“这样的话,就会影响到她们要成功地嫁给有钱有地位的丈夫。”

两个宾利小姐很是得意忘形地嘲笑着贝内特小姐的那些没有高贵地位的低卑的亲戚。而宾利先生则什么话也没有说。

当那两个宾利女士走出饭厅,来到简的房间时,她们马上就换成了一副热心肠的样子,很温和很周到地陪着简,直到喝咖啡的时间。简的病仍然没有丝毫的康复迹象。伊丽莎白也仍然是半步也没走出简的房间,直到简在傍晚入睡。伊丽莎白有些许的放心了,才下楼去看看,虽然她是那么不情愿去看见那些人。当她走到楼下时,所有的人都在玩虎牌,这是法国的一种赌钱的牌戏,谁输谁就要将其赌金交到总赌注额里。他们马上就邀请她也来一起玩,她不想和他们玩大赌,就婉言谢绝了。她对他们说心里牵挂着她姐姐的病,不能在楼下久留,最多找本书来看一看消磨时间也就差不多了。

赫斯特先生万分吃惊地看着她说:“你这个人很与众不同,居然会选择看书而不和我们一起玩牌。”

宾利小姐则答话:“伊丽莎白·贝内特小姐是一个很伟大的读书人,怎么会愿意与我们一起玩牌呢?除了读书,她对其他事情毫无兴趣。”

“我这个人经不起别人的夸奖,也承受不了别人无端的责备。我不是你们说的什么了不起的伟大的读书人。除了读书,我还对很多事情都有兴趣。”伊丽莎白不满地说。

宾利则对她说:“是的,我们都看到了,你是那么热心地照料你的姐姐。但愿你姐姐早日康复,那样你就可以更开心、更快乐了。”

伊丽莎白十分感谢他,之后就朝那张有几本书在上面的桌子走过去。宾利先生来到她的身边,说要给她拿来其他的书,即他书房里全部的书,都可以任由她看。还对她说:

“如果我有很多藏书就更好了,不仅让你有更多的选择,而且我自己也会觉得脸上光彩一些。只是我太懒看书。别看我的书只有这么一点,可我自己还看不完呢。”

伊丽莎白则说:“你现在这几本书,已经够我看了,或者还看不完呢。”

“我觉得不能理解,”宾利小姐说道,“爸爸才留下这些不多的书,如果他留下多些书就好了。啊,达西先生,你那个在彭伯利的书房多有气派、多像样啊!”

“那不足为奇,因为它是我的好几代祖上共同努力而形成的。”达西先生说。

“我知道,你自己也总在不停地买书充实书房,你的功劳不小呢。”宾利小姐对达西说。

“是的,现在这个社会,我怎能让家里的书房受到冷落呢?”

“冷落?你不会冷落任何一个地方的!你那座房子那么好,你是不会那么做的。查尔斯,到你自己建房的时候,如果能建成像彭伯利的一半好就行了。”

“我也希望这样。”

“说句心里话，我劝你要在那附近买地来建房子，样子可以仿照彭伯利的。那个郡是全英国最美丽的地方了。”

“我会很高兴照这样做的。只要达西愿意成全我，连彭伯利全部买下来，岂不更好？”

“查尔斯，我说的是在你的经济条件允许范围内。”

“卡罗琳，我现在大胆地说，先把彭伯利买下来，再照着它建另外的房子，可行性不是更大吗？”

正在看书的伊丽莎白也看不下书了，只顾听着他们谈话。后来，她就放下手中的书本，来到牌桌旁边，在宾利先生和他姐姐中间坐了下来，看他们几个人玩牌。

“从春天到现在，达西小姐又比以前高很多了吧？她有没有可能会长得和我一样高呢？”宾利小姐问道。

“也许会吧！现在她可能已经有伊丽莎白·贝内特小姐一样高了，没准还会更高一些呢。”

“啊，这么让我喜欢的人，要是她现在也在这里就好了，我真想见见她！小小年纪就长得一副俊俏模样，又那么斯文有修养，而且还多才多艺。尤其是钢琴，她弹得特好！”

宾利先生说：“我也觉得意想不到，达西小姐还那么小，就像其他的年轻小姐一样，才貌出众，又有多种技艺。”

“亲爱的查尔斯，你说全部的年轻小姐都有才有艺，指的是什么？”

“我没有说错，她们就全部都这样子。不仅会装扮台桌，会点缀屏风，还会编织钱袋。每一次，我听到人们谈论的都是说她们是万事通，多才多艺。简直是完美无缺的人。”

达西接过话题来说：“这么平凡也叫作是有才艺，你这么说真是对极了！女人即使会编织钱袋，会点缀屏风，也还不能称得上是多才多艺的。这只是对一般女性的评价。我也认识不少女人，可是称得上是多才多艺的，绝对不会超过六个。别的我就没有把握了。”

宾利小姐说：“我也是这样认为的。”

伊丽莎白向达西问道：“喔，你是认为要很多条件才能称为多才多艺？”

“你说对了，否则又怎能说得上是多才多艺呢？”达西说。

而宾利先生说：“是啊，一个女人要出人头地的话，只能是多才多艺，就比如她必须对音乐、唱歌、绘画、舞蹈和现代语言都精通，才配这个称号。另外，她还得是谈吐温柔有礼有节，语音声调动听，仪表步态文雅得体。这也是多才多艺的一半呢。”

达西接着说：“所有的这一切，她都应该具备。再补充一点，她还必须有点真正的才学，不断地读书，充实自己，慢慢变聪明，有才智。”

“你是这样评价的？怪不得你说你认识的才女才有半打呢。经你这么一说，我看最多只有一个是符合你的条件的。”

“你自己也是女人,为什么对自己的同胞这么高要求,还认为她们只有一个人具备这些条件?”

“是的,我实际上还没有见过有一个女人符合你的条件呢!哪有你所说的有才有貌,有气质有情趣,刻苦求学又仪态优美?”

听了伊丽莎白的话,宾利家的两姐妹同时叫了起来,反对她这些话,还很郑重地说,她们身边的朋友中就有不少人具备了那些条件。而此时的赫斯特先生早已不耐烦,大叫道让她们不要再吵了,说这样不能用心打牌。所有的人都不说话。不久,伊丽莎白离开了客厅。他们把门关上之后,宾利小姐马上就向众人说:“有些女人,尽管她也是女人,可是,真让人百思不得其解,竟然会贬低自己的同胞!就像伊丽莎白·贝内特这样的人,不少男人就是这样被迷惑的。我总觉得这是十分卑鄙、无耻的手段,是很不明智的做法。”

达西先生听出了她的弦外之音,就回答她:“这不见得有什么不妥,为了把男人弄到手,女人在某些时候会使用各种手腕,都是很卑鄙不高明的,像这样带有狡猾奸诈意义的言行举止,都不受欢迎。”

听了这话的宾利先生并不满意,但是也不愿再往下说了。

伊丽莎白不久也到客厅来,对他们说:“我姐姐的病更严重了,我得守在她身边。”宾利先生马上就让人去把琼斯医生请来,只是他的两个姐妹认为应该让人尽快到城里去请一位名医,因为乡下郎中不顶用。伊丽莎白不同意这样做,不过又不好意思拒绝她们兄弟的主张。所以后来他们几个人就商量好,如果到第二天贝内特小姐的病仍然没有好转的话,就得刻不容缓去叫琼斯医生来。宾利先生很是担心,宾利两姐妹也说了很为简担心的话。吃过晚饭后,那两姐妹演奏了几支三重奏后,就渐渐地把烦闷忘掉了。只有宾利先生仍在担心,一时找不到很好的法子来摆脱烦恼,他只是让女管家把病人和她妹妹尽力关照好。

第九章

那一天晚上,伊丽莎白在她姐姐的房间里几乎度过了大半的时间。次日天刚亮,女佣就奉宾利先生的命令来问候她们俩。过了没多久,宾利家两姐妹也派人——两个斯文的侍女来打探病情。当时病人的病情已大为好转,而伊丽莎白也可以有好消息告诉他们了,这让她感到很高兴。后来,她又向主人提出要求,请求派一个仆人送信到朗伯恩去,让她们的母亲来一次看望一下简,判断一下她的病情。很快就送信回去了,贝内特太太也很快就带着两个小女儿赶到了内瑟菲尔德,那时才吃过早饭没多长时间。

如果说简有什么危险的话,那还会真的让贝内特太太很伤心。可是实际上,简的病并不是那么厉害,这使做母亲的有些不以为然。她更希望自己的女儿别康复那么快,因为她还想在内瑟菲尔德多呆一些时间呢。就是后来简提出要跟她回家,她也不同意。那个与她同时赶到的医生也认为病人不适合马上转移,要安静地休息。贝内特太太刚陪她女儿坐了一会儿,宾利小姐就上来请她们几个下去吃早饭。所以贝内特太太带领其他三个女儿来到了早餐厅,受到了宾利先生的欢迎。他对她说,贝内特小姐的病不是很严重,希望她能放心。

而贝内特太太则说:“她病得这么厉害,我是万万想不到的,她差不多就走不动了。刚才琼斯先生说,她一定要安静地躺着,不能移动。不好意思,只好又多劳烦你们几天了。”

宾利先生一听到“移动”两个字,马上就叫了起来:“怎么会让她移动呢?我那妹妹是绝对不会同意她这样做的。”

漠不关心而有礼节的宾利小姐说:“夫人,你就尽管放心好了,你女儿在我们这里,我们会好好关照她的。”

贝内特太太只得不断地向主人道谢,并说:“如果没有你们这些好朋友,简都不知道会病成什么样了。也不知她到底遭了什么罪,这次病得这么严重!还好她特别能承受痛苦,无论在什么时候,她都是这样的。我见过的那么多女性中,她算是最温柔的了。我的另外几个女儿全都比不上她这么温顺。对了,宾利先生,你的房子十分迷人;如果从那条石子路向这边眺望的话,也全都是好景致。内瑟菲尔德在乡下,可是最好的地方呢!你在这里的租期不长,可是,我还是要奉劝你能住长一些时间,别那么快搬走。这样,你就能更好地发现这里的好处了。”

宾利先生说:“我是个急性子的人,做事慢不来。如果我要离开这里的话,没准在五分钟之内,我就走了的。但是,我现在已经发现了它的乐趣,决定不搬走了。”

“我觉得你是不会搬走的,”伊丽莎白对他说,“因为你已爱上了这个地方。”

“你这么快就注意到这一点?真有眼力!”宾利先生转过头来对她说。

“差不多吧,我对你很了解,我可以这么肯定地说。”

“如果你是在说我好话,让我开心的话就好了。但我并不觉得很好,因为说明我这个人十分容易被人认识透彻,挺让人可怜。”

“那不能一概而论。不见得性格复杂、深沉的人就会比你更受到人们的尊重。”伊丽莎白针锋相对,毫不相让。

贝内特太太看不下去,就对她说:“莉齐,你不是在自己家里,不可以在主人家里野性十足,得安守本分!”

宾利先生接着说:“我到现在才发现你对人的性格这么有研究,而且见解还很独到。你肯定觉得这门研究相当有意思吧?”

“你说对了。但是,最有意思的还是复杂的性格,至少有优点是这样的。”

达西接上来说:“是否可以说,在乡下,可供你研究的复杂性格的人很少?因为在乡下,你的活动范围受到限制,活动内容也比较单调。”

“人是很善变的,每个人身上总会有新的情况让你去留意。”

“是的!”贝内特太太大声地说。因为不久前达西先生用不屑的语言说了乡下的情况,她很受不了,“跟你说清楚,城里和乡下在这方面并没有什么区别。”

所有的人都很意外。达西只是不作声地看了她一下，就不辞而别。这可让贝内特太太逮着了机会，以为自己很了不起把达西说服了，就接着说：

“我觉得，伦敦与我们这里相比只是商店和公共场所好一些，其他地方与乡下分不清谁更好谁更不好。宾利先生，你不也就觉得在乡下住得很舒服吗？城里还比不上呢！”

宾利先生说：“我是这样的，到了乡下就留恋乡下的生活；到了城里又流连忘返。总之是两个地方都各有其好处，各有千秋。在两个地方我都会过得十分快活，没有什么忧愁。”

“我知道了，那全是因为你有好脾气。刚才的那位先生可是觉得乡下没有一样是值得肯定的。”贝内特太太还一边说一边朝那边的达西看了一眼。

而这时伊丽莎白觉得很不好意思，就说：“妈妈，是您误会了。达西先生只不过是说在乡下碰到的人比在城里碰到的要少。事实上，在城里能见到各种不同性格的人，谁也不能否认这个。”

“亲爱的，那是肯定的，没有人否认这点。如果说在这个地方见到的人不多的话，我觉得，没有几个地方比这里更大了。跟我们在一起吃饭的就有二十四家呢。”

宾利先生真的差一点儿就要笑了起来，只是因为伊丽莎白在旁边不好意思这样做。但是宾利小姐可不会这样给人面子，她满脸的幸灾乐祸冲着达西笑。伊丽莎白为了把话题转移一下，也给她母亲一个好心情，就问她：“妈妈，我出来以来，夏洛特·卢卡斯小姐来过朗伯恩吗？”

“她昨天来了，是和她父亲威廉爵士一起来的。她父亲十分和蔼可亲，又是那么时尚，文质彬彬而又平易近人。宾利先生，你不觉得他是这样的一个人吗？不论遇到谁，他都会上前打招呼并说上几句话，这样有良好教养、完全符合我理想中的人的要求。有些人总是有口难开，并清高自傲，他们其实并没有什么了不起的。”

“昨天夏洛特留下来在我们家吃饭吗？”

“没有。她还是要急着赶回家去。我觉得她是必须得赶回家去为家人做馅饼。宾利先生，我这个人总是雇佣那些能干的佣人，我的女儿可不是像她们那样养育成人的。话也得说回来，每个人都有自己的发展方向，也不能强求什么。卢卡斯家的姑娘们虽然长得不是很漂亮，但是，全部都是好姑娘。并不是因为夏洛特小姐是我们很好的朋友，我就说她十分不好看。”

宾利先生说：“她看起来，还是很可爱、很活泼的。”

“嗯，你说对了，你也能说她长得很平常。她母亲就经常说自己的女儿没有我的简那样漂亮俊俏。我不喜欢为自己的孩子说好话，可是，说句心里话，我的大女儿简比很多人都好看。我也不是对她偏爱的意思，只是大家都这么认为。我记得当她只有十四五岁时，那次有位先生在伦敦我的兄弟加德纳家里的聚会中，就要向她求婚呢。只是由于我弟媳妇说简太小了，他才没有提出来。可能他自己也认为简只是个小孩子呢。不过当时他给简写了几首特别感人的情诗。”

伊丽莎白已经迫不及待地打断了她母亲的话，说：“他的爱情是如昙花一现，没能经得起时间的考验。我觉得可能很多人就是这样子来结束自己追求的爱情的。也不知道是谁那么聪明，第一个发现了诗可以驱赶爱情。”

达西先生则说：“我总是认为诗是爱情的精神食粮。”

“那只不过是针对那种健康、有韧性、美好的爱情而言，万物滋补的都是健康强壮的事物。因为情意只停留在表面上，我就有理由相信，只要用一首写得好的十四行诗就能把这样的爱情了结掉。”

达西听了后笑了笑。所有的人都不说话。伊丽莎白特别害怕她母亲冷不丁地又要闹笑话，她总想把所有的话全都揽下来，但一时也不知道该怎样说才好。过了一段时间，贝内特太太又对宾利先生细心照料她女儿的事感激了一番，也深深地为伊丽莎白冒昧到主人府上带来的不方便表示歉意。宾利先生的回答很客气也很真诚，后来他妹妹看见了那情景，同样也学会了客气，不再嘲讽，还说了些比较善意的话。虽然宾利小姐说话时的表情有些生硬，但是，已经让贝内特太太觉得可以了。不久，宾利小姐就让人准备马车。由于宾利先生刚到那里时许下了诺言，说要在内瑟菲尔德举行一次舞会，那两个贝内特家的小姑娘就一直记在心里。自从她们与母亲到了宾利家后，就在私下里商量好，由最小的妹妹向宾利先生提个醒儿，所以这个小妹妹毫不犹豫就站了起来。

小妹莉迪亚身体健壮，发育良好，年纪才十五岁。她皮肤细嫩，人也温柔可爱。她母亲最宠爱她了，把她视为掌上明珠，让她很小就进入社交圈子里，与生俱来就活泼外向的她很不拘守规则。她姨父家里经常盛情款待那些军官们，她也去参加。在宴会上她举止轻佻不端庄，总是惹得那些军官们向她大献殷勤。她越来越有恃无恐，一发不可收拾。所以说，大胆的她毫不含糊就向宾利先生提起了开舞会这件事，把愣头愣脑的宾利先生说了一通：“宾利先生，你必须得兑现你的许诺，不能托词说忘了。如果这样的话，你就是天下最让人瞧不起的人。”

宾利先生出其不意地给了她一个下马威：“我现在向包括你在内的人作保证，我是心甘情愿去履行自己的许诺的。到时候由你来选择舞会的日子，不过，那必须等你大姐完全康复以后才行。我想，你也不会让生病的姐姐看我们那么多人热闹而没有她的份吧？”这个答复给贝内特太太一个很舒服的感觉。

这时莉迪亚已经很知足：“啊！你说得对。等到简完全康复了，才是最合适的。那个时候，很有可能，卡特上校就回到梅里顿来了。不过，这应该是你的舞会结束后的事情。我还准备要对福斯特上校说，他们也应该举行一次舞会，否则的话，他们不按我说的来做，也是天下最见不得人的事了。”

很快，贝内特太太就把她的两个小女儿带回家去了。虽然也知道主人家的两个宾利姐妹和达西先生会对她和她母亲、妹妹会评头论足的，但是，伊丽莎白还是很快就回到简的房间去。宾利小姐不停地给达西先生送秋波，但是就是不能打动达西先生跟她们一起去对伊丽莎白造谣生非。

第十章

这两天来都过得差不了多少。那天下午的时候,宾利小姐和赫斯特夫人陪了简好几个小时。简的病已经在不停地康复了,虽然康复得不快。晚上的时候,伊丽莎白同大家全部都在客厅里,他们都不打"虎"牌。宾利小姐坐在写信的达西先生的旁边,看着他写信,还不断地打扰他,就比如要他代问他妹妹好什么的。赫斯特夫人在一旁看着赫斯特先生和宾利先生在玩"皮克"牌(即供两个人对玩的一种牌戏,一般只用七以上的三十二张牌)。

干针线活的伊丽莎白在旁边听着达西先生和宾利小姐的谈话,觉得特别有意思。宾利小姐对达西先生不停地恭维,或者是说他的字写得特别好,或者是夸奖他的每一行都写得整齐划一,或者是称赞他能写那么长的信。达西先生对她却是爱理不理的。于是,两个人之间就开始了一次与众不同的谈话,这样使伊丽莎白对他们两个人的看法更加深信不疑了。

"达西小姐收到了你这封信时别提该有多么快乐!"

达西沉默不语。

"你写字那么快,我都看不及了。"

"你没说对,其实我写得十分慢。"

"那么在一年中,你要写几封信呢?还有你工作事务上的信,肯定很多!我可不喜欢。"

"还好,写信的人是我,而不是你。"

"请你转告达西小姐,我十分想见到她。"

"我已经奉命在信中提起一次了。"

"你不是很喜欢那支笔吗?我来给你修一修吧,对修笔,我最拿手了。"

"先谢了——自己用的笔,我都是自己动手修的。"

"你书写得这么工整,真让我羡慕。"

达西又不说话了。

"请转告你妹妹达西小姐,我已经从别人那里得知她弹竖琴大有长进,我很高兴。还有,就说我对她那张台桌上的图案的设计十分满意,我觉得比起格兰特利的要强好多倍。"

"你的这些话能否等到下一次我写信时再说啊?到时候再把你的喜悦之情向她说,这一次我实在是不能写那么多了。"

"行!可以的!到一月份时,我就可以与她见面了。嗯,你给她写的信都是这么长的吗?达西先生?"

"一般说来我比较爱写信。不过,我不敢保证每一封信都写得很感动人。"

"我是觉得凡是能洋洋千言的信,总是比较能感动人的。"

“卡罗琳,你不能这么样夸奖达西。我知道他的信并不见得是很洒脱,他最爱追求四音节的字了。达西,我没说错吧?”宾利先生说。

“我写信的风格与你大为不同。”

“是吗?”宾利小姐说道:“查尔斯写的信总是马马虎虎的,不是漏掉了一半字,就是涂掉了另一半字。让人看起来可不舒服了。”

“那是因为我的思维太快了,简直就来不及书写出来。所以,阅信人有时会认为我的信特别不同,不好阅读。”

“宾利先生,你太谦虚了吧?别人就是想批评你一两句也觉得于心不忍。”伊丽莎白说。

“假装谦虚是最虚伪的表现,因为那是信口雌黄的开始,或者是拐弯抹角的自我夸奖。”

“我说的那一句发自内心的谦虚话,你是怎么看待的呢?”

“也属于是拐弯抹角的自我夸奖。你是真的对自己写信的某些缺点有自豪的感觉,而且你认为引起这些缺点的原因是由于才思敏捷和马虎不仔细;你还认为这些表现即使不算得十分难能可贵,也会是十分有意思的。所有办事情办得迅速的人,没有不以此为荣的,而他们对事情办得是否完美就不太讲究了。今天早上你还对贝内特太太说,如果你打定主意要离开内瑟菲尔德的话,五分钟之内你就可能动手搬家。你这么说的时候,不就是想要对自己说两句好话,让自己心情快乐一些吗?可是,欲速则不达,结果是啥事也没办成。对任何人,包括你自己没有半点好处。那么,夸奖自己的目的又何在呢?”

宾利可不愿听下去:“说够了吗?都晚上了,还记着早上说的傻话,值得吗?只是说句心里话,无论什么时候,我都坚信不疑的是,我的自我评价并没有什么不妥。因为我并没有在女士们面前故意卖弄自己,只不过是摆出一副无关紧要的急性子。”

“或许你很相信自己所说的一切。我是绝对不相信你才住那么短时间就急着搬走的。我认识的很多人都与你是一个样子,就是随机应变得快。如果在你要跃上马背时,有个朋友对你说:‘宾利,还是到下周再走吧。’没准你就会下马,不走了。如果你的那位朋友又提出另一个理由来挽留你,你还会再住上一个月或两个月的呢。”

“你所说的这些也只不过是想说明宾利先生没有按自己的意志去办事情,”伊丽莎白说,“与他的自夸比起来,你夸他更是有光彩。”

宾利先生说:“听了这些话,让我觉得特别荣幸,贝内特小姐。我朋友达西说的话,经你的解释后听起来,反而觉得我这个人是性情十分平易近人的样子。只是,有些遗憾,我认为你的解释不太符合他说那些话的原意。因为每次发生这种事情的时候,我总是很坚决地谢绝那位朋友的好意,而赶快策马直朝前走。只有这样,我才不被达西轻视。”

“喔,是这个样子的啊?达西先生的意思是认为你原来的计划过于草率,只要你在行动上坚持到底,是否也就不该说你的不是了?"

"说句心里话,解铃还须系铃人,还是让达西来说明白吧!"

"由我来做正确的解释也行,但是那些硬塞给我的意见我可不愿接受,我是绝对不会承认的。贝内特小姐,如果你所说的一切都是真实的,请您千万别忘了这一点:他的朋友让他回到屋里去,叫他把计划往后推一些,也不过是让他的一个心愿得到实现罢了。虽然他也提出了自己的意见,只是他没有坚持非要做下去不可。"

"轻而易举地听从朋友的意见,我觉得十分不值得提倡,不足挂齿。"

"如果是盲目、无原则地服从,就是不尊重双方智慧的表现。"

"对于友情的作用,达西先生,你好像是完全误会了。如果你要尊重你的朋友提出的意见,经常会是还等不及你的朋友来说服你,你就十分轻易地采纳了他的意见。不过,我指的并不是你对宾利先生假设的情况。或者我们都有可能等待那种假设变成现实,到那时再讨论这种情况也还来得及。只是,在一般的情况下,当遇到一件琐细的事情时,朋友之中如果有一个主意已定,而另一个则要求他改变主意。如果被要求的人不能说服对方的话,就依了对方的意见,这样的情况下,你就对他看不起吗?"

"在讨论这个问题之前,我们是否要讨论一下那个朋友所提出的要求到底有多重要,是否值得听从;这两个人的关系到底有多亲密呢?"

"这是可以的。那么,你来给我们解释一下吧!"宾利先生说,"只是不要忘记了,比较一下那两个人个头的高矮。为什么呢?贝内特小姐,对于这一点,你是不会意识到的,这可是会对我们的讨论产生很大的影响。老实说,只是因为达西的个头比我高多了,我才会那么尊重他。不过,也还有例外的时候,在某些场合的情况下,达西也是十分不招人喜欢的。尤其是在他家里,特别是碰到了星期天晚上他没事可干的时候。"

达西先生笑了笑。伊丽莎白则认为他那种表情就要生气,就不再跟着笑了。而宾利小姐则是看不惯大家这么戏弄达西先生,心中十分不满,就向她哥哥抱怨他不应该这样说话。

达西说:"我体会到你的意思,宾利。因为你并不喜欢辩论,只想尽快结束这场辩论。"

"你说的也许没错,我不太喜欢。因为从某些方面来说辩论与争论没有什么两样。如果等我走出了这个屋子以后,你再和贝内特小姐进行辩论,我是不会介意的,也是很感激你们的。我不在场,关于我,你们爱怎样议论我就管不着了。"

伊丽莎白则说:"我是能接受你的这个要求的,因为对我并没有什么损失。达西先生,你最好还是继续写信吧!"

达西果真按她的话来做,很快就写好了信。然后,达西就请求宾利小姐和伊丽莎白给他来一些乐曲。宾利小姐先是很客气地请伊丽莎白先弹琴,伊丽莎白则十分客气而又真诚地推辞,然后宾利小姐就很乐意地在钢琴跟前坐了下来。赫斯特夫人给她伴唱,她们两姐妹表演得十分投入。伊丽莎白则很随意地翻看着钢琴上的那几本琴谱，可是她的眼睛余光已经注意到了，达西先生在目不转睛地注视着她。这太让她吃惊了，这么一位了不起的男人还会那么深情地注视着她。不过，如果说达西那样注视她是因为讨厌她的话，就更让她吃惊了。后来，她就自我认为，她之所以能引起达西的注意，是因为按达西的要求而言，她是在此场的那几个人中最让他讨厌的。她这样想着，一点伤心的感觉也没有，因为她对达西一点喜欢的感觉也没有，所以根本就不在乎他喜欢与否。

弹了几支意大利歌曲之后，宾利小姐想换一个调子，于是就换成了一支节奏明快的苏格兰小曲。没过多久，达西先生来到伊丽莎白面前，对她说："贝内特小姐，这可是一个跳苏格兰舞的大好机会，你也要来一曲吗?"伊丽莎白笑而不语。达西觉得奇怪，不知她为什么不作声，又问她同样的话。

伊丽莎白则说："我已经听到了你的问题，但是我一下子还没法子回答你。我心里很明白，你最希望听到我说'好的'这两个字，这样你就可以十分得意地轻视我的低级趣味了。但是，一般来说，我都是很乐于戳穿这种把戏的，要把那个捉弄我的人反过来捉弄一把才安心。所以，我要对你说，我现在一点儿也不愿意跳苏格兰舞。你可以随心所欲地轻视我了吧?"

"哪敢！你误会了！"

伊丽莎白还想捉弄一下他，只是，他的态度却是这么谦逊和恭谨，就觉得不好意思。但是，她与生俱来就是又温顺又狡猾聪明的人，使得她很难成心捉弄羞辱别人。达西已经被她迷住了，以前，对于其他的女人，他还没有这样着迷过。如果她的那些亲戚都不那么低贱的话，他觉得自己会很危险的。而嫉妒又多疑的宾利小姐实在看不下去，真想把伊丽莎白给赶出家门，只恨她的好朋友简的病好不了那么快。宾利小姐经常挑逗达西，对他总是讽刺加打击，因为他让她觉得讨厌。她这样想着：如果达西与伊丽莎白结为夫妻，那么这门婚事会给达西带来多大的幸福啊！

第二天当宾利小姐和达西在矮树林里散步的时候，她对达西说："我希望你与贝内特小姐的婚事办完之后，你要对你那位岳母大人委婉地劝说以后要少说为好，尤其是到别人家做客时。还有，你要是还有本事的话，也顺便把你那几个小姨子疯狂追逐军官的坏毛病治一治才好。再有，不太好意思，但还是跟你说一说为好：就是你夫人有自命不凡而总是语出伤人的小毛病，不知你是否会制止得住。"

"对于我家庭的幸福的好建议，其他的还有什么呢?"

"嗯，还有呢。请你们必须把你姨妈菲利普斯夫妇的画像挂在彭伯利的画廊里，也就是在你那个当法官的伯祖父的遗像旁边。因为他们的工作是属于同一职业，只是分工有所不同。而你的尊贵夫人伊丽莎白呢，你也许找不到一位画家能把她那双美丽聪明的眼睛生动形象地画出来。所以，请求你最好别找了。"

"她的双眼的神气是难以描绘的。不过，我看，她双眼的颜色和形状以及眼睫毛，都十分美妙，高明的画家会有办法的吧?"

而这时，在另一条道路上，赫斯特夫人与伊丽莎白朝他们走了过来。宾利小姐就说："我想不到你们也出来散步。"她心里做贼心虚，生怕她与达西的谈话被她们两个人听见。但赫斯特夫人只是很不满地责怪道:"你们太不像话,出来散步也不叫上我们两个。"说完了,她就走过去挽着达西另一边空着的手臂,而扔下伊丽莎白一个人走着。那条路面刚好够得上三个人并列而行,达西先生觉得这姐妹俩很冒昧,就说:"这条路太小了,容不下四个人,咱们还是到大道去吧。"但是,伊丽莎白可不愿意与他们几个人一起散步,就笑着说:"用不着,用不着。你们就走小路好了,三个人并排走还更好看呢,形象尤其好,如果再加上第四个人的话,就是破坏了一幅优美的画面。再见!各位!"伊丽莎白十分高兴地离开了他们。她一边自己散步,一边开心地想:只要再过两天的时间,她就离开内瑟菲尔德回家去了。那一天晚上,简已经恢复得差不多,她也十分想到屋外去玩一玩,哪怕只有一两个小时。

第十一章

那天晚饭后,在宾利家的女士们全部都离开了饭厅。伊丽莎白找了个机会到楼上去看她姐姐简,见她穿得十分暖和,就与她来到客厅里。主人家的两个朋友都十分高兴简身体康复,那两姐妹的和蔼可亲可是很少见的,她们对简真的太好了。这是指在那些男士们到来之前的事。伊丽莎白发现她们有十分了不起的健谈本事,对于一场舞会或一桩轶闻,或一位朋友,她们能够惟妙惟肖地描绘出来,也能够活灵活现地讲述出来。

当那些男士们到来后,简就不是热门人物了。她们姐妹两个的注意力马上就转移到了达西身上。达西刚进门,宾利小姐就抢先跟他说话。达西首先向贝内特小姐问好,十分客气地祝贺她病体康复。而赫斯特先生则是向简微微地行了一个鞠躬礼,说见到她十分高兴。宾利对简的问候可是最为热情、最体贴细致的,他也是最高兴、最快乐的人,起码有半个小时的时间他是在专心地添火的,真的唯恐刚康复的病人到了不同的屋里有不适的反应。宾利还让简坐到离门口较远的炉子的另一边去,以免吹风受凉。把火添得很旺后,宾利才到简的身边坐了下来,除了简之外,他就几乎没再与其他的人说过话。而在他们对面角落里做针线活的伊丽莎白见到了宾利先生对她姐姐那么好,乐得心花怒放。

他们喝了茶之后,又各人干各人的事情。赫斯特先生很想让宾利小姐把牌桌摆放好,但是,他却叫不动她,因为宾利小姐在这之前就已经打听好了达西先生对打牌不感兴趣,所以,她当然就不会去摆放牌桌了。当赫斯特先生第二次跟宾利小姐这么提出要求时,她不加理睬,毫无表情地对他说:"现在没有人喜欢打牌。"其他的人也对此沉默不语,所以赫斯特先生也不再说什么,这样,他也就成了个无所事事的人,只好一个人在沙发上打瞌睡。而达西先生拿着一本书在认真地看着,宾利小姐则也顺手随意地拿起一本书来看。在一旁的赫斯特夫人低着头玩弄着她的指环和手镯,有上句没下句地在宾利先生和简小姐两个人的谈话中插上一些话。那个宾利小姐则是一边自己看书,一边看达西看书,又在不停地向达西问这问那的，有时问他读到了什么地方，有时还找别的问题来问他。一句话，就是想方设法让他与她自己说话。达西先生对她爱理不理的，他只是很专心地看自己的书。宾利小姐手中的书是达西先生看的第二卷，她原来要好好地看那本书的，不料她自己没事找事，到头来，没有看成书，反而弄得自己没精打采的。后来，她伸了个懒腰又打了个呵欠，说："我敢说，这样度过一个晚上，再也找不到这么好的方式了！读书是如此有乐趣以至其他的事情都比不上。除了读书之外，其他的事情都让人烦恼。以后我有自己的家，我也要自己布置一个十分好的书房，否则，会很不好的。"

可是没有人跟她搭话。不久，她又打了个大大的哈欠，只好把手中的书本扔开，向客厅四下环顾了一下，想再找些其他有趣的事情来做。忽然间，她听到了宾利先生跟简小姐说准备要举行一次舞会，就转过身来对宾利说：

"查尔斯，你这样说，真的是要在内瑟菲尔德举行一次舞会？我觉得还是先征求在座每个人的意见，最后再下决定。我可以肯定地说，我们会有人觉得这是受罪而不是娱乐，这可不是一个好主意。"

宾利先生则说："你指的是达西吧？他可以在开舞会之前就上床休息。他会安排好自己的，用不着我们来操心。这个决定是不会再改变了的，当尼科尔斯把热汤都准备好时，我就马上发请帖，决不推迟。"

"不过，如果这次舞会开得有新意，与众不同，我就会十分喜欢。以前开舞会总是老样子，让人失望，太乏味了。如果说只有谈话这一项而没有舞会，那会是十分有意义的。"

"也许是有意义的，卡罗琳！但是，那可不是舞会了。"

这时宾利小姐不再说话了。过了一会儿她就站起来在屋子里不停地踱步，体态轻盈的她明显是向达西卖弄风骚。不过，她十分无聊，认真看书的达西根本就没有注意到她如此用心。她觉得一切无济于事，就决定再作努力，对做针线活的伊丽莎白说：

"亲爱的伊丽莎白·贝内特小姐，如果你也像我这样，坐了一段时间后，站起来在屋子里踱一圈，会给你提神的。"

正在忙活的伊丽莎白开始有些吃惊，但是，她还是同意了宾利小姐的请求。这样一来，宾利小姐就顺顺当当地达到了自己的目的：达西先生终于抬起头来了。达西先生和伊丽莎白早就看出来，宾利小姐只不过是在没事找事，只想引起达西的注意罢了。达西把书本合上，于是那两位小姐就请他一起去散步。不过，达西并没有接受她们的邀请，因为他暗地里觉得她们两个人要在房子里走来走去，只有两个目的，无论他夹在什么地方，都是不好受的。而这时的宾利小姐可体会不了达西的想法，就迫不及待地想知道他到底是怎样想的，于是只好问伊丽莎白，她是否理解达西的意思。

伊丽莎白则故意对她说："我也是无从理解，但是我认为他肯定是有意与我们过意不去。我们别理他，让他自讨没趣。"但是宾利小姐可不忍心不理睬达西。本来，她就是存心要引起达西的注意的，机会好不容易才来，又怎能轻易放弃呢？就要求达西先生把他所谓的两个目的解释一下。达西说:“我给你们解释并不困难。你们这样做无非就是要找一种方式来消磨时间,两个目的如下:一个,你们两个人已经是知心朋友,要讨论一些私事;一个,你们觉得两个人一起散步体态姿势无比优美。如果说是第一个目的,我在你们中间,当然不方便了;如果是第二个目的,那么,我最好的做法是坐在火炉旁边,欣赏你们。”

宾利小姐则说道:“你这么说,不就是存心要吓唬我们吗?我还从来没有听说过这些话呢!既然他已经这么说了,那么我们是否给他一些惩罚呢?”

伊丽莎白则对她说:“如果真要惩罚他,是轻而易举的事。我们可以一起讨论,找到一个好的方式。我们要捉弄他,或者说讥笑他,因为你对他十分了解,一定会知道怎样惩罚他的。”

“我敢发誓,我真的不了解他。说句心里话,虽然我与他认识,也熟悉对方,但是,我还没有学会那一招,就是对一个脾气温和的人进行嘲弄。这是绝对不行的!绝对不行!因为我们两个人的智慧斗不过他。如果要讥笑他的话,还找不到根据,也不好;否则,我们还会让别人笑话呢!那时候达西先生就会得意扬扬的,我们也不好下台。”

“喔,你说还不能讥笑达西先生啊?如此优越的条件,还真是少见!我倒情愿这样的优越条件一直能保存下去。这样的朋友越多,对我就越不利。我可是个爱开玩笑的人。”

达西说:“宾利小姐,你是过奖我了。如果世界上还有人把开玩笑当作人生的第一需要的话,就算是最出色最聪明的人,或者是最出色最聪明的行为也会让人贻笑大方的。”

“是的,这确信无疑,”伊丽莎白说,“那样的事或人是存在的。我可不想成为其中的一员,对于那些得体而聪明的行为,我是从来都不会开玩笑的。不过我也承认,有时候,愚蠢和无聊,以及或心血来潮或反复无常,我总觉得这些是十分可笑的。所以,一有机会,我就会对此讥笑,从不放过。但是至今为止,我还没有发现你有这些弱点。”

“没有一个人是没有弱点的。我一辈子都在研究如何避开这些让人讥笑的弱点,我可不想有这些弱点而招人讥笑。但是就算是再聪明的人,也避免不了,更何况我不是聪明的人。”

“就比如说傲慢和虚荣,也是弱点。”

“我承认,虚荣是弱点不错;不过,对于傲慢,你就得具体情况具体分析了。聪明的人总会是保留有适当的傲慢的。”

忍不住想笑的伊丽莎白则扭头到另一面,不想让别人知道她想笑。

宾利小姐则问她:“对达西先生的提问,也该结束了吧?那么你提问得到的答案是什么呢?”

“我了解到达西先生是一个完美的人,没有任何弱点。刚才他也是明确地说明了这一点。”

“哪能呢？这样没有自知之明的事，我还做不出来。我身上有不少毛病，只不过脑子还是好的，没啥毛病。对于我的脾气，我则不敢做任何保证。我认为我这种脾气不适宜委曲求全，也就是说，对于为人处世，我不能做得到委曲求全。要我尽快忘记别人的愚蠢和过错，我是做不到的。如果有人已经冒犯了我，我也不会就此原谅他。我的情绪可不是很容易就能激发起来，熟悉我的人都知道我那不饶人的脾气。如果对一个人没有了好感，我永远都不会对他再有好感的。”

“这可是一个典型的弱点。与人结恨不解恨能说不是一个弱点吗？还是十分够绝的呢！知道了你有这脾气，以后我也没有胆量来讥笑你了。对你，我觉得是例外。”伊丽莎白说道。

“我也认为，任何一个人的脾气都会有这样或那样的缺点。就算是与生俱来的，不管后天怎样接受教育，也改不掉的。”

“而你的弱点就是与人结仇而不解仇。”

“而你的缺点，我也看出来了，是存心要误解别人。”达西笑着对她说。

“咱们来点音乐吧，太乏味了。路易莎，你不介意这样会吵着赫斯特先生吧？”宾利小姐觉得这场由她引起的谈话到最后却插不上话，不由得不高兴了，就这样专门找岔子。而她姐姐并不介意她的提议，于是宾利小姐打开了钢琴。达西也不认为有什么可惜的，不过，他开始感觉到，他与伊丽莎白之间关系亲近了很多。

第十二章

简和伊丽莎白商量好，第二天早上由伊丽莎白写信去请她们的母亲当天派一辆车来接她们两个人回家去。只是，她们的母亲一开始就计划好了让她们到下星期二才回家的，这样的话，她们就刚好在内瑟菲尔德住满一个星期，所以她们的母亲说什么也不肯派车去接她们回来。所以，这姐妹俩看到了她们母亲的回信，很让她们不高兴，尤其是伊丽莎白，她早就想回家了。在贝内特太太的回信中，明确指出，星期二之前是绝对不会派车去接她们回家。还补充了一句：她一点也不介意宾利兄妹多挽留她们再住几天。可伊丽莎白就是不愿再呆下去，她更不指望主人会挽留她们多住几天。她觉得在宾利家住了好几天，主人家兄妹俩也许会有什么意见。所以，她向简要求她请宾利先生帮她们去借一辆马车。说好之后两个人就一起向宾利先生说，她们在那个早上想回家去，希望他能借一辆马车。

宾利先生听说她们要走就十分关切，还很诚心地邀请她们多留宿一天，第二天再回去也行。一开始简就被说服，也答应了。伊丽莎白没办法，也与姐姐保持一致意见。过后，宾利小姐则很后悔又多留她们一天。虽然她是那么喜欢简，可是她太厌恶伊丽莎白了，她总是与她争达西。

而达西则认为这挺好的，因为伊丽莎白也在内瑟菲尔德住了不少时间。她是那么让他迷恋，都几乎不能自已了。更不好的是，在这里，宾利小姐对她不友好，还总爱拿自己开心。为了保险起见,少跟宾利小姐取笑,他要控制住自己对伊丽莎白的爱慕,无论是语言还是行动,决不能露馅。否则,她发现后,没准会有什么过激行为,会影响到他一生的幸福。他觉得,如果她真的有这种想法的话,在伊丽莎白离开主人家的最后一天,他可得小心。千万不能助长宾利小姐气焰,否则就会扼杀了那美好的开端。有了这种想法之后,他采取坚定的立场,整个周六都没跟她说什么。他们两个人在一起有半小时,他只是十分专心地自顾看书,没有理睬她。

在周日,做了晨祷之后,简和伊丽莎白向大家告辞,所有的人都很高兴。越是临近分手,宾利小姐对那姐妹俩越是热情,让她们觉得挺不习惯。分手了,宾利小姐对简说,希望以后在朗伯恩或者是在内瑟菲尔德与她见面,还很热情地拥抱着她并与伊丽莎白握手告辞。伊丽莎白则十分高兴地离开了这些人。

当她们回到家里,她们的母亲并不是很欢迎她们这么早就回来。她觉得很奇怪,为什么她们会不听她的话,在那边惹了那么多的麻烦,还说简是不是又伤风感冒了。不过,贝内特先生倒是十分高兴两个女儿回到家的。他知道这个家是多么需要她们两个人,特别是每天晚上大家一起聊天时,如果缺少了她们姐妹俩,那么谈话总是很无聊,很乏味。

家里,一切都没有什么大变化。玛丽还是一如既往地刻苦钻研音乐和人性的学问。她还把自己一些新的札记拿出来给她们看,说了一大通那些迂腐的道德问题。而那两个小妹妹凯瑟琳和莉迪亚也说了一些消息,但是两个人每人说的不同。上周三以来,民兵团里发生了不少事情:有好几个军官不久前与她们的姨父一起吃饭,有一个士兵遭到了鞭打;还听说福斯特上校马上要结婚。

第十三章

第二天吃早餐时,贝内特先生对夫人说:“亲爱的,希望你让管家把晚饭准备好点,因为家里要来客人。”

“亲爱的,你说是什么客人来呢?我还真想不出来是什么客人。只有夏洛特·卢卡斯会偶尔来我们家做客,用平时我们吃的饭菜接待她,就可以了,她在家里也是那么吃的。”

“我现在说的可是一个先生,以前没有来过我们家。”

这句话可让贝内特太太大为高兴:“一位先生,又是生客?那就是宾利先生了!简,你怎么从来都不预先说一声呢?保密工作做得真好!我真是高兴宾利先生来做客。啊,怎么会这么不巧呢?今天没办法买鱼,宝贝闺女莉迪亚,你帮我按一下铃,我要让希尔马上去办。”

“这位客人不是宾利先生。来作客的人连我也没见过。”

这更让大家猜不着,所有的人都十分吃惊。贝内特先生见几个女儿都迫不及待地追根问底,十分得意。他把这些人的好奇心大大地打趣了一番,就向她们说:

“在一个月之前,我收到一封信。两个星期之后,我就回了那封信。这件事比较难解决,所以还是趁早处理好了。写信来的是我的表侄柯林斯先生。等我死后,他有权随时随意搬到这座房子来住而把你们全部赶出去。”

“天啊!那还了得?”贝内特太太大声叫道,“这么一说,我又受不了啦!求你别再提起那个让人讨厌的家伙!竟然有这么残酷的事情,你自己的财产不留给自己的孩子,却要让别人来继承!我怎么就不是你呢?那样的话,我就可以及时采取对策了。”

简和伊丽莎白则努力向贝内特太太解释清楚“限定继承权”的含义。虽然以前她们也多次解释过,但是,她们的母亲就是不能理解其含义。她也不愿用心去领悟,还是继续骂个不停,说自己的财产要留给一个陌生人而不留给自己的五个女儿,残酷之至!

“是啊,够残酷的了!”贝内特先生说,“柯林斯先生要来继承这里的财产,他是一辈子都洗不清这份罪的。但是,为什么不让我们来读一读他的信呢?也许看过信之后,可以帮助你消气呢!”

“能消气?可能吗?他这么虚伪,竟然还给你写信!这么虚伪的人,我讨厌极了!如果他也与他父亲那样,与你大吵一次才好呢!”

“可是,他在信上还表达了某些孝道,听我念信,你能够体会出来。”

肯特郡韦斯特汉姆附近的亨斯福德

十月十五日

亲爱的先生:

你与先父发生的矛盾,一直以来,我就为此而不安。先父逝世之后,我曾经多次计划要弥补这种裂痕,可是又犹豫不决。我当时认为我父亲与你有过不快,我要主动与你修好,这可能会有辱先人——“听吧!亲爱的夫人!”——但是,现在我已经全部都考虑过了,既然我有幸承蒙已故刘易斯·德布尔爵士的遗孀凯瑟琳·德布尔夫人的恩赐,在复活节那天,我接受了圣职。凯瑟琳夫人慈悲为怀,对我恩重如山,将我提拔为本教区的教士。我保证任职后会竭尽全力,感激不尽。我会恭侍夫人并随时准备奉行英国教会所规定的一切礼仪。由于我是一名教士,我认为自己有责任尽我最大努力促进每家每户之间睦邻友好。在这一方面,我有信心,因为我的这番好意是值得称赞的。请你不必在意,我将要继承朗伯恩的财产,请你不必拒绝接受我献上的橄榄枝。我这样做,必定损害了诸位令爱的利益,我已经深表不安,请允许我在此做出深切的歉意。同时请先生一定要放心,为了弥补令爱的损失,我愿意做出一切可能的补偿。不过,这件事有待日后详议。如果你及你家人不反对我登门拜访的话,我拟于十一月十八日即星期一四点钟之前前往贵府拜谒,准备在府上打扰到下周六为止。这对于我来说是十分方便的,凯瑟琳夫人允许我星期日少数时候离开教堂,因为有其他教士在主管那一天的事务。谨向尊夫人及诸位令爱表示敬意!

你的祝福者与朋友
威廉·柯林斯

"今天下午四点钟,我们就可以见到这位主动前来修好的客人了。"贝内特先生一边拆信一边说,"我敢打赌,这是一位良心很好又十分有礼貌的年轻人。如果凯瑟琳夫人再开恩,他能在我们这里呆长一些时间,那么,我们就会又多一个好朋友。"

"在信中,他说要给咱们的几个女儿做一些补偿,听起来还挺让人放心。如果他真的这样做了,我是不会有什么反对意见的。"

"我们现在也无法知道他要用什么样的方法来弥补我们,不过,他能有这份心思也是不错的。"简说道。

伊丽莎白觉得十分有意思,因为柯林斯先生对凯瑟琳夫人是如此崇拜,还做好了准备要随时随地为教民主持洗礼、婚礼和葬礼等事宜。"我觉得这个柯林斯是一个很古怪的人,让人捉摸不透。"伊丽莎白说,"他的信写得过于浮夸。他觉得自己继承了这份财产而内心深表不安,这是什么意思呢?我看就算他可以放弃这份财产,他也绝对不会这样做的。这可是一个聪明的人,对吧?爸爸?"

"亲爱的,我认为他不是这样的人,我倒觉得没准他是一个十分不聪明的人。在信中,他表现出来的是一种既自命不凡又卑躬屈膝的态度,这就是问题的关键所在。说句实在话,我倒是很希望见到他。"贝内特先生说。

玛丽也发表意见:"从创作的意义而言,他的信似乎是写得不错。他用了那个不很新颖的词橄榄枝,但还是用得恰如其分的。"

两个最小的凯瑟琳和莉迪亚都觉得,无论是那封信,还是他本人,一点意思都没有,因为这位表兄绝对不会是穿红制服的军官。好几个星期以来,她们都不乐意与穿这种制服以外的其他人交往。贝内特太太听了信的内容之后,原有的愤怒确实是被打消了很多。让她的丈夫和她女儿们意想不到的是,她竟然会心平气和地想见他。

柯林斯先生很准时的登门了,他们一家人十分客气地接待他。贝内特先生说的话十分少,反而是那六个女人与他交谈了不少。这位柯林斯先生是个健谈的人,他好像也不需要别人挑起话题,就能滔滔不绝地说下去。他才二十五岁,魁梧的身材,高大壮硕,体态笨拙。不过,他却有一副端庄气派,举止拘束。他刚进门不多久,就恭维这位夫人好命运,有五个如花似玉的女儿;还说,他对此早有所闻,见面后,觉得她们比传说中的要漂亮得多了。他还十分相信贝内特太太的几个女儿会有美好的姻缘。他这么说,只有贝内特太太爱听,因为那几个姑娘不喜欢这种恭维话。那位母亲说:

"你的心肠真好!如果都如你所说的那样,我是多么高兴而幸福!哎呀!她们可不能命苦!就怕到时候会出现奇怪的事情。"

“亲爱的夫人,你指的是这宗财产的继承权吗?”

“先生,我就是说这件事。不得不承认,对于我那些伤心的女儿来说,这确实是一件十分不幸的事情。我也不能怪罪你,因为如今世道如此,很多人都会有这样的好运。一旦要把财产限定继承人,就不知道谁是幸运的人了。”

“夫人,我知道由于这件事而让表妹们十分伤心。对于这个问题,我要说的话很多,只是现在还不太好说。我可以保证的是,我此次来的目的就是要向她们表示我的敬意和歉意。关于其他的事情,也许等我们彼此熟悉以后就好说多了。”

到吃饭的时间了,那几位小姐相视而笑。柯林斯先生十分爱慕这些小姐,也对主人家客厅、餐厅、屋里所有的家具仔细浏览一番,赞美一番。听到这些盛赞之辞,贝内特夫人本应心花怒放;可是一想到这些财产以后就是这个人的,不禁感到十分羞辱。吃晚餐时,柯林斯先生对晚饭也称赞不止,还想知道,到底是哪位表妹的好手艺。而女主人则十分敏锐地指出,他说得不对,他们家还能请得起一位好厨子,女儿们对厨房里的事根本就不用插手。于是,柯林斯马上请求主人原谅自己冒犯了主人。贝内特太太也不那么生气,说她并不把此事放在心上。但是,柯林斯先生还是为此道歉了差不多有一刻钟的时间。

第十四章

在饭桌上,贝内特先生几乎没说一句话。佣人离开的时候,他觉得自己也该与客人说几句,就用一个让客人喜欢的话题来引发谈话。他说柯林斯先生有如此一位好女恩主,十分荣幸。因为,凯瑟琳夫人是那么喜欢关照他。这可是一个好话题,柯林斯听了之后,对凯瑟琳夫人不停地称赞。他态度十分严肃,又十分自负,说自己生平第一次见到这么高地位的人;她是那么平易近人,又是那么体恤下情。这位柯林斯先生十分幸运,当着凯瑟琳夫人的面,曾经提过两次,说承蒙夫人厚爱,对他的两次布道表示赞赏。夫人也曾经两次请他到罗辛斯去吃饭,就在上个星期六的晚上,夫人还请他去打“四十张”。在他认识的那些人中,很多人都替凯瑟琳感到高兴,所以,他也为她感到骄傲。无人对他说话的时候,她总把他当作有地位的人来对待。她不会反对他和邻居交往,也不会反对他有时离开教堂一两个星期,因为他要去拜访亲人、朋友。她还关心他的婚姻大事,说他如果找到了合适的对象,就及时结婚。她也多次光临他的寒舍,对他对住宅做的那些修缮工作,都表示同意,还给他楼上的壁橱赠送了好几个架子。

贝内特太太说:“所有的这些,她都做得十分合适,又很客气。我觉得她是一个和蔼可亲的人,连贵妇人都比不上她。先生,她住的地方离你住的地方远吗?”

“寒舍所在的花园与夫人的罗辛斯庄园之间隔着一条小路。”

“你是否说过她是寡妇,先生?她有孩子吗?”

“她膝下有一个女儿,是罗辛斯的继承人。她们有一笔很大的财产。”

“是吗？”贝内特太太大叫了起来，还不断地摇着头，“她那女儿可比其他很多姑娘富多了。这位小姐长得漂亮吗？是个什么样的人？”

“她倒是一位十分可爱的小姐。凯瑟琳夫人说，要算真正的漂亮，天下最美丽的女性都比不上德布尔小姐，她容貌是如此出众，只要看一眼，就看出了她那高贵的气质。唯一不足的是她体质不好，使她没法发展各种才艺。否则的话，她肯定是琴棋书画样样精通的。她的女教师与她们母女俩住在一起，上面的话，就是那位女老师跟我说的。德布尔小姐平易近人，总不拘守名分，她总喜欢乘她那小马车经过寒舍。”

“她觐见过国王吗？我记不起在进宫的仕女中有她的名字。”

“只因为她身体太瘦弱，所以，她不能进京城去。有一天，我对凯瑟琳夫人说起此事，就说了英国的王宫会因此而失去一颗最耀眼的明珠。夫人听了我的话十分高兴，你们各位也可以发挥自己的想象力。无论什么场合，我都是十分乐意说几句话来让太太小姐们喜欢的。我曾经多次对凯瑟琳夫人说，她的女儿德布尔小姐天生就是一位公爵夫人，不管她将来的姑爷的地位有多高，她都会给那位姑爷增添风采。听到这说这一类话，她是再高兴不过了。”

“先生，你的判断力不错。我十分羡慕你天生就有这种捧场的天赋。我现在想向你请问一个问题，你这种捧场的奉承话是事先准备好的，还是临场发挥出来的？”贝内特先生说。

“大部分都是即兴想出来的。不过有时候是事先准备一些能对各种场合都适用而又精巧的奉承话。只是，我说出来时，表现出来的是临场发挥的样子。”

贝内特先生猜对了，他知道，这位表侄与他想象中的一样荒谬无聊。他是那么专心地听他不停地说，又要表现得很平静的样子。他只是不时地看一下伊丽莎白，似乎不需要其他人来与他分享自己的乐趣。直到吃点心的时候，那一家人才算结束了那份活罪。贝内特先生十分快活地把客人引到客厅去喝了茶，又十分快活地邀请他给太太小姐们来一次精彩的朗诵。柯林斯先生欣然同意，他从佣人手里接过书。当他接过那本从流通图书馆借来的书时，被吓了一跳，赶快对大伙表示歉意，因为他是从来都不读小说的。这让莉迪亚惊叫了起来，基蒂也瞪着大眼看他。后来，这几位小姐给他拿来了几本其他的书。柯林斯先生看了一会儿，挑了福代斯那本《布道集》。莉迪亚十分吃惊地盯着他打开书来，很艰难地听他严肃而单调乏味地念了差不多三页，就忍不住打断了他：

“妈妈，你听人说过菲利普斯姨父要把理查德解雇掉吗？如果姨父把他解雇的话，福斯特上校肯定会马上雇用他的。上个星期六，姨妈亲口对我说呢。明天我要进城去证实一下情况是否属实；还可以问一下丹尼先生，他什么时候从城里回来。”

那两位大姐二姐赶快让莉迪亚别说了。柯林斯十分不高兴，把书放在一旁，说：“我发现，现在的年轻小姐们不喜欢正经的书，这些书还是专门写给她们阅读的呢！说句心里话，我是很吃惊的。我觉得对于年轻小姐来说，最好的就是聆听圣哲的教诲。不过，我是不会强求我这些年轻的表妹们的。”

他说了这些话后就面向贝内特先生，要求与他玩十五子棋。贝内特先生同意了，因为这个主意不错，可以让那几位姑娘去干她们喜欢的事情。女主人和几位小姐十分恭敬地表示了歉意，一再请他原谅莉迪亚不懂事打断了他朗诵；还说，如果他再往下朗读的话，不会有人这么干的。柯林斯则说，他绝对不恨表妹，因为她不是故意的。他已经与男主人坐到另一张桌子旁边，他们就要玩十五子棋了。

第十五章

这位柯林斯先生虽受过不少教育，也踏进社会不少时间，但是他并不是个聪明人，他先天的不足并没有得到什么弥补。他已经二十多岁了，但是绝大部分时间都是在他文盲父亲爱钱如命的思想主导下过来的。他在大学时，只是混了几个学期，所交的朋友没有一个是有用的。由于他父亲对他严加管教，他的性格中总有唯唯诺诺的成分。现在他这种性格减少了不少，因为天生笨蛋的他一下子有了悠闲的生活免不了要飘起来。现在又加上发意外之财，他更加是不知天高地厚。当亨斯福德教区的牧师空缺无人员时，鸿运亨通的他得到了凯瑟琳·德布尔夫人的极大的恩赐。他是那么羡慕夫人的高贵身份，又加上她是自己的女恩主，十分看重自己，就珍惜来之不易的教士权威，利用区长的权利，从而养成了一种傲慢与温顺、自负与谦卑的双重脾气。

他已经拥有了一笔为数不小的收入，也有了自己的一幢舒服的房子，就想找个合适的姑娘结婚。所以，他才想到要来找贝内特太太，先与他们家把关系搞好。他要亲自看一看这几位小姐是否都像传闻中说的那么漂亮，因为他准备从中选择一个作为自己的太太。他说的补偿计划就包括这一点，他认为这样赎罪，还是合适的，因为他继承了她们父亲的财产。他个人觉得这个主意两全其美，既很恰如其分，又表现了他的慷慨大方。

他到主人家见到了几位小姐之后，还是坚持原来的主意。简小姐有妖媚的脸蛋，他觉得自己想的没错，也使他更加坚定他认为的从老大开始选择的陈旧想法。所以，第一天晚上，他就觉得简是合适人选。但是，第二天他马上就得改变主意，因为女主人与他就这个问题谈了差不多一刻钟。先是说了他那牧师的住宅，再就说起了他的理想，即他要为朗伯恩的住宅找一位女主人。贝内特太太听了，乐得合不拢嘴。她甚至还鼓励他，并且提醒他，不能找简：“后面的四个女儿，我还不能肯定地说，也不能发誓，我只是知道她们都没有选好对象。大女儿简呢，则是很快就要订婚了。”

所以，柯林斯的目标又变成了伊丽莎白，转变得十分快，当时女主人还来不及拨好火。因为伊丽莎白论排行论相貌，都是最好的选择。贝内特太太知道了这个信息后，十分快乐，因为她的两个女儿都有了主。就在一天前，她还不愿说到这个呢，现在却对他充满了好感。

莉迪亚还记得要到梅里顿一次，除了玛丽之外，其他的人都十分乐意跟她去。贝内特先生恨不得把客人打发掉，因为他想到书房里找个清静的时刻自己呆着，就让他与女儿们一起走。早饭之后，柯林斯先生一直赖在他的书房里，表面上拿一本书要看，实际上总是大谈特谈他在亨斯福德的住宅和花园。男主人觉得他这样做很让人心烦，本来他就喜欢书房的安静。他曾经对伊丽莎白说，在别人的书房里，他见过那种又笨又傻又自负的人，他要绝对杜绝在他书房发生这种事情。所以，他马上就请柯林斯先生陪他的姑娘们到外面去散步。这也正合柯林斯先生之意，他生来就不爱读书，去散步聊天还可以，他是那么高兴合上书走出了书房。

去散步时，柯林斯先生只顾废话连篇地说个不停。那些可怜的表妹只能应付了事，很没趣，来到了梅里顿。这个时候，几个姑娘不再理睬他，她们只顾对街头各种人和事物留意着。她们在寻找军官的身影，还留意商店橱窗里那些十分可爱又美丽的女帽，还有那些吸引她们的新颖的细纱布。

忽然，这几姐妹的注意力被一位年轻人吸引住了。她们从来没有见过他，他给人的感觉是绅士派头十足，在他旁边还有一位军官，他们在对面街散步。那位名叫丹尼的军官，正是莉迪亚要打听的人，她想了解他是否已经从伦敦回来了。丹尼先生给她们几个人鞠了一躬。但是这几位小姐都在想着那位陌生人身份。他到底是谁呢？基蒂和莉迪亚下定决心要弄清楚这个问题，就说要到对面的商店去买东西。十分巧的是，当她们刚过到人行道上，那两个人也往回走到了同一个地方。首先是丹尼先生与她们打了招呼，还把他的朋友威克姆先生介绍给她们。他们两个人都是前一天从伦敦回来的，而且威克姆先生被任命为他们那个团的军官。能看得出来，只要这位军官穿上军装，准是威武又潇洒的英俊模样！他的相貌是那么吸引人：眉清目秀，举止优雅，言谈得体，几乎无可挑剔！他态度很热情，又很谦虚，说得恰到好处！当这几个人都很投入地交谈时，不远处传来了马蹄声，大家抬头望过去，正好看见达西和宾利两个人骑马过来。大家又寒暄一阵子。宾利对简说的话最多了，说他正准备到朗伯恩去看望她，达西先生还鞠躬证明宾利说的没错。当达西刚把目光从伊丽莎白身上转移到威克姆先生身上时，他们两个人的表情都十分别扭，两个人都变脸色。好一会儿，威克姆先生才缓过神来用手接触着自己的帽缘，而达西先生也才很不情愿地行了个礼。伊丽莎白十分注意，她觉得很纳闷，总忍不住要探个究竟。好一阵子，宾利先生与大家告辞，他没有发现刚才那两个人表情的微妙处。达西先生也一起走了。

两位军官陪着那几姐妹来到了菲利普斯的家门口。莉迪亚很诚恳地邀请他们进屋去，她们的姨妈也打开了客厅的窗户探头出来邀请他们，但他们还是很有礼貌地鞠躬谢绝了。

这几位小姐十分受她们姨妈欢迎，尤其是两位姐姐，更是让菲利普斯太太喜欢，她已经很长一段时间没有见到这两个外甥女了。她很惊奇，因为她们两个人突然从宾利先生家里回家去。她是听琼斯先生药店的伙计跟她说他不用往内瑟菲尔德送药，因为贝内特小姐已经回家去了。简向姨妈介绍了柯林斯先生，她很客气地欢迎他的到来,而他也很客气地感谢她,还说自己十分抱歉,与她素昧平生,不该这么冒昧到府上来。但他还是感到挺高兴的,因为这几位小姐都是他的亲戚,所以,他的不请自来还情有可原。这位太太觉得柯林斯先生的言行举止十分得体优雅,就对他产生了敬意。她正端详着柯林斯,她的几个外甥女就说起了那位让她们注意的威克姆先生,还向她们的姨妈打听他的情况。但她们的姨妈所说的她们都了解。这位威克姆是丹尼先生从伦敦带回来的,他准备在一个郡的民兵团任中尉,刚才他在街上到处逛时,她还看了他一个小时呢。而这时的基蒂和莉迪亚真后悔刚才没仔细看清楚他,巴不得他再次出现,一定要把他看个够!那时从屋外走过的只有几个"令人讨厌"的军官,她们一点也不喜欢。她们的姨妈还对她们说,第二天有几个军官要到她家吃饭;还说让她们把全家人都请过来,并让她丈夫把威克姆先生也请来。所有的人都同意这个意见。菲利普斯太太还兴高采烈地说,到时候他们要热热闹闹地玩抓彩牌的游戏,之后是吃热餐。这几位小姐听了之后高兴得不得了,这个消息太振奋人心了。柯林斯先生出门时,又向女主人表示了自己的歉意,女主人则不厌其烦地说不必那么客气的。他们十分高兴地分手了。

在他们回家的路上,伊丽莎白对简说了不久前达西先生与威克姆先生之间的表情变化。虽然平时简都是对这种事情采取一种比较袒护的态度,但是,她现在也是无法说出什么来。回家后,柯林斯先生向贝内特太太称赞了她妹妹的殷勤好客,让这位女主人听了心花怒放。他说,菲利普斯太太是那么风趣有气质的女人,他见过的女人中,只有凯瑟琳夫人母女俩比得上她;还说,她与自己从不相识,只因为他与贝内特府上有亲戚关系,对他还是那么客气,还请他也去参加她家明天的晚宴。他生平第一次见到这么热情好客的人。

第十六章

没有人反对年轻人与姨妈的约会。身为客人的柯林斯先生很不好意思把贝内特夫妇整晚留在家里面,但是这对夫妇并不介意。所以,这些表兄妹们一起乘坐马车准时来到了梅里顿。他们刚进客厅,就听说威克姆先生已经光临了。他们几个人都坐了下来后,柯林斯先生神态悠然地四处张望,想好好地称赞一番屋里的家具,还说自己犹如置身于在罗辛斯消夏的小餐厅里。本来,女主人并不怎样高兴他的这个说法,直到有人给她解释了罗辛斯是什么地方,它的主人又是谁,以及凯瑟琳夫人那间客厅中那个耗费八百镑的壁炉架,她才觉得这个说法让她多喜欢!到这个时候,即使是有人说她的客厅是罗辛斯女管家的住处,她也觉得心满意足了!

这位柯林斯先生可放心地往下说了,他对凯瑟琳夫人及她的房子赞不绝口的同时,仍忘不了要说一说他自己的房子以及对它进行的各种修缮。一直到男宾们都进来,他才停止了这种自得其乐的唠叨。只有女主人爱听他的话,似乎还对他产生了崇拜感,看样子还恨不得以此为荣传播给她的邻居们。但是那几位小姐可遭殃了，她们不喜欢听这些话，又被干扰得不能弹琴，没事可干，只好以壁炉架上的瓷摆设为模特进行绘画，还若无其事地仔细端详。她们还是觉得要等那么长的时间很无聊，好不容易才盼来了男宾们。无论是什么时候看见威克姆先生，伊丽莎白都觉得自己没有爱错他。该郡民兵团的军官们都是很讲究体面的绅士人士，而这次前来参加晚宴的人更是他们中的佼佼者。威克姆先生在这些人中无论人品、外貌、风度和身份地位都比其他的军官更胜一筹。其他的军官又都比她们那位膘肥体壮、圆滑老练的菲利普斯姨夫形象更好，他满嘴都是葡萄酒味，走在众军官的身后。

那一天晚上，威克姆先生最为风光了，他几乎吸引了所有女人的注意力。伊丽莎白是那晚最得意的女性。当威克姆先生在她身边坐下来时，他马上就与她交谈起来，虽然他们交谈的都是关于当晚下雨和雨季可能到来等方面的话题。因为威克姆先生和颜悦色的态度，所以伊丽莎白觉得平时认为是最无聊、最讨厌、最迂腐、最平常的话题，与他交谈起来也是十分有趣的，因为他有与人交谈的技巧。

柯林斯先生在这些优秀的军官们面前，显得特别渺小无吸引力。在那些年轻的小姐看来，他是微不足道的，十分不招人喜欢。幸亏有菲利普斯太太时不时地给他倒咖啡、添松饼，并且也乐意听他说话。当牌桌都摆好以后，机会来了，柯林斯先生可以报答女主人的好意，他们一起玩惠斯特(类似桥牌的一种牌戏)。

柯林斯先生说自己对这种玩法一窍不通，但是他十分乐意好好地学会它，因为他觉得自己处境很不妙。女主人没有耐心听他陈述理由，但是十分乐意做他的老师。威克姆先生没有和他们一起玩惠斯特，他被几位小姐邀请到另一张桌，坐在伊丽莎白和莉迪亚之间，他们在摸彩牌。开始的时候，莉迪亚几乎独揽了他，跟他没完没了地聊天，他们两个人都对摸彩牌有着相同的兴趣。当莉迪亚急切地下了赌注并得彩之后，她大声地欢呼着，全然不顾旁边有谁。威克姆先生一边跟大家摸彩，一边跟伊丽莎白聊着其他事情。伊丽莎白很高兴跟他聊天，但并不希望只通过这一次谈话就能了解到他与达西过去的历史，因为她根本就不敢提起达西先生的名字。后来是他自己主动说起了他与达西先生的事情的，这似乎让伊丽莎白的好奇心得到了满足。他问伊丽莎白，从梅里顿到内瑟菲尔德有多远的距离，还问起了达西在那里住了多长时间。

伊丽莎白见机会来了，就不想错过，就说："他在那里住了将近一个月。有人说他是德比郡的一个大财主呢。"

威克姆先生说："是的，在德比郡，他有一笔可观的财产，每年有一万镑的收入吧。他从小就和他家里有不同寻常的关系，对于他的这方面的情况，我了解得最清楚了。"

听了这话的伊丽莎白马上变得一脸的吃惊。

威克姆先生说道："贝内特小姐，昨天我和达西先生那一幕很微妙的表现，也许你已经看到了，所以你才会对我的话表现出了很惊奇的神态。请问，你对达西先生十分熟悉吗？"

"我只求与他交往到这个地步就行了，与他在一起呆了四天，已经觉得够烦人的了。”伊丽莎白十分气愤地说道。

威克姆先生说：“我无权对他发表意见，不好说他到底是否讨人欢心。我与他认识了很长的时间，十分了解他，所以要做判断，未免不出现偏差。我也认为不可能不带有个人偏见，但是，我觉得，你对他的看法会让人们感到惊愕的——换了别的场合你可能不会那么大动肝火，因为这些人都是你的家人。”

“还别说，只有在内瑟菲尔德我不这么样，在这附近的其他地方我都会这样说的。在赫特福德郡没有一个人会喜欢他，就凭他那副傲慢的样子，还有谁不讨厌他呢？谁也不会对他说一句好话的。”

停了一会儿的威克姆先生说：“凭良心说话，无论是他还是其他的人，都不能够过分抬举。只是他这个人，经常被人抬举得高高的。他的财富把世人的眼睛给蒙住了，所以他目空一切，盛气凌人，别人也畏惧他的态度，不敢逆着他来，只得什么都顺着他的意思来行事。”

伊丽莎白说：“我对他不是十分熟悉，但是我觉得他的脾气简直坏透了。”威克姆先生听后只是摇着头不言语。等到有了机会，他才问道：“他会在这个地方住很长时间吗？”

“对于这些情况，我什么也不知道。当我住在内瑟菲尔德时，也从来没有听到什么关于他要走的风声。他在那附近住不会对你在某郡民兵团的任职计划有什么影响吧？”

“当然不会了。他不会把我赶走的，如果他不愿意见到我的话，他会自动离开的。虽然我与他关系很不融洽，见到他时也觉得十分不舒服，但是，我觉得我没有必要回避他。我必须让所有人知道他是个多么肆虐无辜的人，知道他那些为人处世的态度是多么让人痛心疾首。告诉你，贝内特小姐，他的父亲已经去世了，这是个十分善良的人，也是我这辈子最真挚的朋友。每一次我见到这位达西先生，心中总会涌起千万份温馨的回忆，心里却十分痛苦。他把于我而言，那态度简直是不能容忍。只是，所有的一切不愉快，我都不会在心头上的，不过我不能容忍的是他对先人的期望全部辜负了，让先人的名誉受到了羞辱。”

他越说，伊丽莎白越觉有兴趣，所以，她听得越来越有滋味。只是碍于事情的复杂性，她才没有进一步追问下去。威克姆先生接着又说了一些很平常的事情，比如梅里顿、邻舍或社交什么的，好像他对所有的这一切都很满意，没有什么不如意的。尤其是说到社交时，他说得既是温文尔雅也很明显地献殷勤：

“我参加某郡民兵团的原因是因为这里的人们十分和气善良又讲究情义，我觉得这本身就是一支十分可贵可敬的部队。我的朋友丹尼还诱惑我说，他们的营房完好无缺，因为梅里顿的人们对待他们太好了，在那里，他们能结识到很多好朋友呢。社交生活对于我来说是必不可少的，因为我曾经失意过，精神上不能忍受孤单寂寞。我就得与人交往，要找些事情来做。原来我不打算要过行伍生活的，只是因为受环境的影响，觉得现在参军也还行。我家里从小就将我往牧师这方面培养，我本来应该成为牧师的——如果达西先生成全我的话，现在的我就已经有一份很可观的牧师收入了。”

“此事当真？”

“真的，当时老达西在遗嘱上已经说清楚了，他那个最好的牧师职位一旦空缺，就赐赠给我。这位老达西先生是我的教父，对我疼爱有加，让我受宠不止。他的意思是让我把自己的生活过得好一些，还以为十分有把握做到这一点。但是后来那个牧师职位空了之后，就送给了其他的人。”

“我的天啊！天下还有这种事情？有先人的遗嘱，竟有人敢违抗？你可以依法起诉的啊！”

“那个遗产的条款上有个比较含糊的地方，所以我要起诉的话，也不见得就会赢。对于先人的意图，作为有体面的人，又怎能随便怀疑它呢？但是达西先生偏偏这样做了，还说那是有条件地提拔我，说是铺张浪费，说是举止粗鲁，反正说的全部是莫须有的罪名。所以我应有的权益就被剥夺掉了。前两年，那个牧师职位空缺了，我也达到接受圣职的年龄，只是已经给了别的人。我也没有责怪什么人使得自己失去那份不菲的俸禄。本来，我生性急躁，心直口快，所以在别人面前总免不了要直言不讳地说起他来，有时还会与他面对面地顶撞呢。所有的一切就是这样的，很明显，我与他是性格有着天壤之别的人，他对我怀恨在心。”

“让人听起来毛骨悚然！应该让他在众人面前出丑才对！”

“我觉得他会有这样的下场的，但绝不会是我让他那样。因为他父亲是我的好朋友，所以我绝对不会轻视他、揭露他和敌视他的。”

他这般情操，让伊丽莎白觉得他是那么英俊潇洒。过了一会儿，伊丽莎白对他说：“他这样做的目的是什么呢？太残酷无情了！”

“他对我深恶痛绝，而我认为这是有某种程度的嫉妒。因为老达西太宠爱我了，所以作为儿子，达西先生当然不能忍受，他才会从小就与我过不去，处处为难我；也因为总是我受宠，与他竞争，所以他狭窄的心胸就容不下我。”

“我对达西先生一贯不喜欢，到现在才知道他是这么坏的人、这么恶劣的人。本来我还以为他只是看不起别人，但他却是堕落到了很严重的地步，总是蛮不讲理蓄意报复人。我还记得，在内瑟菲尔德，他对其他人吹嘘说他的脾气不饶人，他无法消解与别人结下的怨恨。看来，他的性格肯定是很让人害怕的了。”

威克姆先生则说：“对于这个问题，我的看法也许不足为据，免不了有太多的个人主观意见。”

沉思中的伊丽莎白说：“他竟然这样对待自己父亲的教子、朋友和宠儿！像你这样一个青年，一看你的脸就知道你是个十分平易近人的人。你们又是从小在一起长大的，关系那么密切，还有这等事情！”

“我和他从小就在同一个教区的同一座庄园里长大，直到青少年时，我们都是一起的。住在同一幢房子里，都是他先父的照料，一同玩耍。以前我父亲的行业是与现在你姨父菲利普斯先生一样的，后来为了给老达西先生工作，就把自己的一切都放弃了，全部身心用来照料彭伯利的资产。先父受到了老达西先生的器重，他们成为最知心、最密切的好朋友。老达西总说先父经营管家有方，是他的得力助手，当他临终时，就提出了要供养我的遗愿。他这样的目的是感激我先父的恩情，也是疼爱我的缘故。”

“真是怪事！太可恨了！”伊丽莎白大声地说，“我是那么纳闷，达西先生如此骄傲，而且又对你这么不好。如果只因为是骄傲的话，他是不值得这样卑鄙的，甚至可以说他这样做是阴险了。”

威克姆说：“是的，让人觉得奇怪！他的一切言行举止都可以说是因为傲慢的原因，他终生最好的朋友就是傲慢。由于傲慢，他十分讲究道德。但对我，除了傲慢，他更多是感情用事，因为他也总是有反复无常的时候。”

“我想知道的是，如此傲慢，他觉得有什么好处吗？”

“对他当然有好处了，比如他总是出手大方、热情好客，对于接济穷人和资助佃户等总是慷慨豪爽，这由于他家族的自尊，作为子女，他当然也有很强的自尊心。他先父的为人让他引以为豪，他当然不能有辱家风，也不能有辱作为兄长的自尊。这份自尊加上一点手足之情，使他成为他妹妹最亲切又最体贴入微的保护人，所以，会经常听到别人说起他是他妹妹达西小姐的好兄长。”

“我不知道他妹妹达西小姐是个什么样的人。”

摇了摇头的威克姆说：“如果我也能说一句她可爱就好了。我真的不愿意说达西家人的不是。但是，我不得不说，她与她哥哥一样，傲慢十足。她还小的时候，倒是很可爱很让人觉得亲切的。那时她很喜欢我，我们经常大半天地在一起玩耍呢。当她只有十五六岁时，就长得十分漂亮，也多才多艺。后来她父亲去世了，有位妇人负责培养她，与她住在一起，她们一直在伦敦居住。”

他们已经谈论了很多。后来，伊丽莎白把话题又转回到原处，说：“我还是不能明白，达西先生和宾利先生为什么会这般亲密友好？宾利先生脾气可好了，又让人觉得平易近人，他们性格不相投，又怎么会成为好朋友呢？太奇怪了！你认识宾利先生吗？”

“不认识。”

“他的性情可温和了，又亲切又可爱。他应该了解到达西先生的性情。”

“可能不了解吧！但是达西先生自有讨人喜欢的好办法，这难不倒他。只要认为一个人值得他交谈和交朋友，他会做到谈笑自如的。在对待与他同等地位的人和地位不及他的人，他的态度是截然不同的。别看他总是傲慢十足，但是与有钱有地位的人在一起时，可不是这个样子。他会做得胸怀磊落，公正诚实，讲究体面又通情达理，而且和蔼可亲，全因为别人也有财产和好身份地位。”

后来，惠斯特牌那边散场了，那玩牌的几个人都围到了他们这边来。柯林斯先生站在伊丽莎白和菲利普斯太太两个人中间，女主人问他是否赢了，他很不幸运，反而输了，还输得精光。女主人不免替他可惜。他很端庄地对她说，他根本就不把这些小事放在心上，钱对他来说根本不重要，请她千万别不安。他说：“太太，我心里清楚，坐到了牌桌旁边，就全部得靠运气了。不过，我家境还宽裕，五先令不足挂齿。我也知道,还有很多人不能这么说话。我多亏有了凯瑟琳夫人这样的朋友,所以,这些小事我就当是区区小事。"

在一旁的威克姆先生留意了他们的谈话,他看了柯林斯先生几眼,就轻声向伊丽莎白打听她这位亲戚是不是与德布尔家很亲。伊丽莎白则对他说:"凯瑟琳·德布尔夫人不久前给他推荐了一个牧师职位。不过我并不了解最初她是怎样认识他的,也许他们才认识不长时间吧。"

"凯瑟琳·德布尔夫人和它妮·达西夫人是姐妹,你不知道吧?也就是说,凯瑟琳夫人是达西先生的姨妈。"

"是的,我一无所知。我不认识凯瑟琳夫人,几天前,别人才对我说起她呢。"

"那位德布尔小姐有一大笔财产可以继承呢,大家认为,她和他表兄将来可能会把两家财产合并起来。"

伊丽莎白笑了起来,只因为那个可怜的宾利小姐。如果达西先生早与别人定了终身,那么宾利小姐的百般殷勤不就付诸东流了吗?她还对达西小姐和达西先生赞不绝口呢!而柯林斯先生对凯瑟琳夫人母女也是这样赞不绝口。"不过,我听得出来,他说到凯瑟琳夫人的一些具体情况时,他是被一种感恩的想法蒙住了头脑,她是他的大恩人,可仍然是个清高自负的妇人。"

威克姆则说:"我觉得她十分高傲,虽然我已经有很多年没见过她了,但我还是不喜欢她,因为她太蛮横无理。别人也许会觉得她聪明通情达理,但我却不这么认为。她有才智是因为她有钱有势,也因为她目中无人;另外也因为达西先生的傲慢清高,这个外甥认为,他的亲戚全都是聪明人。"

伊丽莎白认为他说得十分有道理,两个人很投机地交谈着。直到吃晚饭收牌的时候,其他的太太小姐才有机会分享威克姆先生的殷勤。在宴席上,菲利普斯太太总爱吵闹,让人难以接受。而威克姆先生却十分受人欢迎,他的言行举止都很得体,都很斯文。当伊丽莎白临走时,脑子里想的全是他一个人。回家的路上,她只顾想着威克姆先生和她说过的每一句话。莉迪亚则是滔滔不绝地说着抓彩牌的事,说她输了多少押注,又赢了多少押注。柯林斯先生还是三句不离菲利普斯太太的热情好客,说他根本不在乎那五先令,说他把晚餐的菜肴数了好几次,还好几次地说生怕自己挤了表妹们。他一路唠唠叨叨,到了朗伯恩屋前,他还没说完。

第十七章

在第二天,伊丽莎白对简说起了她与威克姆先生的全部谈话,这让简听得大吃一惊,同时也表示关切。她简直不敢相信,达西先生是这么不值得宾利先生付出友谊的人。威克姆先生是这么和颜悦色,他说的话应该是不受到怀疑的。但是,一想到达西先生要受到这些不友好的待遇,她心中马上就涌起了怜悯之情。她只得将他们两个人都往好处想,还竭力为他们辩护,把所有说不清楚的事情都归结是不可意料和误会而产生的。她说:“他们两个人可能是不知道为何受到了其他人的欺骗,没准还是有人故意从中作梗呢。如果我们刻意要去找出其中的原因的话,那么肯定会伤着其中的一个人的。”

伊丽莎白则说:“亲爱的简,你说得对极了。但是,如果你知道了是谁导致他们不和,你会对这个人说些什么呢?我请求你一定要为他们辩护,否则的话,我们就会自觉不自觉地得罪其中的一个人。”

“你看着办吧,你要怎么取笑随你的便。无论你怎样取笑我,我都不会改变自己的看法的。亲爱的莉齐,你想,老达西先生生前对威克姆先生疼爱有加,还立下遗嘱要供养他。但是,达西先生却是那样对待他,太不像话了。每个人都要有些起码的道德,如果他还会珍视自己的人格的话,那么他是无论如何也不会干这种事情的。宾利先生是他那么好的朋友,难道他也看错人吗?但愿那不是真的!”

伊丽莎白则说:“我宁可认为宾利先生看错了眼,也不愿认为威克姆先生昨天对我说的那些话是假的。所有的人名和事实,都是信口雌黄的。如果说这不同于事实的话,还不如让达西先生为自己辩护算了。从威克姆先生的表情看得出来,他是不会说假话的,我敢保证。”

“这件事情很难说得清楚是谁对谁错。这太让人失望了,也不知从何处想才好!”

“说句实在话,人们是很难清楚该如何去想的。”

但是,简只明白了其中的一点,即如果宾利先生真的看错了达西先生的话,一旦真相大白后,宾利先生会痛心疾首的。她们正在矮树林中兴高采烈地谈论这些的时候,家里派人来对她们说,家中来了几位客人,正是她们一直在谈论的那些人。因为早已定好的下星期二要在内瑟菲尔德举行舞会,宾利先生与他的两个姐妹特地前来邀请这几位小姐前往参加。宾利姐妹与久别的朋友重逢,高兴得不亦乐乎,就犹如是恍如隔世似的,还很热切地问起了分别后简在做什么。对于贝内特家里的其他人,她们很少交谈,还极力地回避着贝内特太太,只与伊丽莎白寒暄了几句,其他的人则根本就不理睬了。当他们要起身告辞时,宾利姐妹很突然地从座位上站了起来,宾利先生还被她们的动作给吓着了,她们拔腿就跑,目的是回避贝内特太太那些繁文缛节。内瑟菲尔德马上要举行舞会,足以让贝内特家的几个女人们乐坏了。贝内特夫人觉得这次舞会是专门为她的女儿举办的,尤其是为她的大女儿简。这次宾利先生亲自登门发出邀请,不是很形式地发张请帖,足以让她得意。简在心里一直揣摩着那个夜晚肯定会很快活疯狂的,因为有那两位知心女友聊天,又有她们兄弟的殷勤的侍候在身边。伊丽莎白则十分乐观地想,在那里,她又可以与威克姆先生纵情跳舞,又可以从达西的表情中证实她已经听到的所有情况。而凯瑟琳和莉迪亚都不把自己的乐趣寄托在某件事或某个人的身上,她们也想多与威克姆先生跳舞,她们还想与其他的人多跳舞呢。舞会就是舞会,连玛丽也说自己要去参加呢。

玛丽说:“我把上午的时间充分地利用好后,就足够了,只是偶尔去参加几次晚会也不会给我带来什么害处。社交生活是我们都需要的,谁都缺不了生活中一定数量的消遣和娱乐。"

伊丽莎白现在十分快乐,本来她是很不乐意与柯林斯谈话的,可是她还是要问一问他是否去参加舞会。如果他也去的话,肯定是不相适宜的。但是他的回答太让她吃惊了。他十分爽快地说他很乐意去,他是不会受到大主教或凯瑟琳夫人的责怪的。他对伊丽莎白说:

"像这样的舞会,主人是那么有声望的小伙子,宾客又都是体面人士,我觉得去了不会有什么不妥。我认为自己是挺合适跳舞的,如果那个晚上有哪个漂亮的小姐肯赏脸与我跳舞的话,那是最好不过的。伊丽莎白小姐,不知你是否能陪着我跳前两曲舞,你能接受我的邀请吗?我希望表妹能为我找个正当的理由,也不要责怪我有什么不妥。"

这个时候,伊丽莎白才发现自己上当了,她原来已经计划好要与威克姆先生跳前两曲舞。但是半路杀出了个柯林斯先生。她觉得自己快活得过早,但是一切都无法挽回了。她与威克姆先生的快乐只能往后推了,她得让自己有个愉快的心情去接受柯林斯先生的邀请。她也才第一次意识到,在她的几个姐妹中,柯林斯先生已经选定了她!把她作为亨斯福德牧师住宅的主妇,一想到这些,她就一点也高兴不起来。因为当罗辛斯没有其他更合适的人选时,她还可以凑数作"四十张"的牌友。她想得一点也不错,因为柯林斯先生对她越发殷勤了,这不时地说她聪明活泼。她对自己的娇媚产生的魅力觉得有些惊奇,不过她并不会自以为是。后来她母亲又对她说,她与他可以成为夫妇,因为她母亲特别中意她这样做。伊丽莎白不买账,她心中有数,如果她有什么不满的表示,那么她们肯定会大吵一架的。不过她觉得柯林斯先生还不至于会向她求婚,这样更好,所以就不必要吵架。

最好的就是现在内瑟菲尔德举办舞会,可以作为谈论的资本。但是,贝内特家的几位小姐十分可怜,因为准备去参加舞会那天,下了一整天的雨。所以,她们没能到梅里顿去。这样她们就不能去看她们的姨妈和那些军官,也不能打听那边的消息了。更为可怜的是,连她们的舞鞋都得托人帮买。伊丽莎白对这种鬼天气感到十分讨厌,因为这使得她和威克姆先生的友谊没有什么进展。还好是下个星期二才有舞会,才使她们有盼头地度过周五、周六、周日和周一的日子。

第十八章

那一天,当伊丽莎白走进内瑟菲尔德的客厅时,她目不转睛地在那群红制服的男宾中间寻找威克姆先生,却怎么也找不着他的身影。她马上就怀疑他不来了,她还是有些担心的,不过她还是坚信会碰到他的。她十分细心地打扮着自己,还满怀欢喜地要把他那颗心给彻底征服掉。她也相信只要一个晚上的时间就能把他征服过来。不过只过了一会儿,她马上就想起了一个不好的想法,可能是宾利先生为了邀请达西先生而故意疏忽了威克姆先生,免得他们有什么不和发生。但是,实际情况并不是这样的。莉迪亚很急切地向丹尼先生打听威克姆先生不到的真正原因,他就说,他的朋友在前一天就已经进城去了,还没回来。他还很意味深长地说:"我觉得他大概是要回避在这里的一位先生,否则的话,他再急也不会这个时候走掉的。"

莉迪亚没有听到他这条消息,但是伊丽莎白听到了,她还做出了以下的断定:威克姆先生借故缺席,全部是因为达西先生的缘故。她原来也没有猜对其中的原因。不久后,达西先生过来跟她打招呼,她对他不理不睬的。因为她觉得若是自己对达西先生表示宽容、忍耐和关注的话,就是对威克姆先生的不敬。所以她决定了不去理睬他,马上掉头就走。后来她对宾利先生也挺来气的,原因是他对达西先生盲目信任让她心中不快乐。

还好,伊丽莎白这个人本来就是个乐天派,不会闹情绪。那个晚上她虽然很不高兴,但是她的情绪还是相当好的。当她与一个星期不见面的夏洛特·卢卡斯聊天时,就把自己的伤心事全部说给她听,也说了她表兄柯林斯先生的好些怪事,还给她描绘这个人。伊丽莎白与阿林斯先生跳舞时,真是让她受够了,因为他又笨又呆板,让她觉得丢尽了脸。当她从他那里解脱出来时,犹如出笼的小鸟一样欢呼雀跃。

接下来,她跟一位军官跳舞,还说起威克姆先生,知道他所到之处都是很受欢迎的,所以她心中觉得有了些许的安慰。连着跳两曲舞之后,她回到了卢卡斯小姐身边,刚要说话,在不远处的达西先生却出乎意料地过来请她跳舞。她不知如何是好,但还是马上就答应了。不知为什么,达西先生走开了。在一旁愣着的伊丽莎白则怪自己不该束手无策,夏洛特则极力给她安慰:

"很快你会发现他的可爱之处的。"

"如果这样的话,我宁可不要,那会倒大霉的!要下定决心去恨一个人,还能发现他有讨人喜欢的地方?放我一马吧!"

舞蹈开始了,达西先生走过来邀请她。在她走之前,夏洛特对着她耳朵说,千万要小心些,犯不着为了威克姆先生而耽误了另外一个比他值十倍的人。伊丽莎白只顾走下舞池,什么也不说。她觉得自己受宠若惊,居然能够作达西先生的舞伴,周围的人也都十分吃惊。他们两个人都沉默了一会儿,她还以为他们能坚持不说话到最后,所以她是绝对不会首先说话的。但是,她又觉得要想一个办法来逼着他说说话,这样能更好地惩罚他。她说了几句话关于舞蹈的,达西先生接着她的话说了下去。但他们只说了一点,又都不说话了。后来,第二次,伊丽莎白对他说:"该你说话了,我刚才说的是跳舞,你的话题是这个舞厅的大小以及那些舞伴们。"

达西先生微笑着对她说,行,她要他说什么,他心甘情愿地服从。

伊丽莎白说:"说得好,我还是比较满意你的话的。等一会儿我可能会说,私人开的舞会比公共舞会更有趣。好了,现在我们不能说话了。"

"你的意思是说在你跳舞的时候应该说话?"

"有时候是的。人嘛,有了嘴巴,就应该说话。如果都不说话的话,那多难受啊!但是,为了让某些人过得好些,就应该少说为佳。"

"你说的意思,是为了照顾我呢,还是照顾你自己呢?"

"都有吧!"伊丽莎白狡猾地说,"在我看来,我们两个人的性格相似点还是挺多的。我们都不喜欢交际,不爱说话,难得说话,懒得开口,除非是一鸣惊人,否则是不会说的。"

"你这么说不对吧?我与你的性格好像不是这个样子的,起码你的性格不是这个样子的。难道你觉得对自己的看法是正确的?"

"我也不能给自己下定论。"

达西不说话了,于是两个人都不说话。当他们跳第二曲舞时,达西问她是不是经常和她的几位小姐妹到梅里顿去玩。伊丽莎白肯定了,并且还忍不住地说道:"那天我们和你们见面时,正好我们结识了一位新朋友。"

这话的作用还不小。达西的脸上马上就表现出了一种蔑视的表情,沉默不语。伊丽莎白暗地里责怪自己太软弱,但还是说了起来。后来,达西开口说话了,只是神态很不自然:"威克姆先生与生俱来就是那么讨人喜欢,他交上朋友也是十分容易的。但是是否能长久相处下去,则难说了。"

伊丽莎白强调说:"他太不幸了,失去了你的友谊。看样子,他会吃一辈子苦头呢。"

达西不说话,好像不想再谈这个问题。后来,是威廉·卢卡斯爵士走了过来,还以为他要到屋子的另一边去呢,但是,他却在达西先生这儿停了下来。他很有礼貌地鞠躬,对他的舞姿和舞伴大大地夸奖一番才作罢。

"达西先生,你真是让我大开眼界啦!世上很少有人跳舞有你那么好,你的舞技是一流的。还有,你这位漂亮的女伴真不错。我希望我有眼福,等将来办喜事的时候,(他还朝他们意味深长地看了一眼。)我敢说,人们会蜂拥而至的。我不是要打扰你,达西先生,你们俩谈得那么投机,我这个时候来是不合时宜的。这位小姐漂亮的眼睛也在怪我呢。"

达西先生没有听到后面的话,但他十分吃惊威廉爵士说他朋友的事。他很严肃地朝宾利与简两个人那边望过去。但是,他很快就平静下来,对伊丽莎白说:

"我们的话被打断,我们刚才说到哪儿了?"

伊丽莎白说:"刚才那样根本就不能当作是谈话。威廉爵士也是很随意去打断屋里的任何两个人,他们也并不见得就比我们多说什么。刚才我们说了几个话题,只是话不投机。我也不知道要说什么了。"

达西微笑着说:"咱们说说书吧。"

"书?不太好吧?也许我们两个人看的书都不同,没有共同语言。"

"我想不到你会这么说,如果真是这样的话,至少也有一些话要谈啊,我们可以求同存异嘛。"

"这也不好,在舞厅谈论书,我现在不想说这些事。"

"你说你心里想的是眼前吗?"达西不解地问。

"不错,一般如此。"伊丽莎白也不知自己在想什么,她的思绪早就在千万里之外了。突然间,她后面冒出了那些话:"达西先生,你曾经说过,你是不会饶恕一个人的。如果你与别人结仇了,也不会消除仇恨的。是不是,你与人结仇都很小心呢?"

"不错。"达西十分坚定地说。

"也不受任何个人偏见的左右?"

"我认为是的。"

"你从一开始就下定主意,从不改变主意?"

"你这是什么意思呢?"

"别无他意,只想了解你的性格。我想了解你的性格。"伊丽莎白很不在乎地说。

"请问现在你了解得怎样了?"

"毫无收获,人们对你的评价众说纷纭,我也没办法总结。"

"我相信你的话,人们对我各有说法。但是,贝内特小姐,我希望你不要急于给我的性格定论,我认为这对于谁都没有好处。"

"问题是现在不了解,以后就没有机会了。"

"我不会让你扫兴的。"达西冷冷地说。

两个人都不说话,又跳了一曲后,就什么也不说地分手了。他们都不快乐,但情况略有不同。达西已经有几分喜欢她,并没对她怪罪什么,只是把这些气都向另外一个人出了。不久,宾利小姐走到伊丽莎白面前,轻视地说:

"伊丽莎白小姐,有人说你很喜欢乔治·威克姆,刚刚你姐与我还说到他呢。

我们说了很多问题,那个年轻人跟你说了那么多,但他没跟你说,他是老达西先生的管家老威克姆先生之子。作为朋友,我奉劝你不要相信他的话。他说达西先生对他不好,全是莫须有。虽然乔治·威克姆用十分卑鄙的方式来对待达西先生,但达西先生对他还是那么友好。具体的情况我不了解,但是,有几个细节我是知道的,这些事情全然不能怪达西先生,虽然他一听到有人提起乔治·威克姆,他心里就难受。这次我哥哥请这些军官们来参加舞会,也请了他,因为不请他也说不过去,但是他有自知之明,还是自己首先回避了。如果他要到我们这里来的话,那么他的脸皮是够厚的,我肯定不会想得到他有这么大胆的。我在这里向你说声对不起,因为我把你心爱的人的缺点都说了,伊丽莎白小姐。但说句心里话,他是那样的出身,还能指望他做出什么大的成就呢?"

"你说的是他的缺点和他的出身都确实无误吗?"恼羞成怒的伊丽莎白说,"你这么说了一大通,你只不过是为了指责他是老达西先生管家的儿子。我说给你听,这一点他早就亲自对我说过了。"

"很对不起,我是不该自找麻烦,但是我是好心的。"宾利小姐冷笑着说,转身就走掉了。

伊丽莎白对自己说:"真无礼!别以为用你的话能改变我的意见!你看错了!这样反而让我看透了你的卑鄙手段和达西先生的阴险毒辣!"后来她就去找简,因为简说过要帮忙问宾利先生的。当时简正一脸笑容,不亦乐乎。伊丽莎白一看就知道她那晚过得十分惬意,知道了她的好心情,觉得她正越来越走近幸福了。所以,她把自己对威克姆先生的担心,对达西先生的仇恨,还有别的伤心事,全部都忘掉了。伊丽莎白十分高兴地说:

"我不知道你是否已经打听了威克姆先生的情况。不过你玩得这么开心,也许就无暇顾及这件事了。我会原谅的,这不能怪你。"

简说:"哪能呢!我记着呢!只不过我没有好消息跟你说,因为宾利先生对他也不是很了解,也不知道他为什么对不起达西先生。但是他可以为他朋友的人格作保证,他朋友是绝对诚实豪爽的,也坚信达西对威克姆先生够宽容的。有些遗憾的就是,以宾利兄妹的意思,威克姆先生不是个好青年,也许是他不够得体达西才看不起他。"

"难道宾利先生也不认识威克姆先生吗?"

"是的,那天在梅里顿他们是第一次见面。"

"喔,他的话都是从达西那里听来的。我已经满意了,还有,宾利先生对牧师职位又是怎样说的呢?"

"达西先生对他说过几次,不过,具体情况他记不全,他只记得,牧师职位传给威克姆先生可不是无条件的。"

"对于宾利先生的话,我是深信不疑的。但请你原谅,我是不会让这几句话说服的。宾利先生也许很吃力为自己的朋友辩护,他对全部情况并没有都知道,所知的又都是从达西先生那儿听来的,我觉得我还是应该保持自己原来对他们的看法。”

伊丽莎白很快就改变了话题,这样她们都乐于接受,也是有一致的看法。简很高兴地说了宾利先生对她的一往情深,希望不是十分有把握,但还是让人欣慰的。伊丽莎白给她鼓励,让她充满自信。宾利先生过来了,伊丽莎白就去与卢卡斯小姐聊天。卢卡斯小姐还问她刚才跳舞是否很开心,伊丽莎白还来不及说什么,柯林斯先生已经过来对她们高兴地说,不久前,他有重大发现。

“太巧了!这些客人中有一位是我女恩主的近亲,因为很偶然我听他说起了我女恩主母女俩。多让人高兴啊!他就是我女恩主的外甥!太妙了!我还准备去向他问安呢!相信他会原谅我的。现在我才知道有这门亲戚,岂不妙哉?”

“你要向达西先生自我介绍吧?”

“是的,因为我没有及时问候他,得请他原谅;他就是凯瑟琳夫人的外甥。我可以跟他说,她的健康状况很好,至少是在六天之前是这样的。”

伊丽莎白觉得他这么做很不妥。没有人引荐就去与达西先生说话,太冒昧了,达西先生会不乐意的。他们两个人也不需要多礼,但是还是由地位较高的达西先生来找他比较合适,可是柯林斯先生并不理会,还是按自己的意思去做。他急冲冲地说:

“对于你在自己知识领域的所有问题的卓越见解,我是十分钦佩的。但是,请恕我直言,俗人的礼仪与教士的礼数是不同的;而且就尊严而言,如果你能做得到谦恭得体的话,那么教士的职位也能比得上国王的。所以,你应该同意我接受自己良心的支配,去完成我分内的事情,你得原谅我不接受你的劝告。除了当前这件事,别的事情我都会听你的,因为我接受过教育,又爱想问题,比你更合适决定大事情。”

他鞠了躬,就跑去巴结达西先生。伊丽莎白想看他如何冒失去打扰达西先生,达西先生见他这样,十分吃惊。他很恭敬地鞠躬才说话,伊丽莎白没能听他说什么,但凭感觉能猜出来,他说的无非是道歉、亨斯福德、凯瑟琳、德布尔夫人之类。见他如此丢脸,自己也挺没面子的,达西先生一言不发听他唠叨完了,才很冷漠又客气地应付他几句。这下可好,柯林斯先生又信口开河地说了一大通,达西先生难以接受,鄙夷之情也马上大增,让他说完了,只是象征性地鞠躬就走掉。柯林斯才回到伊丽莎白这边来。

“我跟你说,他待我可好了,我很满意。他好像很高兴我去拜见他,对我的问题,他很客气地回答了,还夸我好,说我的女恩主有眼力,看准了人。感谢他这么想,我很喜欢他这个人。”

这让伊丽莎白觉得很无聊,只好留意简与宾利先生。她看着他们,想着美好的事情,分享简的快乐。想到简搬到这里来,两口子恩爱有加,多么惬意!而且她母亲也是这样想的,但她不能去接近她,否则又要听一大堆的啰嗦。后来吃饭时,离自己的母亲太近,她觉得十分不好受。她真受不了,她母亲一直与卢卡斯夫人在瞎说她希望简早些嫁给宾利先生,一说起来,她又滔滔不绝,没完没了。还说了几点好处，说宾利先生人不错，有钱又住得近，他的两姐妹也喜欢简，成婚后，一定会过得快乐的。更主要的是，有了这门亲事后，她的其他几个女儿就好说了。而且，她自己年龄不年轻了，可以把其他的女儿托给大女儿，这很好，这个主意是不错的，因为贝内特太太平时在家里呆不住，她肯定会经常去串门的。她虽然表面上祝卢卡斯太太也走好运，但她心里可不这样，她嫉妒呢。伊丽莎白受不了，让母亲不要说那么多，说小声些，因为在她们对面的达西先生肯定会听到的。但她受到了母亲的斥骂：

"我与达西先生没有关系，我才不怕他呢！犯不着对他这样的人讲礼貌，我说我自己的，管他爱不爱听。"

"妈，求求你，小声点儿。得罪达西先生没有好处，宾利先生会看不起你的。"

但是一切都无济于事，贝内特夫人还是在高谈阔论。伊丽莎白则十分难堪，气得脸都红了。她看达西先生，更觉得担心，因为达西先生总在听着她的话，一副气愤和鄙夷的表情，后来才冷静和端庄了些。好不容易，母亲说完了。卢卡斯太太正乐着自己不用打呵欠了，也可以吃点冷肉冷菜。伊丽莎白也觉得松了口气。但是不多久，有人说要唱歌，她很难过，大家才稍稍请一下，玛丽就欣然同意献歌。伊丽莎白一个劲儿地递眼色，求她别出丑了，但是，一切无济于事。好出风头的玛丽开口大唱了起来。真让人难受，耐着性子听她唱了几段，心里特难宁静。玛丽唱完了还希望有人请她再唱一些。后来，她又唱开了。但是，她天生就是嗓门小，像她这样的人，让伊丽莎白觉得如热锅上的蚂蚁。简此时正与宾利先生聊天，宾利两姐妹在挤眉弄眼，达西先生板着面孔。无人阻止她，伊丽莎白只好向自己的父亲求助，还好，这下有救兵了，见内特先生等玛丽唱了第二首，就大声说：

"亲爱的孩子，你该休息了，感谢你给我们带来了那么多的快乐。给其他小姐一些机会吧！"

玛丽听见了，心里难过；伊丽莎白更为她难过。后来大家又请其他人唱歌，谁知道，又是那么让人讨厌的。

柯林斯先生说："如果我能荣幸为大家献上一曲就好了，音乐是一种好娱乐，作为牧师还是允许唱歌的。但是，把太多的时间花在音乐上则不值得称道，这样会误了其他的事，教区主管牧师的工作主要有制定一项什税条例。这对他自己和恩主都有好处，要自己写布道辞。还要处理教区的其他事情，照料自己的家宅，更要善待每一个人，尤其是给他恩惠的人。这是必须做的，对恩主的亲友也要及时问候，否则不成体统。"

他向达西先生行了鞠躬礼，所有的人都听他的话，都呆了，后来又都笑起来。只有贝内特先生夸他说得好，还对别人说他是个好青年。

伊丽莎白觉得自己家里人今晚出丑够多了，还如此起劲，如此成功。倒是简与宾利两个人好些，没注意到一些丢人的场面，即使看见了，他们性情好，也不会难受的。但宾利两姐妹和达西先生尽可以讥笑他们，总之，他们三个人都让伊丽莎白难受。柯林斯还是缠着她不放，十分无聊，她不愿与他下舞池，可也不能与别人跳舞。

让他与别人跳舞,还乐意为他介绍舞伴,但他不肯去。还说什么他不爱跳舞,主要是好好照料她,让她高兴。无论怎样劝说都无效,幸好卢卡斯小姐常来与他说话,还说得挺投机的。

达西先生不惹伊丽莎白恼火了,他只是站在离她很近的地方,听她说话。她觉得也许因为提起了威克姆先生,心中好不高兴。

朗伯恩一家是最后告辞的。她们的母亲多了个心眼,走在最后多呆一刻钟,目的是看主人是多么巴望他们早些离开。那宾利姐妹一言不发,只顾太困不停打哈欠,意在逐客。她还想与她们说什么,但碰了钉子,好没意思。柯林斯先生还说尽别人的好话,说宾利先生及两位小姐的舞会开得好,说他们对客人周到热情,但大家没反应。达西先生一直不说话。贝内特先生也沉默着看热闹。只有简与宾利在交谈。其他几个人也都没话可说。莉迪亚觉得又乏又困又无聊,哈欠连天,大叫"累死了!"他们一家终于走了,贝内特夫人很客气又真诚地希望宾利一家能到他们家去做客,还特别对宾利先生说希望他不经正式邀请就到他们家去吃饭。宾利先生也很高兴,说等他去几天伦敦回来后,一定会前往的。

贝内特太太最开心了,还在心里盘算好,自己要尽快准备好嫁妆、新马车、结婚礼服,只要三四个月的时间,她女儿简就会搬进内瑟菲尔德了。还有一个女儿将成为柯林斯的夫人。她最不喜欢伊丽莎白,虽然攀上柯林斯这个亲家还不错,但比起宾利先生及他的庄园,那就逊色多了。

第十九章

他们回家的第二天,贝内特家出现了一件好事。因为柯林斯先生正式向伊丽莎白提出求婚了,他周六就结束假期,而且他理直气壮地认为早办好些,并且要循规蹈矩。按照求婚的习俗,吃过早饭后,当贝内特夫人与伊丽莎白及一个小表妹在一起时,他对女主人说:

"亲爱的太太,今天早上我想请令嫒伊丽莎白赏脸,与我做一次单独的谈话,不知您是否同意?"

伊丽莎白气坏了,红着脸,还来不及有什么反抗,她母亲就说:"怎么会不同意呢?莉齐也会很高兴的!基蒂,走,咱们到楼上去吧。"还急忙地收好活计,急冲冲地走出去,任凭伊丽莎白央求她:"别走开,妈妈!柯林斯先生对我说的话,你们也可以听的!否则,我也要走开了!""你可不能走开!别瞎说!你要乖乖地在这里与柯林斯先生谈话!我一定要你听我的话!"

伊丽莎白只顾恼羞成怒,但又不敢背叛母亲的命令,想了一会儿,她认为躲避不了,就坐下来,尽早了结完事。她不停地做针线活,否则这般啼笑皆非的事她会捧腹大笑的。等她们母女俩离开了,柯林斯先生就说了起来:

"别不相信我,伊丽莎白小姐。我知道你害羞,这并不是你的缺点,而是你的优点。你这么做，我更觉得你可爱。但是，你也知道，这次谈话你母亲是同意了的。你生来害羞、假痴、假呆，但你会了解我的意思的，因为你看见了我对你的百般殷切与热情。从到府上的第二天起，我就认定了你是我的终身伴侣。趁现在我还控制得住自己的感情，所以向你说说我到这儿来选太太的原因。”

瞧他那若无其事的假正经样子，还会说什么控制不了自己的感情，让伊丽莎白差点大笑起来。停了一会儿，他说：

“我结婚的理由有以下几点：首先，像我这样生活宽裕的牧师理应给教区的婚姻做个好榜样；其次，结婚会让我的幸福得到巩固；其三，我结婚，我的女恩主也有此意，她已经两次跟我说起过。上次在亨斯福德玩‘四十张’时，詹金斯太太还说我该成家了，尤其现在我有了牧师职位，为了我或为了她，我都该找个有教养能干的女人，不求出身很高贵，只要会过日子就行。她让我快点找个合适的带回去给她看。亲爱的表妹，我女恩主的关怀入微，是一个优越条件。她平易近人，你会发现的；你这么聪明活泼，她也会喜欢的。只是在身份高贵的人面前，你要斯文一些，更让她喜欢。现在我再说一下为什么我要选中朗伯恩，而没在自己家乡找，虽然那儿的姑娘也很可爱。我是这么认为的：尽管令尊大人还可以活很多的时间，但是他过世后的财产继承人是我。我心里也不好受，为了将你们的损失减到最低限度，我决定娶你们几位小姐中的一位为我的夫人。当然，这会是很多年以后的事。亲爱的表妹，该说的我都说了，希望你不要看不起我。我只想向你倾诉我最炽烈的感情。关于财产的事我不会向令尊提出来的，那也不过是每年四厘的年息总共一千镑的存款，也是多年以后即令堂去世后才属于你。现在我是不会说出来的，也请你放心，结婚以后，我不会很小气地发牢骚的。”

不行，不能让他再说下去了，伊丽莎白大叫起来：

“别太着急！我什么也没答应你！我对你说，别在我这儿浪费时间了！你对我的恭维我心领了，你的求婚是我的荣幸。但是，现在我唯一能做得到的，就是拒绝你的求婚。”

柯林斯很刻意地挥了挥手，说：“我能想得到，年轻小姐碰到别人第一次求婚，总是口是心非，非得让人求第二、第三次婚才行。所以，我并不放弃，希望不久后，我们就可以结婚。”

气得几乎发疯的伊丽莎白说：“好啊！我已经说得够明白的了，你还这样莫名其妙！就算有些年轻小姐厚脸皮让人求第二、第三次婚，用自己的幸福开玩笑，那也不是我！我正式地拒绝你！从你那儿，我得不到应有的幸福，而且我也不会给你幸福的！况且你的女恩主也不会喜欢我，做你的夫人，我自愧不如！”

“凯瑟林夫人不会这么想的，就算她这样做，我下回见到她时，一定会对她说起你的贤惠、聪明、可爱，以及其他的优点，你不用担心。”

“说也没用，柯林斯先生，说我什么都是徒劳无功的。你应该听从我的判断，相信我的话。我衷心祝你财运亨通，生活幸福。我拒绝你的求婚，就是成全你的做法。你已经对我求婚，也不必对我家里人负疚了。以后你继承我父亲的财产，是受之无愧的。这件事就这样解决好了。”

伊丽莎白起身要走出屋子去，但柯林斯对她说了下面的话：

“希望下回我再向你提出求婚时，我听到的是满意的答案。这次你冷酷无情，我并不放在心上。女人对男人的第一次求婚，总是这个样子的，这也更加给我勇气，我不会放弃。”

“你听好了，柯林斯先生！真是让我莫名其妙！我说得一清二楚，你还觉得我是给你勇气，真是无稽之谈！你永远死了这条心吧！”

“亲爱的伊丽莎白，你这样照例拒绝我的求婚，给了我自信。因为，我的求婚还不至于让你接受不了：我也有让你动心的家产，我的社会地位，我与德布尔府上的关系，与贵府的关系，都是极好的条件。你的财产不多，但你身上的优点早就弥补了这方面的不足。所以，你并不是真心真意拒绝我，优雅女性都习惯采取这种做法，我知道，再试试我吧，我不会介意的。”

“我所说的全部发自内心，没有兴趣去冒充什么优雅女性的做法来捉弄一位仪表堂堂的绅士。只希望你给我面子，相信我的话。你向我求婚，我感激不尽！我就是不能接受，在感情上，我接受不了。我已经说得够明白了，我不是什么优雅女性，不是成心与你过不去，我只是说真心话。”

“你还是那么可爱。”好不难堪的柯林斯先生讨好地说，“如果令堂答应我的话，我不会有什么困难了。”

他恬不知羞地死打蛮缠，伊丽莎白不理他，一个人走开了。这样更好，她去求助父亲，让父亲回绝他，就说不同意这门亲事。这样就不会被他认为是充当优雅女性的矫揉造作了。

第二十章

柯林斯先生正一个人在对这段不可成就的姻缘做着种种美满的设想，但是这种梦想并未持续多久就被人打破了。因为贝内特太太就在外面的走廊里一直转来转去，专等着听他们的好消息。后来她看见伊丽莎白走后，就迫不及待地冲进早餐厅，极其热情地祝贺柯林斯先生，她以为这位贤侄马上要成为自己的女婿了，柯林斯先生似乎也很高兴，并且客气地回礼一番，然后就一五一十地介绍了他和伊丽莎白的谈话，并且表示他对结果十分满意，表妹虽然口头上拒绝了，但只是出于害羞罢了。

不过这个消息给贝内特太太迎头泼了一盆冷水。她知道女儿绝不是什么由于害羞怕臊才口头上拒绝柯林斯的，她可不敢像柯林斯一样有此痴想。

“柯林斯先生，你不必担心，”她说道，“莉齐有的时候是有点任性，不识好歹，不过你放心，我会让她醒悟的。”

“对不起太太，那我要先给你提个醒。”柯林斯先生嚷道，“我结婚是为了要得到幸福，如果她身上有这些不良习性，又拒绝了我的求婚，那么我们还是不要勉为其难了吧。况且这对我来说也没有什么幸福可言。至于令爱是否适合做我的妻子，也许我们要再从长计议了。”

“先生，请你千万别误会，我绝不是这个意思。”柯林斯先生的这番话使险些成为他岳母大人的贝内特太太更加惊慌失措，“莉齐只是有的时候才有一点点任性，其实她的脾气再好不过了，你放心吧，我和贝内特先生会尽快办妥这件事的，绝没有问题。”

一说完这话，她便直冲进书房去找丈夫。

“噢，贝内特先生，请赶快出来一下，我都被搞得一团糟了。柯林斯先生向莉齐求婚了，可莉齐就是不答应，你快去劝劝咱们的宝贝女儿吧，要是柯林斯先生改变了主意那可就坏了。”

贝内特先生平静地盯着手舞足蹈、气急败坏的妻子，等她嚷完后说道：“对不起，我不懂你说的是什么意思。”

“莉齐拒绝了柯林斯先生的求婚，发誓决不嫁他，糟糕的是柯林斯先生也要改变主意了。”

“我能怎么办？那就算了吧。”

“不行，你去和莉齐谈谈，一定要让她嫁给柯林斯先生，就说你也是这个意思。”

“好吧，把她叫来，让她听听我的看法。”

贝内特太太就派人把伊丽莎白叫来了。

“过来，我的孩子，”贝内特先生说，“有一件很重要的事我们要谈一下。听说柯林斯先生向你求婚，而你却拒绝了，是吗？”

“是的，爸爸。”

“问题的关键是你妈妈，她的意思是你一定得嫁给柯林斯先生，对不对，贝内特太太？”

“对，要不然我就不再是莉齐的母亲。”

“孩子，现在摆在你面前的只有两条路：要么嫁，要么不嫁。这是个痛苦的抉择，选择前者就将失去父亲，选择后者将与母亲成为陌路人。”

面对如此出人意料的结局，伊丽莎白惊喜之余，更感到欣慰，贝内特太太却失望至极，大为恼火：

“你凭什么这样做，贝内特先生？我们不是已经说好了吗？莉齐一定得嫁给柯林斯先生。”

“亲爱的，我有两个小小的请求：第一，我知道这件事应该怎样处理，请不要把你的意愿强加给我；第二，我能安安静静地在这里待一会儿吗？如果你能尽快离开，我将不胜感激。”

贝内特太太没有得到丈夫的支持，就想方设法要拉着简来帮忙，又碰了个软钉子，因为简不愿多嘴。孤立无援的她仍不甘心就此罢休，她又是哄骗，又是威胁，胡搅蛮缠，没完没了，对此伊丽莎白采取各种方法来应付过关，始终坚持自己的立场。

柯林斯先生的大脑这段时间里也没闲着,他一向自视甚高却无端被表妹拒绝,始终不明其理。好在除了自尊心有点受伤外倒也没有什么损失,他对伊丽莎白并没有真情实感,要是她真像她母亲说的那样,那就不是遗憾,相反要感到庆幸了。

当这家人正闹得乱七八糟时,夏洛特·卢卡斯恰巧又来串门了。莉迪亚首先迎上前去报告了关于柯林斯先生与莉齐的最新消息,随后基蒂又将同样一条新闻再次广播了一遍。众叛亲离的贝内特太太一见到夏洛特,像溺水的人抓到一根稻草,一再请求夏洛特劝劝她的朋友莉齐不要再违背全家人的意愿。

正在这时,伊丽莎白和简进来了,因而给夏洛特省却了许多麻烦。

在卢卡斯小姐面前,贝内特太太又一次扯出了那个令大家耳朵生茧的问题:"唉,你瞧莉齐,她老是这副样子,眼里早没了父母,什么事都由着自己,办事冒冒失失,别怪我不提醒你,你这个样子一辈子找不到人来养活你!等你父亲去世后,看你怎么办,我可管不了。从现在起,莉齐,咱们一刀两断,我说得出就做得到。我有神经衰弱,不大爱说话,可不诉诉苦,就没有人可怜我,更不知道我有多痛苦。"

几个女儿都默默地听着她诉苦,她们都明白,要是不想火上浇油,最好闭紧嘴巴、一声别出。过了一会儿,柯林斯先生带着一副与他年纪极不相配的肃穆神情走了进来,贝内特太太也停止了没完没了的唠叨,喝令女儿们住嘴,说要与柯林斯先生说几句话。

女儿们中只有莉迪亚没有走,在等着听下文,夏洛特先是被柯林斯先生彬彬有礼的问候绊住了,后来也起了好奇心,就留了下来。

满腹牢骚的贝内特太太只起了个头就被柯林斯先生接过话头失去了发言的权力。他愤愤不平的声调和直截了当的话语彻底粉碎了贝内特太太的美梦:"亲爱的太太,关于我向令爱求婚这件事到此为止,我不会对令爱的行为耿耿于怀。谁都会碰到不幸的事情,像我这样福运亨通,年轻有为的人是不会过分介意的。一切都是命里注定的,令爱就算肯接受我的求婚,我也要重新考虑,这是否能给我带来幸福。我向令爱求婚,本想既为自己找到称心如意的伴侣,又能对贵府的利益有好处,做到两全其美,但我遭到了拒绝,这有些糟糕,不过我们谁都难保不出差错。现在我收回求婚,请原谅我的冒昧。我自始至终都是诚心诚意的,如果做错了什么的话,在此深表歉意。"

第二十一章

大家对柯林斯先生求婚的事逐渐失去了兴趣,不再谈论了。柯林斯先生似乎没受多大影响。只是赌气不肯说话。倒是伊丽莎白浑身不舒服,母亲的牢骚也不时增加着耳朵中茧子的厚度。下午的时候,柯林斯先生转而对卢卡斯小姐有说有笑,讲了很多风趣的话,好在卢卡斯小姐并没有厌恶的反应,这使一度紧张的空气缓和了不少,伊丽莎白也放心多了。

第二天，贝内特太太与柯林斯先生还是老样子，奇怪的是这件倒霉的事并没有丝毫影响那位先生的兴致与计划。他原定到星期六才走，现在也没有任何迹象表明他有提前离开的意思。

早饭后，小姐们到梅里顿去打听威克姆先生的消息。他们恰巧在镇上相遇了，于是一起回到了朗伯恩。一路上她们各抒胸臆，谈得十分高兴。威克姆承认内瑟菲尔德的舞会他是故意错过的，他不想因为与达西先生之间的私人恩怨而败了大家的兴致。对此伊丽莎白颇为赞赏，在路上他们又深入地探讨了这个问题，当然也没有忘记尽义务般恭维对方。威克姆此次一举两得，既能博得伊丽莎白的好感，又借机遇见了她的父母。

一回到家，简就收到了来自内瑟菲尔德一位小姐的信。一定有什么变故发生了，简后来虽然看上去跟往常一样，但伊丽莎白注意到她看信时似乎很不安。果然，等客人们一走，简就把伊丽莎白叫到楼上告诉她，宾利先生的妹妹写信来说，他们要到伦敦去，不会再回来了。信上还这样写道："最亲爱的朋友，在赫特福德郡除了你的友谊，我别无所恋。现在虽远隔千里，我们仍可鸿雁传书，以寄心意。你我真情，天地可表，后会有期，再叙别情。"要不是知道是卡罗琳总从中作梗的话，伊丽莎白真会认为她和简是亲密无间的朋友了。但只要宾利先生还住在那里，她们姐妹俩的离开无关紧要，就算是中断了联系也无所谓。

过了一会儿，伊丽莎白说："真是可惜，你的朋友们说走就走，我们本该抽空去看望一下她们的。不过，既然是后会有期，那么这一天或许应该让它早日到来，等你嫁给宾利先生后，你们不就可以天天在一起了吗？而且关系又更近了一层，宾利先生不久就会回来的。"

"但卡罗琳说今冬没有人会回来了。"我给你念念：

"我哥哥走时，并不打算久住伦敦，他认为很快就能回来。但我们不这么想，他或许会改变初衷的，为了避免使他陷入孤独寂寞的不幸境地，我们决定随后就到，去陪伴他，同时也能会见我的许多在那儿过冬的朋友。最亲爱的朋友，如果你也能一起到城里来多好呀！但我知道这不过是我的一厢情愿罢了。衷心祝福你圣诞节期间幸福快乐，希望你还有许多男友来填补我们走后留下的空白。"

"她的意思是说，今年宾利先生将不会回来过冬天了。"简解释说。

"这并不能说明宾利先生不回来了，而是宾利小姐不想让她哥哥回来了。"

"你这么想不对，我觉得这是宾利先生自己决定的，他是个有主见的人。很多事情你还不知道呢。有一段让我更觉得伤心，我想还是不隐瞒你为好。"简接着继续念下去：

"达西先生想念他的妹妹了。不仅是他，我们也日夜企盼着能与她再次相见，任何一个人都会为乔治亚娜·达西所折服，因为她既有沉鱼落雁之貌，又有学富五斗之才，另外她风度优雅，仪态万方。我和路易莎都十分喜欢她，如果她能成为我的嫂嫂就更好了。以前我没有向你表明这种心迹，现在要离开了，越觉得有责任告诉你真心话，这也是合情合理的。我哥哥与达西小姐真是天生一对，现在他们有了更多机会接近,我们也都盼望着这对有情人能早日结成眷属。不是我做妹妹的替哥哥吹牛,查尔斯对女人来说是很有吸引力的,现在这起姻缘的成就只是一个时间的问题了,最亲爱的简,我们是否有理由对这件人生乐事憧憬万分呢?”

“亲爱的莉齐,现在你明白了吗?这回够清楚了吧?卡罗琳小姐希望的是达西小姐做她嫂嫂,她相信她哥哥爱上的也是达西小姐,她要是知道我和查尔斯之间的感情,还会这样说吗?这些话难道还能表示别的意思吗?”

“是的,还有别的意思,如果按照我的理解,就决不像你想的那样。我可以说给你听听吗?”

“当然可以。”

“这件事是明摆着的。宾利小姐知道她哥哥爱的是你,却想让达西小姐做她的嫂嫂。她到城里去是为了把他绊在那里,不让他跟你再见面,鬼才相信她说的那一大堆理由呢。她还要挑拨你与宾利先生的关系,让你以为宾利先生喜欢的是达西小姐而不是你。”

简摇了摇头表示不信。

“简,相信我,难道我会欺骗你吗?宾利先生对你一往情深,凭谁都看得出来。宾利小姐也不是傻瓜。要是达西先生对她有一半的钟情,她恐怕早就夜夜做新娘梦了。现在的情况是这样:她认为我们无钱无势,配不上他们,所以想先把达西小姐娶进门来,两家既然有了一次联姻经验,第二次就更合情合理,驾轻就熟了。还亏她能想得出来,要不是有个德布尔小姐夹在中间碍手碍脚,她的计划倒还行得通呢。无论如何,简,千万别相信宾利小姐的话,宾利先生决不会被她说服去爱达西小姐的。”

“如果我们都认为宾利小姐是那样一种人的话,你的这番话就是很有道理的,但我认为你的推测不怎么准确和公正,因为就我所知,卡罗琳还不至于这样做。对我来说,这件事只剩一种可能性,那就是她闹错了。”

“这个想法不坏,既然你认为我的话可能有失偏颇,你就相信自己这个念头吧,一定是她搞错了。你对她已经仁至义尽了,没必要再为此烦恼了。”

“可是,亲爱的妹妹,假使退一万步讲我能嫁给他,他的姐妹和朋友却反对他,我还会幸福吗?”

“那你面前就好像有座天平,一边是你得罪他的姐妹朋友们可能招致的痛苦,一边是你们美满的婚姻生活所得到的幸福,孰轻孰重,还得你自己衡量选择。”

“这种话你都说得出口,你又不是不知道,选择哪一边,我难道还会犹豫吗?”

“我想也是,那么,咱们还有必要为此担心吗?”

“今年冬天他如果真的不回来了,或许也不必我去费神抉择了。谁知道这六个月里会发生什么事?”

对于卡罗琳玩弄的这些花招,伊丽莎白不屑一顾。这些小伎俩在很有自主精神的宾利先生身上根本不会产生什么影响。

她把自己的这些看法告诉了姐姐,而且很能够自圆其说,因此效果颇佳,这也令她非常满意。简生性豁达开朗,虽然开始时抱定了最大的决心来悲观,但现在听妹妹这么一说,也渐渐萌发了希望,觉得不妨把它再拖后几天,等到宾利先生真的不回来时再悲观也不迟。

姐妹俩协商一致,暂时不告诉母亲实情,只说宾利先生已进了城不久就会回来,免得她还未恢复的神经又受打击。不过她们还是高估了贝内特太太神经的承受能力,仅此消息就够让她不安和伤心一阵子的了。她抱怨之余,又忙里偷闲地计划着如何招待不久后再来的贵客,其中最费神的就是要精心准备两道大菜。

第二十二章

这一天,卢卡斯先生在府上设宴款待邻居贝内特一家人,卢卡斯小姐非常善解人意,使柯林斯先生一直待在她身边。伊丽莎白对此十分感激,并抽空向她的好朋友表示了真诚的谢意:"他好像很愿意跟你在一起,"她说,"谢谢你帮了我这个大忙。"夏洛特则谦虚道:"些许小事,何必挂怀,能帮朋友分忧解难,也颇为快意。"不过伊丽莎白很快发觉夏洛特的好意似乎有些过头了,她与柯林斯先生的谈话仿佛在他俩周围划了一道圈,柯林斯先生的殷勤只能在内部专利使用,不能触及圈外。卢卡斯小姐的计划在不知不觉中进展神速,晚上分手时,她甚至觉得如果柯林斯先生再多待几天,这计划就几乎可以成功了。但是她差点犯了致命的错误,即对柯林斯先生胸中那骚动不安的情感给予了过低的估计。第二天一大早,柯林斯先生就如幽灵般溜进了卢卡斯府上,只身冒险,来向卢卡斯小姐表示爱意。他担心的是如被表妹们发现行踪,而且自己又不是胜券在握,那样就不好看了。自从在伊丽莎白那儿碰了钉子后,他谨慎了不少。不过后来事实证明,他的果敢的行为是正确的,卢卡斯小姐与他在小路上"偶然"相遇,然后发生了令卢卡斯小姐大为意外又终生难忘的事:柯林斯先生又一次"捧起了玫瑰花",当然还照例附送了一篇滔滔不绝的求爱论。

在这之后,所有的一切很快都订妥了,因为两人一见钟情,不谋而合,柯林斯先生随后又迫不及待地请求小姐早定佳期,成就这段美满姻缘。这请求无疑太过冒失,好在小姐也无比珍视这来之不易的幸福。柯林斯先生不幸生得一副上不得台面的尊容,即使是求爱也了无生趣,所以每次求爱都弄得灰头土脸。至于卢卡斯小姐,倒不在乎这个,只要能有个稳定的归宿,什么都无所谓。

威廉爵士老俩口对这种天上掉馅饼的事当然一口应承。这个女儿既难看又没有财产,竟会蒙柯林斯先生垂青,那是再好没有了,而且这位先生将来恐怕还有一笔财运。贝内特先生的健康状况立刻成了卢卡斯太太最热心的话题,卢卡斯先生甚至做起了面见国王的痴梦,总而言之,这一家人乐得险些忘记了自己是谁。小妹妹们有了参加交际的机会,兄弟们也不必再为待字闺中的夏洛特的婚事费心了。夏洛特本人倒没想到那么多,经过一番深思熟虑后,得出的结论是这门亲事还是比较令人满意的。柯林斯先生虽然又蠢又笨,让人生厌,他的爱也不过是逢场作戏,但是她毕竟找到了一条体面的出路和不至忍饥挨饿的保险箱。她已经27岁,人老珠黄了,虽然结婚不一定幸福,但是够幸运的了。这事只有一处不美气,那就是这件事或许会使她失去一向最珍惜的与伊丽莎白之间的友情。面对好朋友的责备总不是件令人高兴的事,她决定亲自与伊丽莎白推心置腹地谈清楚,所以一再叮嘱柯林斯先生决不能走漏一丝风声。对方虽然确实没有辜负她的嘱托,可着实费了不少力气。应付众人七嘴八舌的围攻还在其次,不能骄傲地宣告他情场得意的消息,使柯林斯先生的嗓子瘙痒难耐,着实受了番煎熬。

柯林斯先生按计划明早启程回去,就晚上的机会与众人话别辞行,贝内特太太无限留恋地邀请柯林斯先生能再次光临做客。

柯林斯先生的回答让众人都吓了一跳:"亲爱的太太,我荣幸地接受您的感情邀请,并会尽快再来府上拜望打扰。"

或许贝内特太太会欢喜,她的丈夫却绝不这么想,忙说:

"贤侄,你最好先征求一下凯瑟琳夫人的意见,你对亲戚疏远些不要紧,可千万不要得罪自己的恩人,这样做是不是太冒险了?"

"亲爱的先生,对你好心的提醒我十分感激,这个你不必担心。遇到如此重大的事情我怎么能不请示她老人家就轻举妄动呢?"

"你这样谨慎最好,什么事都可以做,只要不惹她老人家生气就行。如果你总到我们这儿会冒这样的危险的话(我认为这是很可能的),你不妨待在家里不要乱跑,我们决不会为此责怪你的。"

"亲爱的先生,对你的关心与盛意我再次表示万分感谢。你尽管放心吧,我回去后会马上寄一封谢函来,对我在府上受到的种种关照与礼遇表示最诚挚的谢意。还有各位美丽可爱的令爱,包括伊丽莎白表妹在内,请接受我的祝福,祝你们平安喜乐,幸福安康。"

随后大家照例客气一番后,众人相继辞别回房。大家都对柯林斯先生不伦不类的话不明其理。这倒是给贝内特太太又造成了错觉,她不免又瞎忙活起来,盘算着把哪个小女儿再嫁给他。本来玛丽很有希望,因为她自认为是可以靠自己的努力使柯林斯能出人头地,成为自己理想的伴侣的。不过只过了一个晚上,所有美好的希望都成了破碎的肥皂泡,随风逝去。早饭过后,卢卡斯小姐私下找到伊丽莎白,告诉她昨天发生的事情。

从柯林斯先生前一两天的行为举止来看,伊丽莎白认为他极有可能又在胡思乱想,认为自己爱上了夏洛特,但夏洛特应该不会去理会这种可笑的行为。然而现在却真的发生了这样的事,大大出乎伊丽莎白的意料,以至于她竟忘记礼貌,大叫了起来:

"什么,你竟然接受了柯林斯先生的求婚!亲爱的夏洛特,你不是在骗我吧?!"

卢卡斯小姐虽然做好了受责备的心理准备,但当这责备真的突然到了眼前时,还是暂时失去了镇定,不过没多久她又恢复了常态,平静地答道:

"这有什么好惊奇的,亲爱的莉齐?你虽然不肯赏脸接受柯林斯先生的求婚,难道他就不能博得别的女人的欢心吗?"

好在这时伊丽莎白也及时稳定了情绪,克制自己不再冲动,并且表示相信这是一桩完美无缺的亲事,并祝愿他们幸福美满。

"我知道你是怎么想的,"夏洛特回答说,"你一定感到无法理解,非常非常想不通——因为柯林斯先生是本想与你结婚的。但是只要你把整个事情的来龙去脉再分析一下,或许你就不会反对了。我不是那种喜欢浪漫的人,这一点你比谁都清楚。我需要的只是一个归宿,我认为柯林斯先生是比较适合我的,从他的性情、地位和家庭关系来考虑,他能给我我所需要的幸福,这跟大多数人结婚时夸耀的所能得到的幸福一样毫无差别。"

伊丽莎白机械地说:"当然。"两人都感到局促不安,无话可说,于是又到众人中来。夏洛特走后,伊丽莎白始终百思不得其解。柯林斯先生三天内两次求婚,居然会有人答应他,真是荒唐透顶。而偏偏又是自己的好朋友夏洛特!她竟然堕落到这个地步!只求物质享受,根本不理会感情如何。夏洛特作柯林斯先生的妻子,真是滑天下之大稽!对朋友这种自甘沉沦的行为,她感到伤心与无奈,并且断定朋友的这桩婚姻日后必定多灾多难,毫无幸福可言。

第二十三章

伊丽莎白坐在母亲姐妹们中间,关于夏洛特和柯林斯先生的事一直在脑中盘旋。她始终还拿不定主意,要不要告诉大家,有几次话到嘴边又咽了下去。正在这时,威廉·卢卡斯爵士兴冲冲地闯了进来,这次他背负着特殊的使命,是受女儿之托,特地前来报告喜讯的。他说他感到万分的荣幸,能与漂亮可爱的太太小姐们结成亲家。在座的众人听到这个消息后无不瞠目结舌,面面相觑。贝内特太太反应过来后的第一句话就是断定他弄错了,素来缺乏心机、又常恃宠撒野的莉迪亚也上来帮腔:

"我的天!威廉爵士,这种话你都说得出来?要知道柯林斯先生要娶的是莉齐呀!"

面对这种情形,除了官场里那些善于拍马溜须的大臣才能保持平静之外,一般人都会怒火中烧的。威廉爵士就颇具大臣风范,竟然不愠不火。他并没有拍案而起,或挥舞着拳头来增强他的消息的可靠性,而是耐着性子听完母女俩的这段二重唱。

伊丽莎白不能再容忍这种闹剧了,于是站起来证明说威廉爵士并未撒谎,她也从夏洛特那里得到了同样的消息。接着她热烈地祝贺威廉爵士,以防那母女俩再出洋相。(简也识趣地加入这行列)她恭喜他获得了个品貌双全的好女婿,况且两家相距极近,无须舟车劳顿,这真是千里挑一的美满姻缘。

但是贝内特太太窝了一肚子火，在客人面前强忍着才没有发作。等到卢卡斯先生前脚刚迈出朗伯恩，她的怒气就如火山爆发般发泄出来了。首先，这件事绝不可能是真的；其次，柯林斯先生一定是被欺骗了；再次，他们在一起不会幸福；最后，这桩婚事或许不会成功。除此之外，她还得出两个结论：其一，伊丽莎白是这一连串不幸事情的始作俑者；其二，她饱尝了众人的摧残与虐待。在这两点上任何解释都不能慰藉她受伤的心灵，所有灵丹妙药都不能化解她胸中的郁闷之气。这一整天她没有过好脸色。一个星期内她一直对伊丽莎白恶语相向；她对威廉爵士夫妇横眉冷对，粗声大气了一个月；而在几个月的时间，卢卡斯小姐则遭到无数次的诅咒与谩骂，只不过她感觉不到罢了。

但是在这段时间内，贝内特先生一直保持着平和的心境，甚至还为这次不凡的经历颇感欣慰。他本以为卢卡斯小姐还算是冰雪聪明的，哪知道又蠢又傻，简直与自己太太不相上下，比起女儿来就更差得远了，这难道不是一件让人高兴的事吗？

简惊讶之余，对这门亲事也甚为不解，不过表面上还是客套了一番，或许他们真会获得幸福也说不定。基蒂和莉迪亚看法一致，柯林斯仅仅是个小小的牧师，能成多大气候？这件事最多只能在梅里顿成为人们茶余饭后的谈资罢了，没什么值得羡慕和骄傲的。

卢卡斯太太捡了这样一个天大的便宜，心中的得意就不用说了。她觉得有义务经常刺激一下贝内特太太那有点衰弱的神经，因此对拜访邻居产生了前所未有的兴趣，欢乐当然要同别人分享。不过贝内特太太不怎么领情，每次都出言不逊，令她乘兴而来，败兴而归。

伊丽莎白与夏洛特之间也明显疏远了。这桩事像一个死结一样拧在两人中间，她们不再像以前那样无话不说，亲密无间了。现在姐姐的终身大事成了她越来越关心的问题。简是个正直善良，温柔体贴的人，这一点是众所周知的。宾利先生离开已经一周了，但至今音讯全无，姐姐的幸福可真是让人不放心呀。

简很快就写了回信给卡罗琳，这几天一直在盘算什么时候才能再得到她的回音。柯林斯先生的谢函却不等自来，星期二就早早到了。信的署名是由贝内特先生收，信中一再千恩万谢，感人至深，不了解底细的人会以为他一定在朗伯恩盘桓了不少时间呢。相对歉意来说，信中更多地洋溢着欢乐的言语，自豪地宣布他已经博得了卢卡斯小姐的垂青，荣幸地与他们的芳邻结为亲家。信中还解释了他之所以愉快地接受他们的盛情邀请的原因，那完全是为了能再见到他美丽的未婚妻。他计划在两周后的星期一重返朗伯恩。他还说，对这门婚事，他的恩人凯瑟琳夫人是十二分地表示赞成，并希望他们速战速决，早成伉俪。据此夏洛特小姐也定会早选吉日，以使他享受新婚的快乐与幸福。

贝内特太太不再像第一次那样殷勤百倍地准备迎接柯林斯先生大驾光临了，她这次与丈夫站在了一起，也是满腹牢骚。这位麻烦讨厌的先生不去住他的亲家，却偏要来给叔叔婶婶增乱，鬼才知道他是怎么想的。这件糟糕透顶的事更是让身体不适的贝内特太太大伤脑筋，她这一阵子本就讨厌别人到她家里来，最不愿看见的就是柯林斯先生这样的三天能求两次婚的多情种子们。宾利先生还是杳无音信,每当想到这里贝内特太太就一阵阵心痛,也只有这时,全家人才能过一会儿难得的平静生活,不会再听到她没完没了的嘀咕。

伊丽莎白和简也有些坐不住了,时间一点点逝去,可是还是得面对无尽的等待。梅里顿的大街小巷都流言纷纷,说宾利先生在伦敦过冬,不会回来了。贝内特太太怒发冲冠,严厉指责这纯系以讹传讹,不足为信。不过伊丽莎白倒真是有些不放心了,她决不怀疑宾利先生对简的钟情,而是害怕他真是被羁绊在城里了。她很不情愿这么想,因为这个念头无疑既有损姐姐的幸福,对她的心上人更是一种侮辱,不过形势的发展又常使她身不由己,不由自主地总往这条路上拐。宾利先生要应付的有两个薄情寡义的姐妹,一个对他非常有影响力的朋友,这还不算迷人的达西小姐和舒适的都市生活,单凭对简的一往情深要战胜这些携手而来的困难可不是件容易的事。

简在这种每况愈下的形势下,更是如坐针毡,但是她从没有流露出一丝一毫的焦虑,而是小心地把它们埋在心底,连对伊丽莎白也不例外。不过,贝内特太太可不体谅她的苦衷,过不了一会就唠叨一遍,说她的忍耐是有限度的,甚至逼着简承认:要是宾利先生果真一去不回,那就是对她的残暴虐待。好在简生性宽容大度,温柔恬静,不去跟她计较,要不然谁能对这些谣言蜚语忍气吞声呢?

柯林斯先生倒是个信人,两周后准时到达了,但这次他受到的接待明显降低了标准。不过柯林斯先生正沉浸在无比的欢乐中,对此也不太介意。他每天的主要工作就是到卢卡斯府上谈情说爱,倒省却了主人家的许多不便,这次算他们走运了。这位先生每天白天长驻亲家府上,晚上下榻朗伯恩亲戚家。好几次到很晚才回来,只赶得上为整天都没回来而略表歉意。

最可怜的要数贝内特太太了,这门亲事让她大为恼火,谁要在她面前提起这事,准会吃不了兜着走。不幸的是无论走到哪儿,都有人在对此议论纷纷。一看到卢卡斯小姐,她就非常不快,尤其是想到自己的位置将被她占据,那份痛恨与嫉妒之情就更难以按捺。她现在越来越疑神疑鬼,夏洛特每次来,她都以为是来窥探家私;夏洛特与柯林斯先生的低声喁语更被认为是夺取她们家产的阴谋诡计。看来等到贝内特先生撒手人寰后,她和女儿们就得到大街上风餐露宿了。她只能向丈夫诉说满腹的辛酸:

“贝内特先生,这幢房子的主妇迟早会换成夏洛特·卢卡斯,而我除了忍痛割爱之外却毫无办法,只能眼睁睁地瞧着我们的家产改名易主,这能叫人受得了吗?”

“亲爱的,干嘛去让这些事惹得自己不痛快,难道不能往好里想想?我还健康得很呢。说不定比你还长寿。”

但这话抚慰不了贝内特太太的伤口,因为她没有回答丈夫的话,而是又唠唠叨叨地诉起苦来:

“我们这宗家产居然要装进他们的口袋,一想到这儿我的气就不打一处来。假使不是为了限定继承权的话,我早就豁出去了。”

"你这是什么意思?"

"我豁出去了,反正什么都不在乎。"

"上帝保佑,你还不至于有这种念头。"

"贝内特先生,你不要感谢上帝,在限定继承权的问题上,我可不敢与你苟同。我就是想不通,自己明明有亲生女儿,却要白白地把家产拱手送给别人,而这一切竟然都是为了柯林斯先生!我宁可打了水漂也不愿给他一分钱。"

"这个你自己去想吧。"贝内特先生回答说。

第二部

第一章

宾利小姐姗姗来迟的回信,把简心中的一个个问话都熨抚得妥妥帖帖。信里开门见山地告诉简,他们决定留在伦敦,不回来过冬了,并且在信尾替哥哥的不辞而别,表示了深深的歉意和遗憾。

最后的一线希望也成为泡影。简在读信的过程中,发现充斥其中只有两种东西:一种是自作多情;一种是想入非非。除此之外就找不出任何可以聊以自慰的只言片语。信中整版都是对达西小姐的赞美之辞,尤其是对她的千娇百媚,更是不吝笔墨,大肆渲染。卡罗琳小姐还高兴地揭示说,他们之间的关系正越来越近。并对此妄加预测,认为她前一封信中曾经提到的心愿即将成为现实。她还不无得意地告诉简,宾利先生现在就在达西先生府上暂住。在提到达西先生购买新家具的计划时,欢喜之情,更是溢于言表。

简马上把这封信的扼要意思告诉了伊丽莎白,妹妹闻此消息后,气愤得闷声不语。她既担忧姐姐的幸福,又对那帮无耻之徒痛恨不已。她无论如何不相信宾利先生会爱上达西小姐,卡罗琳的话都是胡扯。宾利先生与简才是真心相爱的,这是伊丽莎白一如既往的观点。她本来对宾利先生颇有好感,可是现在看来他是这么性情柔弱,缺乏主见,竟然由着那些诡计多端的亲友们任意摆布,在他们的安排下,甚至不惜付出牺牲自己幸福的高昂代价。一想到这儿,她就气不打一处来,对宾利先生也心生鄙视之意了。倘若他只把自己的幸福视作儿戏,尽可以任意胡作非为,可是这又对她姐姐的幸福至关重要,这一点想必他也心知肚明。反正,在这个问题上无论她怎么去想都爱莫能助。可她控制不住自己的念头,老是寻思这件事,到底是宾利先生自己薄情寡义,还是在亲友的压力下不得已而为之?简对他的一番心意,他到底是知之甚少,还是毫不知觉?这里面的孰是孰非直接影响到她对他的看法,不过有一点是毋庸置疑的,那就是姐姐的处境同样糟糕,横竖不会开心。

一两天后,简才强打精神,把自己的心事说给伊丽莎白听。这时,贝内特太太又愤愤不平地表示着她对内瑟菲尔德及其主人的不满,喋喋不休了好长时间后才快快不乐地离开。屋里只剩下姐妹俩时,简才禁不住开口说道:

“唉,要是妈妈能克制一下就好了,她或许感觉不到,在我跟前老是提到那人的名字会使我多么伤心难过。可是我不想对此再抱怨什么了。我想这种情形很快就会结束的。我们会把他从记忆中抹去,就像什么事也没有发生过,一切还是从前的老样子。”

伊丽莎白望着姐姐,满怀着关切之情,虽然也有一点点怀疑,但她还是沉默不语。

“我的话不能令你相信吗?”简大声说道,脸色有点发红,“真是岂有此理!我或许会把他当作一个要好的朋友保留在我的脑海中,但仅此而已。我既不再有什么非分之想,也没有什么后顾之忧,更不会有什么地方去责怪他。上帝保佑,我才不会受那份洋罪呢。所以,用不了多长时间,我就会好起来的。”

随后,她的情绪更为激动,提高了嗓门说道:“这一切都怪我不该自作多情,不幸之中的万幸是,没对别人造成什么伤害,只是打击了我自己。”

“亲爱的简!”伊丽莎白也大声嚷道:“你真是太善良了!就是天使也没有你这样和蔼与无私。我现在有满肚子的话却不知说什么才好。我发觉从前低估你了,对你看得不够高大,爱得也不够深。”

对这些赞扬的话,贝内特小姐十分谦逊地否认了,认为自己非常平凡,对妹妹的这份深情厚谊倒是赞不绝口。

“算了吧,”伊丽莎白说道,“这样说可不怎么公道。你若是觉得天底下个个是好人,无论我对谁有意见,你都会心里别扭。我把你看得完美无缺,你不领情还拿话来反驳我。你不用担心,我不会钻牛角尖的,也不会去触犯你的权利,更不会让你把世人都当成坏蛋,这个你尽管放心。说到我本人嘛,本来就没有多少人让我喜欢,至于能让我信任的人更是凤毛麟角。我涉世越多,对这个人世就越感觉不满。人的性情都不是固定不变的,外表上的种种优点也不怎么可靠,对于这一点,我是愈发坚定。最近我遇到了两件事,第一件我宁可不提到它,第二件就是夏洛特与柯林斯先生的事,真是奇也怪哉!不管你怎么想,都让人丈二和尚摸不着头脑!”

“亲爱的莉齐,你最好不要这样想,那样会影响你将来的幸福。你对环境和性情脾气的不同之处没有进行深思熟虑。你多想一想柯林斯先生的财产、地位和家庭关系,还有夏洛特的谨慎与把戏吧。你得知道,夏洛特家里人口那么多,就财产上来看,这门亲事倒还算门当户对。看在大家的脸面上,你就当作咱们那位表兄的确受到她的喜欢与信任算了吧。”

“如果是看在你的分上,我对什么事都可以不去怀疑。可是对于别人,这也没有什么好处。夏洛特真会爱上柯林斯先生?打死我也不信。要真是这样,夏洛特连理智都失去了,更谈不上什么情感。亲爱的简,柯林斯先生是个什么样的人你还不知道?他傲慢自负,气量狭窄,还愚蠢透顶。哪个女人肯委身于他,一定是脑子里出了毛病,我相信你也是这样想的,是吗?虽说这个女人是我们的朋友,可你也犯不着为她打圆场。你不能因为一个人就放弃了自己的原则和立场,如果你还有说服我或你的企图,趁早打住,不要把自私自利就当作小心谨慎,更不要以为胆大妄为就能确保幸福。”

"你对这两个人的成见未免太多了点，"简回答道，"我想有朝一日你亲眼目睹他们的幸福生活后，或许会意识到这一点。我们不谈这件事了，你还说有别的事情，刚才你曾提到过两件事。我不会误解你的意思，不过我有个诚恳的请求：亲爱的莉齐，一定不要把一切都怪罪到那人头上，说你鄙视他，要是这样会更让我伤心。我们不要不假思索地武断别人是有意要伤害我们。我们不能苛求一个春意荡漾的青年人行为拘谨。虚荣心总是让我们上当着迷。女人们往往对爱情持有虚无缥缈的幻想。"

"不过男人们却总是有意引诱她们想入非非。"

"倘若真是故意引诱，那么错误就在他们身上了。不过，有些人以为这世上到处都是阴谋诡计，我不这么看。"

"我绝没有认为宾利先生的行为是预谋的诡计的意思。"伊丽莎白说，"不过，就算不是存心不良引人上当，换句话说，不是故意惹别人难过，也一样会做错事情，甚至发生不幸。只要是办事粗枝大叶，对别人的情意熟视无睹，还有犹豫不决，都会把事情搞糟。"

"你认为这件事也是由这些原因造成的吗？"

"不错，这属于最后一种。但是，如果你让我继续谈我的看法，说出我对那些所谓你喜欢信任的人是怎么想的话，一定会惹你不痛快。所以，你最好还是不要让我再说下去为妙。"

"如此说来，你坚信他是被他的姐妹亲友所操纵挟持的？"

"一点没错，并且他那位朋友可能也是同谋。"

"我不相信，她们干嘛要这么做？她们明明是希望他能得到幸福嘛。如果他真的喜欢我，就不会从别的女人那里得到幸福。"

"你一开始就想错了。她们可不光为了他的幸福，还有别的如意算盘。她们希望他能更富有，更有权势，盼望他能高攀上一位出身名门、亲朋显赫的阔小姐为妻。"

"那就没有疑问了，她们肯定要达西小姐嫁给宾利先生。"简说，"不过可能不像你想象的那样用心险恶。在遇到我之前很久，她们就与达西小姐相识了，所以她们更喜欢她也合情合理。不过，不管她们是怎么想的，还不至于去操纵她们的兄弟选择意中人吧！她们如果知道她们的兄弟爱的是我，就不会从中作梗要拆散我们；如果她们的兄弟真是对我一往情深的话，想拆散我们也是徒劳的。你执意认为宾利先生还是喜欢我的，而这样就会使那些人背上卑鄙无耻的罪名，对此我也十分痛心。请不要再这样想了，因为这对我是一种折磨和摧残。我或许误解了他，然而不会因此而感到羞耻，充其量也不过一点点而已。可是相形之下，如果把他和她的姐妹想成那样一种人，我会伤心难过得多。那么我们还是不要往坏里想了吧，从相反的角度，合乎情理地去想一想。"

对于这个愿望，伊丽莎白不知怎么反对才好。从这以后很长时间，她们俩之间保持了一种默契：把宾利先生的名字小心地埋在心底。

对于宾利先生的一去不复返,贝内特太太始终百思不得其解,她终日不停地抱怨,虽然每天伊丽莎白都要不厌其烦给她解释一通,但似乎收效甚微,她的烦恼一点也没减少。女儿曾尝试着用一些连自己都不以为然的话来安慰母亲,说什么宾利先生对简的殷勤,不过是礼节所必需的逢场作戏而已,以后一旦分别后,时间一长也就疏远了。贝内特太太尽管当时会点头默许,可是还是忍不住每天都要旧事重提一番才肯作罢。她唯一可以安慰自己的就是,也许宾利先生明年夏天还会回来。

与贝内特太太相比,贝内特先生持有迥然相异的看法。"莉齐,"有一天他对女儿说,"你姐姐好像是失恋了吧。我却得恭喜她。姑娘们在结婚之前,往往会喜欢偶尔品尝一下失恋的苦果,这样就可以有点东西供她回忆、咀嚼,或许还可以成为在朋友们面前夸耀的资本。你什么时候接你姐姐的班呀?我想你是不会甘心总是让简走在前头的,现在可正是好机会。梅里顿到处都是军官,就是让这一带所有的姑娘都失意一回也绰绰有余。威克姆做你的意中人怎么样?他是个挺不错的小伙子,可以让你也体面地品尝一回被遗弃的滋味。"

"谢谢了,爸爸,一个不用这么出色的男人就够了。像简那样的好运气可不是人人都碰得上的。"

"对,"贝内特先生说道,"可是有一点是值得庆幸的,无论你走运还是背运,你都有一个亲爱的妈妈,她总会往好里去打算的。"

最近朗伯恩府上的倒霉事接二连三,折腾得很多人都愁眉苦脸,好在威克姆先生不时来拜访,使得沉闷的气氛轻松了不少。他们彼此间经常见面,现在大家又发现了他一条新的优点:待人诚恳,坦荡直言。伊丽莎白从前单独听他倾诉过的话,比如说他曾受到达西先生的不公正对待,并为此饱尝艰辛等,如今一律得到了众人的认可,成为人们议论不休的焦点。令大家感到颇为得意的是,早在没听说这些丑事之前,她们就对达西先生满怀厌恶了。

唯有贝内特小姐独持异议,她认为这件事很可能还有迫不得已的苦衷,只是赫特福德的人们不知道罢了。简生性柔顺,坦诚而大度,总是主张大家对待问题不要丝毫不留退路,事情可能会有出入——可惜没有人理睬,达西先生还是作为一个最可恶的人受到别人的指责和唾骂。

第二章

这一个星期以来,柯林斯先生沉湎于恋爱的欢乐与筹划婚事的忙碌中,快乐得不像人样,时光也像是从身边溜走的一样,一转眼就到了周末,不得不暂时与可爱的心上人分别。好在他正一门心思盘算着把新娘娶进门来,所以也没有感到太多的离别之苦。他确信,等到下次他再来到赫特福德,立即就能择定吉日,使他可以享受婚姻带来的幸福。与前一次临别时一样,他又向朗伯恩的亲戚们表示了诚恳的谢意，再一次祝福诸位可爱的表妹们平安、快活，并承诺还会给她们的父亲写一封谢函来。

新的一周开始了，贝内特太太盼望已久的两位贵客终于到了。按照传统，她住在城里的弟弟和弟媳每年圣诞节都会到朗伯恩来过。加德纳先生知书达礼，颇具绅士风度，不管是在禀性还是修养方面，都与她的姐姐不可同日而语。他靠经营货栈养家糊口，寸步不离他的买卖，但他举止彬彬有礼，风度翩翩，内瑟菲尔德的太太女士们要是见到一定会惊讶无比的。加德纳太太在年龄上要比贝内特太太小好几岁，菲利普斯太太也比她大。她是个平易近人、聪颖文秀的女人，很受朗伯恩的外甥女们的欢迎和爱戴，尤其是伊丽莎白和简与她特别亲密。她们时常到城里去看望舅母，并在那儿陪她待一段时间。

分发她带来的礼物，大讲特讲城里最时髦的服装款式，是加德纳太太到朗伯恩亲戚家后做的第一件事。此后，她就收敛了她的活跃。这会儿该她聆听贝内特太太的发言了。贝内特太太向弟媳倾诉了一大堆苦衷，发泄了无数牢骚与不满。总之自从上一次弟媳走后，各种各样的倒霉事都落在她们一家人头上。本来有两个女儿马上就要找到婆家了，可谁知道最后还是水中捞月，白忙活了一阵。

“我不想批评简，”她接着又说道，“如果条件允许的话，她早就是宾利先生的妻子了。可是这个莉齐，唉，弟媳呀！真是气得我半死。她脾气是那样倔，又不识好歹，要不然现在早就嫁给柯林斯先生了。你不知道，柯林斯先生那次就在，喏，这间屋里向莉齐求婚，她要是答应了该有多好呀！她却给人家碰了个大钉子。这一下倒是让卢卡斯家捡了个便宜，比我还早嫁出一个女儿去，更可气的是，我们的家产将来也得拱手送给别人。弟媳，卢卡斯这一家人个个诡计多端，他们拼命赚便宜，宁死不吃亏。本来嘛，都是老邻居了，低头不见抬头见，我何苦跟他们过不去？可是事实就是如此。家里的老老小小没有一个听话的，邻居又只顾损人利己，弄得我神经总受打击，身体也不舒服。你现在来得正好，解除了我很多烦恼，你讲的那些新鲜事也怪有趣的，我很喜欢听。”

这些事情，加德纳太太通过她与简和伊丽莎白的信件基本上都知道了，所以并没有强烈地对贝内特太太表示声援，只是稍微安慰了她几句。后来想到再提这些事可能会使外甥女伤心，就换了个话题。

当只有她和伊丽莎白在一起的时候，才又一次把这件事扯了出来。“对简来说，这倒是一门满不错的婚事，”她说，“可惜没成。但是，这种事见得多了！像宾利先生这样的青年，如你所说，可能用不了多少时间就会对一位漂亮的小姐一见钟情，不过只要他们不再见面了，无论因为什么原因，很快他就会疏远她，这种只有三分钟热度的爱并不少见。”

“你的这些话也许很有道理，”伊丽莎白说，“不过这还不足以能使我们感到欣慰。我们不是为碰巧的事情所愚弄。一个颇有主见的青年人，不久前还对一个姑娘一见钟情，可才几天后就屈从于姐妹亲友的摆布，遗弃了这个姑娘，这种事情可并不多见。”

“但是,一见钟情,这个词表示的意思有些模糊,太过笼统,我分不清楚要怎样理解才是。这个词既可以指真正的山盟海誓,一往情深,也可以用来形容一见面就能产生的那种冲动的情感。我想知道,宾利先生对简的爱是属于哪一种?”

“像他那样情深义重的,说实话,我还从来没有见过,他心里只有简,根本就不去注意其他的人。他们自己举办的舞会上有好几位小姐因为受了他的怠慢而耿耿于怀。有两次我跟他说话,可他根本就没有反应。难道这不是最有力的证明吗?把所有的精力都放在一个人身上,不惜得罪大家,这是不是真爱的表现呢?”

“噢,没错!我想简对他的爱也与此不相上下。简直够可怜的!我真的很为她难过,而且她生性痴情,这件事不会很容易就过去的。这件事要是发生在你身上就好了,莉齐,我知道你不会太在意的,用不了多久就会没事的。你看如果让简到我们那里去住一阵子好不好?换一换环境可能会帮她减轻些负担——而且,不要老呆在家里,出去散散心,兴许是个不坏的主意。

对于舅母的这个提议伊丽莎白十分赞成,姐姐也一定不会拒绝的。

“我想,”加德纳太太接着说道,“简不会因为担心再与这位先生碰面而举棋不定吧。我们与宾利先生是同住在一座城市没错,可是不在同一地区,彼此的亲朋好友也有很大差别。而且,我们又不大出门,这个你最清楚,所以,他们俩碰面的机会不大,除非那位先生亲自登门拜访。”

“这个是绝不可能的,他现在正处在那帮无情无义的姐妹亲友们的操纵之下,要宾利先生从伦敦的一个地区跑到另一个地区去探望他妹妹的情敌,达西先生绝对不会答应的。亲爱的舅妈,这一点你完全是杞人忧天。格雷斯丘奇街这个名字或许曾从达西先生左耳朵进右耳朵出过,然而要劳他大驾亲自去那儿一趟的话,他会感觉一个月后身上还有格雷斯丘奇街的尘土。你不必担心,宾利先生也不会抛下那位朋友独自一人出门的。”

“这样再好不过了。我也不希望他们俩能碰面,但是,简是不是还在与卡罗琳联系?说不定宾利小姐会常来的。”

“她会和简彻底绝交的。”

伊丽莎白表面上似乎对此意志很坚决,而且对更重要的一点也仿佛毫不怀疑,即宾利先生是被逼着不与简见面的,这实非他的本愿。不过想来想去,她又总觉得事情或许还没有这么糟糕。或许宾利先生会念起他和简的旧情,就此能战胜亲友们的外在压力也说不准,这种可能性弄不好还要比想象的更大一些。

对于舅母让她到城里小住的邀请,贝内特小姐欣然领受。她当时想的只是卡罗琳最好不跟她哥哥住在一起,这样她就可以偶尔与卡罗琳玩一会儿,又不会因为遇见宾利先生而难堪。至于宾利先生的一家人她倒没怎么放在心上。

加德纳夫妇在朗伯恩度过了一个周的快活时光,而且又有菲利普斯家、卢卡斯家,还有梅里顿的军官们来凑趣,往往再客气地礼尚往来一番,于是终日盛宴如流,高朋满座。贝内特太太更是细心周到地款待弟弟和弟媳,从不曾让他们只吃一顿便饭了事。家庭宴会上照例总有几位军官来捧场,威克姆先生更是次次不落。每次伊丽莎白都会对威克姆先生赞扬一番,这种不正常的现象使加德纳太太疑窦丛生,不禁对他们两人的行动举止留上了心。从目前的情势来分析,他们两个之间显然彼此之间都颇有好感,但还没有达到以心相许的程度,不过这足以使她有些担忧了。她决定在离开朗伯恩回伦敦之前,跟伊丽莎白谈清楚。要让她明白,盲目任由这种关系发展下去是轻率的和不明智的。威克姆先生讨好加德纳太太有一个与众不同的专利方法,与其向众人献殷勤的本事扯不上半点关系。在十几年之前,当加德纳太太还待字闺中的时候,曾在德比郡那一带也就是现在威克姆所属的那个地方,住过很长一段时间,所以威克姆认识不少加德纳太太当年的故人。五年前达西的父亲过世之后,威克姆就很少再去过那里,不过他还是能把她那些老朋友们的消息一五一十地讲给她听,比加纳德太太自己打探来的情报还要准确生动。

加德纳太太当时亲眼目睹了彭伯利的奢华,对老达西先生的威名也耳濡目染。单凭这一个共同的话题,就够他们谈论一阵子的了。她将自己记忆中的彭伯利提取出来,再与威克姆极力夸耀的彭伯利两相比较,对彭伯利已故的老主人大加赞赏,威克姆对此很是高兴,她本人也自鸣得意。当威克姆向她倾诉了达西先生对他的各种虐待后,她便搜肠刮肚去回想那位先生小的时候是怎样的,能否与他现在的行径相吻合。结果终于确切地想起是曾听人说过,小达西先生是个骄傲自大,臭名昭著的坏孩子。

第三章

加德纳太太不放过任何能与伊丽莎白单独会谈的机会,一旦条件成熟,就及时地对她提出了善意的劝告。她直截了当地表明了自己的分析和观点,然后又接着说道:

"莉齐,我知道你是个会用脑子思考问题的孩子,不乏理智,识得大体,不会因为别人对你谈恋爱提出些什么忠告,你就把它当作耳旁风,非要去谈不可,所以我才决定咱们来推心置腹地拉拉话。说真的,在爱情问题上,还是小心谨慎为妙。如果你选中的人没什么财产,那就有些过于轻率冒失了,你千万千万不要轻易让自己陷进去,最好也不要引诱他不能自拔。对于威克姆本人,我挑不出什么毛病来。他是个挺不错的小伙子,如果他真能拥有他应得的那份财产的话,你与他的这门婚事那就是天作之合,再匹配没有了。可是,事实却完全相反,所以我劝你一定不要再心存奢望,有什么非分之想了。你不是个傻子,我们希望你能开动脑筋把这件事想清楚。我明白,你的父亲之所以这样信任你,是因为你谨慎稳重,行为端庄。你可不能辜负了他对你的一番心意,令他大失所望。"

"亲爱的舅妈,想不到你还这么当真了。"

"不错,我希望你也正经一点,不要把这当作儿戏。"

"咳,你急什么嘛。这件事我会处理好的,既不亏待我自已,也不会怠慢了威克姆先生。我将力所能及地去做，一定不会让他陷入情网。”

“伊丽莎白，别嬉皮笑脸得不正经，我在跟你说真的呢。”

“很抱歉，那就让我尽我所能去试试看吧，起码现在我还没有对威克姆先生产生爱意，一丝一毫都没有。但是，他是我见到过的男人中最讨人喜欢的一个，没有人能比得上他——假如他真的对我心生情愫——我想最好他还是不要对我有什么情意才好。这件事说起来有点太轻率了。唉！都是那位达西先生做的好事！承蒙父亲对我青睐有加，这种器重和信任，我怎么能狠下心来去让他失望？可是，威克姆先生也颇得父亲好感。反正是一句话，亲爱的舅妈，任何会让你们生气的事我都不会去做，这个你尽管放心。不过，我们都知道，年轻人只要双双坠入爱河就难以自拔，由于目前手头上紧张就放弃订婚的事例倒不怎么多见。既然是这样，我如果真是对什么人动了心，那就不能保证一定会比别人更理智了。也就是说，到底拒绝别人是不是一种明智的行为我也就分不清楚了。所以，我能答应你并且做到的就是不再冒失地做什么决定，不会未经深思熟虑就断定他的心上人就是我自己。我和他在一起的时候，不再想入非非，以一颗平常心去对待。总而言之，我会尽量把这件事处理得干净利落。”

“我觉得他是不是来得太频繁了些，或许你可以劝劝他收敛一点。最起码不要老是提醒你的母亲，以免威克姆先生又在她心里生了根，再节外生枝。”

“那天我却那样做了。”伊丽莎白面带羞怯，微微一笑接着说道，“是的，我确实应该注意一些，以后避免再发生这类事。可是，其实他平时来的次数并不是太多，这个星期是因为你们来了，他才有机会常常过来的。妈妈的心意想必你也不是不知道，她的观点是亲友来了没有人作陪怎么成？现在说正经话，我会想方设法应付这件事的，决不会有什么差错，这一点你不必担心。我想现在你没有什么不满意的地方了吧。”

舅妈点点头答道，对此她确实心满意足了。伊丽莎白对舅妈这番诚挚的忠告表示了谢意之后，她们就各忙自己的事去了。在这样敏感的事情上给别人提意见居然没弄到反目成仇，还有如此心平气和的结局，这可算得上是一个旷世难逢的经典范例。

简跟着加德纳夫妇回伦敦去了。此后朗伯恩难得的平静没有持续几天，柯林斯先生就又一次重返赫特福德郡。好在这次他直接下榻亲家府上，没再到贝内特太太家里去添麻烦。随着他大喜的日子日益临近，贝内特太太也不得不认了命，反正这件事已经是不可逆转的了，有时甚至还要咬牙切齿地再三诅咒：“但愿神保佑他们幸福。”星期四就是卢卡斯小姐出阁的日子，于是她前一天晚上来到贝内特府上向众人辞行。等她起身告辞的时候，伊丽莎白也跟着起来，把朋友送出门去。母亲那种皮笑肉不笑的神情和阴阳怪气的祝福肯定让夏洛特心里极不舒服，而且毕竟这么多年的朋友，明天她就要嫁到别的地方去了，她心里总有些不是滋味。在下楼梯的时候，夏洛特首先发话说：

“伊丽莎白，你可一定要经常写信给我呀。”

“那当然,你尽管放心好了。”

“我还想求你一件事,你不介意有时来看看我吧?”

“当然不会。我想我们会在赫特福德郡经常碰面的。”

“不是在赫特福德,我恐怕得在肯特郡待上好长的一段时间,答应我,来亨斯福德吧。”

伊丽莎白知道到那个地方决不会有什么快乐可言,但是面对朋友的恳求又不好意思拒绝,就只能极不情愿地勉强答应了。

“三月的时候,我爸爸和玛丽亚将会去看我。”夏洛特继续说,“我希望到时候除了他们之外还能见到你,说实话,伊丽莎白,你一定会比他们受到更热情的款待。”

当神圣的婚礼结束后,新郎携新娘从教堂门口直接回肯特郡自己家洞房花烛。对于这类事情,人们照例会津津乐道一番,他们可以任意发表当然也能随处听到各种各样的新奇言论,惊羡者有之,贬斥者也不乏其人,林林总总,不一而足。不久后伊丽莎白就收到了朋友的来信。像从前一样,她们仍然鸿雁传书,保持着联络,不过亲密程度大打折扣,往日的那种开诚布公和推心置腹早已成为东逝之水,一去不复返了。伊丽莎白每次写回信的时候,总感觉难以下笔,开了头后又觉无话可说,十二分的难受。虽然她下定决心不能把通信这件事疏懒下来,可那更多的是为了故人之情,而并非现在的所谓友谊。对于夏洛特的头几封信,她还有些急切地盼望,但那也不是为了朋友,纯粹是出于好奇,她急于知道的是夏洛特对新的生活的感觉怎样?是否跟她事先想象的一样?与凯瑟琳夫人的关系怎样?她找到自己所要寻求的幸福了吗?但是看过夏洛特的信后,不禁使伊丽莎白兴趣索然,因为夏洛特信上所讲的内容,丝毫没有出乎她的意料之外。她信里的字眼无不带着欣喜的语调,她的生活似乎非常富足喜乐,对提到的每一件事都要自豪地夸耀描绘一番。气派的住宅,精美的家具,热情的邻居,方便的交通,一切都令她心满意足,凯瑟琳夫人更是个极为和蔼可亲的老夫人,待人接物友好亲切。这简直就是柯林斯先生早先对亨斯福德和罗辛斯的描述的翻版,除了稍微含蓄一点之外殊无二致,伊丽莎白要想彻底了解内情,摸清底细的话,就只有一条路,那就是亲自去那里探访一番。

简一到伦敦就马上给伊丽莎白写了一封短信,告诉她已经平安抵达舅母家,不过除此之外没有别人的消息。伊丽莎白盼望着姐姐的第二次来信或许会有点关于宾利家的事。

从一般的情况来看,有这样一条规律:不管是什么事,越急于想得到的东西十有八九不会很顺利地得到,而不需要的东西则会不请自来。伊丽莎白盼望着的简的信姗姗来迟,可是偏偏又没有她想知道的消息。简进城已经有一个星期了,宾利小姐却如突然从地球上消失了一般,既不见人,也收不到她的半点音讯,对于这一点,简的解释是,上次从朗伯恩寄给她的信,一定是出了什么变故使她没收到。

“明天,”她的信中写道,“舅妈要到她们住的那个区去办点事情,我决定跟着她去,并顺道去格罗斯维诺街看看能不能见到卡罗琳。”

简的第三封信终于给伊丽莎白带来了点她盼望已久的消息，这是她拜访过宾利小姐后写来的。信里说："卡罗琳的情绪似乎有些低落，可是对我的到来她感到很高兴，并且埋怨我为什么到伦敦来也没有提前给她个信。我的猜测被证实是对的，她没有收到那封信。当然我没有忘记向她打听她哥哥的情况如何。据说宾利先生现在过得不坏，不过他终日与达西先生在一起，两人形影不离，所以与她们姐妹们也不常见面。我发现她们正在准备迎接达西小姐过来一同进餐，说实话，我倒很想见见她到底是什么样，但愿我能如愿。卡罗琳要和赫斯特夫人出一趟门，所以我也不能在这里呆多久。我想或许不久后她们也会来看我的。"

伊丽莎白读着姐姐的信，不住地摇头叹息。简太善良了，甚至，不客气地说，有些幼稚。除非有什么意外的事情发生，否则宾利先生会一直被蒙在鼓里，一辈子都不知道他的意中人与他近在咫尺。

时光飞逝，不知不觉中一个月快要过去了，可简至今连宾利先生的影子也没有见到过。对此她找了各种理由来安慰鼓励自己，不要为此而气馁和难过。不过宾利小姐的冰冷无情越来越露骨，简也觉察到了，为了等待宾利小姐的光临，她每天上午都呆在家里，每天晚上再给她的应到未到寻找借口来抚慰自己的失望。两个星期后，让简等得坐立不安的这位贵客终于大驾光临了。但是，她只在这里逗留了一小会儿，没有让这里蓬荜生辉，倒是打碎了简一直一厢情愿加上她头顶上的美丽光环。她对简的态度比起上次来有了天壤之别，彻底显露了她的庐山真面目，也使简最终走出了自欺欺人的可悲的怪圈。这一点从她写给妹妹的信里，我们可以略窥一斑，也不难理解她当时是一种什么心情。

最亲爱的莉齐：现在我不得不承认，宾利小姐对我的情意，我做出了完全错误的理解，我根本误会了她的意思。你的观点被事实证明是正确的，但我想你还不至于会为此自鸣得意，幸灾乐祸吧。亲爱的妹妹，尽管我的观点最终被证明是错误的，可是我还是坚持认为，就她现在对我的态度来分析，我信任她，你却怀疑她，我们两个谁也没有偏颇，同样的合乎情理，这一点希望你能理解而不要认为我太固执己见。她干嘛要和我交好，既然她根本不喜欢我？对此我百思不得其解。要是还有这种事发生，我一定又会上当受骗。直到昨天，卡罗琳才来看我，本来她早就该到了，而且在此之前，她音讯全无，害得我苦等了半个月。她来了之后，好像比上一次还要不愉快。对于她的姗姗来迟，她只是礼节性地说了声抱歉，除此之外根本就没有再见我的意思。她整个人都变了，变得不可理喻，当送她走时我就暗下决心以后与她彻底绝交。她虽然令我生气又难过，不过也怪可怜的。当初在赫特福德的时候，她如果不对我垂青的话或许就不会有今天这种下场。我们的交情完全是在她的推动下才建立起来的，对此我可以保证。我觉得她其实也很可怜，现在她该明白是自己出了差错，她之所以采取这种态度，多半是因为担心哥哥的幸福，才出此下策。在这里我也没必要再找什么借口来为自己辩解。按理说，她实在不应该有什么可担心的，不过，如果她真是担心什么的话，那么她如此对待我的原因也就不言而喻了。倘若她真是那样热爱关怀她的哥哥的话，她所做的一切，无论怎样都是无可指责的、令人感动的。可是，我就弄不明白她干嘛要这样，她哥哥要是真对我有情意的话，早就来见我了。从她的话音中可以听出她哥哥应该已经知道我到了伦敦。不过从她的神态来看，她哥哥到底喜不喜欢达西小姐，她心里也没谱。这可真把我搞糊涂了，这究竟是怎么一回事？我脑子中总是冒出这样一个念头：这其中一定有不可告人的阴谋诡计。要不是这想法太尖酸刻薄，我真忍不住要当场质问她了。但是现在我不想让这些能引起痛苦的乱七八糟的事呆在我的脑袋里，我宁可去想一些令人愉快的事，比如说你的关怀备至，还有亲爱的舅父、舅母们对我的悉心照料等等。我盼望着能早日收到你的信。卡罗琳还提到她哥哥可能会抛弃内瑟菲尔德的那幢房子，不再回来了。然而是真是假，她也不敢打包票。这件事就算了吧，我们不要再提它了。你的亨斯福德的朋友所讲述的种种乐事同样使我很感到欣慰，同时我也对那些新鲜事兴趣盎然。希望你不要推辞，一定跟威廉爵士和玛丽亚一起去探望他们。相信在那里你一定会过得愉快的。

你的……

伊丽莎白读完这封信后，心情颇不平静。不过一想到简终于醒悟过来，以后决不会再吃亏上当，至少是不再被宾利小姐所蒙骗，她不禁又露出了笑容。她已经死心了，再也不对那位哥哥心存幻想。对于他重燃旧情，破镜重圆的可能性她甚至都不想再去考虑了。她越来越鄙视他，轻贱他。她有时候还在心里真心祝愿他能与达西小姐早结连理，这不啻是一种对忘恩负义的惩罚，也能帮简出口闷气，因为按照威克姆的描绘，这位达西小姐会让他引恨终身，悔不该自作自受丢掉过去的意中人。

差不多在这个时候，加德纳太太给她的外甥女写来了一封信，提醒伊丽莎白遵从自己的许诺，让她谈一谈现在她与那位先生处于怎样的一种关系。伊丽莎白原原本本地把实情回禀给了一直牵肠挂肚的舅母。尽管自己对此有些怅然，却使舅妈极为满意，本来悬着的心一块石头般落了地。威克姆撤回了原先对她的一切好感，对她的百般殷勤也戛然而止，因为他把爱神之箭射向了别人。伊丽莎白一直很留意威克姆的一举一动，这当然逃不过她的眼睛。她把这告诉了舅母，自己也并未感到伤心。只不过心里有些感慨，虚荣心也得到了满足，她确信，如果自己家也是腰缠万贯的豪门贵府的话，毫无疑问威克姆是不会去爱别人的。那位使威克姆心甘情愿拜倒在石榴裙下的小姐与伊丽莎白相比，唯一高出她一筹的就是能使她的丈夫额外地获得一万英镑财产。不过，伊丽莎白对这件事的种种底细不像对夏洛特那件事一样了解得清清楚楚，因而并没有责难威克姆这种追名逐利的行径。她倒觉得这是最合情合理的。在她的想象中,威克姆曾一度进退维谷,难以割舍,后来几经斗争才决定选择那位小姐。不过她认为,威克姆的这个决定对他们俩来说是个两全其美的好办法,并且真心实意地祝他幸福美满。

她把这些都告诉了加德纳太太,在把这一切陈述明了之后,她又发表了如下感想:“亲爱的舅妈,我绝没有对他产生丝毫情意,这一点我确信无疑,如果我不幸已萌生了那种纯洁无瑕而且至高无上的感情了的话,我就不会提那个人的名字惹得自己不痛快,甚至会诅咒他走尽霉运,永世不得翻身。然而我一点也没有这种念头,相反,我对他是诚心诚意的祝福,绝没有一丝一毫虚情假意,对于那位横刀夺爱的金小姐我也没有任何偏见与怨恨。我一点也感觉不到她有什么做错了的地方,愿意把她看成是一个大家闺秀。这件事与恋爱风马牛不相及。我所采取的小心谨慎的措施还是颇具效果的,我要是一厢情愿地去追求他而又被“体面”地遗弃,那才会成为亲友们的笑柄,更会成为大街小巷喋喋不休的流言蜚语的谈资,不过我不会因为没得到别人的垂青就自怨自艾。而且太受人家的信任与关怀有时不得不为此做出重大的牺牲以作为回报。基蒂和莉迪亚对威克姆先生这种离经背义的行为大为不满,义愤填膺。她们还太幼稚,不懂得人情世故,而且也不理解这样一个有失风雅的信条:英俊潇洒的青年人和普通人一样,先得解决温饱,才能谈情说爱。”

第四章

除了前一阵子接二连三地遇上不幸之外,朗伯恩家倒也相安无事。他们的娱乐消遣单调得要命,因此大家只能偶尔不畏道路的泥泞,顶风冒雨地去一趟梅里顿以资调剂,其他的时间都烦闷地呆在家里。正月和二月就这样在无聊中溜过人们的身边。到三月伊丽莎白就可以出趟门,到亨斯福德去看看了。本来她只不过是由于推却不过朋友的情面才迫不得已答应要去的,不过她现在发觉,夏洛特对此倾注了很多心血,于是她逐渐改变了态度,比较乐观积极地来筹划这次行动了。离别使她对夏洛特的感情起了些微妙的变化,对柯林斯先生的厌恶之情也减轻了不少。这个计划倒也是挺新鲜有趣的,况且,在家里还得敷衍一位难缠的母亲和几个明争暗斗、钩心斗角的妹妹,真是麻烦透顶,出去散散心也不坏,而且还能有机会去探望一下简。预定启程的日子就快到了,她一切都很顺利,所有的事宜按照夏洛特的计划安排得井井有条。伊丽莎白将跟随威廉爵士和柯林斯先生的小姨子玛丽亚一同去亨斯福德做客。后来经过再三考虑,对原计划又稍做补充,决定到伦敦去住一天,如此一来这计划就十全十美,无懈可击了。

令伊丽莎白唯一不舒心的是不得不与父亲分别一段时间,父亲一定会为她牵肠挂肚的。快要到启程的时候,贝内特先生对女儿有些恋恋不舍,再三叮嘱她不要忘了写信过来,并且差一点就承诺要亲自动笔给她回信。

临行前她向威克姆先生辞别的时候,双方都心平气和,客客气气,威克姆先生更是和颜悦色，彬彬有礼，他现在虽然放弃了伊丽莎白，不过也深深记得：她是头一个吸引他，并且值得为此付出的女孩；是第一个倾听他的苦衷并表示同情，使他心生爱慕之意的姑娘。在话别时，他祝愿她旅途顺利，诸事如意，然后又把凯瑟琳·德布尔夫人的品格行为给她介绍了一下，并表示等她亲自到那儿去过后，会发现他们俩对这位夫人和对其他人或事的感受将殊途同归，大同小异。他一直都满怀着真诚和关怀之情来与她谈这些话，这使伊丽莎白不禁为之感动，单凭这一点，对威克姆这样的好朋友就应该以诚相待。他们分别之后，她心中一直暖烘烘的，他无论是结婚还是孤身一人，在她的眼里，将永远是一个文雅亲切，惹人喜爱的好榜样。

第二天他们出发了。与她同路的几个人与威克姆相比处处相形见绌，使他的形象在伊丽莎白的心中更加伟岸。威廉·卢卡斯爵士呆头呆脑，女儿玛丽亚性格倒还柔顺，可惜继承了父亲的缺陷，一样傻里傻气，所以他们父女两人都狗嘴里吐不出象牙来，他们的嘀咕，简直比车轮转动的声音还枯燥无聊。对于许多荒唐的无稽之谈，伊丽莎白本来还颇有兴趣，不过威廉爵士那番老生之谈她早就听得耳朵生茧了。他总是絮絮叨叨有幸觐见国王陛下和被光荣地赐予爵士头衔这些陈芝麻烂谷子之类的事，他的那些礼仪规矩，与他的言谈像五百年前的古董一样冒土气。这段旅程很近，还不到二十四英里，他们早上从赫特福德出发，中午前就到达了格雷斯丘奇街。简从客厅的窗口看见他们的马车远远而来。等他们进了加德纳先生家门口迈上过道时，简已经等在那里了。她的脸没怎么焦虑憔悴，还是与从前一样潮润而圆滑，透出健康与美丽，这使得伊丽莎白大为欣慰。还有一群小朋友，那是表弟表妹们，都站在楼梯上没下来，他们想早些见到表姐，就从客厅里都跑出来了，可是许久不见又有些怕生，腼腆地表示着欢迎。大家聚在一起和和美美，共享天伦之乐。这一天真是让人高兴，上午众人都忙里忙外，还计划去逛街购置些东西，晚上则去看戏。

伊丽莎白故意挨在舅母身旁坐了。首先，简成了她们谈论和关注的话题。她向舅母详细地询问了姐姐的情况，舅母回答道，简平时极力控制自己，可偶尔也会把沮丧的心情表现出来，对此她更多的是感到担心而不是意外。但是她相信，这种状况或许很快就会结束。关于那一次宾利小姐来拜访的事情，加德纳太太也详尽地告诉了她，还介绍了她和简几次谈话的主要内容，从中不难看出，简已下定决心与宾利小姐彻底断绝来往。

简的事谈完之后，话题又转移到伊丽莎白身上。加德纳太太开玩笑打趣她被威克姆抛弃了，又对她的忍耐意志夸奖一番。

“可是，亲爱的莉齐，”她继续说道，“我想知道金小姐究竟是怎样的一个姑娘，居然能把威克姆从你身边夺走？我们的这位朋友不至于是个贪恋富贵的人吧。”

“亲爱的舅妈，依你说，在婚姻这一方面，贪恋财物和谨小慎微的差别在什么地方？怎样算是谨慎小心？如何才算贪恋富贵？去年过圣诞节的时候，你还劝过我，不要轻易与一个没有财产的人谈情说爱，认为我与威克姆的关系太过冒失，可才不到四个月，他抛弃了我选择了另一位仅仅能给他带来一万镑财产的姑娘，你就说他是贪恋钱财。”

“我只想知道金小姐是怎样一个姑娘，让我心里有谱就成。”

“我认为她是个很不错的姑娘。我没发现她有什么可以挑剔的地方。”

“可是威克姆也从来没有对她有什么情意，她爸爸去世后，她就成了那笔财产的主人，直到这时，威克姆才转而去追求她的。”

“对呀——他肯定不会把她放在心上的。如果说他抛弃我是因为我不富有的话，那他决不会与一个他根本不喜欢，而且又同样一贫如洗的姑娘谈婚论嫁。”

“但是，他未免转变得太快了点，姑娘家才出现变化，他就盯住不放，是不是有些过分？”

“人们往往倾向于既高贵体面，又不失风度典雅。不过，穷困潦倒的人就不会有那么多规矩和顾忌。既然人家金小姐对此都不在意，我们又何苦趟这池浑水？”

“金小姐虽然不在意，但不能因此就说威克姆的行为是没有错。这只能证明是金小姐本人或许有点缺陷，——要么在理智上，要么在感情上，二者必居其一。”

“噢，”伊丽莎白嚷道，“随你的便吧。反正威克姆是个见钱眼开的家伙，金小姐是个傻里傻气的笨鸟！”

“莉齐，你不要误会我的意思，我可不会这么说。要知道，对于一个在德比郡住了这么久的青年，我可狠不下心来轻视他。”

“噢！要是靠地方和时间长短的话，住在德比郡的年轻人还真没有几个能让我看得上眼的，好些他们在赫特福德郡的狐朋狗友们也是半斤八两，强不了多少。这所有的人都让我讨厌和恶心。上帝保佑！我明天还会去一个地方，在那里要见的人更是人见人烦，无论是风雅还是才华都一无是处。反正，值得结识的除了傻瓜就是笨蛋。”

“好了，莉齐。你这么说太悲观了，事实上绝没有这么糟糕。”

戏散场后，舅父母的要她来参加夏季旅行的邀请使她大喜过望，兴奋不已。

“现在到底去什么地方我们还没有最终决定，”加德纳太太说，“或许到湖区去是个不坏的主意。”

这个计划简直是世上最令人满意的了，真称得上是无与伦比。伊丽莎白欣然接受了这个邀请，心中对善解人意的舅父母无比感激。“我最最亲爱的舅妈，”她高兴得忘乎所以，不禁大声叫喊道，“我真是太快乐，太幸福了！我又有了生命与活力，这都是你赐予我的。消极和颓丧会远远地离我而去，比起变幻无常的大自然来，人类是多么渺小和微不足道呀！啊！那将是多么令人神往的时光呀！我们一定不会像其他的游客一样，只是稀里糊涂地逛了一趟，回来后就什么都忘记了。我们会清清楚楚地记得，去过什么地方，见过什么东西。湖泊山川，一草一木都毫无差错，我们给别人讲述某一个地方的景物时，也不会把它的位置与别的混为一团。我希望我们日后在畅谈这段不凡的游历时，能够精彩纷呈，跌宕起伏，而不会如一般游人那样，平铺直叙，索然无味。”

第五章

翌日，伊丽莎白精神甚好，对于沿途见到的各种事物都兴趣盎然。从姐姐目前的状况来看很好，这使她一直为此悬着的心像一块石头般落了地，不禁长长地松了口气，况且昨天又接到舅父母参加夏季旅行的邀请，一想到那美丽的湖区她就喜上眉梢。

后来马车离开了大路，驶往通向亨斯福德的曲幽深径，这时车上的每一个人都在四处张望，寻找牧师家的房宅，每一次拐弯后，人们都会把迎面而来的房子误当为主人的住宅。沿着罗辛斯庄园的栅栏他们一直往前走。这当口，伊丽莎白忽然想起了她以前曾听说过的关于主人家状况的描绘，禁不住哑然失笑。

主人家的宅院终于出现在大家面前。紧靠着路边的花园，坐落在其中的房屋，围绕着花园边的绿色的栅栏和月桂树枝编成的篱笆，这些都是他们到达的目的地的特征。正值新婚宴尔的柯林斯夫妇亲自来到门口恭迎贵客，主人与客人一样都眉开眼笑，频频招手致意，在一道小门之前马车停住了，从这里与住宅之间只隔着一条不宽的石子路。很快，客人们都从车上下来，宾主相会，更是嘘寒问暖，欢喜异常。柯林斯先生对朋友们表示了极其热烈的欢迎，伊丽莎白简直有受宠若惊的感觉，心下也十分满意，暗想此行不虚。她立刻就发现，这位表兄虽然已做了丈夫，举手投足间跟从前还是一样。按照惯例，他又把伊丽莎白绊在门口，对她的全家人，从老到小，一个不落地问候一遍，直到伊丽莎白逐一做出令他满意的答复之后，才善罢甘休，然后，他就没有再啰里啰嗦地白浪费大家的时间，就把众人请进屋里，只是在经过门口时，提醒大家注意它是多么干净整洁。客人们在客厅纷纷落座后，柯林斯先生又虚情假意地客套了一番，对众人的大驾光临再度表示欢迎，后来女主人为客人们递上点心，男主人也不甘寂寞，紧随其后东施效颦一次。

他的这番自鸣得意早就在伊丽莎白的意料之中。所以当他对住宅的结构式样和布局不厌其烦地夸夸其谈时，她听出了其中的弦外之音，这是特意在向她炫耀，让她知道，她当初没有选择他是个多大的失误，由此又造成了多大的损失。不过，尽管这里的一切看上去似乎的确是让人称心如意，她暗中告诫自己不能显露出丝毫懊恼的神情，以免增加他的傲气。她很惊异地望着她的朋友，与这样一位先生朝夕相处，竟然还能欣喜万分，对此她始终不明其理。柯林斯先生不时风言风语，谈一些会令夏洛特难堪的事（而且这种情况屡见不鲜），这时候她就禁不住看看夏洛特有何反应。有那么一两次，夏洛特的脸上泛出点红来，不过她总是对此故作不知，充耳不闻。众人在客厅里呆了挺长时间，屋子里的每一件家具，大到餐橱，小到炉架都成了被称赞的对象，大家谈了些别的话题，如一路上的经历和在伦敦的见闻等等，随后客人们就应邀到美丽的花园中随意走走。花园面积颇大，布置得也很精致，这些都是柯林斯先生的得意之作，料理花园作为最文雅高贵的一项活动而为他所钟爱。女主人也上来帮腔道,这种活动无疑对身体极有益处,所以对丈夫的这项爱好她鼎力支持。她说这些话时,居然能心安理得,从容不迫,真让伊丽莎白佩服得五体投地。柯林斯先生指引着众人把花园里每一条曲径小道都逛了个遍,他这个导游尽心尽责,把每一处景物的来龙去脉都娓娓道来,但又不点破,而是让客人自己去寻找体会美之所在。不过他的勤勉也使他蒙受了巨大的损失,因为众人一直没得到机会,只好把他爱听的恭维话吞在肚子里。对于哪个方向有多少田园,哪个树丛有几棵树他都了如指掌,如数家珍。不过,无论是他精巧别致的花园,还是这整个乡村甚至全国的奇景仙境,与罗辛斯庄园的景致相比,都不过是残缺颓岸,不可同日而语。这座庄园几乎就正对着牧师先生的宅院,为苍松翠柏所环抱,从树林的缝隙中隐隐约约可以看到巍峨的罗辛斯大厦——一座漂亮的现代建筑——在一块高冈上屹立着。

按照柯林斯先生的意思是再到两块草场上去逛逛,不过太太小姐们的脚都快被冻木了,就都告辞回去了,只有威廉爵士皮糙肉厚,不畏霜雪,还兴致勃勃地陪着他。夏洛特则领着妹妹和朋友参观住宅。这一次她显得欢天喜地的,大概是因为撇开了喋喋不休的丈夫的缘故。现在她们自由自在,无所拘束了。房子虽然不大,不过结实耐用,而且屋里的一切都井井有条,干净利落,伊丽莎白认为这都是女主人的功劳。这里本来倒真是个舒适的小巢,可惜这偏偏是讨厌的柯林斯先生的家。看到夏洛特那洋洋自得的神气,伊丽莎白推测她肯定不会把她丈夫看在眼里。

凯瑟琳夫人目前还在乡下,对于她的行踪,伊丽莎白早有耳闻。大家吃饭的时候,不知谁先扯起了这个话题,柯林斯先生登时精神大振,忙接口说道:“是啊,伊丽莎白小姐,等到星期天的时候,你就能荣幸地见到凯瑟琳夫人了,到那天她老人家一定会到教堂去,我想你一定会讨她喜欢的。她和蔼可亲,平易近人,一点架子也没有。做完弥撒后,她一定会注意到你的。我还可以保证说,只要你们住在这儿,无论什么时候她老人家赏脸请我们做客,你和玛丽亚也一定是上座嘉宾,会受到热情款待的。对我们亲爱的夏洛特,她是青睐有加,关怀备至。我们差不多每星期要在罗辛斯吃两顿饭,而且从来没有自己走回来过,总会坐她老人家的马车,准确地说,应该是乘坐她老人家的某一部马车,因为光这样的车子她就有好几部。”

“凯瑟琳夫人的确是个雍容典雅、谈吐不俗的老夫人,”夏洛特接着丈夫的话又补充说,“并且还是个对邻居体贴入微的人。”

“没错,亲爱的,跟我的观点完全一致。对于这样慈善的一位老夫人,无论怎样尊敬爱戴都是合情合理的。”

到了晚上,大家讨论的主要议题是赫特福德的新闻,信里曾经写过的种种陈芝麻烂谷子又被翻出来晾晒一番。夜深了大家散了之后,当伊丽莎白一个人呆在房子里的时候,不禁在想夏洛特对这桩婚姻到底满意到什么程度,怎么样操纵她的丈夫,对他的容忍的限度最高到多大等等,无论如何,她不得不承认的一点是,夏洛特的处理应付,还是相当妥当的。至于这次做客剩下的时间将如何度过,她估计不会有什么意外的事情再发生,无非是平平常常的日常起居。当然柯林斯先生那令人讨厌的嘴巴也不会闲着，与罗辛斯的交往可能会给这段平静的生活增加些乐趣。凭着种种天才的设想，这些问题都不费吹灰之力就迎刃而解了。

到了第二天快到中午的时候，她正打算出去散散步，一阵喧闹声突然从楼下传来，紧接着全家人似乎都手忙脚乱起来。她到门边侧耳静听，就有人风风火火地冲上来一连声叫她名字。她打开门，玛丽亚正站在楼梯口，激动地手足无措，大声嚷嚷：

"噢，亲爱的伊莱扎！餐厅里现在能看到多显赫的场面呀！走，我们快过去。到底是怎么回事你自己看吧，快呀，快下楼来。"

伊丽莎白虽然追问不休，可玛丽亚始终守口如瓶，不露半点风声。于是两人急匆匆地奔下楼，直冲进面对小路的餐厅，去看有什么奇景出现。她们只看到一辆又低又矮的四轮敞篷马车停在花园门口，车上有两位女士。

"这就是显赫的场面呀？"伊丽莎白不以为然地对玛丽亚说，"我还以为是花园里闯进了猪猡，谁知道原来是凯瑟琳母女俩来了。

"哦！亲爱的，"玛丽亚看她误会了，不由地十分惊讶，"那可不是凯瑟琳母女俩。这是詹金森太太和德布尔小姐。詹金森太太与凯瑟琳夫人住在一起。你看那位德布尔小姐，又瘦又小，跟个小不点差不多，真是难以置信。"

"外面风这么大，她干嘛不进来，却让夏洛特老站在门外？这老太婆也太无礼了。"

"嗯，听夏洛特说，她很少进来。要是想让德布尔小姐迈进来半步，更得有天大的脸面不可。"

"她这副模样我倒挺喜欢。"伊丽莎白嘴上如此说，心里却另有打算，"她这样弱不禁风，又性格暴躁。嗯，与他（达西先生）倒是天造地设，张三配李四，再合适没有了。"

男主人和女主人都站在门口，与两位贵宾说话。可笑的是威廉爵士也庄严地肃立在门口，无限恭敬地聆听他们的谈话，而且每当德布尔小姐看他一眼，他都要虔诚地鞠一个躬。对此伊丽莎白忍俊不禁。

最后谈话结束了，两位稀客的马车消失在夜色中，其他人也回到房里。一看到两位小姐，柯林斯先生就热烈地祝贺她们又交了鸿运，夏洛特替丈夫把这句没头没脑的话解释清楚，告诉她们，明天罗辛斯那边将设宴款待。

第六章

这次邀请使柯林斯先生喜出望外，大为得意，他早就在盘算着如何把他那位大恩人的不凡气派炫耀一番，好让这几位充满好奇心的宾客知道他老人家与他们夫妇间是多么亲密。可是没想到客人们刚到，邀请就接踵而至，这更表明凯瑟琳夫人是多么善解人意，又不居高卑下，真是让他不知道怎样尊崇才好。

“实际上，”他对诸位客人说，“对于她老人家的盛情邀请，我一点也不感到意外，我们尽管去罗辛斯好了，不必推辞，在那里可以用一些茶点，还有些小小的娱乐活动。凭借她老人家的和蔼可亲，平易近人，我就知道我们一定会得到邀请的。不过，她老人家竟然如此的盛情我倒没见过，你们才刚到，就荣幸地接到她老人家的邀请，并且是要我们大家一起去！”

“这件事是完全合情合理的，一点也不让人感到奇怪，”威廉先生应声说道，“我就有幸处在同样的地位，对大人物们的待人接物最清楚不过了，他们就是这样热情好客。尤其在宫廷中，这种事情更是司空见惯，平常得很。”

整整一天，再加上第二天上午，大家谈论的话题几乎全是关于到罗辛斯做客的事。柯林斯先生不厌其烦地向众人介绍他们在那里将会看到些什么，他认为如果不让大家心里先有个底，他们准会在看到宏伟的住宅，众多的仆人和丰盛的佳肴时目瞪口呆，手足无措。

柯林斯先生见到女士们就要去梳妆打扮时，不失时机地对伊丽莎白说：

“亲爱的表妹，你用不着在衣着上精挑细选，费心劳神，凯瑟琳夫人如果看到我们穿着华丽的话，会十分不快的，因为只有她们母女俩才与这种打扮相配。我的意见是你随便捡一件像样点的衣服就行了，一切顺其自然。衣着朴实不会引起凯瑟琳夫人的鄙视，她更喜欢我们不要忘记自己的身份与地位。”

太太小姐们各自回房去准备时，柯林斯先生可闲不住，他一会儿到玛丽亚房门口催她动作快一点，一会儿又跑到夏洛特房门口问她穿好了没有，因为凯瑟琳夫人喜欢勤快的人，不必让她等着，最看不过眼的就是客人们姗姗来迟，不按时各就各位。玛丽亚·卢卡斯没有怎么参加过交际，对于这其中的规矩礼节是一窍不通，现在听姐夫说这位老夫人如此严厉，不由得提心吊胆。她忐忑不安地期待着去罗辛斯做客，与她父亲当年进宫觐见国王时一模一样，这倒应了那句老话：“有其父必有其女。”

去罗辛斯做客的这一天天公作美，风清气爽，大家高高兴兴地穿过庄园，大约步行了半英里的路程。沿途的庄园各具特色，异彩纷呈，伊丽莎白看得心旷神怡，不过也不像柯林斯预先描绘的那样巧夺天工，美不胜收。柯林斯先生又热情地担当起向导的责任，把房子正面每一扇窗户都列数给大家听，并告诉大家仅仅是这些窗上的玻璃就价值不菲，着实令刘易斯·德布尔花了一大笔钱。伊丽莎白对此则充耳不闻，丝毫不放在心上。

当他们最终到达通往门厅的台阶前时，玛丽亚愈来愈诚惶诚恐，威廉爵士也极力控制自己，务须保持镇定。只有伊丽莎白从容不迫，毫不慌张。她还不曾听说凯瑟琳夫人除了有钱有势之外，在其他方面有什么过人之处，能让人望而生畏。对于权势，她是天生有免疫力的。

一进入门厅之后，柯林斯先生又精神陡增，欢天喜地，夸耀这里是多么富丽堂皇。接着，仆人引导客人们穿过前厅，走进了凯瑟琳夫人和詹金森太太就座的房子。夫人亲自站起身来对客人们表示欢迎，这种往脸上贴金的幸事，可不是一般客人经常能遇上的。柯林斯夫人曾与丈夫约法三章,这次由她出面为宾主双方介绍,所以介绍得既简略又得体,要是还由柯林斯先生来介绍,不用说又会有一大通或道歉或感谢的废话。

威廉爵士虽然经历过觐见国王的大场面,但是这里的情景似乎与皇宫也不相上下,惊愕之余,惶恐地不敢出声,只能深深地鞠了个躬就闷声不响地拣个位置坐下了,父亲尚且如此,女儿更就不用提了。玛丽亚吓得几乎连自己是谁都忘记了,坐立不安,手足无措。伊丽莎白则镇定自若,仔细把面前的三位女士打量了一番。凯瑟琳夫人身材高大,五官端正,也许年轻时还是个挺漂亮的女人。不过她的神态很傲慢,接待客人也是居高临下,好像在时时提醒对方不要忘记自己的低下地位。她不出声的时候倒还有些慈眉善目的样子,只要一说话就完全不是一回事了。她的话语里总有一种自命不凡的神气,爱用威严的口吻表达她的意见。威克姆的话不禁浮上了伊丽莎白的心头,通过一整天的接触,她发现凯瑟琳夫人的所作所为与威克姆先生的描绘是完全吻合的。

对这位老夫人做了进一步的细致观察后,伊丽莎白发现她举手投足间很多地方与达西先生有些相像。当她把目光对准德布尔小姐时,惊奇得难以置信。这母女俩真是太奇怪了!不论在容貌上,还是体态上,女儿竟然与母亲毫无相似之处。德布尔小姐面无血色,病容满面,五官也还说得过去,不过实在找不出能引人注意的地方。她生性腼腆,不善言辞,只是偶尔与詹金森太太低声耳语几句。詹金森太太看上去是个再平常不过的女人,她只顾侧耳倾听德布尔小姐的嘀咕,对旁人不大理睬,而且总是把德布尔小姐挡在身后,使得众人很难看清楚她。

大家坐了一小会儿后,主人邀请客人们到窗边去欣赏一下外面的景致,柯林斯先生好不容易又得到了发言的机会,兴奋地陪着众人,把窗外的每一处景物如数家珍般介绍给她们,凯瑟琳夫人也略带惋惜地告诉大家,如果是夏天来就好了,现在才刚开春,远没有那时好看。

酒席极为丰盛,一道道的美味佳肴让众人大饱口福。柯林斯先生曾夸耀过,夫人家有众多的仆人和数不清的珍贵餐具,今日得见,真是名不虚传。并且他的预言也实现了,秉承夫人的旨意,他如愿以偿地在末席上谋得自己的座位,瞧他那副兴高采烈的神情,仿佛这是人生的最大乐事了。他不住嘴地吃,也不住嘴地称赞。每一道菜被端上餐桌时都荣幸地得到无数赞美之辞。先由柯林斯先生夸,威廉爵士然后再继续夸。这时候,威廉爵士又找回了失去的声音,可以给自己的女婿跑龙套,扛大旗了。伊丽莎白对此很是反感,她奇怪对这样肉麻的阿谀奉承之辞,凯瑟琳老夫人居然都受得了。而且她似乎对此还相当满意,尤其是客人们对哪一道菜倍感新奇时,她更是怡然自得,笑容满面。桌上的其他众人不怎么说话。如果有机会的话,伊丽莎白倒是不愿这么干坐着的,不幸的是她的位置太糟糕,正巧坐在夏洛特与德布尔小姐之间——前者一心一意在听凯瑟琳夫人的讲话,后者席间压根儿就没对她开过一次口。詹金森太太全神贯注放在德布尔小姐身上,看她没怎么吃东西,就硬给她挑了这样拣那样,生怕她有一点不舒服。玛丽亚不像她父亲一样,至今还是魂不附体,一句话也不敢讲,两位男宾只顾一唱一和,自得其乐,全没想到别人会怎样。

女士们再次回到客厅后,都在聆听凯瑟琳夫人讲话。夫人谈锋甚健,滔滔不绝,直到咖啡端上来之前别人没插上一句嘴。无论说到什么事情,她表明自己的意见时总是那么斩钉截铁,毋庸置疑,别人只有乖乖服从的份儿,别想发表任何不同意见。对于夏洛特的家务事,她毫不客气地逐一询问,而且给了她一大堆关于怎样持家的各种各样的指示,告诫她,像她这样的并不怎么富裕的家庭,决不能奢侈浪费,一切都必须精打细算,还指导她母牛和家禽的照料与饲养方法。伊丽莎白发现,任何一个可以对别人指手画脚,大加评论的机会,这位老夫人都会紧抓不放,就是比之溺水的人抓住一根稻草也有过之而无不及。凯瑟琳夫人在对夏洛特传达各种指示的同时,也偶尔对玛丽亚和伊丽莎白问这问那,但主要还是问伊丽莎白。对于她的父母、朋友及家庭地位等她都知之甚少,所以便对柯林斯夫人说,她是个文静秀雅的姑娘。然后她又一口气问了伊丽莎白许多问题:她一共姐妹几个,有几个比她大几个比她小,她们中间有没有快要嫁人的,长相如何,在什么地方读的书,父亲用的马车是什么样的,母亲的娘家姓什名谁等等。这一连串唐突的问题使伊丽莎白稍感不快,不过出于礼貌还是和颜悦色地回答了她。这当口,凯瑟琳夫人说道:

"我认为,柯林斯先生将继承你父亲的家产了。"然后转头对着夏洛特,"为此我替你感到愉快。不过除此之外,我还真不明白为什么不让女儿做财产的继承人。刘易斯·德布尔家就不认同你父亲的这种做法。你会不会弹琴唱歌,贝内特小姐?"

"会,不过不是很好。"

"噢!那好——有机会我们倒很想听听。我家有一架非常好的琴,可能胜过——哪天有空你就试试看吧。你的姐妹们也都会吗?"

"只有一个会。"

"那怎会可能呢?你们应该都会才对呀。韦布家的姐妹就没有一个不会的,可你父亲的收入却比她们父亲多得多。你们会不会画画?"

"不,对画画我一窍不通。"

"你说什么?谁也不会?"

"没错,一个也不会。"

"这真是让人难以置信。你们大概是没有机会学画画吧?每年春天你们的母亲应该带你们进城遍访名师。"

"我母亲或许会认为这是个不错的主意,但是我父亲讨厌伦敦。"

"你们家的家庭女教师怎么样?"

"什么,家庭女教师?我们家从来就没请过。"

"没请过?这不可能!你们家有姐妹五个,竟然没有家庭女教师!我倒是头一回听说还有这样的稀罕事。要教育你们五个,你妈妈可得跟卖苦役的差不多。"

这句话使伊丽莎白不禁莞尔,她告诉惊讶的夫人,事实并非她想象的那样。

“要是这样,你们由谁来教育?靠谁来照顾?没有家庭女教师,你们可就成了一群无人管的孩子了。”

“在有些人看来,我们家似乎对我们有些管教不严。但是,我们姐妹中,只要爱学的,一定能让她如愿以偿。家里从不反对我们读书,相反,父母都经常激励我们要努力,必要的家庭教师当然也不是请不到。不过如果谁想偷懒的话,也不会有人去肆意干涉。”

“这个自然不用说了。可是,我们要家庭女教师做的就是防止这种事发生。如果我与你们母亲相熟的话,一定会好好劝劝她。我认为,教育的基础是系统全面的正规指导,而这一点,只有家庭女教师才能胜任。想起来挺有趣的,由我从中牵线给好多人家介绍了家庭女教师。只要是为年轻人谋善事,我都很乐意去做。詹金森太太的四个侄女都是在我的帮助下找到了称心如意的差事。前几天的时候,我还刚为别人家介绍了一个姑娘,本来我都不知道,还是那家人在我面前不经意透露出来的,她们对她十分满意。柯林斯夫人,我不是还告诉你梅特卡夫人的事吗?她昨天特地来表示感谢,因为我给她推荐的波普小姐非常难得。‘凯瑟琳夫人’,她说,‘你给我介绍的这个姑娘真是太出色了’。贝内特小姐,除了你之处,你妹妹中还有没有出来交际的?”

“当然有的,夫人,准确地说,她们全都出来参加交际活动了。”

“全都出来了!我的老天,贝内特小姐,你的意思是说你们姐妹五个全都出来交际了?这可真是世所鲜有的怪事!你上面不是还有一个姐姐吗?可是还没等到姐姐出嫁,妹妹就等不及出来参加交际了!我想你妹妹的年龄一定不大吧?”

“对,我最小的妹妹还不到十六岁。或许她还太小了点,不应该这么早就出来交际。但是,夫人,因为姐姐还没出嫁,妹妹就必须老老实实地呆在家里,不能交际,不能娱乐,这是不是有些太不合情理了?万一她们的姐姐就是嫁不出去,或是决定一辈子不嫁人的话,她们岂不是得跟着独守空房?对于青春年华所带来的乐趣,小妹妹和大姐一样有权利去享受。我们怎么忍心出于那样的动机,使她们的青春蹉跎了呢?我认为,如果这样做就很可能破坏姐妹间的血脉亲情,对于温柔豁达心性的培养也有百害而无一利。”

“真看不出来,”凯瑟琳夫人惊诧地说,“你年龄虽然不大,倒蛮有主见的。我想知道你今年几岁了?”

“我已经有三个妹妹迈入了成年人的行列,”伊丽莎白微微一笑说道,“现在你满意了吧?我想你老人家还不至于要再逼着我回答吧。”

得到这样一个拐弯抹角,似是而非的回答令凯瑟琳夫人大为震惊。伊丽莎白也不无得意地暗想,恐怕第一个敢于如此嘲弄这位显赫无礼的贵妇人的,就是自己了。

“你用不着拐弯抹角,我想你最大超不过二十一岁,是吗,贝内特小姐?”

“我的确还不满二十一岁。”

后来男宾们也加入了女宾的行列，大家一起喝过茶后，就凑起了牌局。凯瑟琳夫人、威廉爵士还有他的女儿女婿凑成一桌打"四十张"。德布尔小姐不打四十张，她对"卡西诺"较为喜欢。两位小姐也因此能荣幸地受詹金森太太相邀，为她又凑了一桌。她们这一桌索然无趣。桌面上大家的话没有一句离开打牌，只是詹金森太太不放心德布尔小姐，时不时地问她觉得冷还是热，灯光怎么样，是需要增强还是减弱等等同样无聊的问题。旁边那一桌却始终人声鼎沸，煞是热闹。大部分时间里是凯瑟琳夫人在高谈阔论——要么是对别人的牌技横挑鼻子竖挑眼，要么就把自己的一些趣闻逸事夸夸其谈一番。对于她老人家的话，无论讲的是什么，柯林斯先生都随声附和；每赢一把牌，他就对夫人表示一次谢意；要是赢得比夫人多了，他还要一连声地为他的冒昧表示歉意。威廉爵士一直没怎么开口，他这会儿只顾忙着把听到的一件件趣闻和一个个达官显贵的名字牢牢记在心中，这可是一笔向亲朋好友炫耀的雄厚资本。

等到凯瑟琳母女俩玩腻了的时候，两张桌牌就散场了，主人很客气地告诉柯林斯夫人，不必步行回去，还是派马车送他们，对于这样的盛情厚意，柯林斯夫人不胜感激，于是马上有人去准备。这个时候，大家又围绕着火炉坐在一起，最后洗耳恭听凯瑟琳夫人的天气预报。很快马车备好了，仆人请客人们上车。柯林斯先生免不了又啰里啰嗦说了一大堆表示感激和谢意的废话，威廉爵士也不顾年老体迈，频频做着弯腰动作，这告别仪式持续了好一会儿才结束。马车刚一驶出大门，柯林斯先生便迫不及待地要伊丽莎白谈一谈她此次拜访的印象和感想如何。伊丽莎白不忍扫朋友的面子,言不由衷地夸赞了几句,她自以为这番恭维已经很到家了,可是柯林斯先生却远不能满意,这感觉就像犯了大烟瘾的人只找到一包卷烟时的心理。柯林斯先生无奈,只好亲自出马把她老人家又如天神般吹捧一番。

第七章

威廉爵士的亨斯福德之行虽然只持续了一周,然而收获颇多,并且深深感到:女儿找到的这个归宿真是天下难逢:丈夫是一个不可多得的贤才,更难能可贵的是有一个如此声名显赫的亲密邻居。威廉爵士还住在这儿的时候,柯林斯每天都陪着岳夫乘上马车,到乡间去逛上一个上午,等他走后,日常的生活又恢复了原来的样子,马车夫也不必受累天天出门了。伊丽莎白既惊讶又庆幸地感到,自从卢卡斯先生走后,并不像她担心的那样会常常与她的那位贤表兄见面,因为除了吃饭时在同一张桌子上以外,柯林斯先生主要是忙里忙外地收拾花园,再不就是呆在自己靠路的书房里舞文弄墨、凭栏望远,而女士们的起居室就远不如先生的舒服,在房子的背面。伊丽莎白起初十分奇怪,现在的餐厅无论从面积上还是位置上都更适合作为夏洛特的起居室,可她为什么会退而求其次呢?不过后来她发现了其中的奥秘,她的朋友这样做倒是颇具匠心的,如果女士们的起居室远远不如男士的起居室,那柯林斯先生就会更乐意呆在自己的房子里。所以,她对夏洛特的这种布置赞叹不已。

当她们呆在客厅里时,对外面大路上发生的任何事情都一无所知,幸亏柯林斯先生手脚麻利,口舌清楚,每次只要有车子经过,他总会特意来告诉女士们知晓,尤其是德布尔小姐的四轮敞篷车几乎天天打这儿过,害得柯林斯先生天天跑来跑去报告消息。德布尔小姐也不时在门口小驻一会儿,与夏洛特闲扯几句,不过要请她下车是千难万难,大家一般也不抱此奢望。

柯林斯先生几乎天天要去罗辛斯,想来就是闭着眼睛也不会走错,他妻子虽然不如丈夫勤,可也是隔三岔五就过去一趟。伊丽莎白有时不由自主地想,难道还有什么别的牧师职位馈赠给他们不成?否则她真搞不清楚,他们何苦要浪费这么多时间,一次一次不厌其烦。凯瑟琳夫人偶尔也来巡视一番,来了之后她一双挑剔的眼睛不放过任何一个细枝末节。生活起居,日常家务都是她视察的对象;家具安置不妥,佣人躲闲偷懒,也是她大发牢骚和指责的常用借口。她基本上没在这里吃过饭,如果她肯屈驾品尝的话,就是为了验证柯林斯夫人是在勤俭持家,还是大手大脚地过日子。

不久之后伊丽莎白还发觉,这位老妇人是本教区最负责,最热心的执法官,尽管她并没有责任和权力负责那里的治安事宜,也得不到一分钱报酬,可事无巨细都会由柯林斯先生一五一十地禀报给她。只要听说有哪个村民爱吵架,发牢骚,或是穷得快过不去了,她老人家总要亲自出马,化解纠纷,平息事端,骂得他们一个个理屈词穷，只好乖乖地过日子，不敢再自讨苦吃。

每个周他们差不多要在罗辛斯吃两顿饭。现在威廉爵士已经走了，晚饭后就不能像从前一样两桌牌齐开了，这样的宴请，每一次都是上一次的翻版。他们基本上没有走过别的地方，因为从附近人家的声势地位来看，对柯林斯先生这样的人家是不屑一顾的。但是，它对伊丽莎白来说无关紧要。整体来看，她在这里的生活还是挺舒心的，可以时不时地与朋友愉快地交谈一阵子，而且这个季节里很少能碰上这样怡人的天气，可以经常出外活动而不必老是闷坐在家里。当其他人去罗辛斯那儿拜访凯瑟琳夫人时，她就去庄园边一座小树林中溜跶溜跶，最妙的是那儿有一条绿荫小路，很是幽静，伊丽莎白对此更是情有独钟，何况来到这里，就不必再担心凯瑟琳夫人会不友好地问这问那了。

一转眼间，两周过去了。在这段时间里大家一直相安无事。现在复活节就快要到了，在这一周内，要有一位嘉宾来到罗辛斯府上，在这样小的一个圈子里，这无疑是件惊天动地的大事了。伊丽莎白刚到亨斯福德时就对这一消息早有耳闻，虽说在认识的人中，最讨厌最不愿看见的就是达西先生，不过在乏味至极的罗辛斯聚会上能添一张还算新鲜的面容毕竟不是件坏事，而且她可以有机会视察一下达西先生对他这位贤表妹的态度如何，宾利小姐到底是不是枉费心机和自作多情也就不言而喻了。凯瑟琳夫人已经把他理所当然地看作自己的女婿了，所以只要一提到他，立刻神采飞扬，洋洋得意。当她听说夏洛特和伊丽莎白居然早就跟他认识并且还经常见面时，她心中的那把无名之火便“腾”地烧了起来，只是碍着自己尊贵的脸面，没有当场发作罢了。

没过多长时间，达西先生已经到了的消息就传遍了牧师家的上上下下，原来，整整一个上午，柯林斯先生都在通向亨斯福德小路的门房边徘徊不已，这样可以最早抢得头条新闻。看到达西先生的马车缓缓驶进庄园之后，他急忙虔诚地深深鞠了个躬，然后就飞也般跑回屋里，对这条新闻大肆宣传，进行独家报道。第二天上午，他又风风火火地赶去罗辛斯拜会新客人，在那儿他荣幸地见到凯瑟琳夫人的两位外甥，因为与达西先生同路而来的还有一位菲茨威廉上校，他是达西先生的姨父某某爵士的小儿子，与达西先生是表亲。柯林斯先生从罗辛斯回来时，两位贵客居然也跟来了，这使大家都惊讶不已。夏洛特在丈夫的房间里看到他们径直向自己家走来，就马上冲进女士们待的房间，告诉她们两位嘉宾就要来光临寒舍了，接着又说道：

“伊丽莎白，真的要感谢你，要不是你在这儿，我想达西先生就不会这么快来回访了。”

这个人情伊丽莎白倒宁可不领，她刚要开口推辞，就有人拉门铃，表明客人们到了。很快，两位客人的身影出现在客厅中。走在前面的是菲茨威廉上校，他三十来岁，人虽长得不怎么英俊，不过仪表堂堂，谈吐优雅，颇具绅士风度。达西先生没怎么变，还是和在赫特福德时一样，扭扭捏捏地向柯林斯夫人问好。对于伊丽莎白不知他到底对她怀有什么样的感情，但和她相见时丝毫没有失态。伊丽莎白也只是对他行了个屈膝礼,一声不吭。

菲茨威廉上校很快就同大家混熟了,于是众人展开热烈的讨论,他口齿清楚,妙语连珠,为人彬彬有礼,谈话也饶有风趣。他那位表弟则呆若木鸡,除了向柯林斯夫人恭维了几句她的住宅和花园之外,就一直坐着与谁也不说话。过了好一阵子,他仿佛才感觉到自己有些失礼了,于是便向伊丽莎白及她全家人问好。伊丽莎白对他的这番客套话,也只是随口敷衍了几句。停了片刻,她又问道:

"我姐姐在城里已经待了三个月了,你有没有碰见过她?"

实际上,她是明知故问,只是想通过旁敲侧击,探探对方虚实罢了。他是否知晓宾利一家与简之间发生的不愉快,这一点,伊丽莎白也拿不准。达西先生神色有些不正常地回答说,很抱歉从没有见过贝内特小姐,这件事就到此为止了,大家也没有再细谈,过了一会儿,表兄弟两个就告辞了。

第八章

牧师家里众人对菲茨威廉上校都颇有好感,因为他仪表堂堂,风度翩翩,太太小姐们都认为,他的到来使往日单调乏味的罗辛斯聚会顿时活跃了不少。不过罗辛斯那边已经很久没有再邀请他们了,主人只顾款待两位贵客,至于他们就先一边站好了。后来到了复活节那天,他们才又一次蒙罗辛斯主人家垂青接到了邀请,掐指一算,两位先生都来了快一星期了,而且这一次也不像平日那样正式,只不过是离开教堂时,顺便邀请他们晚上去坐坐罢了。在刚过去的一星期里,凯瑟琳母女俩像有障眼法一样消失在他们的视野里。这一段时间以来,菲茨威廉上校成了牧师家的常客,不过他的表弟没再露面,只是在教堂里才见过一次。

柯林斯一家人欣然接受了这次非正式的邀请,并且分毫不差地准点来到罗辛斯。凯瑟琳夫人很客气地接待了他们,不过不像平时那样了,这个谁都看得出来。因为以前没有别的客人可请,他们才凑数被奉为座上客的。事实上,凯瑟琳夫人的心思差不多都在她两位外甥身上,大部分时间是在同他们交谈,尤其是达西先生更受她关照,而对屋里的其他的人她就很少去理睬了。

菲茨威廉上校倒是与他们挺合得来。罗辛斯枯燥的生活使他厌烦,他希望能有些别的事做去调剂一下。而且,对于柯林斯夫人的那位漂亮朋友,他也很是喜欢。现在他们正坐在一起,他谈锋甚健,先讲到肯特郡和赫特福德郡,又从居家旅行讲到书籍音乐,海阔天空,口若悬河,伊丽莎白对此颇感有趣,听得津津有味。他们两个谈得正高兴,不觉把凯瑟琳夫人和达西先生的注意力都吸引了过来。达西先生脸上马上出现了惊诧的神情,一次次注意他们。一会儿,凯瑟琳夫人也好奇了,不过不像达西先生那样含蓄,而是大声嚷起来:

"菲茨威廉,什么事让你们谈得这么高兴?你与贝内特小姐在谈什么?我想听一听,能告诉我吗?"

“我在跟贝内特小姐谈音乐，姨妈。”菲茨威廉不情愿地回答说。

“音乐！你们干嘛不说大声些让大家都听到？我最喜欢音乐了。所以，要说到音乐就该有我的份儿才成。我认为，在英国，能像我一样对音乐真正欣赏的人没有几个，至于说到品味，能与我并驾齐驱的更是凤毛麟角。我只不过没学过音乐罢了，要不然，我早就成为一位名师高手了。安妮要不是身体弱，不能多费功夫，也将会十分出色的。我相信要是那样的话，她的演奏一定会让人心旷神怡的。达西，乔治亚娜现在学得如何了？”

对于妹妹的技艺，达西先生深情而又自豪地予以高度评价。

“她能这样出色，我很是欣慰，”凯瑟琳夫人说，“可是她要是还想高人一筹的话，必须勤学苦练，这一点希望你能替我转告她。”

“姨妈，你尽管放心，”达西回答道，“即使没有你这番忠告，她现在也毫不松懈。”

“这样最好。练习越多越好。我再给她写信时，一定要劝告她千万要勤勉。对于许多年轻的小姐们我总是这样劝告她们，要想在音乐上有所成就，不勤加练习是绝对不行的。对贝内特小姐我也是这个意见，除非再多练习，否则就不会有所提高了。虽然柯林斯夫人没有琴，可是我们这儿有，詹金森太太房里的那架就相当不错，而且，在那个房间里弹也不会对别人有什么妨碍，所以我就常对她说欢迎她每天都来罗辛斯。”

看到姨妈如此没有礼貌，达西先生很是难堪，也就没再理会她。

众人喝过咖啡后，菲茨威廉上校就提醒伊丽莎白履行承诺，因为她曾答应过弹琴给他听，所以伊丽莎白马上坐到了钢琴前面。上校忙拖把椅子，靠近她身边坐下了。半支歌还没唱完，凯瑟琳夫人就失去了耐性，又和刚才一样与另一个外甥谈起来。可是没过一会儿，达西先生也向钢琴那边轻声走过去，选取了一个能将演奏者瞧个仔细的位置站好。伊丽莎白识破了他的企图，趁机停下来，回过头来，带着一丝狡黠的笑容对他说道：“达西先生，看你这副架势，是不是想来吓唬我？令妹的琴技或许确实比我高出一筹，可是我不怕在这里献丑，我生性就是一副倔脾气，决不肯屈服在别人的压力之下。别人对我的威胁和压力越大，我的胆量也就越大。”

“我想说你误会了我的意思，”达西先生心平气和地回答道，“因为你决不会像你所说的那样认为我是在有意对你施加压力。我们相识已经很长时间了，我知道你挺喜欢时不时说些心口不一的话。”

听到达西先生这样恭维自己，伊丽莎白禁不住纵情欢笑起来，接着又回过头去对菲茨威廉上校说道：“承蒙你表弟青睐，在你面前如此盛赞我，教你知道我的话决不可随意相信。我真够倒霉的，本想浑水摸鱼，让人们觉得我的话还是可以相信的，可是却偏偏有了解我真实性格的人在场，戳穿了我的企图。说实话，达西先生，你太不讲义气了，你非要把你在赫特福德了解到的我的缺点全揭露出来不可吗？——不过，请原谅我的冒昧，我不认为你这样做是明智的。——因为这可能让我恼火，招致报复，说出一些鲜为人知的事来，我想你的亲戚们听了会吓一大跳的。”

“这个悉听尊便，我才不在乎呢。”达西先生笑了笑，回答道。

“那么你能给我讲一讲他有哪些事吗？”菲茨威廉上校禁不住嚷道，“我想知道在陌生人面前他有什么反应。”

“好，那我就讲给你听——但是你得做好充分的思想准备，事情可怕极了。你知道吗？我们是在赫特福德郡的一次舞会上相识的——你能想象出你表弟做什么了吗？他一共才跳了四曲舞！这或许会让你伤心，为此我请你原谅——可是事实是明摆着的。这一次舞会上男宾很少，而他却只跳四曲舞，当时有好几位年轻的小姐找不到舞伴，只能冷坐在一旁，他对此却无动于衷。达西先生，我没有说错吧？”

“那时候，我只认识同自己一起来的几个朋友，跟舞会上的任何一位小姐都素不相识。”

“对。舞会上倒也不再时兴由别人作介绍了。嗯，菲茨威廉上校，下一曲你想听什么？我的手指正等着你的命令呢。”

“或许，”达西先生说道，“我那时真应该请别人介绍一下，可是我生性腼腆，不善于在陌生人面前表现自己。”

“这到底是为什么，你表弟心里最清楚不过了。”伊丽莎白没有回头，还是对菲茨威廉上校说道，“你不妨问问他，一个满腹经纶通情达理的人，怎么可能会不善于向陌生人自我推荐呢？

“这个问题我倒可以回答，而不必问他。”菲茨威廉上校说，“这是因为他怕麻烦。”

“的确，有些人就很有这种本事，我自愧不如。”达西先生接着他表哥说到，“有些人就是遇到素昧平生的人也能滔滔不绝，镇定自若。我就不行，不会听话听音，见风使舵，假装对对方的事情颇感有趣。”

“在我弹琴的时候，”伊丽莎白说，“比起许多女子来生疏至极。我的手指既不像她们那样灵巧有力，也不能像她们那样弹得有韵味。可是我认为这完全是自作自受，怪我自己犯懒，不肯去勤学苦练，而不是说我的手指不中用或有什么缺陷，比不上那些比我弹得好的女人，这一点我深信不疑。”

达西先生莞尔一笑，说道：“你说得一点没错。由此可见你练习时间虽少，效率却要比别人高出几倍。任何一个有幸听到你弹奏的人，都会感觉到你的技艺是完美无瑕，无可挑剔的。我们两个的共同点就是都不善于在陌生人面前表现自己。”

这时候，凯瑟琳夫人忍不住了，大声质问他们到底在说些什么，这使他们的谈话不得不中断了。伊丽莎白又弹起琴来。凯瑟琳夫人凑了过来，听了一小会儿，便对达西说：

“贝内特小姐还需要勤加练习，最好能再请伦敦的名师指点一二，那样就不会像现在这样还有缺陷了。她的情趣与品味比安妮稍逊一筹，不过在指法上很得要领，可惜安妮身体不好，不能多费一些心思和功夫去学，否则她一定能成为一位出色的演奏家。”

伊丽莎白把目光投向了达西先生,想看看对于这番言过其实的夸耀他表妹的话,他是什么样的态度,不过无论是在当时还是事后,达西先生从未流露出一丝一毫钟爱的端倪。从他对德布尔小姐的这种态度来看,她替宾利小姐感到一点欣慰,如果她也是达西先生的表妹的话,她就很可能如愿以偿地嫁给他。

凯瑟琳夫人对伊丽莎白的琴技仍然在评头论足,喋喋不休,在如何演奏和怎样欣赏方面也做了各种各样的指示。伊丽莎白虽然不耐烦,但是出于礼貌还是等着她把话说完。后来,应二位男士竭力要求,她没有离开钢琴,一直到夫人又备好了马车送他们回家时才罢手。

第九章

第二天一早,夏洛特和玛丽亚因为有事去村里了,只剩下伊丽莎白一个人在家里,她正在给简写信。突然间门铃响了,她猛然一惊,一定是有客人来了,不过倒没有马车声传来。是不是凯瑟琳夫人来了?一想到这她不禁有些害怕,急忙把那封未写完的信收了起来,要是被这老夫人看到,难免又会胡诌八扯,被她纠缠一番。正在这时,门开了,走进来的不是凯瑟琳夫人,而是她的外甥达西先生,并且他是孤身一人,这使伊丽莎白大吃一惊。

达西先生看到别人都不在,似乎也吃了一惊,然后向她道歉说,他不知道只有她一个人在屋里,否则就不会这么冒昧了。

两个人坐了下来,伊丽莎白搭讪地问了问罗辛斯的一些情况后,屋里的气氛很是沉闷,大有陷入僵局的危险。所以,这时候非得有人找点话说说不可。在这当口,上次与他在赫特福德郡见面的情形突然出现在伊丽莎白脑海中,那时他们为何急急匆匆不辞而别令她很是好奇,于是便说道:

“达西先生,去年十一月你们从内瑟菲尔德离开时,走得可够突然的呀!宾利先生对你们的接踵而至,一定非常高兴吧,而且如果我没记错的话,你们只比他晚走了一天。在你离开伦敦来这儿时,他和他的姐妹们身体还好吧?”

“承蒙你惦记,他们都非常好。”

伊丽莎白听对方的回答没有了下文,过了一会又问道:

“你知不知道,宾利先生是不是不打算再回内瑟菲尔德了?”

“他倒是从来没有在我面前透露过这一点。可是,我想即使他还回去,也不可能在那儿呆太长的时间了。他有很多亲朋好友,而且对于他这个年龄来说,交际与应酬正在逐渐增多。”

“假如他不准备回内瑟菲尔德长住的话,他最好就干脆别要那个地方了,这对街坊邻居来说也有好处,这样,起码我们的邻居不会老是换来换去。可是,宾利先生租那幢房子时恐怕没有为街坊邻里着想,而只是为了自己方便吧,所以我认为这房子保留也罢,放弃也罢,应该都不会违背这一原则的。”

“我想，”达西先生回答说，“只要他能买到更合适的房子，肯定会退掉内瑟菲尔德的那幢。”

伊丽莎白没有接着回答，她也不想再对宾利先生谈论些什么了。既然现在找不到别的话题可说，索性就让对方伤脑筋换一个话题吧。

达西先生对她这番用意心领神会，过了一会儿便主动说道：“这所住宅看起来很不错，我想凯瑟琳夫人准是在柯林斯先生到亨斯福德时才使它的面目焕然一新的。”

“可能是吧——并且我完全相信她是好人有好报，像柯林斯先生这样对自己的恩人忠心不二的人，天下真是找不出第二个。”

“柯林斯先生有幸能娶了这样一位好太太，真是福运不浅呀！”

“不错，他的确很有福气。他的朋友们更要替他高兴和欣慰，居然有这样一个聪明女人肯委身下嫁于他，而且又使他沉浸于幸福之中。我的朋友是一个极有头脑的女人——尽管我认为她决定作柯林斯先生的妻子并不是明智的。可是这似乎确实为她带来了幸福，如果再仔细地观察的话，这桩婚事是十分适合她的。”

“这儿与娘家和朋友都相隔甚近，她对此一定很是满意。”

“你认为不远吗？可是几乎有五十英里路程呀。”

“如果路好走的话，五十英里路很快的，也就不到半天就能到达。所以，我觉得真是很近。”

“如果是我考虑这门亲事的话，就决不会把距离近看作一个优势条件，”伊丽莎白说道，“我一点也不以为柯林斯夫人住得离家很近。”

“看来你过于留恋赫特福德了。这样来看，就算离朗伯恩近在咫尺的地方，你都会觉得远在天边的。”

达西先生回答她的话时，脸上掠过了一丝浅浅的笑容，伊丽莎白知道这其中的意味，他肯定是认为她联想到了简与内瑟菲尔德。所以她红着脸不好意思地说道：

“你是不是以为我的观点是女人家不要与娘家过近？其实我不是这个意思。我觉得远近不是绝对的，这要视情况而定。如果家境比较好，多花一些路费无所谓，那么就是远一些也不要紧。可是，他们就不是这样了。柯林斯夫妇的收入虽然看起来不少，要经常旅行也承担不起。我觉得，就是把这段路缩短到不足25英里，我的朋友也不会对别人说她离娘家不远。”

达西先生把椅子向前挪了挪，这样就与她更近了，然后说道：“你的乡土观念是不是太浓了些？你不能在朗伯恩呆一辈子吧。”

看到伊丽莎白面露惊诧之色，达西先生心中微微一沉，赶紧又把椅子向后拖了拖。顺手从桌上抄起一份报纸，漫不经心地瞟了一眼，接着用很平静的口吻说道：

“你对肯特郡的印象如何？”

于是，接上这个话头，两人又对肯特郡发表了些看法，彼此间均从容不迫，言简意赅。过了不久，夏洛特姐妹俩回来了，他们的谈话也自然中止了。姐妹俩看到这一对昔日的冤家对头竟然在一起促膝谈心，都非常惊讶。达西先生急忙站出来打圆场说，他没想到她们都出去了，因此冒昧地打扰了贝内特小姐，又坐了一小会儿，他没有跟众人再说什么，就告辞回府了。

“这到底是怎么一回事呀？”达西先生刚跨出房门，夏洛特便迫不及待地问道，“亲爱的伊丽莎白，他是不是对你有意思了，要不然干嘛老是来我们这儿？”

伊丽莎白把他们的谈话原原本本地告诉了朋友，夏洛特觉得自己虽然空有一番心意，可左看右看却丝毫看不出什么端倪。她们做了各种各样的猜测之后，得出了如下结论：他是因为闲得无聊才来这儿的。在这个季节里，这种情况是非常可能出现的。现在几乎所有的户外活动都停止了，家里尽管有很健谈的凯瑟琳老夫人，有五花八门的图书，还可以打会儿台球，可是男人家总不成整天呆在家里大门不出二门不进吧？柯林斯先生家离罗辛斯很近，与那里的人也挺合得来，到牧师家散散心调剂一下还是蛮不错的，所以两位表兄弟成了牧师府上的常客，几乎每天都要顺便到那儿溜跶一趟。他们一般都是上午去，有时早一些，有时晚一些，有时一个人来，有时两个一道，还有的时候由姨妈相陪。女士们都有同感，菲茨威廉上校频频来造访是因为他喜欢与她们交往，对于这样的可爱的人物大家自然是越发喜欢。伊丽莎白很乐意与他在一块，他很明显对伊丽莎白也颇有情意，这些因素交织在一起，不禁使伊丽莎白又想起了从前的意中人乔治·威克姆。把他们两人相互对比之后，她发现两人各善胜场，威克姆的举止更加优雅，菲茨威廉上校的头脑则更聪明些。

可是对于达西先生常到牧师家里来的原因，众人都百思不得其解。他可不像是来“陪太子读书的”，因为他有时总是就呆坐在那里，轻易不说话，就算是说上几句，也好像言不由衷，不得已而为之，只是顾全礼貌罢了，而心里却疙疙瘩瘩的。他极少像他表哥那样有欢乐开怀的时候，柯林斯夫人丝毫摸不着他的底细。菲茨威廉上校不时拿他表弟开玩笑，说他傻头傻脑，由此可见他平时一定不是这样，不过柯林斯夫人仅凭自己对他的那一点点认识，显然还不能发现这一点。她自以为是恋爱促使了这种变化的发生，并且恋爱的对象很可能就是她的朋友，所以她便小心留意起来，想把这件事查个水落石出。每一次无论是她们到罗辛斯去，还是达西到亨斯福德来，她总试图从他身上找出些蛛丝马迹来，可是毫无收获。他还是时常把目光放在她的朋友身上，不过这种眼神里到底有没有真爱的成分，还值得进一步考虑研究。诚然他的目光是专注的，真挚的，但她还是怀疑这里面包含的究竟是爱慕之情，还是心不在焉。

她曾经暗示过伊丽莎白几次，认为达西先生似乎对她已生情愫，不过伊丽莎白对此总是不以为然，一笑置之。柯林斯夫人认为在这种问题上最好能顺其自然，不要惹得别人坠入情网，最后却又竹篮打水一场空。伊丽莎白只要确实已经能将达西先生置于自己控制之下，对他的厌恶之情很快就会消失的，对此她深信不疑。

她一心一意替伊丽莎白打算，有时候想让菲茨威廉上校娶她的朋友。他是非常讨人喜欢的人，社会地位也不坏，而且对伊丽莎白也颇为钟情。不过，比起他的表弟来，在教会里的势力就微不足道了，从这点看来，他那些优点也就不值一提了。

第十章

伊丽莎白在庄园里散步时，好几次与达西先生不期而遇。为此她自认晦气，遇上谁不好，可偏偏是他！为了以防万一，她第一次就提醒他说，她经常到这儿来转一转。所以，这种事又接二连三地发生可真是太古怪了。这么看来，他要不是没有听出她的弦外之音，就是存心跟她过不去，或许是来赔礼道歉的，因为有几次他不是寒暄几句打个招呼，然后再沉默一会就走开算了，而是转过身来，陪她走一阵子。他从不多开口，这倒正遂了伊丽莎白的心愿，她既不愿自己说，也不愿听他讲。不过在第二次见面时，他却问了几个古里古怪、风马牛不相及的问题——问她在亨斯福德感觉过得怎么样，干嘛总是独自一人散步，是不是认为柯林斯夫妇幸福等等。在说到罗辛斯时，伊丽莎白表示对那一家人还需进一步了解，达西先生则似乎希望她以后有机会来肯特郡时，还能再到这儿来住，因为从他的话音中隐隐约约透露出这么点意思。倘若他的话的确另有所指的话，那么就是在暗示她菲茨威廉上校果真对她有意了。难道他是在撮合他们两个？一想到这儿伊丽莎白不由有些后悔，不过幸亏已经回到了牧师家门口，所以又有些庆幸。

一天，她正一边重读着简的来信，一边溜跶着，全神贯注地体味着简在心灰意懒的情况中写的那些绝望的话。在这当口，又有人让她吓了一跳，不过这次不是达西先生了，而是他的表哥正满面春风地向她走来。她赶忙把信收起来，脸上勉强挤出一丝笑容来，对他说道：

“你怎么也到这儿来了？”

“不过是围庄园溜一圈，”菲茨威廉答道，“我每年来这儿时都要这么做，然后就顺便到牧师家里去一趟。你还准备再往前走一大段路吗？”

“不，我这就准备回去了。”

于是她马上转回身去，两人一道往柯林斯先生家走去。

“这个星期六你就要离开了吗？”伊丽莎白问道。

“恐怕是的，只要达西不再拖下去。可是我们俩的去留完全由他做主，他高兴怎样安排我就跟着怎么做。”

“就算是安排的结果或许不怎么让他满意，他也足可以为这种专权独断自鸣得意了。像达西先生这样，对于蛮横无理、为所欲为、乐此不疲的人，我以前还真没见过。”

“他确实是爱好自以为是，”菲茨威廉上校回答道，“可是我们大家内心中都有这样一种倾向。而他比平常的人更有钱有势，所以也更有资格做这种事情。这些都是实话。你要知道，只有长子才可以放纵自己而没有寄人篱下的后顾之忧。”

“可是我认为，如果是一个伯爵的幼子就与他哥哥没什么差别。说老实话，你真有这两方面的体验吗？你哪一次因为囊中羞涩而不能到你想去的地方，或买不成你喜欢的东西?”

“这个问题问得好——或许在这方面我一直太顺利了,没栽过跟头。可是在一些比较重大的问题方面,我就要因为两手空空吃苦头了。幼子就不能像长子一样可以随意与意中人成亲。”

“如果是个有钱的小姐的话,那这个问题就迎刃而解了,而且我认为他们经常会做出这种抉择。”

“我们从小大手大脚惯了,所以必须得依托于他人才成。对于我这种地位的人,结婚又不能马马虎虎就算了,这样的人可不怎么多呀。”

“他这话可别是存心说给我听的吧?”伊丽莎白心里想到这儿,脸上不由泛出一圈红晕。不过她立刻使自己镇定下来,调皮地问得:“那么我想知道一个伯爵的幼子一般的身份有多高?我想要不是你的哥哥身体羸弱的话,你开价不会高于五万镑吧?”

菲茨威廉上校对于这个问题也同样幽默地予以了回答,这事就到此打住了。不过要是老这样保持缄默,伊丽莎白又害怕会引起对方的猜疑,所以马上接着说道:

“我觉得,你表弟与你一块来这儿,不外是想能有个人让他驱使。可是,他不是还有个妹妹吗?既然照顾她妹妹的责任是他一力承担的,那么他就更能为所欲为地对待她了。”

“这回你想错了,”菲茨威廉上校反驳说,“这种责任也有我的份。我也是达西小姐的保护人。”

“原来是这样。那么我想知道你们对这位受保护人感觉如何?是不是挺麻烦?像她这么大的年龄,正是问题挺多的时候,要是她的品性脾气再随他哥哥的话,那可就更不怎么好对付了。”

伊丽莎白发现菲茨威廉上校听了这话之后,脸色变得沉重严厉起来。他马上问她说这话是什么意思,有何凭证,从他颇为失态的神情来看,她更进一步证实了自己的想法。所以也立刻回答说:

“你何必这么紧张呢,我从来没听到别人说她的坏话,或许世上再也找不出另一位像她一样温顺贤淑的姑娘了。很多人都喜欢她,在我认识的女士小姐们中就有好几位,像赫斯特夫人啦,宾利小姐啦等等。你大概也认识她们吧,我仿佛听你提到过。”

“只见过几次面。她们的兄弟这个人很不错,和善可亲又风度翩翩,而且还是达西的好友。”

“噢!一点也不错,”伊丽莎白用很冷淡的语调说,“他有达西先生这样的朋友可真是三生有幸,难得他的朋友对他这样体贴入微,关怀备至。”

“体贴关怀!没错,我毫不怀疑,在他遇上重大问题的节骨眼时,确实能得到达西的照顾与关怀。在来这儿的路上时他曾向我提到过一件事,从中可以推测他果真为宾利先生出了大力。可是,那个人是否就是宾利先生我也拿不准,这完全是推测罢了,这一点我想他是可以谅解的。"

"我不明白你的意思。"

"当然啦,这件事达西想隐瞒起来,要是让女方家里知道了,肯定会使他们不快。"

"这个你不必担心,我会守口如瓶的。"

"那么请一定搞清楚,我没有绝对的证据,只是凭猜测认为这个人是宾利先生。达西告诉我时也没有指名道姓,只是说他有幸帮了一个朋友的忙,所以我猜想他说的是宾利先生。"

"他是出于什么动机插手这件事的,达西先生告诉你了吗?"

"好像是因为那一位小姐的条件不怎么样。"

"他是怎么样拆散他们的?"

"这个我就不知道了,"菲茨威廉上校笑了笑说,"我所知道的都告诉你了。"

伊丽莎白没有再接着发问,默默地往前走,心里怒火中烧,大骂达西无耻。菲茨威廉上校对她的这种反应很是不解,忙问她是怎么了,为什么看上去有些忧心忡忡的样子。

"我在想你刚才说过的那件事,"伊丽莎白答道,"我认为达西先生这种做法过于蛮横了,他干嘛要来横加干涉?"

"你认为他这完全是多管闲事吗?"

"那还用说,是他的朋友在恋爱,合不合适是别人的事,他凭什么在这儿多管闲事?他居然把自己的意见强加于人,对朋友如何获得幸福指手画脚。"伊丽莎白稳定了一下自己的情绪,才接着说道,"可是,对这件事我们都不是知根知底,所以无端指责或许也不公平。兴许那两个人之间本来就没有什么真情实感呢。"

"这种推测也不无道理,"菲茨威廉上校说,"不过我表弟一直把这件事视为他的得意之作,这样一来不是抹杀了他许多功劳吗?"

他本来是为活跃气氛而开个玩笑的,可是伊丽莎白却觉得这个评价倒是一语中的,所以她也没有再接着回答,而是另扯一个话题,尽说些鸡毛蒜皮的小事。聊着聊着,不觉就回到了柯林斯先生家。等客人告辞后,她就便独自一个人闷在房中,对刚才的谈话反复咀嚼品味。她断定菲茨威廉上校所提到的被拆散的那对恋人,肯定是简和宾利先生。能够如此屈服于朋友的意志,而任人操纵的,除了他还能有谁?对于拆散简和宾利的阴谋达西一定参与了,这个她一直深信不疑,不过她一直以为他不过是同谋,真正的幕后策划者是宾利小姐,她才是罪魁祸首。倘若达西的行为不是由其虚荣心推动的话,那么简眼下正在以及以后将遭受的百般折磨与痛苦,都是由他,由他的傲慢与自负一手造成的。在他手中就这样葬送了一个世上最温柔贤淑、宽厚忍让的女子的终生幸福,而且这桩罪孽何时才能最终了结还是个未知的谜。

"据说那位小姐的条件不怎么样。"菲茨威廉上校就是这么说的。那些不够理想的条件是指什么呢?或许是因为她有个在乡下当律师的姨父,还有在伦敦跑买卖的舅父？

“要是说到简本人，”她禁不住大叫起来，“她是完美无缺的。她的性情是那么可爱；她的心灵是那么善良；她的头脑是那么聪明灵巧；她的风度与气质又是那么迷人！我的父亲也无可挑剔，在有些人眼里或许他有些怪癖，可是无论从能力上说，还是从教养上看，都是达西先生无法企及的。”当然，一想到自己的母亲时，她的底气要弱一些。不过她还是认为，达西先生感到不平衡的不是这方面的不足，而是因为他的朋友竟会屈尊俯就与门不当户不对的人结亲，至于这家人的修养见识如何，他倒没怎么放在心上。最后她得出结论，达西拆散简与宾利的动机有两点：一是这种令人生厌的傲慢心理在作怪；二是他想让宾利先生娶他的妹妹。

这件事让她越想越是生气，禁不住干脆哭了起来，后来连头都搅得疼痛不已。到了晚上还是没有起色，又讨厌再与达西先生碰面，所以对于表兄表嫂到罗辛斯吃茶点的邀请婉言推辞了。柯林斯夫人见朋友不舒服，就没有再勉为其难，并且想方设法阻止丈夫再去纠缠不休。不过柯林斯先生却一直惴惴不安，唯恐他的恩人会为此而感到不快。

第十一章

柯林斯夫妇离开了家到罗辛斯去后，伊丽莎白把在肯特郡收到的简的每一封信都翻了出来细细地看了一遍又一遍，似乎是要把他对达西先生的厌恶和仇恨都进一步升级似的。信上没有满腹牢骚与不平，既不提不堪回首的旧事，也不论现在所遭受的煎熬。原来的时候简的信中总是洋溢着欢快的笔调，从来没有郁郁寡欢的神气，因为她天性乐观，心胸宽广。可是现在呢，在她的信中，字里行间都透露出焦虑不安。伊丽莎白第一次读信时一目十行，只是草草看过，这回认真读来，才体会到姐姐的心情。达西先生曾不知羞耻地自诩说，让别人受罪是他的拿手好戏，这使她对姐姐的无限痛苦体会得更为深刻。使她稍觉欣慰的是，后天，讨厌的达西就会离开这儿了，而想到两个星期后她就能与简重聚在一起时，伊丽莎白更觉宽慰，她要以姐妹间的深切的爱，唤起简重新振作的勇气。

菲茨威廉上校也要与他表弟一起离开罗辛斯了，可是，他已经明确向她表示过他无意与她发展更亲密的关系，所以，虽然他确实是人见人爱，但伊丽莎白觉得犯不着为了他给自己再增添一些不必要的烦恼。

一阵门铃声打断了她的思路，她刚开始还以为是菲茨威廉上校来了，不禁精神一振，他曾经有一天在晚上这时候来过，今天可能是临别前特意来拜会她的。不过事实证明她完全想错了，并且让她大吃了一惊，进来的不是菲茨威廉，而是他的表弟达西先生，这让她失望之极。达西先生赶忙连声询问她的身体情况怎样，说他之所以来这里是盼望能得到她已恢复健康的好消息。伊丽莎白出于礼貌客气地敷衍了几句。达西先生好像很是不安，他才坐了一会儿，就在屋里转来转去。伊丽莎白对此十分不解，不过她一直保持着缄默。这种尴尬的气氛持续了有几分钟，达西先生突然神情激动地走到她面前，出人意料地说道：

“尽管我已用尽全力去克制自己，却怎么也不行。不能再这样下去了，我实在不能再把感情埋在心底了。我必须告诉你，我是那样尊敬你，爱慕你。”

伊丽莎白万万没想到他竟然会说出这样一番话来，惊讶得嘴都忘了合上。她瞪大了双眼，满脸通红，一脑子疑问，沉默无语。达西先生却误会了她的意思，把惊诧当作了怂恿，于是就竹筒倒豆子般倾诉了他从前和现在对她的爱慕之意。他娓娓道来，说得比唱得还好听，不过除了爱慕之情外，他的其他情感也滔滔不绝地泛滥出来——尤其在吐露他的高傲自负之情时，比倾诉柔情蜜意有过之而无不及。他认为对方出身卑微，地位低下，已经是够委屈自己了，门户之间的悬殊，使他处在理智与情感的煎熬之中。可能是因为屈尊俯就的原因吧，他异常激动，全没有想到这样会使他的求婚更易遭到拒绝。

伊丽莎白虽然非常讨厌他，可是能得到别人的爱慕，毕竟或多或少地满足了自己的虚荣心。尽管她一直都坚守自己的立场，不过也知道这样会让对方伤心难过，所以刚开始时还稍有些内疚之情。可是他后来越说越离谱，她的愧疚之情完全为愤怒与怨恨所代替。不过她没有立即发作，而是准备等他说完胡话后再与他理论。最后达西先生表白说，他实在是太爱她了，任何克制都是徒劳的，而且热切地盼望着她能接受自己的求婚。他表面上虽然一再声称自己万分忧虑和焦急，可是脸上明明是一副十拿九稳的得意神气。伊丽莎白看出来，他肯定认为自己不会遭到拒绝的。这种神气更是使她火冒三丈，所以，他一住嘴，伊丽莎白就马上说道：

“一般情况下，只要有人向你表示了爱慕之情后，无论你是否能给出一个满意的答复，自己的感激之情是一定要表示一下的。按说是都该有感激之情的，而且如果我确实有的话，不用说我也不会不向你致谢的，令人遗憾的是你将不会得到我的谢意。——对于你的垂青，我从来就没有企盼过，况且你的青睐未免也太小气了些，很对不起，我使别人伤心了。可这完全不是有意的，纯粹是巧合，我也希望它能很快从我们记忆中消失。你刚才说过你之所以从前没有吐露你的情意，是因为有很多后顾之忧，现在你作了这番详尽的解释后，我想再压抑这种情感应该不是件难事。”

达西先生把身体靠在壁炉架上，虎视眈眈地盯着她，这番话似乎让他感觉到蒙受了耻辱。他的脸足有三尺长，毫无血色，内心的气恼与不安表露无遗。他尽力稳定自己的情绪，什么时候装出一副从容不迫的样子时才开口说话，以免被揭穿底细。这样的死一般的沉寂让伊丽莎白汗毛直竖。最后，达西先生总算强作镇定地说道：

“我真是三生有幸，承蒙你肯赏脸给我这样一个答复！还有个问题我想请教一下，你凭什么这样无礼地拒绝，把我的一番诚意丝毫不放在心上？其实这解释不解释都无所谓。”

“那么我能不能也问一个问题？”伊丽莎白答道，“你何苦这样跟我过不去，一次次地冒犯、侮辱我？你干嘛非得告诉我你为了喜欢我而不惜与自己的理智甚至人格背道而驰？真是我蛮横无理吗？而且令我气恼的还不止这一件事，想必你心里比谁都明白。就算我对你素无成见，甚至还颇有好感，可是我能对一个亲手毁了我最心爱的姐姐的终生幸福的人产生情意吗？我还不到于糊涂到这种地步吧。”

这些话使达西先生的脸色一下子变了。但是不久他就又恢复了常态，也没有插嘴，任由她接着往下说：

“我有各种各样的理由看不起你。在那件事上，你的角色实在是太可耻，太不光彩了，无论你出于什么样的动机，你都是罪孽深重的，不可饶恕的。他们两个被拆散，都是你从中作梗，即使不是你一个人造成的，你也逃不掉干系，这个你不用赖，也赖不掉。看看你的杰作吧，他们两个，一个被戳脊梁骨责骂薄情寡义，另一个却被人背地里耻笑自作多情，使他们都陷于痛苦不能自拔。”

说到这儿她停了停，看到达西竟然还一副洋洋得意的神气，一点懊悔之意都没有，更让她怒不可遏，他甚至还装疯卖傻，笑嘻嘻地看着她。

“难道这其中没有你的份？”伊丽莎白穷追不舍。

达西装作很从容的样子回答说：“不可否认，为了拆散我的朋友与令姐的这段姻缘，我的确费了很大力气，好在我的力气没有白费，为此我很是欣慰。我对于宾利先生的关怀远远胜过自己。”

他这番反省虽然措辞上没有显露出他的得意之情，不过伊丽莎白却对这话的意思知之甚深，因此心中仍是怒火中烧。

“你还不只在这件事上让我讨厌，”她接着说道，“在这件事之前很久我就对你颇为不满。几个月之前，威克姆先生就告诉我了你的品性如何，这回你有什么可说的？你尽可以胡编乱造些事来为自己辩护，我要看看你究竟是怎样颠倒是非，迷惑世人的。”

“那位先生的事你倒是很上心呀。”达西说道，脸色更红了，声音也稍有些发颤。

“对于他那样一个有这么多不幸遭遇的人，谁都忍不住要关心他。”

“他的不幸遭遇！”达西先生对此不屑一顾，“没错，他的境遇是够不幸的。”

“这都是你干的好事！”达西对威克姆的轻蔑使伊丽莎白怒发冲冠，她不顾一切地大声嚷到，“是你，让他陷入了如此贫困的境地——当然是相比较而言的。明明是属于他的利益，你却死扣着不放。他风华正茂，正需要那笔足够维持舒适生活的财产，可你却无端地夺取了人家的权利。这都是你的杰作！可是你还得寸进尺，对于别人同情可怜他还要加以蔑视与嘲笑。”

“我在你心目中就是这样一个人吗？”达西先生也忍不住了，他一边大声吼道，一边向屋子那头大步迈去。“原来这就是你对我的看法！万分感谢你能这样详细地解释给我听，这么说来，我是跳进黄河也洗不清了！或许，”他突然停住脚转过身来对她说道，“我不该把从前犹豫不定的原因和盘托出，以至于伤害了你，要不然你也许就不会再对此斤斤计较了。如果我再玩些花样，只是对你表示爱意，而把心里的矛盾小心地隐藏起来，让你认为我的确是对你一片赤诚，可能就不会受到如此冷遇了。不过我对任何伪装都深恶痛绝。对于我提到的那些内忧外患，我认为是正常的，没有什么让人难为情的地方。想想你那些庸俗卑微的亲戚和你们的社会地位吧，你想我会为此而欢欣雀跃，自豪不已吗？”

伊丽莎白的肺都快气炸了，不过她还是强忍着和颜悦色地说：

“达西先生，倘若你像你表兄那样彬彬有礼的话，我真会为拒绝你而感到内疚，不过仅此而已，如果你认为只是你的表白方式出了问题的话，你就大错特错了。”

达西听到这话，冷不防吃了一惊，不过只张了张嘴而没出声。于是她又继续说下去：

“无论你怎样向我求婚，都别指望我会答应你！”

达西脸上又闪过了惊诧的神情。他满怀着不解和屈辱注视着对方，听她接着说道：

“从我们刚认识时开始，确实地说，几乎就从我刚一认识你的那一刻起，我就对你有了成见。因为从你的举手投足之间我认识到，你是个傲慢自负，自以为是，无视别人的感情的家伙。后来又有一些事让我进一步认识了你的本来面目，使我对你更是厌恶至极。在我们相识还不到一个月的时候，我就下了决心，就算是一辈子嫁不出去，也绝不会嫁给你。”

“你说完了吗，小姐？对你的这些心情我完全可以理解，现在我只能对自己的痴心妄想感到羞耻。很抱歉打扰你了，请接受我的诚挚祝愿，愿你永远健康幸福、平安喜乐。”

一说完这几句话，他便头也不回地匆匆离开了屋子，然后就传来了开关大门的声音。这时候伊丽莎白心情烦乱之极，苦不堪言。她不知道怎样才能坚持住，她感到太疲惫太虚弱了，索性坐下来哭了一大会儿，对于刚才发生的情景，真是让人摸不到头脑，达西先生居然也会来向她求婚！而且竟然已经爱上她好几个月了！他爱得这么深，纵然是曾为他所不齿的种种条件也挡不住他求婚的脚步。可他拆散宾利与简的姻缘的主要因素也正是这些呀！但轮到他身上时，他虽然也已经注意到了这一点，却仍想与她结婚，这太令人难以置信了！一个人在不知不觉中被别人这样深沉地爱着，这也够让人感到欣慰了。可是，他自高自大，到了令人不能容忍的地步，对于破坏别人的姻缘这样的缺德事，他竟然还沾沾自喜，在反省的过程中前后不一，漏洞百出，仍然流露出那种不可一世的狂妄神情，还有在提到可怜的威克姆时，明明是他一手造成他的不幸，他却一点也不在乎，毫不隐瞒他的残忍无情，甚至还心存蔑视——一想到这些事，她就气不打一处来，本来因为顾念他一片深情而泛起的一点感激之情顷刻间烟消云散，无影无踪。

她愁肠百结，左思右想，直到凯瑟琳夫人的马车声传来才打破了她的思路，她发觉自己这副尊容可上不得台面，于是便赶忙溜到自己房间去了。

第十二章

伊丽莎白一整夜几乎都在辗转反侧,胡思乱想。第二天早上起床后,又马上陷入了沉思,她对那件事始终无法释怀,脑袋里容不下别的东西。她神思恍惚,心烦意乱,所以一吃完早饭,就准备出去溜跶。本来已经走上了平时她常去的那条路,忽然转念一想极有可能在那儿遇上达西先生,所以便停了下来。她直接拐上了一条小路,而没有进庄园,这样与大路的距离就会稍微远一些。顺着栅栏不久后便穿过了一道园门。

她在这条小道上徘徊再三,美丽的晨景把她吸引住了,于是便透过园门,观赏起里面的景色来。不知不觉中她来肯特郡已有五个星期了,这段时间里乡下的变化日新月异,树木青草一天绿似一天。她正打算再往前走时,突然看到了一个男人的影子,正向她这儿移过来。可别是达西先生吧,伊丽莎白一边想一边匆忙往回走。不过那人已经看见她了,他也急匆匆地向前追来,一面赶一面呼唤她的名字。伊丽莎白本来已经转身往回了,可是既然人家已经喊她了,她就不好意思再不理会了,虽然她很不情愿与达西先生见面。一会儿工夫,达西先生走到她跟前,递给她一封信,她不由自主地伸手接了过来。达西还是那副自负的神态,对伊丽莎白说道:“我想你或许会路过这儿的,所以提前在这儿兜了几圈。你能赏脸看一下这封信吗?”说完后稍稍行了个礼,回过身走了,一会儿就不见了踪影。

伊丽莎白最终还是把信拆开了,这倒不是因为这封信能给她什么乐趣,只不过由于她强烈的好奇心罢了。打开信后,她发现不光两张信纸,连信封上也密密麻麻地写满了字。她一边走,一边看。这是今天早上八点钟左右在罗辛斯刚写完的,信的内容是这样的:

> 小姐:你不必为这封信而不安,昨天晚上恕我冒昧,向你倾吐爱意,并提出了求婚,结果搞得不欢而散,在这儿我当然不会重蹈覆辙了。对我的那份奢望,我不再想去多说什么了,以免又节外生枝,自讨苦吃。为了不再使我们伤心,还是尽量让它过去吧。这封信实在是迫不得已,因为事关我的声誉,不得不澄清一下,要不然倒真是大可不必如此了,又要费神写,还得让你劳心去看。所以还得让你辛苦一番,万望见谅。我想你大概不会屑于为我费心,不过希望你毫无偏见地看看这封信。
>
> 昨天晚上,我的头上被加上了两个莫须有的罪名,性质不同,轻重不等,令我百口难辩。你首先指责我不管别人的感情如何,硬是横加干涉,棒打鸳鸯,生生拆散了宾利先生与令姐的好事。然后又责怪我拿别人的权益当儿戏,全然不顾体面与人道,使威克姆先生这位有志青年陷入困境,前途黯淡。我自私自利,对两小无猜的好友置之不理,这个生前一直

受先父宠幸的青年，无依无靠，我却蛮横地剥夺了他应得的恩赐，这真是罪不可赦。这样看来，把一对相交只有几个星期的男女青年拆开，不过是芝麻大点的事情。现在我想把我的行为及其缘由如实地陈述如下，希望你了解真相之后，或许可以改变一下对我的看法。在这过程中，难免会因讲述自己的一些情感而让你感到不愉快，在此先表示歉意，希望你不要见怪。下面我就言归正传，不再讲什么不必要的废话了。我刚到赫特福德郡不长时间，就发现在当地的小姐中，宾利先生对令姐情有独钟，其他人也有同感。不过一直到那天晚上在内瑟菲尔德举行舞会时，我才发觉这次他真是坠入情网了。从前虽然也有类似的情况发生，不过这次好像不同以往。那次舞会上，有幸能成为你的舞伴后，才碰巧从威廉·卢卡斯爵士那里得知，宾利先生与令姐过往甚密，大街小巷的人们都在议论纷纷。照威廉爵士说来，这门婚事恐怕是十拿九稳的，只是迟早的问题。因此我就留上了心，通过对他的观察，我发现他对令姐确实是一往情深。然后我再注意令姐的言谈举止，她似乎还是同刚开始一样温柔可人，不过倒看不出有对别人产生情意的丝毫端倪。经过观察后我得出结论：令姐尽管对宾利的百般殷勤很是欣赏，不过并不像宾利那样满腔热忱。在这件事上，只有两种可能，要么你错了，要么我错了。当然你比我更了解令姐的脾气性格，所以我错了的可能性更大。如果事实真是如此的话，令姐生性温顺，淳朴宽厚，一般人都会认为她是个不容易动心的人。其实那时我倒真是希望她没有产生情意，不过，我观察别人及做出论断时一般不会受到主观方面的干扰。我认定令姐没有对宾利产生爱慕之情，并不是希望如此。我的观点毫不偏颇，动机也没有违背常理之处。我昨天晚上说，这门婚事有一些不十分理想的地方，如果要我选择的话，也得经过一番激烈的思想斗争才成。实际上，还有些原因促使我不赞成令姐与宾利的姻缘，关于是否门当户对的问题，我的朋友倒不怎么看重，不过，另外还有让人很不快意的缘由，而且在这两件事里并存着，我只能是假装没看见罢了，这些问题还是不要去想为好。然而在这儿我们有必要把这个问题摊开来，起码也要心里有数才行。你母亲的娘家已经够受了，可是你们家的一团糟，更让人忍无可忍，令堂与三位令妹一贯的表现是有失体统，连令尊大人也时常会有有失体面的言行。这样说可能伤害到你的自尊心，请原谅，为此我也很难过。你的亲戚们的缺陷已经让你很难堪了，而我在这儿再揭他们的短，更会让你不快。可是事实如此。你和令姐就不同，你们两个知书达理，仪态万方，别人一提到你们不是责难而是对你们的才华与修养交口称赞，你们应该为此感到欣慰与自豪了。还有一点我必须得告诉你：那天晚上舞会上发生的情形，使我对每个人的看法更加明晰，所以就更促使我竭尽全力阻止我的朋友陷入这桩不幸的婚姻中去。你大概不会忘记，第二天他就起身到伦敦去，并且计划很快就回来的。下面再来剖析一下我在这件事中所扮演的角色。宾利的姐妹们对他也很是不放心，于是我们之间马上达成了共识：尽我们所能把她们兄弟绊在伦敦。于是第二天我们步他的后尘也到了那里。一见到他之后，我们就把这门婚事的不利之处列举给他，我们费尽心思，磨破了嘴皮子，才使他的决心稍稍有了动摇，在他犹豫不决之时，幸亏我们当机立断，告诉他令姐其实对他的情意无动于衷，否则的话，这件还真难预料会发展到什么地步。在这以前，宾利始终以为令姐的确是诚心诚意地殷切盼望着他回去。好在宾利生性随和，不是太有主见，一般都是会听从我的建议。所以，要让他认识到他看错了人并不是件难事。第一步成功之后，我们再使他放弃回赫特福德的打算，这也易如反掌。这些回想起来我都不后悔，只有一件事令我内疚，那就是令姐来到伦敦之后，我不遗余力地对他封锁了这条消息。这件事宾利小姐也出了力，反正就只瞒着宾利一个人。实际上，就算他们两个见了面也没什么大不了的，不过我总认为宾利先生还没有完全死心，见到令姐会有旧情复燃的可能。或许正如你说的，我这样做很不光彩，有失体面。可是事情已经发生了，并且我也毫无恶意。对于这件事要说的就这么多，在此就不再赘述了。这件事可能给令姐带来了痛苦，不过那是无心的。当然这样做我没有觉得有什么不妥，你也许感觉就不一样了。至于另一桩让我蒙受不白之冤的罪名，即我对威克姆先生给予了不公正的，甚至说是残酷无情的待遇，我只能靠一种方式来为自己辩解：把我家和他的关系的来龙去脉原原本本地讲明白。他是怎样描述我的，我并不清楚，可是今天我说的均保证句句属实，绝无半句虚假，我可以找到好几位诚实守信的人为我作证。威克姆先生的父亲倒是个很正直的人，他一直兢兢业业地把彭伯利的全部事务处理得有条不紊，这自然赢得了先父对他的器重。先父是威克姆先生的教父，从小便对他极为宠爱。后来他上学的钱也是由先父资助的，一直等他读到剑桥大学——这无疑是对他的最丰厚的恩赐了，因为他的母亲穷奢极侈，把家产折腾地一干二净，根本无力供他接受高等教育。威克姆看上去文质彬彬，所以很讨先父喜欢。并且，先父对他青睐有加，盼望他能够在教会中从事职业并打算为他谋个职位。对我来说，很久以前，就彻底看透他的嘴脸了。他沉湎酒色，挥霍放纵，尽管他始终小心谨慎地试图把这些恶习隐藏起来，不过可逃不过我的眼睛，可惜先父一直还被他蒙在鼓里。很抱歉，说到这儿可能会让你伤心了——究竟难过到什么地步，你心知肚明。不过，无论威克姆先生在你心中占有什么样的地位，我都必须把他的真实面孔揭露给你——或许还有些私心加在里面。五年之前，先父撒手人寰。他直到临终前没有看清威克姆先生的本质，还在遗嘱里一再提醒我，要我尽我的所能提拔培养他，倘若他从事了教会事业，只要一有条件优厚的牧师职位，就马上想办法把他补上去。此外，他还得到了一千镑的遗产。此后不久，他的父亲也溘然长逝。大约过了半年左右的时间,威克姆写了封信来,告诉我他决定放弃圣职,让我再给他一笔钱,以作为牧师俸禄的补偿,并且说希望我不会认为这个要求不合情理而予以拒绝。在信中他还说,他对法律很感兴趣,不过只靠一千镑的利息显然是不够的。我明知道他是在玩阴谋诡计,不过还是希望他是真挚的。所以,我最终满足了他的要求。我知道,牧师职位是不适合由威克姆先生这种人来担当的,因此这件事很快有了个圆满的结局:对于接受圣职的任何权利,他都将全部放弃,就算将来有了机会,他也不能再对此提出要求。而这一切的交换条件是我给他三千英镑。现在,我们之间已经恩断义绝。我鄙视他,不屑于邀请他再到彭伯利来,就是在城里也互不来往。他大部分时间住在城里,学习法律不过是个冠冕堂皇的理由罢了,这回他是无拘无束,可以为所欲为了。差不多在三年内,他音讯杳无。可是,当那个原定由他补位的牧师过世后,他竟然厚着脸皮写信给我,要我推荐他。他可怜兮兮地说现在生活很不如意,我才不信他的鬼话呢。因为他发现当牧师远比学法律有利可图,又看准了没人可以补缺,所以以为这是件十拿九稳的事,况且我还不得不顾念到先父的嘱托。可是,我一而再,再而三地拒绝了这个无耻之徒,你不会认为我这样做应该受指责吧?从此以后,他一直耿耿于怀。毫无疑问他在背后编派我的不是与当面的诅咒相比一点也不逊色。经过这一段时间后,我们已形同陌路人,我不清楚他是怎样生活的。但是不是冤家不聚头,去年夏天偏偏我们又撞到了一起,搞得我有苦难言。而且还有一件事我真是不愿意提起,本来它将永远是个谜,不过这一次却非说不可了。相信你能对此守口如瓶,不要张扬出去。我比妹妹要年长十几岁,与我的表兄菲茨威廉上校一道做她的保护人。一年前,我们从学校里把她接回来,暂时让她住在伦敦。去年夏天,管家太太到拉姆斯盖特去时,顺便也把她带上了。威克姆先生随后也接踵而至,显然不怀好意。后来才知道,他与扬格太太早就串通一气,他们里应外合,软磨硬泡,打动了乔治亚娜的心肠,竟让她自以为是陷入情网,要与他私奔!要知道那时她还不到十五岁呀,这当然是情有可原的。幸好她不光有粗疏幼稚的一面,这里我要高兴地插一句:这件事是她亲口对我说的。在他们就要私奔前的一两天,还好我及时赶到了那里。乔治亚娜向来把我当父亲一样爱戴,唯恐使我伤心难过,于是把这一切都一五一十地告诉了我。我想你能想象得出来,当时我是多么气愤,恨不得掐死这个家伙。可是考虑到妹妹的声誉与感情,我没有声张。不过给威克姆先生写了封信,警告他赶快从那个地方滚出去,还有人面兽心的扬格太太也打发她卷铺盖走。威克姆先生对我妹妹那三万镑的财产早就垂涎欲滴,不过他也可能要借机对我进行报复。他的阴谋几乎就要得逞了,现在想起来还很后怕。小姐,以上对于有关我们的几件事,我都原原本本地陈述了一遍。倘若你肯赏脸相信我的话,从今以后就不要再把亏待威克姆先生的罪名硬扣到我头上。我不知道他是怎样骗取你的信任的。可是，对于我们之间的这些事情你毫不知晓，所以上当受骗也不是你的错。你没有地方能打听得到这些事，况且你又不是生性多疑的人。或许你会感到奇怪：昨天晚上你为什么不告诉我这一切？说老实话，当时我方寸大乱，分不清什么该说，什么不该说了。今天我告诉你的这些事绝对句句是真，不信你可以去向菲茨威廉上校核实，他与我们既是近亲又是至交，先父遗嘱的执行人也由他担任，所以对每一个细节他都了如指掌。也许我让你讨厌，因此也降低了我的话的可信度，不过你不会认为我表兄会撒谎吧。为了让你还来得及在他走之前见到他，我将想方设法于一早把这封信交到你手里。最后我要说的是：上帝与你同在。

菲茨威廉·达西

第十三章

伊丽莎白从达西手中接过信的时候，从没有希望他在信中有把婚事旧事重提的意思，不过也压根儿不知道达西先生会写些什么在里面。当她看到信里竟揭露出这么多鲜为人知的内幕时，她的急切心情就不言而喻了。她在读信时，内心的情感如波涛般澎湃起伏。刚开始她觉得很诧异，到了这种地步，达西还在为自己寻找借口与托词，可她坚信自己的一贯观点：他这番解释纯粹是欲盖弥彰，他只要还感到一点羞耻的话，就不会这样千方百计地强词夺理。在看到关于内瑟菲尔德那段往事时，她是本着“你说得天花乱坠也休想让我相信一句”的原则读下去的。达西断定简并没有对宾利产生情愫，她认为这无疑是在睁着眼睛说瞎话。他谈到促使他反对简与宾利的姻缘的那些不利条件时，她怒不可遏，差点就把信扯个粉碎。让她更为不满的是他对他的胡作非为居然毫无悔改之意。他的语气也如其人一样，傲慢无礼至极，盛气凌人，令人忍无可忍。

后来讲到许多关于威克姆先生的身世时，她才稍微清醒了一些，不像前面那样冲动了。这其中好些地方与威克姆的自述几乎一模一样，倘若这一切都是真的话，本来在她心中那高大的形象就会突然消失得无影无踪，对于这样的结果她不敢去想象，她的心会为此流血的。一阵阵的惊讶、不安，甚至还有恐惧蓦地涌上了她的心头。对这些话她一句也不想相信，更不敢相信，于是她不断地大声叫嚷：“这一定不是真的！这绝对不可能！这完全是诽谤诬陷！”她草草地把信看完，连最后几段写的是什么都还搞清楚时，就把信收了起来，义正词严地说，这纯粹是胡扯，她才不想再看到那些鬼话呢。

她心慌意乱，六神无主，两腿机械地向前迈着，可是想想这样下去是自欺欺人，于是不一会儿工夫，又把收好的信拿了出来，硬着头皮把那些有关威克姆人品身世的话再仔细地读一遍,强迫自己慢慢体味每句话中的含意。信中陈述的他与彭伯利家的关系,和他自己所讲的殊无二致;老达西先生对他的喜爱和恩惠,也与他曾经讲到的环环相扣,尽管对其中的种种内情她以前一无所知。迄今为止,双方反映的情况没有出入。可是一到老达西先生的遗嘱这个关键问题上,双方就各执一词,针锋相对了。威克姆对她讲的关于牧师俸禄的那些话,至今还历历在目。总之,他们两个中一定有一个人的话是编造的谎言,一想到这儿,她不禁有些沾沾自喜,觉得她这种想法肯定是正确的。可是信中详细提到威克姆向达西索要了三千镑的巨款以作为放弃接受圣职的代价,这使她又左右为难起来。她不再看信,从头到尾,公公正正地把每一个细节都回想了一遍,对每一句话也都玩味再三,试图得出是否真有其事的结论,不过她很快发现这是在白费工夫。双方的说法大相径庭,她不得不到信中去搜寻有价值的信息。她一直认为,不管达西先生怎样颠倒黑白,强词夺理,也丝毫不能自圆其说,掩盖他的无耻,可是信中字里行间透出的每一条信息都证明了这样一个事实:这件事如果从另外一个角度去看,达西先生就的确是蒙受了不白之冤。

在威克姆的身上,他肆无忌惮地给他扣上放荡不羁、游手好闲的罪名,这使伊丽莎白惊骇不已,更让她毛骨悚然的是她找不到一个反证来为威克姆辩白。威克姆在加入某郡民兵团之前,她连他的名字都闻所未闻,而他加入民兵团的缘由,也不过是在镇上邂逅一个与他稍有点交情的朋友,后来听从了他的劝告才加入的。他过去是怎样生活的,伊丽莎白只是知道他自述的极有限的一小部分。他的人品怎么样,伊丽莎白一点也不想去刨根问底,即使能打听得到她也会无动于衷。他是那么英俊潇洒,看到他就让人喜欢,感觉他是一个品德高尚的人。她搜肠刮肚想找出哪怕一个能证明他的品行端正的事例,哪怕一丁点诚实守信的优点,来反驳达西先生对他的诬陷,或者起码用他的优势条件来弥补一下他的偶然过错——达西先生说他是一贯放荡不羁、品行不端。而她却坚持认为那只是碰巧犯的错误罢了。不幸的是她这番心思还是徒劳无益的。一闭上眼睛,那个彬彬有礼、温文尔雅的威克姆就出现在她面前。可是除去街坊邻居对他颇为称赞和靠交际手段赢得同伴的信任之外,她却再也找不出他有任何高于别人的地方。在这一点上她颇费周折,过了好一会儿才又接下去读信。真是难以置信!他竟然还曾对达西小姐图谋不轨,昨天上午她与菲茨威廉上校的谈话,也可以隐隐约约为此做一个辅证。信中结尾达西告诉她,如果不相信他的话,可以去找他表兄核对验证。菲茨威廉对他的表弟极是关心,对此伊丽莎白早有耳闻,况且他的人格也是毋庸置疑的。她几次忍不住想去找他问一问,可是又唯恐那样会难为情,才勉强止住了没有去,后来又想到,达西既然公然提出这个建议,就一定有把握他表兄定会为他打圆场的,所以还是干脆别去自找麻烦。

那天晚上,在菲利普斯先生家,威克姆与她谈的每一句话现在也还记忆犹新。他有不少话语更是令她铭刻在心。这会儿她才幡然醒悟,他不应该贸然对一个陌生人讲这些话,更奇怪自己当时为什么竟对此丝毫没有察觉。她现在才认识到,他那样标榜、吹捧自己是多么庸俗的行为，并且他常常心口不一。内瑟菲尔德那次舞会就是一个绝好的证明。事前他曾慷慨激昂夸下海口说，他对达西先生毫无畏惧，决不会临阵脱逃离开乡下，达西先生不妨这样做，可是，真到了晚会那一天，他却溜得无影无踪。内瑟菲尔德那家人还在的时候，他从不敢公开自己的身世，只是悄悄地透露给了她一个人，然而那家人一离之后，这件事就搞得满城风雨，人人皆知。他费尽心思，千方百计诬陷诽谤达西先生，可是她早就听他许诺过为了顾及那位先父对他的眷顾，他决不会去诋毁他的儿子。

如此看来他竟然是这样一个家伙！他追求金小姐，纯粹是为了她的财产，真是可恶透顶！虽然金小姐的财产并不丰裕，这就更说明他是个见钱眼开的无耻之徒。他对伊丽莎白显然也存心不良，要么是误以为她有钱，要么是想借她的喜爱使自己的虚荣心得到满足。伊丽莎白暗骂自己糊涂，竟然不小心让他看出了自己对他有好感。她越想越对他深恶痛绝。宾利先生早先受简盘问时的情景又浮现在她脑海中，那时宾利先生就曾维护过达西先生。现在，证明达西先生是清白无辜的证据越来越多了。从他们俩相识以来，尤其是最近一段时间几乎朝夕相处，对他也有了更深入的了解，达西给她的印象只是高傲自负而已，倒真是没有亲眼见过他有什么蛮横无理或行为不轨的地方，也没见过他有什么有伤体面或是违背常理的坏毛病。他在他的亲友们中间，也深孚众望，连威克姆都承认他是个很不错的兄长。他在谈论起自己的妹妹时，也总是满怀深情的样子。倘若他真像威克姆说的那样臭名昭著的话，那种恶劣的行径绝不可能把世人全都蒙在鼓里。再说，宾利先生这样文质彬彬的人会与那样的无耻之徒成为挚友吗？这当然是不可能的。

想到这儿，她羞愧得无地自容。不管是对达西还是对威克姆，她都无一例外地过于冒失，草率，偏颇，不近情理。

"我的行为竟然是这样可悲！"她禁不住大声叫道，"我还素来自诩自己有理智，见识广，并为此沾沾自喜呢！我还时常对姐姐的宽厚豁达不以为然，只不过为了使我的虚荣心得到满足就肆无忌惮地胡乱猜疑。这件事准会让人当作笑柄！这是我咎由自取！就算我真的萌发了爱意，也不至于草率到如此地步。可是最愚蠢透顶的，还不是心生情愫，而是被虚荣心所摆布。刚开始与他们俩相识时，一个对我百般殷勤，我就自鸣得意，而另一个对我傲慢无礼，我就对他心存芥蒂，所以，在处理对他们俩的问题时，我完全被虚荣心所左右，丧失了理智，全然抱着一种偏见与无知。直到现在我才恢复了些自知之明，找回了点应有的理智。"

从自己身上她想到简，又想到宾利先生，马上回忆起达西先生把他拆散简与宾利的动机只归于简的不利条件，这似乎还不能让人信服。所以她又立即开始读信。这一次就和第一次不一样了，既然她已经改变了对他的看法，对他的话又怎么会总认为是无稽之谈呢？他说他看不出来简有对宾利钟情的迹象，这与夏洛特的观点不谋而合。她也认为，简外冷内热，她看上去总是一副温顺贤淑的模样，将内心的多情掩饰得丝毫不露形迹。

后来看到他对她家人的评论，他的话虽然傲慢无礼，可是鞭辟入里，形容得非常恰当,所以心里更是难受。他的指责入木三分,一语中的,她无以反驳。他对内瑟菲尔德舞会上的情形感触尤深,正是那些情形才更坚定了他反对这门亲事的决心。实际上,不仅是达西,就连伊丽莎白对这些情形也难以忘怀,感慨良深。

信中达西把她们姐妹俩称赞了一番,对此她也颇有感触。听了达西先生的恭维后她稍为舒心了点,可是这却不足以让她感到欣慰。自己的亲戚家人不成体统让别人鄙视,她怎么能为恭维而高兴得起来呢?她认识到,其实她的不争气的至亲才是造成简的不幸的祸根,从中不难看出,亲人们的没有教养会给她们姐妹俩带来无尽的痛苦,想到这儿,她心灰意冷但又无可奈何。

在小路上她已经徘徊了两个多钟头,一直在冥思苦想,对许多事情又重新斟酌了一遍,断定这种可能的几率有多大。这个变故太重大太突然了,以至于伊丽莎白至今还不能完全适应新的情况。后来,她感到疲惫不堪了,又猛然想起出来很长时间了,也该回去了。回到屋里的时候,她竭力使自己保持平常时那副愉快的神情,而且强迫自己先把这件事放到一边,省得待会同别人交谈中老是开小差。

一进屋后,家里众人便告诉她。在她还没回来时,罗辛斯的两位先生都来过了。达西先生先来向大家告别,一会儿就走了,菲茨威廉上校则在这儿等了足有一个多小时,差点就出去找她了。伊丽莎白连忙表示抱歉和遗憾,实际心里对于没见到这位先生庆幸得很。现在菲茨威廉上校在她心目中已经无足轻重了,她满脑子想的都是那封信。

第十四章

两位先生是在次日上午离开罗辛斯的。为了与他们道别,柯林斯先生站在门房那儿一直等着,回来之后他宣布了一条好消息——两位先生经历了在罗辛斯的悲哀惆怅之后,现在看起来不但没有什么大碍,反而健康精神了许多,而且神采奕奕。随后他又赶到罗辛斯,忙着劝慰凯瑟琳夫人母女。而后他又得意扬扬地带着凯瑟琳夫人的口信回到家中,说老夫人只是感到寂寞烦闷,非常希望他们大家能同她一起吃顿晚餐。

一见到凯瑟琳夫人,伊丽莎白倒是想起了一件事来:假如当初她同意的话,那么现在可就是夫人外甥的未婚妻了。要真是那样的话,夫人一定会大发雷霆,十分生气,想到这里,她倒禁不住笑了。“到那时,会怎样呢?她会怎么说,怎么表示呢?”她觉得这个问题有些滑稽。

聚在一起,大家首先把话题就扯到了离开罗辛斯的两位贵客身上。凯瑟琳夫人抢先说道:“说句心里话,我现在难过极了,真的,我想谁也不会像我这样,竟会那样害怕别离。朋友走了,我觉得伤心极了。是的,这两位年轻人特别讨人喜欢,我当然舍不得他们走了,他们也是一样的。不过,他们一向如此。走的时候,我可以看得出那位上校是强打精神,故作坚强的。但是达西可不行,他一脸的痛苦状,我认为比去年还厉害。看来他是越来越喜欢罗辛斯这个地方了。”

老夫人说到这儿，柯林斯先生急忙奉承了一句，还暗示了一下原因，逗得母女二人都开心地笑了。

晚饭过后，凯瑟琳夫人说贝内特小姐看上去似乎不大高兴，接着又分析，她准是因为不想那么快就离开这儿，于是就说道：

“这个问题倒不难，只要你捎封信给你的母亲，恳请她让你在这儿多住几天。我想有你与柯林斯夫人做伴，她一定会很高兴的。”

“对于夫人的一番美意，我不胜感激，”伊丽莎白说道，“遗憾的是下周六我不得不进城去，所以只好辜负夫人的盛情邀请了。”

“哎呀，这么一来，你在这儿可只住了六周啊。我一直希望你能多住些日子，至少也要两个月，这一切在你没来之前，我可是与柯林斯夫人谈过的。贝内特太太那边，你不用太担心，她一定会让你再住两周的。”

“可父亲催得很急，并且上周托人捎信让我回去，他是不会允许的。”

“哦！原来是这样，只要母亲允许了，倒是不用怕父亲会反对。父亲一向不注意女儿的感受。假如你能两住一个月，你们两人中便有一个能跟我去伦敦，因为我六月初要去那儿，也许要住上一周。只要道森同意的话，我们可以乘四轮马车去，那种马车很宽敞，带上你们中的一个一定没问题。如果天气允许的话，我的意思是天气不那么热的话，我想即使带上你们两个人也是不成问题的，反正你们两个头儿都不大。”

“夫人，您真太好了。不过，我想我们没有选择，只得按原计划办。”

凯瑟琳夫人心里明白再劝也是没用的，于是也就不再勉强了。

“这样也好，可是让两位年轻的小姐自己回去，我可不依。要知道，我这人说话从不转弯抹角，那赶路的驿车，实在是不大安全，这叫我怎能放心？柯林斯夫人，我看你得打发个仆人送她们走。我们可都是有规有矩的人家，要是就这样让她们走了，岂不是坏了规矩。而且我是最不能容忍这种事的，对于年轻的小姐们，特别是有身份的小姐们，我们总得考虑周全才对。我这方面就比较注意，记得去年夏天我外甥女乔治亚娜到拉姆斯盖特去的时候，我坚持让她带上两个男仆。作为彭伯利的达西先生和安妮夫人的掌上明珠，对于达西小姐，我们处处留心，生怕让别人耻笑。柯林斯夫人，你也应该留意这类事情，可千万要打发个仆人送她们，我看约翰就行。现在我真欣慰，想到这件事已经安排妥当，我就高兴，不然让她们孤孤单单地自己走，那可真叫你丢脸呀。”

“真是太谢谢你了，凯瑟琳夫人，不过我舅舅的仆人会来接我们的。”

“是吗？你舅舅！他真雇了个男仆吗？哦，我真高兴，还有人那么细心，竟会考虑得如此周到。对了，布罗姆利斯，你们一定在那儿换马。到那儿以后，你只要在贝尔客栈提起我的名字，就会有人关照你们的。”

关于她们旅程的事，凯瑟琳夫人似乎有问不完的问题，但是她并不全是自问自答，因此你还不能跑神，得仔细听才行，不过这倒是伊丽莎白所庆幸的，否则，总是想着自己的心事,那会使她忘了自己的处境,在那种环境下会有失体统的。一个人独处时,那应该是想心事的时候。伊丽莎白就是这样,每当她独自一个人的时候,就会痛快地去想心事,不必瞻前顾后。她每天都要独自散散步,一面享受美丽的景色,一面任思绪飘飞,尽情地去回想那些令人伤心的往事。

她常常把达西先生的那封信拿出来,翻来覆去地看,仔细揣摩上面的每字每句,几乎要背下来了。至于对那写信的人的态度也就时好时坏了。直到今天,她还不能原谅他的那种笔调,但是她在以前毕竟误解过他,她冲他发火,对他大骂。一想到这儿,她就懊悔极了,觉得这一切都是自己的不是。他一副愁眉苦脸的样子,也曾经打动过她的心。他对爱的那种专注常常令她激动不已,她更敬慕他的品行;不过即便如此,也不能改变她对他的那种态度。自从拒绝他以后,她根本没有丝毫的后悔,甚至不想再见到他。对于她自己过去的种种行为,她是十分后悔的;而对于家人的诸多毛病,她更是气愤至极。是的,这些毛病在她看来是十分可怕的。本应该负起责任的父亲竟把它看成是芝麻大的小事,一笑了之,对于几个小女儿的不懂规矩,放荡不羁,他可以视而不见。至于母亲就更不用提了,她自己就不检点,当然认为这是正常的事了。没法子,剩下的就只有伊丽莎白和简了,她们常常一起想办法,好心地劝她们要改邪归正,做个规矩女子。可母亲对她们总是那么放纵,她们又怎能听得进去呢?凯瑟琳胆小怕事,但很敏感,对于莉迪亚的话,她总是言听计从,根本听不进去姐姐们的好言相劝,甚至冲她们发火。莉迪亚是被惯坏了,天生任性,脾气又倔,而且行事更是草率,姐姐们哪里劝得了她。这两个宝贝妹妹什么也不懂,又贪睡,虚荣心又很强。来到梅里顿的每一个军官,都逃不过她们的眼睛,只要一有机会,她们便去调情,况且朗伯恩就在梅里顿附近,距离很近,更便于她们成天去那里风流。

另外,对于简的事,她也放心不下。还好,达西先生做了一番解释,解除了她对宾利的误解,恢复了以前对他的好感,可是越是这样,她就越觉得简不幸。宾利的钟情以及他的那种真诚是已经被证明了的,他的一举一动可以说是无可挑剔的,要是非从他身上挑出些什么毛病不可的话,那么就只能是他那种轻易相信朋友的毛病。可以说,对于简这是一个千载难逢的好机会,不但能够得到各种好处,而且还有望解决终身大事。可家里人却在这关系简终身幸福的关键时刻,出了乱子,他们的置之不理以及那种不懂规矩的行为,使简白白错过了这个机会,一想起到,就令人伤心。

这一系列的烦恼,对性格一向开朗的她来说打击不小,虽说她从前是很少唉声叹气的,可这时她却做不到,况且她又看透了威克姆的本质,这正是她无法面对的,因此她想强作笑脸也很难了,这种感受是可以想象的。

伊丽莎白在那里度过的最后一周,好像没什么特别,一切如故——频繁的宴请。要离开的最后一晚也是在那儿度过的。凯瑟琳夫人最关心的还是她们的行程,又在那儿不停地问东问西,并且打行李也要插手,尤其是在摆放长礼服时,她更是忙得不亦乐乎。面对如此热情的凯瑟琳夫人,她们也只得听任摆布,可玛丽亚心里却想，回到家里的第一件事就是重新整理一下早上收拾好的箱子。

在临行之前，凯瑟琳夫人向她们告别，并祝她们一路顺风，并且说希望她们明年再到亨斯福德来做客，那会令她非常高兴的。令人吃惊的是，德布尔小姐居然还向她们屈膝致敬，并与她们二人握手道别。

第十五章

星期六吃早饭时，伊丽莎白稍微早到了一阵儿，碰巧遇上柯林斯先生。趁着大家还没到，柯林斯先生在餐厅里向她做了个简单的道别，在他看来，这种礼节是十分重要的。

"伊丽莎白小姐，"她说，"寒舍因为你的光临而变得蓬荜生辉，柯林斯夫人向你表示谢意了吗？不过，这点她是不会忘记的，她是不会没向你致谢就让你走的。不瞒你说，对于你的到来，我是十分高兴的。像我们这样清贫的家庭，是不会有人高兴前来的。我们生活很简单，房间狭窄，仆人也没有几个，再加上我们见识颇少，对于像你们这些见多识广的年轻小姐，一定不会习惯亨斯福德的平淡无味的生活。不过，你一定会感觉到，我们对你到来的那种感激之情。同时也希望你能体会到，为了不至于让你感到索然无味，我们已经尽力了。"

伊丽莎白听到这里急忙道谢，连声表示这段日子她过得很好很快乐，并且说感到荣幸的应该是她，在这六周里能快活地伴着夏洛特度过，她已是十分感激了。对于主人家的盛情款待，她更是激动不已。听了这一番话，柯林斯先生露出了满意的笑容，接着又更加严肃地说道：

"非常高兴听到你很快活得好消息。是的，我们是竭尽全力的。最令人欣慰的是，我们攀上了一个好亲戚——罗辛斯府上，因此你不必总待在寒舍，感到不快时，可以去那儿换换环境，调整一下心情，更重要的是有机会接触上等人，这样我们也就可以放心了。我想这次到亨斯福德做客，应该不会太平淡无味吧。可以说这一切都有赖于我们与凯瑟琳夫人府上的关系，是的，这不能不说是一个优势，这是其他人都巴望不得的。住了这些日子，我们与凯瑟琳夫人府上的关系亲密，相信你也一定看得出。我承认这所牧师住宅是十分寒酸的，缺少很多设施，会有诸多不便。可我坚信一点，那就是无论谁来到这儿，只要能够分享到罗辛斯的深情厚谊，哪怕只有一点点也好，那他就不枉来这儿一趟。"

他眉飞色舞的样子，用言语是难以形容的。不管心里如何不耐烦，伊丽莎白仍然恭敬而又客气，接着又说了几句客套话。柯林斯听了，高兴得立即站起身，不知所措地在屋里踱来踱去。

"亲爱的表妹，既然你这样认为，那么请你回到家后，务必把这个好消息带给赫特福德的家人们，我想那同样会令他们高兴的。另外，我相信这也是你乐意做的，不是吗？是的，来到这儿的人，不会感觉不到凯瑟琳夫人对内人的那份无微不至的关怀,你不是也都看到了吗?总之,我认为你的朋友并没有做出不恰当的——不过这些还是日后再说吧。请你认真听我说,亲爱的伊丽莎白小姐,我真心真意地祝福你有一个美满幸福的婚姻。就像我和你的那位一样,上天安排这一切。我和亲爱的夏洛特真是情投意合。不论发生什么事,我们总能一起去面对,好像有心电感应似的。真得感谢上天赐予我这些幸福。”

伊丽莎白接着又说了几句赞美的话,可不巧的是话才说了一半,那位令他自豪不已的夫人缓步走了进来,打断了他们的谈话。她原本还想说,夫妻俩相处得如此融洽一定很甜蜜,她坚信他的家庭一定是最幸福美满的,同时这也是令她感到十分快乐的。可现在这些美言就只能放在心里了。不过,这对她来说也算不得什么。她只觉得夏洛特实在是可怜,偏偏丢下她而选择这个男人,她认为天下没有什么事比得上与这种男人日夜为伴更痛苦了。可这一切又怪得了谁呢,因为这毕竟是她心甘情愿的。客人们就要一个个走了,这使她更加感到寂寞,可她似乎害怕别人知道而故作镇定,但是从她脸上仍然不难看出痛苦与伤心。她唯一能够自我安慰的是她的这个家,这个教区,料理家务,喂养孩子,以及其他的琐碎事务,直到现在也是她乐意做的。

终于等到马车来了,大家帮忙把箱子捆到了车上,把包裹也放进车厢,一切准备就绪,就等启程了。两位朋友在互道珍重,握手道别之后,柯林斯先生便送伊丽莎白去上车。经过花园时,他又一次向伊丽莎白道别,并请她代他问她的家人好,告诉他们他永远不会忘记去年冬天在朗伯恩受到的盛情款待,另外,又托她代他向那对素不相识的加德纳夫妇问好。

不一会儿走到马车前,他亲自扶她上了车,接着玛丽亚也上车了,正当要关门时,他突然想起了什么,然后又急忙告诉她们,说她们如此匆忙竟忘了给罗辛斯夫人及小姐临别留言。

“不对,那是不大要紧的,”他接着说道,“我相信你们一定十分感激她们这些日子对你们的热情相待,而且一定希望有人代你们向她们道别。”

听后,伊丽莎白默不作声,表示同意。这时车门才关上,马车启程。

在一阵沉默之后,“天啊!”玛丽亚突然大叫起来,“时间过得真快,总感觉我们才住了一两天而已!可实际上过去竟发生了那么多事情,真是有些让人不可思议。”

“是啊!确实经历了很多。”她的同伴长叹一口气说道。

“在罗辛斯,我一共被邀请去吃了九顿饭,喝了两次茶!回去后,真是说也说不完呀!”

伊丽莎白心中暗想:“可我却不行,我又有多少事情不能说啊!”

她们一路上话很少,行程还算顺利,没有受什么惊,四个钟头之后,她们便来到了加德纳先生家里,在这儿她们又要小住几日。

伊丽莎白看得出简的气色很好,本想好好探探她的心思,可那位好心的舅妈早已安排了一切,各种各样的活动不断,她简直没有机会与简在一起。不过,她倒也不担心,因为毕竟简是要和她一道回家的,到了朗伯恩,还怕没时间吗?

同时,她尽了最大的努力好不容易才控制住自己,把关于达西先生求婚的事情拖到回家后再告诉姐姐。她心里十分明白,甚至能够想象,简听到这个消息后的样子:她一定吃惊地瞪大眼睛,接着便会欣喜若狂。这也会使她那到目前为止还无法克制的虚荣心得到满足。她真希望马上就说出一切来,可又怕把握不好。一旦说起这事,无意中一定会提到宾利先生,那不是又触到了姐姐的痛处,让她伤心吗?

第十六章

三位年轻的小姐是在五月的第二个星期离开加德纳先生家的,她们一起从格雷斯丘奇街启程,前往赫特福德郡的某个镇子。那儿的一切贝内特先生都已经事先安排好了,到镇上的一家客栈后一定会有人接待他们的。当马车就快到那家客栈时,她们远远地望见楼上的餐厅里有两个人在四下张望,她们正是基蒂和莉迪亚,看来车夫算是正点到达。整整一个钟头,两位姑娘一直待在那里,但并不全是为了她们,她们饶有兴趣地光顾了对面的一家女帽店,偷窥了一阵儿站岗的哨兵,备好了一盘黄瓜色拉。

她们几人互相寒暄一阵儿之后,两位姑娘便得意非凡地将客栈里常备的冷肉给客人们摆上,一面摆一面叫道:"不错吧!是不是出乎意料?"

"请客,当然没问题,"莉迪亚接着说道,"不过先得答应我们一个要求,我们的钱在刚才逛对面那家商店时全花光了,你一定得借给我们一点钱。"说完,将她那些买的东西全部拿了出来,"瞧,那顶帽子是我挑的。尽管我并不中意,但是我想还是买一顶的好。到家我就拆掉它,试试能不能改一下,也许会好看些。"

当听到姐姐们评价说这帽子很难看时,她一副无所谓的样子,说道:"哦!我这顶还算可以了,你们没看见店里剩下的那两三顶,就甭提多丑了。这顶嘛,我想再用些颜色亮丽的缎子去修饰一番,一定会好得多。况且,驻扎在梅里顿的民兵团就要撤离了,他们一走,今年夏天我们还有什么必要在意穿戴呢?"

"是吗?真是这样吗?"伊丽莎白按捺不住心中的喜悦喊道。

"千真万确!他们要驻扎到布赖顿附近。那是一个美丽的地方,是度假消暑的好去处,今年夏天,要是爸爸带我们大家去那里消夏该有多快乐呀!我想,那也不会花掉我们多少钱的。再说,妈妈一定很乐意去。你们认为呢?难道你们甘心这么无聊地度过一个夏天吗?"

"是啊,"伊丽莎白暗暗想道,"那个主意真是妙极了,简直妙不可言,妙得可以置我们于死地。天哪!想想看,梅里顿仅有一个可怜的民兵团,每月也只举行了几次舞会,就这样,我们已经招架不住了,可现在说的可是布赖顿整整一个营的民兵团呀!叫我们如何顶得住呢?"

等大家都各自坐好,莉迪亚又说道:"对了,我这儿可有一条消息要告诉大家,这可以说是一个特大喜讯了，至少应该算是一个不错的消息，你们猜猜看是什么？可以先透露一点儿，那是有关一个人的，而且是我们大家顶喜欢的一个人。”

看着莉迪亚一副神秘兮兮的样子，简和伊丽莎白相互看了看，还真是猜不透莉迪亚要说些什么，于是一挥手支开了招待。莉迪亚见状笑着说道：

“瞧瞧你们那副样子，一脸的严肃谨慎。你们总是那么原则化，一点也不灵活。其实没什么大不了的事，你们不想让招待听，也许他还不想听呢！他平常见得多了，或许听的事比我们要多得多，而且都是些难以入耳的。不过，他走了也好。世界上竟会有如此丑陋之人，我长这么大，今天还是头一次看见，你瞧他那下巴真够长的。算了，为他费什么口舌，现在还是言归正传，讲讲我的特大新闻。这是关于最可爱的威克姆的新闻，那个丑八怪还不配听，不是吗？告诉你们，准吓你们一跳，威克姆不会娶玛丽·金了，而且以后也不会娶了，也就是说以后这种可能性都不会有了，他是你的了，你的威胁解除了。听说金小姐去了利物浦她叔叔那儿，不会再回来了。威克姆安全了，你的机会来啦！”

“不，我看应该说玛丽·金安全了才对！”伊丽莎白接着说道，“想想看，她摆脱的可是一场不考虑财产的冒昧婚姻。”

“假如她还爱着威克姆，但却放弃了他，我想天底下不会有比她更傻的人了。”

“希望他们双方的感情还没有陷得太深。”简同情地说。

“那你一百个放心，威克姆不像陷得太深的样子。我敢肯定，对于玛丽·金，他就从来没有瞧得上过。有眼睛的人都看得见，就凭玛丽·金那副德性——一脸的雀斑，也会令男人动心？我看厌恶还来不及呢。”

面对这些不堪入耳的粗鲁言语，伊丽莎白是怎么也不会说出口的。可令她害怕的是，她的心理却曾经出现过类似那种粗俗的情感，况且她自认为自己是宽容大度的。

大家饱餐一顿之后，两位姐姐付了钱，便叫店家备好马车。经过一阵折腾，几位小姐总算上了马车，她们的箱子、针线袋、包裹，以及基蒂和莉迪亚购买的那些很难看的东西，也总算安置进了马车。

“我们这么挤在一起，真开心。”莉迪亚喊道，“现在我真庆幸买下了这顶帽子，就算只买一只帽盒，那也挺有趣的。好啦，让我们快快乐乐地在一起，有说有笑地回家去。快说说你们走后都遇到些什么事。最重要的是看见过什么中意的男人没有？有没有与人家眉目传情、私订终身？不瞒你们说，我一直盼着你们中有一位能带一个未婿回来。看呀，简都二十三了，再不找个人家，我看马上就要变成老处女了。天啊，真不敢想象我要是到了二十三岁还没嫁人，会是什么样子，那不丢死人才怪呢！你们知道吗？你们的婚事，就连菲利普斯姨妈也着急操心。她说，当初莉齐要是嫁给柯林斯先生就好了，可我倒不这么想，我认为那将是天底下最没意思的一场婚姻。你们一定想不到，我是多么希望早点结婚！那样的话，我就可以带你们去各处参加舞会了，想想那该多带劲呀！哎呀！忘了告诉你们了，那天我们在福斯特上校家玩得甭提多高兴了，你们听了一定羡慕死。基蒂和我准备在那儿玩一整天,福斯特夫人和我一向关系密切,为了让我们玩得尽兴,她答应晚上开个小舞会,而且把哈林顿家的两姐妹也请来参加,遗憾的是只有佩恩一个人来了,因为可怜的哈丽雅特病了。这次晚会,你们一定猜不出我们干了什么,那是件顶有趣的事。知道吗?张伯伦被我们装扮成了女人,你们一定想象不出他穿女人衣服的样子,简直太滑稽了!这件事我们没让太多人知道,除了上校夫妇、基蒂和我以外,几乎没人晓得。噢,对了,这其中也包括姨妈,要知道长礼服我们不得不求助于她。张伯伦一定有演戏的天赋,我们不晓得他扮得有多像!许多人都认不出他,就连丹尼、威克姆、普拉特他们三人走进来的时候,都没看出什么破绽。天呀!这下我们可笑疯了!福斯特夫人也忍不住大笑。我呢?简直快笑破了肚皮。这时,他们才发现有什么不对,仔细一瞧,就识破了真相。"

回朗伯恩的路上,莉迪亚就一直这样讲述她们在舞会上的经历,有说有笑的,而且基蒂在一旁还不时大力渲染,希望能令大家开怀大笑。只可惜伊丽莎白根本无法开心,因为这些故事中总会出现威克姆的名字,这难免会令她难受,因此她尽量不去听它。

她们到家的时候,受到贝内特夫妇极其热情的接待,最令贝内特太太惊喜的是:简此次回来依然那么美丽动人。吃饭的时候,贝内特先生有好几次都对伊丽莎白说道:

"真高兴你能回来,莉齐。"

这次,卢卡斯一家人几乎全来了,因此餐厅显得异常拥挤,大家聚在这里的目的主要有两个:一是为玛丽亚接风;二是听些见闻。大家谈论的话题真是各式各样:卢卡斯夫人隔着桌子向玛丽亚询问她大女儿的情况,什么过得怎么样了,家禽养得怎么样了等等;贝内特夫人忙得更是不可开交,她先向坐在她下手的简打听最近的时装式样,接下来连喘气的功夫也没有,又把听到的内容传给卢卡斯家的几位年轻的小姐听;整个餐厅里就属莉迪亚的声音最高,她嘴上说的是早上的一些趣事,她把它们一件件地说给那些爱听的人听。

"哦!听我说,玛丽,"她说,"你没跟我们一起去,真可惜,要知道这一路上简直太有趣了。基蒂和我呆在马车里,拉好窗帘,从外边看上去,一定没人看得出里面有人。只是到后来可怜的基蒂有些晕车,否则,我们会一直保持这样的。到了乔治客栈,我想再没有比我们更慷慨大方的了,招待她们三位时,我们准备了天下最美味的冷盘,即使是你去了,我们也会一样的。临走的时候,又是那么可笑,我本以为我们那么多人是不论如何也挤不上一辆马车的,可是事情总是出乎意料。回来的一路上大家有说有笑,好不开心,尽量扯开嗓子说话,我敢肯定别人大老远就可以听到我们的声音。总之,今天早上真是要笑死我啦!"

听完莉迪亚的这些话,玛丽不但没笑,反而板起脸,一本正经地说道:"亲爱的莉迪亚,我首先表示我并不是存心要扫你的兴致。是的,你所谓的这些乐趣的确合乎一般女孩子的心,但总是说,没完没了地说,却并不能使我为之动心。相比之下,读书倒是我最大的乐趣。"

然而,这一席话,莉迪亚压根儿就没听见。一般人的话,她能听半分钟就不错了,而对于像玛丽这样的话,她根本不会浪费时间。

到了下午,莉迪亚就耐不住了,硬要姐姐们陪她去梅里顿,去看望一下那儿的朋友们。但是,对于这种请求,伊丽莎白是绝对不会允许的。她认为,绝不能让人家说三道四,说贝内特家的小姐们没有规矩,在家里连半天都待不住,只想着去追军官。另外,还有一个重要原因,又使得她似乎没有选择,只有反对。那就是威克姆,她十分怕自己见到他,因此她已下定决心,尽量避开他。现在能令她感到高兴的是,民兵团就要走了。她感到如释重负,心中有一种说不出的轻松。再过两周,他们就离开梅里顿了,她一心只盼着他们快走,那样的话,她就不会再因为威克姆而烦恼了。

她到家才几个钟头的功夫,就发现父亲和母亲因为去布赖顿的计划而争论不休,也就是事前莉迪亚在客栈里提过的那项消费计划。令伊丽莎白欣喜的是,她发现父亲尽管回答含含糊糊,但态度却是很坚决的,事情似乎没有缓和的余地;母亲虽然是碰了钉子,但她却没有让步之意,一直认为总会有办法让她自己心想事成的。

第十七章

到了这个时候,伊丽莎白已经无法克制住自己了,那件事是一定要让简知道的。最后,她还是决定尽量不讲与姐姐有关的一些情节,她肯定姐姐一定会大吃一惊的。于是,第二天上午,经过精心的删节,她便迫不及待地告诉了简达西先生向她求婚的主要情节。

开始,贝内特小姐确实吃惊不小,但不一会儿就觉得不足为奇了,似乎是意料之中的事,因为她与伊丽莎白姊妹情深,在她看来,谁爱上她都是很自然的事。因此,那种深深的手足情又代替了起初的惊讶。她在为妹妹高兴的同时,又十分同情那位可怜的达西先生,觉得他那种求婚的方式实在不怎么高明。她一想到他被妹妹拒绝的那种痛苦样子,心中就有一种说不出的难受。

“也许是他太自信了,甚至有些自以为是,他一定认为一切都在他的掌握之中,”她说,“他表现得那么明显。不过你想想就知道,越是这样,你的拒绝对他打击就越大。”

“说句心里话,”伊丽莎白答道,“我也很同情他,甚至觉得有些对不住他。不过我可以看得出他还是有些犹豫的,我相信这些犹豫可能很快就能消除他对我的好感,甚至会使他渐渐淡忘我。不管怎样,他总不会怨恨我拒绝了他吧?”

“怨恨你!哦,怎么可能?”

“不过,我把威克姆说得那么好,一定惹恼了他。”

“不,没什么的,我不觉得你那样说有什么不妥。”

“先别那么快下结论，听我说完第二件事，你一定不这么认为。”

接着她提到了那封信，把信中有关乔治·威克姆的事情，一字不落地说给了简。可怜的简听后大为震惊。她简直无法想象天下竟有那么大的不幸，而令人难以置信的是这诸多的不幸竟然会集中在一个人的身上。原本达西的解释会给她带来一丝的宽慰，可现在这一发现已抹去了一切。她尽力想让自己认为事情有误，竭力解开对一个人的误解，而又不使另一个人蒙受冤枉。

“别傻了，那怎么可能呢？”伊丽莎白说，“世界上绝对没有两全其美的好事。你总得有所放弃，有所选择，现在你决定吧，在他们两者中任选其一。他们各有各的优点，不过加起来还够得上一个好的标准。最近一段时间，这些优点在他们两个人之间飘忽不定的，实在难以判断。不过在我看来，我宁可认为它们全是属于达西先生的，至于你怎么想，那就是你的事了。”

时间似乎过了很久，简才勉强露出一丝笑容。

“我从来就没有想到，”她说，“威克姆竟是这样一个卑劣小人。我简直是不敢相信。可怜的达西先生，亲爱的莉齐，你能想到他会有多么伤心吗？他一定会十分失望。他已知道了你根本瞧不上他，但又不得不把妹妹的秘密告诉你！这对他太不公平了，他可以说是天下最不幸的人啦！我相信你一定也这么认为。”

“不，你错了，当我看到你对他那么同情，甚至为他打抱不平，我的那种同情也就消失得无影无踪了。我相信你那么善良，一定会站在他的一边，所以我就无所谓了，甚至宁可视而不见。你的大度与慷慨使得我气量更加狭小，变得吝啬起来，如果你继续这样下去，我肯定自己一定会完全解脱的。”

“想想看，威克姆看上去是那么善良、平易近人，神态又是那么体面文雅，有一种十足的绅士风度。”

“我敢说那两个年轻人在教养上存在严重的失调，一个是那么的完美，一个却是那么的虚伪。”

“不过，过去你总认为达西长相不好，有缺陷，而我却从没有这么想过。”

“在我看来，我这么对他，虽说毫无道理，却是十分高明之举。这样的深恶痛绝，可以激发人的潜能，启发人的智慧。一个人往往会不停地骂人，但是当让他讲句正经话时，却一个字也说不出来。假如你经常嘲弄别人的话，一些妙言妙语倒会偶尔在你的脑中闪现。”

“莉齐，告诉我你最初读到那封信时是怎么想的，我敢肯定一定不是现在这个样子。”

“是的，那是自然。我当时难受极了。我从没像那时那么难过，可以说有些痛苦。我多么期望你能在我身边安慰我体谅我，可是却找不到一个能诉苦的人。说我坚强，不是你想象的那样软弱，我想那只是在骗我自己，那简直是假话！啊！简，我从没有想到我是那么需要你。”

“现在想想看，你当时说的话真是有些过分了。你向达西先生提到威克姆的时候，居然用那种言词，未免太伤人了，这也是最糟糕的。”

"是的,你说得没错。不过,我之所以会出言不逊,并不完全是我个人的原因,而是长时间的误会造成的。另外,还有件事我把握不好,希望你能帮帮忙。你说我是否有必要揭露威克姆的假面具,让亲戚朋友们重新认识他呢?"

贝内特小姐犹豫一会儿,然后答道:"我看没那个必要,何必要弄得他身败名裂呢?"

"是啊,我也这么想。况且,达西先生告诉我的话,我有什么权利公布于众呢?相反,只要是涉及到他妹妹的事,我都应该有责任去保守秘密。至于威克姆的品行,即使我说了实话,我敢说所有的人都会认为我在胡说,没有谁会相信的,那么我又何必浪费口舌呢?关于达西先生,不仅是我一个人,几乎所有的人都对他印象不好,他们一定想象不出一向令人讨厌的达西先生竟会是一个平易近人的人,我坚信我的言语一定是徒劳的。再说,威克姆就要走了,对于一个跟大家就要没什么关系的人,谈论他的品行,都已变得毫无意义了。我想卑劣的小人总有一天会露出尾巴的,让人们自己去认识吧,等到真相大白的时候,我们就可以以先知先觉的人自居,去笑看人们的无知,笑他们不能早些看清他的真面目。目前,我看还是不说的好。"

"现在,我觉得那是万万使不得的。想想看,如果把一切都公布于众的话,他以后怎么办,他要走的路还很长,可我们那么做会让他无颜见人的,他这一辈子也就完了。我们不能那么残忍,应该给他一次机会,我相信他会为自己的所作所为后悔的,他会悬崖勒马、改过自新的。"

经过这次长谈,伊丽莎白心里宽慰了许多。两周以来,她一直被这几个秘密压着,几乎透不过气来,现在终于向简倾诉了两个。她坚信,这两件事中的任何一件,简都是乐意听的。不过,这其中还有一桩秘密她把握不好,所以为了保险些,她决定暂且不说。她害怕说出达西先生那封信的另一半内容,也害怕让姐姐知道达西先生的朋友有多么欣赏她。是的,她不会让任何人知道。她心里十分清楚还不到说出来的时候,只有当他们之间的误会完全解除后,她才会放下这困扰她的最后一个包袱。"如果是那样的话,"她心想,"假如那件事变成现实了,尽管那是不大可能的,就可以说出心中的秘密了。不过比起宾利,到时我说不说已无关紧要了,因为宾利自己会说得更加引人入胜。"

等到她回家安静下来,才有时间去仔细观察姐姐的心境。是的,简并不快乐,她依然深爱着宾利。在这之前,她从没有爱过,甚至没有想过会爱上谁,因此她的钟情与初恋相比,可以说有过之而无不及,而且也许是由于年龄和性格的关系,她的钟情却有着初恋少有的忠贞不渝。她痴痴地深爱着宾利,认为他胜过任何男人,是她心目中的唯一。可是从表面上似乎看不出任何迹象,她之所以没有沉浸于痛苦之中,应该归功于她丰富的见识和良好的修养,她不是那种只顾自己而不管他人情绪的人,她在节制自己,否则后果是不堪设想的,那一定会搅得大家不得安宁,还会伤害自己的身体。

一天,贝内特夫人把莉齐叫过来说道:"如今简总不能快活起来,对这事你怎么看?我认为,任何人都不应再提这件事了。早在那天,我就告诉了我妹妹这个想法。至于简在伦敦压根儿就没见到他,这我也知道。唉,简是何苦呢?我看这种人就根本不配得到爱,简也别再胡思乱想了。也不知道他夏天会不会到内瑟菲尔德去,好像也没人提起过。凡是了解这件事的人,我都一个一个问过了。”

“内瑟菲尔德?我看他是不会去了。”

“哼!管他呢,没人会欢迎他。不过无论如何,我都恨他,他实在是辜负了我女儿。我要是简的话,绝不甘心这样忍气吞声。可是,我相信简若是一直这样伤心的话,太伤身体了,甚至会送掉性命,到那时我敢说他一定会后悔自己的所作所为,这也是唯一可以让我宽慰的。”

伊丽莎白无法使自己得到宽慰,不知怎么回答,因此并不作声。

“莉齐,”母亲随后又接着说道,“从你们的谈论中,看得出柯林斯夫妇生活得挺幸福的。多好呀!但愿这种美好生活能够持续下去,直到永远。噢,对了,有夏洛特这个了不起的管家婆,他们的饭菜一定不错吧?不过,她妈妈总爱精打细算,她能达到一半,就够节俭了。这两个人在一起过,一定不会搞什么铺张。”

“是的,一点也不铺张。”

“他们一向很精明的。对呀,他们那么谨慎,怎么肯吃一点亏呢?一般来说,他们这种人是不缺钱花的。不过,这对他们自己来说倒未尝不是件好事。在我看来,关于你父亲去世后,朗伯恩由他们接管的问题,他们一定常常提起。到了那时,他们准会认为朗伯恩是自己的财产。”

“这样秘密的事,他们怎么会当着我的面谈呢?”

“也是,他们要是当着你的面提,那才怪哩。不过我保证,他们两个人一定经常谈论这事。噢,继承这笔不义之财,要是他们不觉得亏心的话,那我才心服口服呢。假如只是因为限定了继承权而将一笔财产传给我,我才没脸接受呢。”

第十八章

回家的日子过得真快,眨眼的工夫竟然过了一个星期,第二个星期已经开始了。还有不到一周的时间驻扎在梅里顿的民兵团就要走了,住在附近的年轻小姐们几乎没有不难过的,到处都笼罩着一种悲伤忧郁的气氛。唯独贝内特家的两位大小姐,还是该吃的吃,该睡的睡,而且还忙东忙西的,似乎这些事与她们无关一样。她们这种淡漠的态度,使得基蒂和莉迪亚看不下去,因此常常惹她们生气,遭她们指责,因为她们认为那是天下最痛苦的事,她们悲伤痛苦还来不及呢,怎么能够理解别人的漠然呢?

“天啊!我们怎么会这么命苦?我们该怎么办呀?”她们经常会用一种凄苦的声音叫道,“噢,莉齐,真搞不懂你居然还能笑得出来。”

连她们那位慈祥的母亲也跟着她们伤心落泪,因为这一情景勾起了她二十五年前的回忆,同样的情形,同样的分别,同样的年轻,同样的痛苦。

“直到今天，那种景象还历历在目，”她说，“记得那年米勒上校那一团人调走的时候，我觉得天似乎塌下来了，我的心似乎在被什么东西撕扯着，心中有一种说不出的痛，我哭了，哭了整整两天。”

“我一定也能体会到那种心痛滋味的。”莉迪亚说道。

“布赖顿！对，我们去布赖顿不就什么问题都解决了吗？”贝内特太太说。

“是啊，那是再好不过了。可是爸爸那副坚决的样子，似乎没什么希望了。”

“我相信洗海水澡能保我一生健康。”

“菲利普斯姨妈也说我应该去洗洗海水澡，那是大有益处的。”基蒂也抢着说道。

这几天，在朗伯恩府上听到的都是唉声叹气。伊丽莎白试图借此开开心，但是这种念头刚一产生，她就有一种强烈的内疚感，所以也就打消了这个念头。这使她又一次深深感触到达西先生所说的那些缺点，是啊，他说得太对了，她们自身的确存在。她从没有像现在这样觉得他好，他的所作所为都是有理有据的，就连他出来干预他朋友婚事的行为，她也认为没什么不妥。

莉迪亚很快就重新快活起来，因为民兵团上校太太福斯特夫人邀请她一起去布赖顿。这位尊贵的朋友是位很年轻的女人，新婚不久。她和莉迪亚一样，都有好兴致，好脾气，因此两个人见面就很投缘，仅仅在相识三个月的日子里，她们就做了两个月的知己。

此时此刻，莉迪亚那种欣喜若狂的心情是用言语所无法形容的，她甚至不知该怎么才能表达她对福斯特夫人的敬慕之情。贝内特夫人也替莉迪亚高兴，而可怜的基蒂则愤愤不平，这一切都是那么的复杂。莉迪亚成天在屋里走来走去，高兴得不知该怎么办才好，姐姐的情绪她哪里还管得着，她在屋里叽叽喳喳闹得好不烦人，还不时地让别人恭喜她，甚至偶尔发出歇斯底里的笑声，简直像发了疯一样。与此相反，伤心的基蒂总会在客厅里踱来踱去，抱怨个没完没了，言语激烈，强词夺理。

“我真想不通，福斯特夫人凭什么只请莉迪亚而不请我呢？”她说，“难道仅仅因为我不是她特别要好的朋友？那不是理由。难道她忘了我是莉迪亚的姐姐？我才有权利去呢。”

伊丽莎白很同情基蒂，简也是一样，她们都试图去开导她，劝她别太在意，但这对基蒂根本没用。这次邀请在伊丽莎白看来，并不是一件好事，因此她也不会体会到母亲和莉迪亚那种欣喜若狂的心境。她认为莉迪亚原本还可能懂点自我节制，可经这么一折腾，全都泡汤了。于是，她完全不管后果——莉迪亚得知后，会恨死她，暗中劝说父亲阻止妹妹。她对父亲说，莉迪亚这个女孩一向就缺少规矩，跟福斯特夫人这种女人来往，对她是有害无益的，况且这次她居然陪这样的女人去布赖顿，那就更不敢想象会发生什么了。现在对她来说，再没有比布赖顿更吸引人的地方了，她巴不得赶快离开家。听完她的话后，父亲不紧不慢地说道：

“你不明白，莉迪亚一向很倔，不给她点教训，讲什么也是白搭。这次可以说是机会难得,既不花家里一个子儿,又不用家人操心,还能给她个教训,让她死心。"

"莉迪亚做事一向缺乏冷静,好冲动,"伊丽莎白说,"这一点是人人都晓得的。作为她的姐妹们,我们肯定也会遭到不幸的——实际上我们已经遭受这种不幸了;作为父亲,你不应该不清楚这一点,你更不应该这样草率地对待这件事。"

"什么?不幸?"贝内特先生用一种惊讶的口气重复道,"你的意思我明白,一定是她吓跑了你的心上人。噢,我可怜的小莉齐!别难过,不要去管他。这年轻人气度真小,连个愚笨的小姨子都容不下。像他这样的,不要也罢,不值得为他伤心。快!快点儿对爸爸说,究竟有多少小伙子让莉迪亚这家伙的愚蠢举动给吓跑了?"

"你根本没有明白我的意思,我并没有这样的遭遇。我刚才所说的不幸,并不是具体指这一种或是那一种,而是来自诸多方面的。莉迪亚如此的风流放荡,已经快到无法收搭的地步了,难道这不有损我们的声誉,有伤我们的体面吗?对不起,好爸爸,到现在这个时候,我只好实话实说,她现在这个样子,你要是还不严加管教一下,告诉她一个女人不能一辈子都这样到处追逐,她真就无药可救了。要是她性格一定型,改就难上加难了。她才刚刚十六岁,就变得无法无天,到处招惹是非,弄得她自己和家人都跟着丢人,她如此放荡,简直是卑微下贱。她以为自己魅力无穷,其实除了年轻和略有几分姿色外,她几乎一无所有。她办事没头没脑,缺气质,少涵养,就这样还不知羞耻地到处勾搭别人,可结果是没人看得起她。基蒂总是听莉迪亚的,天天追随着她,而且人又懒,又愚昧无知,虚荣心又强,她也快赶上莉迪亚了。哦!亲爱的爸爸,请你仔细地想一想,不管我们走到哪个有熟人的地方,只要人们清楚她们的底细,我们肯定逃不过别人的指责与鄙夷,甚至我们也会跟着她们丢人现眼的。"

贝内特先生看到女儿是那么担心,便轻轻抓起女儿的手,和蔼可亲地说道:

"你不必如此担心,亲爱的莉齐。你和简都是好孩子,无论走到什么地方,都会受到人们的尊敬与重视的。你们是有气质、有修养的。你们的两个蠢妹妹,不会对你们有任何损害的,这一点请你相信。去布赖顿是莉迪亚所渴望的,现在送到眼前的机会,若是让她放弃,她会把家里闹个天翻地覆的。与其这样,不如随她去吧。福斯特上校是个体面人,有他在,谅她也疯不到哪儿去。况且她又穷,不会有人瞧得上她的。布赖顿可不像这儿,即使她再放荡不羁,也不会让人重视的,因为令军官们倾心的女人很多。因此,她到了那儿,只会倍受打击,这样她也许会接受教训,明白自己的分量。假如她以后变得更糟的话,我一定把她一辈子都关在家里。"

父亲的一番话,使得伊丽莎白没有理由再反对下去,只好表示赞同,可心里仍然坚持原来的想法,于是只好无可奈何地走开了。她认为自己已经是尽到责任了,况且她一向不会老想着烦心事,省得搞得自己心烦意乱,因此她才不会为那些注定要发生的不幸而烦心,更不会因为这些而使自己有什么损失的。

假如莉迪亚和母亲知道了伊丽莎白与父亲的这次谈话的内容,一定会暴跳如雷,用那张利嘴向她发起攻势,也许这样,也咽不下这口气。对于莉迪亚来说,布赖顿就是人间天堂,那儿有许多美好的东西,是取之不尽,用之不竭的。她想着在那个热闹非凡的海滨之城中，到处都是军官；她幻想着会有几十名从未见过面的军官为了她而争风吃醋；她幻想着在一片广阔的营地上，有着排列整齐的营帐，在营帐里挤满了风流潇洒的小伙子，身着耀眼的红色制服；她还幻想着人世间一幅最美的图画：身着盛装的自己坐在营帐里，在跟至少六位军官打情骂俏。

想想看，在梦想即将要成为现实的时候，假如被姐姐浇了冷水，她又怎么能不怨恨她呢？也许是有着共同的命运，最能体谅她这种心情的是母亲。她热切地希望能去布赖顿，可是丈夫的决定是那么坚定，似乎没有回旋的余地。这使得她十分不快。现在莉迪亚要去那儿了，这对她无疑是最大的宽慰。

万幸的是她们俩对这件事一无所知。她们还是那样兴高采烈，一直到莉迪亚走的那一天。

也许对伊丽莎白来说，这是与威克姆的最后一次见面了。自从回到家里后，似乎与威克姆见面是不可避免的，她经常能遇见他，因此与以往的心情比，现在轻松多了，所有的烦恼与不快早已不见踪影。原来，在她看来，他最令人动心的地方是他文雅不凡的气质，可是现在只能让她认为是虚伪、做作，令人作呕。造成她对威克姆厌恶的另外一个原因，就是这几天威克姆对她的态度——他竟然希望能与她旧梦重温。他却不知经过这么多事以后，这种要求只能令她更生气。一想到站在她面前的只不过是一个生活浪荡的花花公子，她的心就冷了。他很自负，自以为无论他冷淡了她多久，只要他与她重温旧情，便一定会令她开心，使她的虚荣心得到满足。对于他这种过分的自信，伊丽莎白在尽量忍让，可心里却禁不住要指责他。

这是民兵团呆在梅里顿的最后一天了，他和几位军官一起到朗伯恩来吃饭。伊丽莎白心里一直压着气，真不想就这样和气礼貌地跟他分手，于是当他问起她在亨斯福德过得怎么样时，她谈到了菲茨威廉上校和达西先生，说他们有三周都在亨斯福德过的，并且问他是否认识菲茨威廉上校。

这一下令威克姆大吃一惊，脸涨得通红。过一会儿，他稳定了一下情绪，又强作欢颜回答说，以前他们俩常见面。他又说菲茨威廉上校很有绅士气派，问她对他的印象怎么样。伊丽莎白快乐地回答说，他人非常不错，她很喜欢他。威克姆立即摆出一副无所谓的样子，说道：

"你刚才说他在罗辛斯住了多久？"

"近三个星期。"

"你们常见面吗？"

"是的，几乎天天见面。"

"那么你发现了没有，他的言谈举止一点儿也不像他的表弟。"

"是的，好像没什么一样的地方。不过我认为，达西先生跟熟人在一起时，举止言谈是另一个样儿。

"噢，真的吗？"威克姆惊呼道，他的那种神情伊丽莎白都看在眼里。"我可不可以请问一下——？"话到嘴边又停住了，他想了想，接着又用一种轻松的口气问道："他的言谈举止真的改变了吗？他在与别人交往时是否比以前更知礼节些？我真不敢想象,”他放低了声音,郑重其事地继续说道,“你竟会在本质上有所改变。”

“哦,那怎么可能?”伊丽莎白谈道,“他的本质一丝一毫也没有变,这一点我是可以肯定的。”

她说话的神情,威克姆实在是琢磨不透,他甚至不知道该作何表示,是怀疑?是高兴?还是……?可越是这样,他就越是急于听下去。这时伊丽莎白又接着说道:

“你不明白我的意思,我所谓的达西先生跟熟人一起,言谈举止就另一个样儿,并不是指他内心思想会不断改变,而是在说你只有跟他走近了,才会知道他那些不为人知的东西。”

威克姆有些不知所措,又一次涨红了脸,表现出来一些烦躁不安。他什么话也不说,让自己静了一会儿,脸上的那种不安与惊讶也随即消失,他看看她,用极其温和的口吻说道:

“你是知道我对达西先生的印象的,所以我想你也应该很容易体会到,当听说他现在的确有所改观,学会了怎样应付别人,懂得了怎样去做才能使行动举止顺乎时宜,我实在是为他高兴。他在这方面的那种高傲虽说对他自己益处不大,但是对于他人却是颇有好处的,因为有了这种高傲,他的行为至少不会太恶劣,不会像对我那样,害得我好惨。你刚才的言下之意是想说他现在有所克制了吧,我敢肯定这种克制只不过是在他姨妈面前故意做出的假象,是做给他姨妈看的,他一直希望他能够得到他姨妈的重视与欣赏。所以,他一向是怕她的,每次见面,他总是小心翼翼的,生怕出什么乱子。另外他对德布尔小姐可是钟情已久,为了促成他们的婚事,他一样什么都可以做。”

听到这些话,伊丽莎白对他又多了一分鄙夷,她忍不住笑了笑,什么也没说,只是微微地点点头。她心里很清楚,他是老生常谈,再诉一番苦,希望得到别人的安慰与迎合,可是她却没这个雅兴。这个晚上就这么过去了,威克姆尽量装出一副开心的样子,但却再没什么兴趣去迎奉伊丽莎白。最后,两个人很客气地道别,嘴里说“再见”,可是也许内心里两个人都希望永远不要再见面。

散席之后,为了方便第二天启程,莉迪亚要跟着福斯特夫人去梅里顿。与家人道别的时候,莉迪亚又叫又跳,没有丝毫伤感,可是基蒂却泪流满面,那当然不是因为她与莉迪亚姊妹情深,而是因为心中的气愤与不满。贝内特太太忙着与女儿道别,叮嘱她别错过快乐的机会,并祝福她玩得开心。这种吩咐不用说莉迪亚当然会去做。她只顾高兴,大呼小叫个没完,姐姐们的叮嘱却只字没听。

第十九章

婚姻是幸福的,家庭是舒适的,可是从自己家里,伊丽莎白却看不见。当年年轻的父亲因为贪恋美貌,贪恋青春貌美所给人带来的赏心悦目,因此十分草率而冲动地娶了一个缺乏修养而又好嫉妒的女人，以致结婚不久，他心目中对她的那份真情便荡然无存了。夫妻之间早已没了相互敬重与信任，他原来那种对家庭的美好憧憬，也已化为子虚乌有。一般来说，人们如果是因为自己的一时冲动而造成了不幸之后，往往心里会不平衡，为了弥补这一切，他们经常放纵自己，从那种肆意放荡的生活中去寻找安慰，可是这个办法似乎对贝内特先生不适用。因为美丽的乡村景色，有趣的书本对他的吸引远远大于这些，他也正是从这些喜好中得到满足与快乐的。对于他的太太，他没有太大的奢望，只不过偶尔用她的愚昧无知借以开开心。一般男人是不会从妻子身上找这种乐趣的，但是，对于一个像贝内特先生这样的人来说，他只能这样，可以说是别无选择。

当然，关于父亲作为丈夫的失职行为，伊丽莎白从未忽视过。每当看见这种状况，她心中就有一种说不出的难受。不过，在她的心目中父亲是那样才智过人、那样令人敬重，自己也备受父亲的宠爱，因而她不愿去想那些事，那些对妻子失职的举动。这些举动使得母亲很丢面子，甚至使得女儿都看不起她，这未免有些过分了。但是，对于婚姻不如意的家庭给孩子们带来的种种不利，她从未像现在体会得这么深刻，而对于父亲滥用才智而造成的种种损失，她也从未像现在看得这么明白。假如他能正确地运用那些才智，就算不能改变母亲的愚昧无知与气量狭小，但至少可以影响一下女儿们，维护她们的体面。

民兵团的离去令她唯一欣慰的是威克姆也走了，除此之外，她再也想不到有什么好处。在家里整天都能听见母亲和妹妹没完没了的抱怨，因为外面的活动实在是少了很多，呆在家里对她们来说如同坐牢。好在随着时间的推移，基蒂会慢慢适应的，因为那些令她心潮起伏的因素已经消失。但是，莉迪亚就不同了，她本来就风流放荡，现在又处在布赖顿那个危险的地方，跟福斯特夫人那种女人呆在一起，有她渴望的兵营，有她向往的浴场，再没有什么地方能比那儿更容易放荡行乐了，真不敢想她会做出什么丑事来。因此，总的来说，正如她以前曾经体会到的一样，一直期望着一件事，感到假如事情到来一定是很幸福的，所以可以说这样一种期待是美丽的、幸福的，可一旦事情盼来，竟会有一种莫名的失落。于是，她只有把真正的幸福期诸来日，开始又一番美好的期待，为她的思想和愿望寻求一种寄托，暂时沉醉于期待的幸福与快乐之中，放松自己的身心，以便去迎接再一次失望。去湖区旅行也许是她现在最乐意做的事。只要母亲和基蒂一感到无聊烦躁时，家里就休想安宁，她能出去安静一下，散散心，当然是再好不过了。遗憾的是简不愿意去，否则，那就更完美了。

"这样也好，"她心想，"假如一切都安排得那么顺利完美，我肯定会有所失望的，现在至少我还有可指望的。这次姐姐不能去，这无时无刻不令我失望，尽管如此，我所期待的欢乐却可能实现。十全十美的计划是不会成功的，只有略带一点烦恼因素，最后才不会失望。"

莉迪亚临走的时候，答应母亲和基蒂会常写信回来，介绍旅行的详细情况。但信总是很难盼到，很长时间才来一封，而且篇幅很短。她写给母亲的信，无非是说说她们刚从图书馆回来，由那些军官陪着去，她在那儿看到了许多精致漂亮的装饰品，令她激动不已，或者说她买了一件新长礼服，一把新伞，本想详细地描述一番，可是福斯特夫人在喊她，马上去兵营，所以只好搁笔。从她与姐姐的通信中所能了解的东西更是寥寥无几了，这并不是因为她写给基蒂的信太短，而是因为她与基蒂说的都是些私下秘密，不便让他人知道。

莉迪亚走了大约两三周之后，朗伯恩又恢复了昔日的生机，一切显得欣欣向荣。到城里过冬的人家如今也都回来了，穿着夏日盛装的人随处可见，夏日的活动也开始频繁起来。贝内持太太也总算平静下来，只是偶尔可以听见她的抱怨。六月中旬时，基蒂不再那么难过，恢复了常态，至少去梅里顿时不再掉泪了。这点是令人欣喜的，伊丽莎白希望到圣诞节的时候，基蒂可以改变一些，冷静下来，不再去提那些军官，除非陆军部存心与她们过不去，再派一团人驻扎到梅里顿来。

眼看着时间一天天过去，她们盼望已久的北上的日子旅行渐渐临近，只剩下两周时间，可恰巧在这个时候收到加德纳太太的一封信，旅行日期不得不推后，旅行的范围也不得不缩小，加德纳先生因为临时有事，行期必须延期两周，也就是说到了七月才能动身，而且一个月以后又得赶到伦敦。这么一来，由于时间的限制，很多地方就必须割舍掉，不能像原计划那样大饱眼福了，至少不能像原先那么随意地去游览，美丽的湖区不能去了，一切都是为了缩短旅程，从时间上看，现在最远能到德比郡。不过德比郡是个游玩的好地方，有不少风景，足够他们玩上三个星期的，而且加德纳太太对这个地方也是情有独钟。她曾经在德比郡住过几年，对那儿的山山水水都很有感情，那里的马特洛克、查茨沃思、达沃河谷和皮克峰等风景名胜，都萦绕在她的心头，挥之不去。

伊丽莎白那份热情已经凉了一半。她的期待又一次遭到失望的打击，她满怀希望地准备尽情游览湖区风光，可现在已不可能了，尽管时间在她看来仍很充裕。不过，事情到这一步她应该知足了。不久，性格一向开朗的她就好了。

德比郡对她来说其实并不陌生，那里会引起她的许多回忆。一提到德比郡，她就自然想到彭伯利及其主人。"毫无疑问，"她心想，"我可以悄然走进他的家乡，拾取几块萤石，而让他没有丝毫察觉。"

等待变得漫长起来，原本两个星期的等待现在增加了一倍，还有整整四个星期舅父母才能过来。不过时间终究是一天天地过去了，她终于盼到了加德纳夫妇以及他们的四个孩子。四个孩子中，有两个女孩，一个六岁，一个八岁，另外还有两个小男孩。孩子们并不参加旅行队伍，他们要留在朗伯恩，由人人都喜爱的简表姐来照顾。简生性善良温柔，更重要的是她很爱孩子，她会教孩子们读书，陪他们玩耍，关心爱护他们，因此孩子们也喜欢与她在一起。

在朗伯恩，加德纳夫妇只逗留了一夜，第二天一大早就启程，因此这一路上无疑是很快乐的。之所以说他们是最好的旅伴，只是因为大家都身体健康，性格好、脾气好、气量大，能够容忍诸多的不便与麻烦；大家兴致很高，可以玩得更开心、尽兴；每个人都有丰富的感情、聪明的才智，即使在外面遇到再不开心的事，他们也能化解，相互安慰，令对方开心。

这里我并不打算详细地谈德比郡，也不打算描写他们一路上所经过的风景名胜。牛津、布莱尼姆、瓦威克、凯内尔沃思、伯明翰等等，都是人人熟知的，现在只是来讲讲兰顿镇——德比郡的一个小镇，那是加德纳太太曾经住过的地方，而且以前的朋友有些依旧住在那里，于是，游完了乡间的全部名胜之后，便前去那里看看。伊丽莎白从舅妈那儿得知，彭伯利离兰顿不远，大约只有不到五英里的路程，但并不顺路，要绕大约一两英里的弯路。晚上商量第二天的旅程时，加德纳太太表示想去那里再看看，加德纳先生也表示赞同，于是两个人便来征求伊丽莎白的意见。

"宝贝，彭伯利你也不陌生，难道不想去看看吗？"舅妈说道，"你的许多朋友都对那儿有感情。你知道吗？威克姆的青年时代就是在那里度过的。"

伊丽莎白望着一脸殷勤的加德纳夫妇，真不知该怎么回答。她觉得去彭伯利实在没有什么必要，一不探亲、二不访友，可以说没什么事可做，于是只好说不想去。她心里也的确厌烦高楼大厦了，因为随处可见，这一点她是承认的，但实在也不喜欢什么豪华别墅。

加德纳太太笑她太傻。"假如仅仅是一个富丽堂皇的大房子，"她说，"那又有什么稀奇，那里最令人神往的是那些田园景象，几处全国最美的树林都分布在那里。"

伊丽莎白无言以对，但心里却绝不答应。她突然间想到，假如她真到了那儿，很可能会遇见达西先生。那会怎么样呢？真可怕！一想到这些她就感到害羞，心想不如跟舅妈明说了，省得自己冒这么大的险。不过，回头一想又觉得草率。最后只好决定，她先暗暗打听一下家中主人是否在，若在家，再挑明此事也还来得及。

因而，晚上睡觉前，她便随便地与侍从闲聊，问彭伯利好不好以及主人姓名，接着又小心谨慎地问起主人是否回来度假。她的最后一问得到的回答是令人十分欣喜的——答案是否定的。她悬在半空中的心也恢复了常态，她所有的担心与害怕随即消失，心中竟然会产生一种莫名其妙的好奇心，十分想知道那幢房子是怎样的。第二天一早，舅妈又向她征求意见，并且准备费些口舌大劝她时，她竟然带着一副无所谓的样子立即回答说，她去哪儿都一样，当然不会反对这个计划。

于是，他们立即启程前往彭伯利。

第三部

第一章

马车朝着彭伯利的方向飞驰而去。一路上伊丽莎白心潮起伏，无法平静，她的双眼始终注视着前方，没过多久彭伯利的树林就映入眼帘。马车渐渐驶近庄园，伊丽莎白的心更乱了。

这真是个大庄园呀，地势高低不平，却错落有致。马车从一处最低的地方向前驶去，在一片又大又幽静的树林里走了很久。

伊丽莎白任自己的思绪飘飞，不想说话，但她很欣赏这儿的美景，心中暗暗为之赞叹不已。马车沿着缓坡大约走了半英里的光景，走出了树林，来到一个很高的坡顶，眼前就是彭伯利大厦了。房子坐落在山谷的对面，一条大路又陡又斜，弯弯曲曲一直伸到谷中。这座高大壮丽的石头建筑，背依着一道树木葱郁的山岗，屹立在一片高地上。房子前方，有一条小溪流过，水流又急又大，与大自然很协调，颇有几分点缀的味道，但却无刻意雕琢之迹。两岸的装扮就更为自然了，为小溪增添了几分生机，伊丽莎白不由得陶醉在其中。这样一个安静祥和而又风景如画的地方，她还是头一次见到。它给人以出类拔萃、超脱凡俗的感觉。众人都赞叹不已。伊丽莎白这时开始喜欢起这个地方来，甚至有些羡慕能成为这儿主妇的人。

下了坡，过了桥，马车一直驶到门前。站在大厦跟前，伊丽莎白又开始担心起来，万一侍女弄错了，万一主人在家，万一……，大家希望能够参观一下住宅，因此被立即请到了门厅。大家在这儿等着女管家的时候，伊丽莎白似乎如梦初醒，才发现自己居然会站在这儿。

这时走来了一个仪态端庄的老妇人，想必就是女管家，上下打量，远不如她想像的那样文雅，但她的斯文却出乎她的预料。她在前引路，领他们走进了餐厅。这间房子很大，看上去整洁干净，十分雅致。伊丽莎白环视了一下，便走到了窗口边去享受那美丽的风景。他们刚才下来的那座小山，从窗口远远望去，树木郁郁葱葱，小山也显得十分峻峭，给人以另一种美好的感觉。这儿美丽的风景似乎随处可见。她向更远处眺望，只见一道河川，两岸树木高耸，山谷蜿蜒曲折，令她不由得赞叹。每走进一个房间，风景就会随之变化。总之，不论你走进哪一个房间的窗口，都有美丽的风景可看。一个个房间也布置得如此精心，家具陈设很适宜，既不给人以富丽堂皇的感觉，又不会让人感觉庸俗。可以说与罗辛斯比起来，这儿虽说没有它的那种豪华气派，但却有另一番优雅自然孕育其中，伊丽莎白看了，更加欣赏主人的这种超俗的性情。

“我差一点就当上这儿的女主人了！”她心里暗自想道，“这房间我本该很熟悉的。”现在也不必以一个陌生人的身份来参观，而是把它看作自己的房间，去热情地招待贵客——她的舅父母。“可是这不行，”她突然又醒悟道，“这是不可能的，他是不会让我把他们邀请来的，那样我又怎么跟舅父母见面呢？”

她现在很庆幸自己想到了这一点，否则她一定会懊恼死的。

她的焦虑始终没有解除，她真想向女管家打听一下，主人是否在家，却一直没有这个勇气。就在她左右为难，不知怎么办好的时候，舅父母终于问出了这个问题，她的心一下悬了起来，连忙背过身去，等待她急于想知道的答案，只听雷诺兹太太说，主人不在家，接着又说道：“不过，明天他就回来，跟他的许多朋友一起回来。”伊丽莎白感到自己幸运极了，好在今天到了，否则，哪怕是推迟一天，那……

这时，舅妈看到了画像，于是唤她过去。她走上前去，只见壁炉架上方挂着几幅画像，其中有一幅是威克姆的画像。舅妈笑着问她画得好吗。女管家走过来，向她们介绍道，画中的年轻人是老主人的管家的儿子，可主人待他如自己儿子一样，抚养他长大。“听说他现在在军营里混，”她接着说道，“也许已经变得风流浪荡了。”

听到这儿，舅妈看着外甥女笑了笑，但伊丽莎白却不怎么高兴。

“大家请看这一位，”雷诺兹太太指着另一幅小画像说，“这就是我家的主人，画得很像。大约是八年前与那幅画同时画的。”

“我听说你家主人英俊潇洒，”加德纳太太望着画像说道，“噢，孩子，他的这张脸有多英俊。你可以评价一下画得像不像。”雷诺兹太太听说伊丽莎白认识她家主人，立即对她刮目相看。

“噢，这位小姐认识达西先生？”

伊丽莎白羞涩起来，低声说道：“是的，认识，但不很熟。”

“小姐，我们家主人长得非常英俊，你不这么认为吗？”

“是的，非常英俊。”

“不瞒你们说，我家少爷可是我见过最英俊的人了。要是你们去楼上，看看那幅大的画像，比这幅画得还好呢。这间房子是老主人生前最喜欢的，当年这些画像怎么摆的，现在仍怎么摆。这些画像也是老主人最喜欢的。”

听完了这些话，伊丽莎白这才明白了为什么威克姆的画像会放在这里。

雷诺兹太太接着又指着一幅达西小姐的画像给他们看，那还是在她八岁时画的。

“达西先生仪表堂堂，想必达西小姐也一样漂亮吧？”加德纳先生问道。

“哦！那是当然，像达西小姐这样美貌的小姐，我也是头一次看到，她是那样多才多艺！她酷爱音乐，每天都要弹琴歌唱。隔壁房间刚添了一架新钢琴，那是爱她的哥哥送给她的礼物。明天她会跟哥哥一起回来。”

加德纳先生十分随和,又是提问,又是评议,使得女管家愿意说下去。也许是为她的主人自豪,也许是出于对主人的情深意厚,雷诺兹太太很高兴谈论主人兄妹俩。

“你家主人一年中在彭伯利会住多少日子?一定很久吧?”

“不,不太久,至少没我盼望得那么久,先生。一年中,大约有半年的时间他会住在这里。一般来说达西小姐夏天总会回到这儿来。”

伊丽莎白心想:“不过偶尔会去拉姆斯盖特。”

“我想,要是你家主人结了婚一定不会这样,也许到那时,他待在这儿的时间会多一些。”

“是的,你说得没错。不过到那个时候,还不知要等多久呢?我实在想像不出什么样的女子才能配得上他。”

加德纳夫妇笑了起来。伊丽莎白不由得说道:“你会这样想,真是你主人的光荣。”

“我说的句句属实,不仅我一人,凡是认识他的人都会这么认为。”雷诺兹太太回答道。伊丽莎白这才发觉自己的话有些过于激动,不太适合。接着又听到女管家说道:“从他四岁起,我就跟他在一起了。从他嘴里我从来没有听到过一句伤人的话。”

伊丽莎白觉得这种评价未免有些过分,让人不敢相信。在她心中,达西先生性格并不怎么随和,如今听到这些话,肯定会引起她的注意,她听下去的兴趣越来越大,好在舅父帮了这个忙,只听舅父说道:

“这样大度宽容的人,现在可是不多了。看来你可真够幸运的,能碰上这么一位好主人。”

“是的,我已感到十分幸福了,我相信,天下不会再有比他更善良的主人了。我常这么说,从小脾气好的人,长大后脾气一样会很好。达西先生就是这样,他从来都那么仁慈宽厚。”

伊丽莎白越发感到不可思议了,瞪着一双惊讶的大眼睛盯着她。她心里想:“这说的会是达西先生吗?”

“他父亲一定是个非常了不起的人。”加德纳太太说道。

“哦!是的,太太,他的确不平凡。他儿子很像他,继承了他的一切优点,对待穷人也那么和蔼可亲。”

伊丽莎白听着,脑子里充满了疑惑,她越发糊涂起来,一心想往下听。雷诺兹太太谈别的什么问题,她都已听不进去。接着她谈到了画像、房间的面积,以及家具的价值,但无论什么都提不起她的兴趣。加德纳先生似乎与她心意相通,他认为女管家是站在家人的立场去评价她的主人,当然有些言过其实,所以觉得挺有意思,不一会儿把话题又引到这方面来了。等大家一起上楼梯时,雷诺兹太太便滔滔不绝地讲起她主人的诸多好处来。

"天下最好的主人非他莫属,"她说,"他是那样的无私,总能替别人着想,与现在那些放荡的小青年比起来,简直是天壤之别。他的佃户和佣人都很爱戴他,几乎没有人不称赞他的。他从不爱在众人面前夸夸其谈,去表现自己,难道这样就能称之为傲慢吗?我可不这么认为。"

"照她的话看来,他是多么优秀啊!"伊丽莎白心想。

"他有这么好吗?"舅妈边走边低声说道,"若是真如她说的那样,那么他又怎么能忍心以那样的态度对待我们那位可怜的朋友呢?"

"也许,不!我们一定是受了蒙骗。"

"这怎么可能,雷诺兹太太可是很可靠的人。"

上了楼,大家来到一个宽阔的走廊,接着被领进了一间温馨的卧室,比楼下所有的房间都别致,又宽又亮,据说是新近才收拾出来的,是达西小姐的专用房间,这也是她去年看中的房子。

"真羡慕达西小姐有这样一位好哥哥。"伊丽莎白说着,便向一扇窗子走去。

雷诺兹太太说,她敢肯定这房间一定会令达西小姐大吃一惊的。"达西先生总是这么体贴细心,"她接着说道,"只要能令妹妹快乐,他总能立即办到。他对妹妹的关心简直是无微不至。"

接下来要参观的就只有画廊和两三间主要卧室。画廊里的油画佳作琳琅满目,只是伊丽莎白并不通晓绘画艺术。有些作品在楼下的时候就已看过,她似乎对这些没有兴趣,偶尔看见了几幅达西小姐的蜡笔画,倒是颇为有趣的,内容简单易于理解。

另外,画廊中有不少家族的肖像,一个陌生人是不会在意这些的。而伊丽莎白却在那儿走来走去,寻找着那张她熟悉的面孔。最后她发现了一张画像——那笑容是温和熟悉的,那正是达西先生的画像,这使她想起了以前他们碰面时,她总会看见这种微笑。她在那幅画前站了很久,想了很久,也看了很久,临出画廊之前,她还恋恋不舍地回头看了一番,雷诺兹太太告诉客人说,画这幅画像时他的父亲刚刚去世。

到了现在,不知为什么伊丽莎白觉得那画中的人是那样亲切,她想这种感觉是她以前从未有过的,即使在他们接触最频繁的那段日子里也是没有过的。雷诺兹太太如此称赞他,想必他是多么令人敬慕。什么样的人才能配得上这番美妙的赞语啊!她认为,作为兄长,作为庄主和家长,达西掌握着多少人的幸福!他的权力是多么大呀!能令人开心,能让人痛苦,能四处行善,同样也可以肆意作恶!可是他的高尚品格是可以从女管家的评价中看出来的。女管家无时无刻不在夸他。伊丽莎白站在画像前,注视着他那炯炯有神的双眼,想到了他是那样地热恋着自己,心中不禁泛起了一种热乎乎的感觉。一想起他那一片真情,尽管他那鲁莽的求婚方式实在不敢恭维,但现在她也不怎么埋怨了。

大厦里只要能公开参观的地方,大家都参观过了。客人们下楼,向女管家致谢道别,他们由女管家安排的园丁带着,走出了门厅。

大家走过一片绿油油的草地，向河边走去时，伊丽莎白禁不住又回头看了一番。舅父母也突然停住了脚步，他们想估算一下这座房子的建筑年代。就在这时，不远处却见到房主从通往房后马厩的大路上走来。

房主的突然到来，而且相距仅二十码的距离，真是让人措手不及。顿时，四目相对，两个人都涨红了脸。达西先生惊呆了，一时间不知该做什么，只是站在那儿发愣。不过，稍做镇定后，他迅速恢复过来，慢慢地走到客人面前，主动向伊丽莎白问候，虽说语气上并不算很平稳，但听起来总还是很有礼貌的。

伊丽莎白同样吃惊不小，正准备走开，却见到主人向自己走来，于是只好放弃这个打算，带着紧张与不安，拘谨地接受他的问候。即使见到达西先生的那一瞬间，她舅父母仅仅是觉得他很像刚才画像中的那个人，并不敢相信站在面前的就是这儿的主人，可是园丁见到主人的那副紧张惊奇的表情告诉了他们答案——毫无疑问，这一定是达西先生。这对夫妇看见主人在跟外甥女说话，便故意走开了。主人恭敬地向伊丽莎白询问她家人的情况，伊丽莎白心中惴惴不安，又羞又急，一直不敢正视他的脸，她甚至有些惊慌失措、语无伦次。同时，她对达西先生的言谈举止又感到十分惊讶，她认为这与她上次和他分手时的举止可大不一样，更令她无法接受的是他的每一句话都会令她感觉难堪。她心里反复在想，在这儿让达西先生碰见，未免有些难为情，她似乎说什么做什么都不是，因此，这短短几分钟竟让她认为是生平中最难熬的时光。达西先生也并不比她好到哪儿去：从他的言辞中，可以听得出他的急躁与不安。他看起来似乎很慌张，关于她哪天离开朗伯恩，以及在德比郡待了多久的问题，他总是问了又问，这更加证明了他也同样窘迫不安。

该问的他都问了，最后他实在找不到什么可以说的，只是在那儿傻傻地站了一会儿，突然间他似乎想起了什么，可定了定神，什么也没说便告辞离开了。

这会儿，舅父母才又回到外甥女跟前，对这位英俊的男主人赞不绝口。可伊丽莎白却无心听他们的议论，只是一味地想着自己的心事，一声不响地机械地跟着他们走。她觉得后悔极了，甚至有些恨自己。她认为这次选择到这儿来是天底下最最倒霉的事了！他一定会很吃惊。他一向高傲，一定会认为她是乐意找上门的。唉！她从没这么丢人过。真不明白究竟是什么原因让她来到这里。或者可以说，又是什么原因让他提前一天赶到。若是他们早走几分钟的话，怎么会发生这种尴尬的场面呢？她也不会被他看不起。很显然，他只不过刚到，刚刚下马或者是刚刚下车。刚才那场令人难堪的会面仍不时地浮现于眼前，令她脸红心跳。她真是搞不懂他的态度怎么会发生如此转变。更让她难以预料的是，他竟然主动与她说话，言谈上是那么注意礼节，而且还亲切地向她的家人表示问候，这也是她没想到的。这次意外的相遇，让她感觉她面前似乎是另一个达西先生，她以前从未见过他那么谦恭、文雅。想想他在罗辛斯交给她那封信的言谈，就足以证明他改变了许多。她想了又想，却怎么也不能给自己一个满意的答案去解释这件事。

他们这时已经走上了河边一条美丽的小路上，向前走着，地势逐渐低了，周围的景色可以说妙不可言，那幽静的树林令人心旷神怡。可这一切伊丽莎白都无心去看。一路上舅父母不断地叫她看这儿看那儿,她也点头答应,也顺他们手指的方向举目远望,可眼前已经没有了美丽,没有了色彩。她心里充满了心事,她一直在想那座大厦,在想达西先生会待在某个角落,他在想些什么?做些什么?他现在对她的态度是怎样的?还是那样一往情深吗?不,他也许已经想清楚了,否则他的话语怎么这样客气呢?可是他的言谈中仍流露出几分紧张与不安。她现在有些糊涂了,她不知见了他后是高兴好还是痛苦好。一种说不清的感情扰乱了她的心。但不论怎样,她依然可以肯定这一点——达西先生并不镇定,尽管他在强装。

舅父母已经注意到她有些魂不守舍,责怪她出来玩不该这样,这下她的心才收了回来,觉得应该装得像往常一样。

他们走进了茂密的树林,登上了一个小山坡,暂时告别了溪涧。透过密林的缝隙,仍有迷人的景色不断映入眼帘:山谷、对面起伏的群山,以及山上那些浓密高大的树木,还有那条蜿蜒的小溪。这些景色又勾起了加德纳先生游览的兴趣,甚至想绕整个庄园走一圈,但是又怕自己坚持不下来。园丁得知后得意地笑笑说,走一圈可是十英里呢。于是加德纳只好放弃了这个打算,一切还是按原来计划的路线游览。几个人走了半天,才顺坡走下来,又来到了小溪旁,来到小溪最狭窄的地方,他们走上一座便桥过河,这座便桥与周围景色是那么相宜,显得十分别致。这儿与其他地方相比是别有一番风味的。走到这里,山谷也变得十分狭窄,只容得下那条小溪和一条小路,小路两旁灌木郁郁葱葱,错落有致,伊丽莎白又被这诱人的景色所吸引。她有一个强烈的愿望,就是沿着这条小径向更远更深处去探个究竟,也许还有更大的惊喜等着她呢。可过了桥以后,离大厦已经很远了,再加上加德纳太太一心只想回去坐马车,因为她实在是累坏了,所以伊丽莎白只好照顾一下舅妈,大家抄近道朝对面的大厦走去。不过,由于加德纳先生的原因,他们走得很慢,因为钓鱼是他最大的爱好,可平日很少能够尽兴,今日看见河里游动的几条鳟鱼,便与园丁大谈起钓鱼来,脚步始终快不起来。大家正这么慢慢地向前游荡,却突然惊讶地发现达西先生正向他们走来,伊丽莎白又开始与先前一样担心起来。他们虽然离得不是很近,可是由于这边小路不如河对岸的隐蔽,所以打远处就能看见他。尽管伊丽莎白仍然感到很意外,可至少心里比前次见面有准备,于是她想,假如他来见她,她一定要做得镇定些,礼貌恭敬些。开始,她倒对这个假设不抱太大希望,一直觉得他也许是走另一条路。直到他走到拐弯处,看不见时,她也是这么想。但是刚一走过拐弯,他便来到了他们眼前。伊丽莎白一下就看出了他还是那样的谦虚恭敬。于是,她也尽量做得礼貌客气些,开始赞美起主人的庄园。但才说了几声"美不胜收""流连忘返",突然又拘谨起来,因为她感觉这样赞美彭伯利,一定会令他误解的。想到这儿,她懊悔极了,又不知该说些什么,只是脸上一阵阵发热。

加德纳太太就在后面离他们不远的地方。达西先生看见伊丽莎白又不说话了,便请求她赏个面子,为他介绍一下她的两位朋友。她万万也没想到他竟然会有如此礼貌的举动,因为他一向是瞧不起她的家人的。记得他向她求婚的时候,还是那样高傲,蔑视她的某些亲友,可是现在,他居然提出要认识这些人。想到这里,她不由笑了。她心想:“他一定把他们误认为什么上层人物,假如我告诉了他真相,他一定会大吃一惊的。”

不过,出于礼貌她急忙做了介绍。当她很坦白地告知他们之间的亲戚关系时,偷偷窥视了达西先生一眼,想知道他会怎样反应,也许会逃走,绝不交这些低贱的朋友。的确如她所料,得知他们的亲戚关系后,达西先生确实吃惊不小,不过他显然是忍了忍,并没有显出丝毫厌恶的表情,而是与他们一起向回走,并且还与加德纳先生聊起天来。伊丽莎白真是又惊又喜,惊的是达西先生居然不再那么讨厌她的亲友,喜的是从此也可以让他明白,她的亲友中并不是所有的都下贱,还有几个不丢脸的亲友。她仔细地听着他们之间的谈话,谈话中舅父所表现出的一言一行都是那么高雅适宜,令她感到十分自豪。

不久两个人又谈到了钓鱼。她听见达西先生十分慷慨地对舅父说,在他的旅行期间,只要愿意,随时都可以来这儿钓鱼,而且钓鱼工具会为他准备好的。后来他还告诉舅父一般情况下溪里哪儿的鱼最多。伊丽莎白搀扶着加德纳太太并肩走着,只见加德纳太太向她做了一个惊讶的表情。伊丽莎白嘴上没说什么,可是心里在不断窃喜。达西先生一定是因为她,才会如此殷勤的。可心中仍不能说服自己,只是反复地想:“这怎么会呢?究竟是什么让他改变那么多?难道是我?难道这所有的礼貌与恭敬都只是给我面子?不,那绝不可能。我在亨斯福德时,对他的态度是那么恶劣,他一定不会忘记,是的,他不会原谅我的,他也许会恨我。”

他们就这样,两位女士在前,两位先生在后,走了好一会儿。后来,事情却发生了变化,他们因为看一种奇异的水草,便走到了水边,等到再次上路时,加德纳太太便让她的丈夫搀着走。因为一上午的游览,她已精疲力竭了,伊丽莎白又怎么能够扶得稳她。于是,达西先生取代了她,与她的外甥女并排走着。起初两个人谁也不说话,只是那样静静地走着,后来还是伊丽莎白先开了口。她不想让他误会、怀疑,她只想让他明白,她是听说他不在家才到这儿来的。因此,她一开口就说,他回来得很突然,令他们感到很意外。“你的女管家告诉我们,”她接着说道,“明天你才会赶回来。而且我们在克韦尔时,就听说你不会在家。”达西先生点了点头,表示这一切都是真的,并解释道他之所以比同行的人早到几个小时,是因为他有急事要找管家。“我的那些伙伴明天一大早就到,”他接着又说,“他们当中有几个你也认识的,有宾利先生和他的姊妹。”

伊丽莎白没说什么,只是微微地点了点头。因为这使她又想起了上次提到宾利先生的情形。显然他也是一样想到了,这一切从他的脸上可以看出。

“对了,还要告诉你,我的同伴中还有一个人特别想认识你,”他犹豫了一下子又说道,“她就是我的妹妹。不知你在兰顿逗留期间,可否让我向你介绍舍妹,也许我的要求有些太冒昧了。”

这个要求令她大为震惊,一时间不知该怎么回答才好。她一下就明白了,达西小姐一定是受了哥哥的影响,才会想认识她的。这一点是令她十分满足和快乐的。同时,她也惊喜地看到,达西先生对她不能说爱,但至少也不能说厌恶。

他们又默默地走着，两人都陷入了沉思。伊丽莎白始终怀着一种忐忑不安的心情，这似乎是没办法消除的。但尽管如此，她仍然是快乐的。他想要介绍他最爱的妹妹给她认识，已经是给她很大的面子了。加德纳夫妇走得实在太慢了，他们俩很快就超过他们走到前面去了，等到他们走到马车跟前的时候，回头一看，只见加德纳夫妇还离得老远呢。

达西先生建议去屋里歇歇脚，但她说并不累，两个人便站在草坪上等着。一般来说，遇到这种情况，应该多说话才好，否则太尴尬了。伊丽莎白要打破僵局，可刚想开口却不知从何说起以及该说些什么。最后她终于想起了自己这几天的旅行，于是便与他大谈起马特洛克和达沃河谷的景色。可是这段时间真难挨呀，等了那么久加德纳夫妇还不来，尽管他们的谈天还没完，可是她已快坚持不住了，而且也没什么要讲的了。加德纳夫妇终于到了，达西先生又诚恳地邀请他们进屋吃些点心，休息一下再走，但是被他们婉言拒绝了。双方都十分恭敬地道别后，达西先生扶着两位女士上了车。马车驶出后，伊丽莎白仍不住地回头看达西先生，看见他若有所思地慢慢走进屋里。

走了没有多远，舅父母就开始对达西先生评头论足了。两人都对他赞不绝口，还说达西先生真是太出色了。“他是那样的彬彬有礼，细心周到，一点主人的架子都没有。”舅父这样说道。

“他的确与众不同，”舅妈附和道，“他的气质是那样的高贵，可是却丝毫没表示在行动上。现在我也赞同女管家的说法了，尽管有人说他高傲，但是我却一点儿也看不出来。”

“他会这样招呼我们，这是出乎我的意料的。我看他远远超过了客气，而是有点儿过分热情。其实他与伊丽莎白只不过是一般的熟人，又何必那么热情呢?”

“这是自然啰，莉齐，”舅妈说，“我承认，论长相他的确不如威克姆漂亮，不，应该说他们俩不是一种类型，从脸上看，威克姆更清秀些，而他更端庄些。可这并没什么不好呀，你怎么能告诉我他令人讨厌呢?”

伊丽莎白赶忙为自己辩解，说并不是如此，早在他们在肯特郡相见的时候，她就觉得他好多了，挺讨人喜欢的，这次就更不同了，像今天那么随和热情的他，她在以前也从未见过。

“说不定他是一时高兴才这么多礼的，”舅父说，“那些有钱的人常会这样。看来关于他请我去庄园钓鱼的事，我也不该认真，也许那只不过是一时的客套话，说不准哪一天他就会不承认，甚至不许我进他的庄园。”

尽管伊丽莎白觉得舅父母完全曲解了她的意思，却始终不愿说出口。

“从我今天对他的印象来说，”加德纳太太说道，“我真不敢相信他会那么残酷地对待威克姆，看样子，那并不像他能做出来的。他说起话来的那副神态倒是颇讨人喜欢的。他脸上的确显出一种高贵的气质，不过那并不令人讨厌。最夸张的是那个领我们参观的女管家，把他捧上了天，有几次我几乎要笑出声来。不管怎样，有一点我还是敢保证的，他一定是一个十分慷慨大分的主人，这是一个佣人最看重的优点。”

听到这里，伊丽莎白不能容忍他们这样误解达西先生，她认为已到了她为达西先生说几句公道话的时候了，说明他从没有对不起威克姆。于是小心翼翼地告诉他们，她从他肯特郡的亲友那儿听说，他本人的举止行为其实是与人们平时传说的大不一样的。实际上事情并不是赫特福德郡的人们想象的那样，应该说恰恰相反，威克姆绝不是他们想象的那么善良随和，而他也并非他们认为的那样坏。为了以事实证明这些，她向舅父母说出了他们之间钱财上的事情，当然她并没有说是从谁那儿听到的消息，只是保证她得来的消息是很可靠的。

加德纳太太听了，当然十分吃惊与忧虑。不过，眼下到的这个地方，将她的思绪打断了，这是曾经给过她许多快乐的地方，她完全抛开了一切好奇的想法，一心去享受那些美好的回忆。她只顾看外面的风景，并且把它们一一指给丈夫看，显然她不会再想到其他事情上了。经过一上午的步行，本来已经很疲惫的她似乎一下有了劲儿，饭后立即去四处探亲访友，与阔别多年的老朋友相聚在一起，一晚上都是欢天喜地的。

对于伊丽莎白来说，白天的事情要令她快乐得多，她根本没心思去结交这些新朋友。她的脑海中总是浮现出达西先生那彬彬有礼的举止与神态，更令她激动不已的是，他竟然要把妹妹介绍给她。

第二章

伊丽莎白心想，达西先生准会在她妹妹到达彭伯利的第二天，才会来拜访她，因此她打算那天整个上午都待在旅店里。然而她错了，两位客人是在她及舅父母到达兰顿的第二天，也就是他妹妹刚到彭伯利的那一天上午，就赶来了。当时，她和舅父母及几个新朋友刚刚出去散步回来，换完衣服正准备去朋友家吃饭，突然一阵马车声把大家都吸引到了窗口，只见一男一女坐着一辆双轮马车，从街上驶来。伊丽莎白看见了马车夫的号衣，立即明白了是怎么回事，便急忙告诉舅父母，马上将有贵客拜访，舅父母听了感到迷惑不解。他们看见她神色慌张，突然又想起昨天的种种情形，她也是同样的窘迫，这就使他们中得不重新看待这件事了。他们一直就觉得奇怪，却不知怎么解释，现在这只能让他们觉得：这人对他们之所以那么热情，一定是对他们的外甥女有意思，此外再没有其他的解释了。当他们的这种想法充斥于脑中的时候，伊丽莎白更加不知所措了。她也不清楚，自己为什么会这么慌乱。她担心自己会在他妹妹面前做错什么，令他失望；但同时更担心他因为喜欢她，而在他妹妹面前把她捧得过高。她越想心里就越乱，真不知怎么办好了。

她怕让他们看见，便急忙从窗口退了回来，在屋里来来回回地走了起来，她尽量使自己静下来，但这时却发现了舅父母正用一种怪异的眼神看着她，这反而使她更加不安了。

正在她万分焦虑的时候,达西兄妹走了进来,双方很有礼貌地做了介绍。伊丽莎白惊奇地发现,达西小姐似乎也比她好不到哪儿去,她显得是那样的小心与拘束。来到兰顿以后,她就听说达西小姐是个极其高傲的大小姐,但经过几分钟接触后,她就改变了看法,认为她不过是太害羞了而已。她发现,她除了回答她是或否之类的问话外,从她嘴里几乎听不到别的话。

达西小姐比伊丽莎白高大些,虽然不过十六岁,但体态已经完全发育成熟,看上去像个大人,显得端庄大方。她长得不如她哥哥好看,但一脸的智慧与可爱,举止又是那样优雅适度。伊丽莎白一直担心她会像他的哥哥一样看起来高傲冷酷,但现在很显然这种担心是不必了,这下让她轻松了很多。

他们没谈多久,达西先生便对她说,一会儿宾利也会来拜访她。她正准备说她十分欢迎这位贵客光临时,只听见楼梯上响起了一阵急促的脚步声,宾利说到就到了。伊丽莎白与他之间的过节早已消除,不过,就算还有点滴的怨恨,只要看见重逢时他的那份热情与真诚,也就会消失得无影无踪了。宾利先生问候她的全家,虽说只是寒暄之语,但句句真诚恳切,神情谈吐还像以前那样幽默有趣。

加德纳夫妇也觉得宾利先生是个很风趣的人。他们对他早有耳闻,却一直未曾见到。今天到来的这些贵客已引起了他们浓厚的兴趣。他们觉得达西先生与他们外甥女的关系有些微妙,于是便暗暗观察他们两个人,不一会儿,便断定他们中至少已有一个人陷入爱河了,女方神神秘秘让人难以琢磨,可男方却很明显,目光中总带有一种深情。

伊丽莎白这下更忙了:她要判断每位客人的心境,同时还要稳住自己的情绪,另外还要处处注意以博得大家的好感。她最担心的是不能讨大家的喜欢,可没想到这一点却是最顺利的,因为她面对的这些人,心里早就建立起对她的好感了。宾利乐意与她交往,乔治亚娜热切盼望与她相识,达西早就决定与她交好。

看见了宾利,她不由得想起了简来。哦!她多么想知道他在想些什么,是不是跟她一样在想她的姐姐。她开始发现,他似乎不像以前那么爱说了,有几次她还惊喜地认为,他看她的时候,是想在她身上去找到一些姐姐的影子。就算这只是自己的幻想而已,但是有一点她是肯定的,尽管人们都认为达西小姐是姐姐的情敌,可是从他们互相间的言谈举止中却丝毫没有什么特别的迹象,至少达西小姐的态度她是不会看错的。看来这一切并未使宾利小姐如愿以偿。越交谈,伊丽莎白就越发肯定自己的判断。就在客人告辞之前,又发生了几件小事,令爱姐心切的伊丽莎白认为这些小事足以说明宾利先生仍挂念着简,只是一直没有胆量去多说几句话,否则一定会谈到她亲爱的姐姐身上的。有一回,他借别人正在交谈之机,用一种十分遗憾的口吻说道:“有好久我们没见面了,今天真是有幸。”伊丽莎白正准备说些什么,可是他立即又说道:“算起来大约有八个多月了,记得那是十一月二十六日,那天我们大家在内瑟菲尔德跳舞,玩得有多快乐,此后就再也没见过面了。”

他对以前的事情还记得那么清楚,这令伊丽莎白非常高兴。后来,他又趁别人不注意时,问她的姐妹们是否都在朗伯恩。他提的这个问题,以及先前所说的话,

其实并没有什么目的,可是他说话的那种神态,却给人不一样的感觉。

今天,为了姐姐,她只顾注意宾利先生了,几乎没怎么去看达西先生,但是每次与他眼神相对时,总能看见他一脸的亲切,从他的言谈中一点也听不出什么高傲气息,他对她的亲戚们更没有什么鄙夷。这一切使她立刻明白:他所表现出的礼貌热情,并非是短暂之举或是一时心血来潮,至少应该说已持续了一天多。她发现,仅在几个月前他绝不想交往的这些人,如今他居然主动与他们交谈,去结识他们,并且在尽力给他们留下好印象;她还发现,他不仅对她毕恭毕敬,而且对他曾经公开看不起的她的亲戚们,也都客客气气;这又使她想起了他在亨斯福德牧师家向她求婚的情景,至今仍清清楚楚记得每一个细节,这简直太不可思议了,前后竟会差别这么大。她太高兴了,甚至有些掩饰不住内心的那种狂喜。无论如何她也想不到他竟会如此讨好别人,即便是与内瑟菲尔德的好友和罗辛斯的贵亲在一起时,他也未必会做到这一步。他如此宽容大度,谈笑风生,可以说即便交了这些朋友对于增加他的体面是毫无意义的。相反,假如真与这些人交上了朋友,他得来的只会是内瑟菲尔德和罗辛斯那帮小姐太太们的讥讽与责怪。

客人在这儿呆了约莫有半个小时,便起身告辞。这时,达西先生叫妹妹过来,让她与他一起恳请加德纳夫妇和贝内特小姐在临走之前,能赏脸到彭伯利吃顿便饭。达西小姐尽管很胆怯,表示她不大会邀请客人,但仍大方地照办了。加德纳太太并不敢立即答复,因为她心里很清楚人家是冲外甥女来的,一切都得照她的意思办，所以瞪着两只眼睛一个劲地瞅伊丽莎白，没想到她竟背过脸去。加德纳太太心领神会，认为她一定是一时羞于表态，并不是不愿接受邀请；回过脸又看了看丈夫，心想他一向喜欢与人交谈，喜欢热热闹闹的，眼下岂不是送上门的机会，于是她便毫不犹豫地答应了，并且将日期定在后天。

宾利听后高兴极了，表示能与伊丽莎白再见上一面他感到很幸运，因为他还有许多话要讲给伊丽莎白听，他还想让伊丽莎白告诉他赫特福德郡所有朋友的情况。而伊丽莎白就更惊喜了，因为在她看来他只是想探听她姐姐的消息。也许是这个原因，或者是其他什么原因，客人走后，她一想起那半个小时的会面，心中就有一种说不出的感觉，不能算是一种幸福，但至少可以说是一种满足。她一心只想自己静静地呆一会儿，加上她又怕舅父母会问东问西的，去套她的话，所以听完他们对宾利的一番赞叹后，便匆匆跑去换衣服了。

其实，对于加德纳夫妇，她倒用不着那么担心，他们绝不会迫她说出真相的。他们早已观察到，她与达西先生交情不浅，至少不是像他们以前所想象的。很显然，达西先生已深深地爱上了她。到目前为止，他们已经看出了不少破绽，可有心去问，却又怕为难她，于是只好作罢。

现在，他们都认为达西先生很好。从这几天与他的交往中来看，他可以说是近乎完美的。他对他们总是那样谦虚恭敬，他们早就深受感动。假如不去管别人怎么个说法的话，光凭这几天自己的感觉以及女管家的评价来看待他的为人，那么，他们在赫特福德郡的朋友绝不会相信这是达西先生。现在，他们越来越相信女管家的话了，因为他们已经开始意识到，她为人随和诚恳，而且在主人四岁时就来到他家，所以她的话应该是可靠的。就算从兰顿的朋友们所讲的情况来看，也不能说女管家的话不可信。人们对达西先生，除了说女管家已提过"傲慢"之外，其余也没有再指责什么。或许他真的有些傲慢，就冲他一家人很少逛那个小集镇，镇民们也会说他傲慢的。不过，他是个好人，这是大家都公认的，他们还说他为人大方，喜欢帮助穷人。

至于威克姆，几位外来游客很快察觉到，他在这儿名声并不太好，关于他与他恩人儿子之间的主要关系，大家也不太清楚，可人人都知道，他离开德比郡时欠下的一大笔债全是达西先生替他还的。

这一个晚上，伊丽莎白难以入眠，心里一直想着彭伯利，而且比头一个晚上想得更加厉害。这一个夜晚过得真是太慢了，可好又觉得不够长，因为这不够她去探清彭伯利大厦那个人究竟在想些什么。她躺在床上整整两个小时努力地思考着，试图想探出来什么蛛丝马迹。她对他的怨恨早已消失了。假如说当初曾经讨厌过他的话，现在也已经为这种行为而感到懊悔了。他身上具有的那些优点所散发出的无穷魅力，自然令她十分敬慕，不管她承认与否，这种感觉已产生了，她也早就不讨厌他了。现在听到这些人对他的赞美，加上昨日自己的亲身体验，她已深深了解到他原来是个温和大方的人，于是，在敬慕之余又添了几分友善。但是，问题的关键并不仅仅限于此，更为重要的是，她心中还产生了一种与他亲近的想法。这也许是出于一种感激之情。她所以会感激他,不仅是因为他曾经那样钟情于她,而且还因为他现在依然爱恋着她。当初,她那样毫不留情,用那种刻薄的语言拒绝了他,甚至对他大加指责,他竟没有放在心上。她原以为他会十分恨她,而且一辈子不愿见她,却怎么也想不到这次的不期而遇,他竟好像急切地希望与她重归于好。即使他们俩在一起交谈的时候,一旦有涉及他们之间感情的事,他从不会流露出那种粗俗的情感,也不会做出任何滑稽的动作,只是尽量去向她的亲友们讨好,而且一心想安排她与他妹妹相识。如此高傲之人,如今竟会做到这种程度,这不能不让她感到惊诧,也不能不让她为之感动——因为这一切都是爱情的力量,它是一股多么巨大的力量啊！这种爱情尽管令她难以把握,但她已开始渐渐喜欢,而且觉得应该让它发展下去。她对他充满了尊敬、重视与感激,她真心实意地希望他会幸福。她现在只想知道,她在他心目中究竟占有什么样的地位。她坚信自己仍有办法叫他再来求婚,可问题在于,她这么做了,究竟会令双方得到多大幸福。

晚上,舅妈把外甥女找来商量,说达西小姐那样客气,回到彭伯利险些没赶上吃早饭,却在当天就赶来拜访她们,这使她觉得非常过意不去,对于这样的礼节,她虽不能用同样的办法去回报,但至少应该有所表示才行。因此,她们最后决定明天一早就赶去彭伯利拜访她。做了这个决定以后,伊丽莎白由衷地感到高兴,不过,她自己也不明白自己怎么会这么高兴。

早饭过后,加德纳先生便出去了。他头一天又跟别人大谈钓鱼的事,并且约好了今天中午到彭伯利去与几位先生碰面。

第三章

直到现在,伊丽莎白才明白,宾利小姐之所以厌恶她,只不过是在嫉妒她,跟她争风吃醋而已,因此她想,宾利小姐是不会欢迎她来彭伯利的。不过,她很好奇,十分想见识一下久别重逢后那位小姐究竟能讲多少礼节。

到了彭伯利大厦,他们由主人带着穿过门厅,走进了客厅。夏日的客厅十分凉爽宜人,窗子朝北开。窗外是一面空地,屋后树木高耸,绿草茵茵,山峦起伏,还有那美丽的橡树和西班牙栗树点缀着中间的草场,迷人的景色令人心旷神怡。

在这间屋里,客人们是由达西小姐接待的。另外跟她一起的,还有赫斯特夫人、宾利小姐,以及在伦敦与她同住的那位太太。乔治亚娜尽量做到彬彬有礼,只是待客中仍不免有些拘束,这虽说是因她天生羞怯,害怕出错造成的,但若是对那些身份不如她高贵的人来说,就很容易误解为她生性傲慢。不过,加德纳太太及外甥女是知道她的为人的,因此不但不会误解她,反而会更加理解她。

赫斯特夫人和宾利小姐向客人屈膝行礼。大家坐好之后,起初谁也没说话,整个屋子一片沉默,气氛十分尴尬。安妮斯利太太首先打破了这个僵局。她是个端庄而文雅的女人,竭力想找点话说,以免大家别扭,这一点就证明了她至少要比另外那两个女人有修养。她热情地与加德纳太太聊起天来,伊丽莎白也时不时地在身边搭搭腔。达西小姐总是欲言又止,她实在是缺乏勇气,难得壮胆附和一声,还要在别人不注意的时候。

不久,伊丽莎白便察觉到,宾利小姐一直在观察她,她的每一言每一行都会吸引她的注意,尤其在她与达西小姐谈话时。她与达西小姐之所以很少谈话,并不是因为她察觉到了这种情况而害怕,而是因为她与达西小姐隔得实在太远,谈起话来有诸多不便。不过,这并不令她感到遗憾,因为在这个地方与这些人也不必多谈。她一心只希望能够看见那几位男客的身影。她心里矛盾极了,既盼望又害怕房子的主人也跟着一起进来,但是在两者中究竟孰轻孰重,她也是弄不清的。伊丽莎白就这样心事重重地坐了有一刻钟之久,没有听见宾利小姐作声,到后来却听见她极为冷漠地向她问候家人好,这让她大吃一惊。她也以同样傲慢、冷淡、简短的话语来回答,对方听后又不作声了。

接着,佣人们送来些冷肉、点心以及各种上等时令水果。不过,这并不是达西小姐心细想到的,而是因为安妮斯利太太多次使眼色,打手势,提醒她别忘了款待客人,她这才恍然大悟,急忙吩咐佣人端进来。这样一来,大家都觉得自然多了,虽然谈话对大家来说是有困难的,但吃总不会难住大家吧。众人被这些诱人的鲜葡萄、油桃和桃子吸引到了桌前。

正当伊丽莎白吃东西时,达西先生走了进来。这就给她提供了一次难得的机会,好根据她见到达西先生时的心情,来判断她究竟是更希望他来呢,还是更害怕他来。直到他进来的那一刹那,她还快乐地以为她更喜欢他进来,可是等他进来之后,她发现她的感觉又错了,她宁可他不进来。

达西先生本来在河边,跟家里的两三个人陪着加德纳先生一起钓鱼,可后来在与加德纳先生的闲聊中得知加德纳太太和外甥女要拜访乔治亚娜,已于当天上午就到彭伯利了,于是他这才辞别加德纳先生,急忙赶回家中。伊丽莎白一看见他,就不由得紧张起来,可立即又平静了下来,决定一定要大方些,不要露出半点马脚。可是下定这个决心很容易,要做到那可就不大容易了,因为她已经感觉到全场的人都有些怀疑他们俩,达西先生走进屋子的时候,几乎人人都盯着她。尽管宾利小姐装出一副满不在乎的样子,可是伊丽莎白一眼便看得出她是其中最好奇的。原来,她对达西先生从没有死心过,不过,尽管她十分嫉妒,但还不至于达到不择手段的地步。哥哥一来,达西小姐便尽量多说话。伊丽莎白很明白,达西先生一心只想让妹妹与她结交,尽量给她们创造机会让她们多多交谈。这一切也逃不过宾利小姐的眼睛,嫉妒突然变得无礼起来,一有机会便不怀好意地说道:

"伊丽莎白小姐,我可是听说某郡民兵团已经撤出梅里顿了!这对贵府的打击可是不小哟。"

当着达西先生的面她不敢说出威克姆的名字,不过伊丽莎白心里很清楚,她无非是在指他。刹那间,这使她想起过去与他的交往,心里觉得厌恶极了。但是,她绝不会输给这个恶毒的攻击,她立即稳定了一下自己的情绪,用一种十分不屑的口吻回答了她。她一边说，一边朝达西先生那边看，只见他红着脸，一双深情的眼睛望着他，他妹妹看起来似乎比他还担心，低着头回避着。假如宾利小姐知道她的话竟会这样难为她的心上人的话，她是绝不会这样做的。她之所以要提起伊丽莎白迷恋过的那个男人，不过是想戳一下她的痛处，让她伤心难过，乱了方寸，在大家面前丢丢丑，这样达西先生就会蔑视她，而且还会让他想起她那几个不懂规矩的蠢妹妹。至于达西小姐私奔的事她一点也不知道。达西先生始终守口如瓶，除了伊丽莎白外，他没向任何人提起。另外，他尤其不愿让宾利的家人知道，因为让妹妹与宾利成婚是他很大的愿望，这些伊丽莎白早就看出来了。当然，达西先生并非存心跟简过不去，更不是有意去拆散宾利和贝内特小姐的姻缘，他之所以做这个打算，只是为了朋友的幸福。

达西先生很庆幸伊丽莎白能镇定下来，刚才悬在半空中的心这时才恢复了平静。宾利小姐失望极了，便不再提威克姆了，于是乔治亚娜也就放心了，不过她仍不怎么敢说话。其实达西先生并没有想到她与这件事有什么牵连，可是她仍然怕接触到哥哥的目光。宾利小姐这次可以说是失策了，原本是想让达西先生讨厌伊丽莎白，结果适得其反，使他对伊丽莎白越发迷恋了。

经过刚才的一问一答之后，没过多久客人们就起身告辞了。宾利小姐趁着达西先生送客人上马车之机，便向乔治亚娜大肆发泄私怨。把伊丽莎白的人品、举止以及着装都贬得一文不值。不过，乔治亚娜并没说什么，因为她认为哥哥竟会那么迷恋她，她一定自有她的魅力之处，哥哥都那么喜欢她，她当然也就很喜欢她了。她相信哥哥的眼光，听了哥哥对伊丽莎白的赞美之后，乔治亚娜觉得她既可爱又温柔。达西先生回到客厅之后，宾利小姐似乎不解气，于是便将刚才跟他妹妹说的话，又说给了达西先生听。

"噢，达西先生，不知道你注意到了没有，伊丽莎白·贝内特小姐今天脸色可真不怎么好看。"她大声地说道，"去年冬天我见到她时，还不是这样呢，她完全变了个样，我从不知道一个人会变得这么厉害。瞧，她那皮肤黯淡粗糙！路易莎和我都说，简直不敢认了。"

达西先生对于这种话当然是不屑的，但他还是尽量压制住自己的那种不耐烦，冷淡地回答她说，他并不觉得她有什么变化，皮肤黑只不过是太阳晒的而已，这在夏天旅行时，是经常会出现的，没什么值得大惊小怪的。

"说句心里话，"宾利小姐又说，"我从没觉得她有什么地方值得称道，她的脸太小太瘦了，皮肤又粗又暗，更缺少一双迷人的眼睛。她的鼻子也太缺乏棱角，一点儿也不挺拔。唯一还看得上眼的是她的牙齿，但只是一般而已。我真搞不懂竟会有人说她的眼睛最吸引人，我是怎么也看不出来的。她那双眼睛是最令人讨厌的了，总是透着一股刻薄与傲慢。她整个人看起来都显得那么自负，一点也不协调，真让人难以忍受。"

宾利小姐虽然已经知道达西爱上了伊丽莎白，但仍不死心，希望用这种方式能够让他回心转意，可这实在不是什么妙计。不过，一个人气得糊涂了，也很难保持理智。最后她终于在达西脸上看出了几份恼怒的神色，满心认为自己已经得逞，不过，达西还是不作声，她急于迫他开口，于是又接着说：

"还记得我们在赫特福德郡与她初次见面的时候吗？记得当时听说她是个有名的美人，我们还很奇怪呢。至今我还清楚地记得有一天晚上，她们在内瑟菲尔德吃过晚饭以后，你说假若她也称得上美女的话，那她妈妈就是才女。不过此后你似乎对她的印象又好了起来，也许你还曾经认为她很漂亮。"

"是的，你说得很对，"达西先生不再忍耐了，回答道，"那一切不过是刚认识她的时候。可是这几个月来，我对她感觉越来越好了，在我心目中，她已是世界上最漂亮的女人了。"

他一口气说完这些话，便头也不回地走开了。宾利小姐又讨了个没趣，她迫他开口，盼望他能说出她想听到的话，可是说出的话，却深深伤害了自己。

加德纳太太和伊丽莎白回到旅店以后，两个人开始谈论起这次做客的经历，可始终是避开双方都很好奇的那件事。她们谈到了主人家每个人的神情举止，却唯独回避他——那个她们最留意的人。他的妹妹，他的朋友，他的住宅，他的美食——可以说能谈的都谈了，却单单没有涉及他本人。其实伊丽莎白很想知道加德纳太太对他的看法，而加德纳太太也十分希望外甥女能首先把话题扯到这个问题上，显然两个人都没有勇气。

第四章

伊丽莎白一到兰顿就开始盼简的来信，可第一天没有，等到第二天又是同样的结果，一连两天都没有简的来信，她简直难受极了。但是到了第三天，她就不再担心了，更不会再怪姐姐了，因为她一下收到姐姐的两封来信，而且其中一封标明错投过别处。原因是地址有些潦草不清，所以错投也是可以理解的。

这两封信送来的时候，他们几个人正要出去转一转。于是，外甥女便留了下来，让舅父母单独去了，自己静静地看信。最先读的当然是那封错投的信了，那早在五天前就写好了。信中先简单描述了一下一些小型的聚会、约会，说了一些家乡的新鲜事，但后半封却注明是次日写的，而且是在十分烦躁不安的心境下写的，里面有重要消息。内容如下：

亲爱的妹妹，刚写完上述内容后，我们又得到了极为震惊、可怕的消息。不过现在事情已经发生，而且我们一切也都好，所以希望你不要太焦急。这里我要说的是可怜的莉迪亚的事。昨天晚上，我们都上床睡觉了，可就在夜里十二点的时候，突然接到福斯特上校派人送来的一封快信，信中说，莉迪亚和他部下的一个军官跑到苏格兰去了。这是好听的，说难听些，其实就是跟威克姆私奔了！你一定能想到我们有多么震惊。不过，基蒂没有太大的反应,好像一切是正常发生的事。他们就这样结合,也太冒失了!我真是痛苦极了。我尽量去想他好的方面,希望所有的不好只是别人的误解。说他好冲动,这一点我虽然相信,但我却不认为他这次行为有什么不良企图(我们应该为此而高兴),至少应该肯定他并不是为了金钱而带走莉迪亚的,因为父亲根本没有什么财产给莉迪亚,这一点他比谁都清楚。父亲尽管颇受打击,却还好,没什么大碍。现在真是庆幸,好在我们没有把别人对威克姆的议论告诉他们俩,我想现在我应该再也不要想这些议论了。据推测,他们大约在星期六晚上十二点钟时离开了布赖顿,但一直到昨天早上八点钟,才发现他们两个人不见了。于是,福斯特上校立即发了一封快信给我们。亲爱的莉齐,他们一定是从离我们不到十英里的地方走过的。信上说,福斯特上校很快会亲自赶到这里。至于他们究竟做何打算,莉迪亚都写在了给福斯特夫人的一封短信上。现在,我必须收笔了,我实在不忍心让可怜的母亲孤单太久。我这么乱七八糟地写了一通,自己也不知都写了什么,也许也把你搞糊涂了。

伊丽莎白读完信,也顾不得思量一下,也顾不得去体会一下,甚至连自己的感觉也没搞清,便急忙抓起另一封信,匆匆拆开读了起来。这封信比先前那封信的后半部分晚写一天。

亲爱的妹妹,想必你已经收到了那封字迹潦草的信。如果你觉得你还糊里糊涂的话,那么希望这封信我能把事情说得更清楚些。不过,这似乎不大容易做到,尽管时间并不紧迫,可是我却心乱如麻,所以我就很难保证这封信能写得条理分明。亲爱的莉齐,尽管我真的不想,可是这里仍有一个坏消息要告诉你,而且不容耽误。虽然说威克姆与莉迪亚的结合我认为十分草率,可我还是盼望能够听到他们结婚的消息,因为我实在害怕,担心可怜的莉迪亚,担心他们不去苏格兰。福斯特上校在前天发出那封快信之后,在布赖顿耽搁了几个钟头,便立即前往这里,已于昨天到达。虽然莉迪亚在留给福斯特夫人的短信中说,他们俩要去格雷特纳洛林,可是丹尼却又说了一件我最担心的事,他说他保证威克姆绝不会去那里,也没有与莉迪亚结婚的打算。后来,福斯特上校听了这话后,大为震惊,急忙从布赖顿启程,准备去追赶他们二人。他们没费多大工夫一直跟到克拉帕姆,但是再往前追就困难了,因为他们两个人到达那儿以后,打发走了从埃普瑟姆雇来的那辆轻便马车,又雇了一辆出租马车继续前行。以后的情况就很难知道了,只听说他们朝着伦敦的方向继续走。现在我真不知道应该做些什么,想些什么。福斯特先生在来到赫特福德之前,已经在伦敦四处打听他们二人的下落,并且在一路上也挨个打听过来,所有的关卡和巴内特及哈特菲尔德两地的旅店他都派人询问过了,可是仍然音信全无，没有人看见这样的两个人走过。他满腹忧虑地来到朗伯恩，极为真诚地表示他会尽力的，并且说为这事他也很担心。可怜的福斯特上校和夫人，这件事不应责怪他们。亲爱的莉齐，我们现在伤心极了。父母亲把这事都想得很糟，但我宁可不把它想得那么坏。他们之所以不去原定地方，也许是中间出了什么差错，或许改变了主意，认为在城里私下结婚比较好。就算事情更糟糕，即使他威克姆确实对莉迪亚不怀好意，难道莉迪亚会心甘情愿抛弃一切吗？何况事情未必会发展到这一步。不过，连福斯特上校也认为他们不会结婚，这令我很伤心。我把自己的想法告诉他后，他不住地摇头，说威克姆为人不好，是个不可靠的人。这事对母亲的打击实在太大了，她终于挺不住病倒了，整天把自己关在房里。假如她能够想开一点，控制一下自己，事情就不会糟到这个程度，可她几乎失去了理智。至于父亲，也好不到哪儿去，我还从没见过他动那么大的怒。可怜的基蒂现在十分懊恼，觉得都是自己的错，不该替莉迪亚隐瞒秘密，不过这又怎么能怪她呢，莉迪亚是信任她才说出自己的私下秘密的，她又怎能背信弃义呢？亲爱的莉齐，我真为你庆幸，这些伤心痛苦的场面，好在你没看见，否则你会跟我一样烦躁不安，心如刀绞的。然而，这件糟糕的事说完后，你是否允许我说盼你回来呢？不过，这实在很麻烦，我当然不会那么自私逼你回来。对不起，请原谅我，刚说过但愿你不在场，可现在却又用这种话来逼你回来。可这一切我都是迫不得已的，照现在的情形来看，我只有走这条路了，希望你和舅父母能尽快赶回来。亲爱的舅父母一向疼爱我，相信我的这个请求不会遭到他们的拒绝，而且这儿也迫切需要舅父来帮忙。父亲为了寻找莉迪亚，已经跟福斯特上校去伦敦了，希望能有所收获。可他这样漫无目的去，也不知计划好了没有，他也从不向我说起，可他一脸痛苦焦急的样子我全看在眼里，我真担心他在气头上，办起事来会不妥当，而福斯特上校明天晚上就要回到布赖顿。在这个关键时候，只有舅父才能来稳定一下局面，指教、帮助一下大家。我相信他一定能体会到我现在的心情，而且一定愿意前来帮忙。

“哦！天啊！舅舅——你在哪儿？”伊丽莎白一读完信，便立即从椅子上跳起来，一边喊叫，一边慌慌张张地向外跑。她刚到门口，却发现仆人把门打开了，走进来的人正是达西先生。达西先生被她吓了一跳，只见她一脸的惨白，手足无措，不由得大吃一惊。伊丽莎白一心只想着这可怕的事，没等达西先生定下心来先问她，便又大叫起来：

“对不起，原谅我的失陪。我得立即找到加德纳先生，情况很紧，刻不容缓。”

“天啊！告诉我究竟发生了什么事？”达西先生一时激动，也不顾什么礼节，大声地喊道。不过，他一会儿便安静下来，继续说，“我并没有要耽误你时间的意思，假如我的到来给你添了麻烦，那么我请求你的原谅。不过，请你不要亲自去找加德纳夫妇了,你看起来气色不好,你不能去。让我,或者让仆人去吧。”

伊丽莎白犹豫了一会儿,发现自己抖个不停,双脚无力,看来自己是无法找到舅父母的。于是,只得唤仆人进来,打发他立即把主人和主妇找回来,不过说话语气微弱,而且语无伦次,让人几乎听不清楚。

仆人走后,她感觉自己挺不住了,便坐了下来。达西先生见她脸色很不好,不敢离开她,便用极其温柔而体贴的口吻说道:“让我叫你的女佣进来吧。我看是不是喝点什么提提神?要不,让我给你倒杯酒,你喝了或许会好些,看起来你现在情况可不好。”

“不,不用,谢谢,”伊丽莎白答道,尽量不让自己的情绪太激动,“没事的,我很好。只是家里发生了不幸的事,我刚刚得知,心情不太好。”

她说到这里,实在按捺不住自己的痛苦,竟哭出声来,半天她一句话也说不出来。达西先生用一种哀怜的眼神望着,不知自己怎么样才好,只能断断续续地说一些关切的话来劝慰她,但却知道这也是无济于事的。后来,伊丽莎白终于开口了,“刚才我收到了简的来信,信中报告了一个可怕的消息。这事已经闹大了,瞒不了谁的。我最小的妹妹莉迪亚让那个威克姆给骗走了,她抛弃了所有的亲友,不顾一切地与那小子私奔了。他们是一起从布赖顿逃走。威克姆为人你是晓得的,以后会发生什么事就不难想象了。莉迪亚除了年轻、幼稚外,既没钱又没势,实在没有什么地方可以引诱他的——莉迪亚这辈子可就毁了。”

达西被这番话给吓住了。“现在回想起来,”伊丽莎白以更激动的语调说道,“这事原本不该发生的,我是完全可以阻止的!他的真正嘴脸我是完全清楚的,要是我不那么心软,把了解关于他的部分真相让家人早些知道的话;假如我的家人事先了解了他的为人的话,这所有的一切都不会发生。不过现在已为时太晚,什么都完了。”

“我真的十分难过,”达西先生大声说道,“不仅难过,而且震惊。不过,你能保证这是真的吗?这消息可靠吗?”

“是的,绝对可靠!他们是在星期天夜里从布赖顿私奔的,有人已经追踪到伦敦了,可惜没能继续追下去。不过他们绝不会去苏格兰的。”

“现在最重要的是找到她,你们有没有想想办法?”

“有的,我父亲就是为去找她而去伦敦的,简写信说,需要舅父立即赶去帮忙。我现在只盼快些找到舅父母,我们好尽快动身。尽管事情已到了这个地步,我自知已是无药可救了,但总得做点什么才是。这样一个人,怎么能劝好他呢?问题是现在我们连他们的下落也不知道。是的,我不会抱任何希望。这事简直不敢想,太可怕了。”

达西也不住地摇头,表示认同伊丽莎白的说法。

“我是早知道他的真正面目的,假如那时候我知道该怎么把握才对,然后大胆地说出来就好了!可惜我根本不知道该怎么说,生怕过了火,反而使事情更糟。唉!后悔呀!怎么会出这种事呢?我怎么不事先想到呢?”

达西什么也没说。好像什么也没听见似的，只是在那儿紧锁眉头，神情焦虑，似乎在苦苦思考着什么，在屋里来来回回地走。伊丽莎白看见这种情形，立即全明白了。她当然知道他在想什么。她也自知自己美好的形象已经在他心中渐渐消退。家里人这么丢人，闹出这样的丑事来，谁听了都会瞧不起的，又何况他呢。她并没感到有什么不对，也不会去指责任何人。但是，虽说达西先生已经在尽力克制自己了，却无法令她觉得宽慰，更无法减轻她的痛苦。这种事情的发生，反倒让她搞清楚了自己的心思。她从未有过现在这种感觉，她发现自己竟爱上了他，同时又多么渴望他的爱。只可惜即便有这样那样的感情，现在也全都完了，一切只能是想象而已。

她虽然禁不住想了自己的事，可她并非只顾想自己。只要一想到莉迪亚，想到发生的那件可怕的事，想到家人的痛苦与耻辱，她就忘记了一切个人的事。她觉得难过极了，顿时忘记了周围的一切，用手帕捂住脸，独自沉浸在痛苦之中。过了一阵儿，达西的声音，才让她惊醒过来。达西用一种深表同情同时又略带几分拘谨的口吻说道："如果我没猜错的话，你恐怕早就希望我走了，而我在这儿除了给你送去几份真挚以及毫无意义的关心之外，几乎毫无用处。我真希望我能说些什么，或做些什么，哪怕那只能减轻你一点点的痛苦，我也是乐意的。不过，我不想拿些空洞的没有什么实际内容的话去折磨你，好像我故意讨你欢心。出了这桩不幸的事后，恐怕今天你们不能光顾彭伯利了。"

"哦，对呀，请代我向达西小姐道个歉，请她原谅我们的不辞而别，就说家里出了急事，我们需要立即回家。不过我有个请求，希望你能替我将这件不幸的事多隐瞒一段时间，尽管我知道这是瞒不了多久的。"

达西先生当即答应了她的请求，再次表示看见她这样痛苦他十分难过，希望这事能有个好的结局，至少不应该像大家想象得那么糟，并且请她代问她的家人好，直到临走前，他还真挚地望了她一眼。

他一走出去，伊丽莎白立即感到：他们有幸在德比郡重逢，而且大家相互之间都很真诚，这样的机会不会再有了。她回忆了他们之间的整个交往过程，想想真够曲折的，而且充满了矛盾。她以前是那样厌恶他，甚至痛恨他们之间的交情，巴不得尽快摆脱。而现今却那样爱慕他，迫切地希望这段感情能继续下去。一想到自己竟会如此前后矛盾，她不由得长叹一声。

如果说爱情良好的基础是心存感激和彼此敬重的话，那么伊丽莎白的感情变化也就没什么值得大惊小怪的了，更是无可指责的。不过，世上还有所谓的一见钟情，也就是指双方没说上几句话就彼此眷恋的情况，与这种爱情比起来，如果说由彼此间的感激和敬重而产生的爱情显得不合乎人情常理的话，那么我们也就无法替伊丽莎白辩护了。在此只能为她申明这样一点：她当初与威克姆交往，就是或多或少地属于一见钟情的情况，后来碰了钉子，才决定采取这种比较平淡无味的恋爱方式。尽管是这样，达西先生的言辞还是令她十分懊丧。一想到莉迪亚的丑事，一想到她自己的命运，以及家人的痛苦与不幸，她的心里就更加难受。当读到简的第二封信以后,她就觉得威克姆绝不可能娶莉迪亚,尽管她不希望如此。她认为,没人还会对他们的婚事抱有幻想,只有简才会那么自欺欺人。而且在她眼中,事情发展成这样,是很正常的,她丝毫也不感到奇怪。当她刚读第一封信时,她还感到十分迷惑,十分惊讶,她无法理解威克姆会娶像莉迪亚这种无钱无势的小姑娘,而莉迪亚又有什么本事能吸引他呢?这一切似乎都有些不合乎常理。但现在想起来,倒觉得这是再正常不过的事了。仅仅是简单的儿女情长,对威克姆来说,有莉迪亚那种条件就足够了。伊丽莎白虽然并不认为妹妹会堕落到不打算结婚只是存心私奔的地步,但她又不得不承认,莉迪亚实在是缺乏教养,在贞操和见识上都有欠缺,所以很容易被人利用。

即使是在民兵团驻扎在赫特福德郡的时候,她也没看出莉迪亚十分钟情于威克姆,而如今居然不顾一切与他私奔。不过她倒是认为,对莉迪亚这种轻浮的女子,无论是谁,只要勾引她,她就准会上钩。她的心很花,是那种不甘寂寞的人,她会今天喜欢这个军官,明天喜欢那个军官,只要你去讨好她,她就会跟随你。正因为如此,她身边从未缺少过谈情说爱的对象。对于这样一个生性放荡的女孩不严加管教,甚至去纵容她,以后的事情也就可想而知了,她对这事从未像现在体会这么深刻。

她现在急不可待,一心只希望快点回家,能亲自去听一听,看一看,为姐姐分担一些痛苦。想必家里一定是乱糟糟的,父亲出去了,母亲却病倒了,不但不能做些什么,反而还得让人随时侍候,全家的重担就落在简一个人身上了。她当然知道无论怎样对这事都已无济于事了,但现在却迫切需要舅父的帮助,这在她看来倒是极其重要的,因此心急如焚地盼望舅父能快点回来。且说加德纳夫妇正在散步,见到仆人急匆匆地跑来,听他那么一说,还以为外甥女得了什么急病,于是急忙赶了回来。回到家里,伊丽莎白立即打消了他们这个想法,接着又简短说明了一下找他们回来的原因,并且用一种颤抖的声音把那两封信读给他们听,着重读了第二封信的最后一段话。这件事不仅牵扯到莉迪亚一个人,而且也关系到大家。加德纳先生被这个消息吓了一跳,但随后也就稳定下来,并且立即答应一定尽全力帮忙。这当然是在伊丽莎白预料中的,但她仍然十分感激他。于是,他们一起动手,不一会儿就把回家的东西都准备好了。他们正在快马加鞭,可加德纳太太突然说道:“瞧,我们都忘了彭伯利的事了,我们总得打声招呼才行。刚才约翰告诉我,你打发他去找我们的时候,达西先生就在这儿,是吗?”

“是的。我跟他说,我们不能赴约了。这事已经说妥了。”

“什么说妥了?”舅妈跑回房去准备东西的时候,重复了一声。她有些不明白,心里暗自想道:“难道他们已经好到这个地步,伊丽莎白居然连这种事都毫无保留地告诉他。哦,我真想知道这究竟是怎么回事!”

不过时间那么短,要做的事又那么多,想也没什么用,也许连这个空闲也没有多久。假如伊丽莎白眼下没什么事要做的话,她一定会认为,像她这样遭受这么多痛苦的人,是不愿做任何事的。不过,她和舅妈一样,都有不少事缠身。别的不多说，就说她兰顿的朋友吧，她总得写封信给他们一个解释才行，否则人家一定会为他们的突然离开而感到不解的。好在所有的一切在这一个小时之内都已安排妥当。加德纳先生也已和旅馆结清了账，现在一切都已准备就绪，大家只等着动身。伊丽莎白焦急地等了一个上午，没想到自己仅在一个小时的时间里，就乘上了马车，向朗伯恩的方向赶去。

第五章

马车刚一驶出镇，就听舅父说道："刚才我把这事又掂量了一番，伊丽莎白，看来事情不像你想象得那么糟。说实话，经过这一番仔细思索后，我倒是认为你姐姐说得有道理。我认为，对于这么一个姑娘，没有一个年轻人会心存不良的，他并不是不知道她是有亲朋好友的吧，他同样肯定知道她是上校家的客人，而且就住在上校家里，因此我想事情不会那么坏。难道他不害怕她的亲友们挺身而出吗？难道他会幼稚地认为闯了个这么大的祸，福斯特上校会放过他，民兵团还会对他客气吗？我相信，他绝不会为简单的儿女私情而冒犯那么多的人。"

"真的吗？事情会是这样的吗？"伊丽莎白大叫道，霎时间激动不已。

"是的，我想，"加德纳太太说，"你舅舅的说法很有道理。性质这么严重的事，他怎么能完全不顾自己的面子，不顾自己的尊严，甚至不在乎什么利害关系呢？他威克姆是不会铤而走险的。我想他倒不至于坏到这种程度。莉齐，你看呢？他是坏透了吗？是无药可救了吗？他会做出这种事情来吗？"

"他一向自私，以自我为中心，相信他绝不会抛开一切而不考虑自身利益的。但除此之外，我就不敢保证其他方面了。不过，我还是不这么想。如果真是你们所说的那样，那么他为什么不去苏格兰呢？"

"先不要过早地下结论，"加德纳先生答道，"现在谁也没确定他们在哪儿，说不定就在苏格兰呢。"

"哦，你想想看，他们打发走轻便马车，换上了出租马车，目的就很明显了。再说，大家找遍了去巴内特的路，也不见他们的踪迹。"

"那么，既然这样，就假定他们在伦敦吧。但那或许只是为了暂时躲避一下，并没有别的企图。他们俩应该没有多少钱，心里或许是这样想的：在伦敦结婚虽然没有去苏格兰结婚方便，但就经济上来说，更省些。"

"可是为什么神神秘秘的呢？他们既然只是为了结合，那又为什么那么怕被人发现？噢，我越来越觉得这不可能了。简的信上说，连他最要好的朋友丹尼也断定，他绝不会娶莉迪亚。无利可图的婚姻，威克姆是不会干的。他绝不会让自己吃亏。莉迪亚除了年轻、健康、活泼之外，几乎没有任何条件，更没有什么地方能令他这种人动心，他不可能会为了她而放弃结婚致富的机会。说到他也许会因为这次丑闻在部队丢尽面子，而对自己的行为有所收敛，这我就不敢肯定了，因为关于这种事情,我根本不晓得到底会产生什么结果。至于你说威克姆不会冒这么大的险的另一条理由,我认为同样是站不住脚的。首先,你家姊妹五人,莉迪亚根本没有兄弟为她挺身而出。其次,父亲总是懒得干一些家事,他也很少过问家事,这些威克姆也是知道的,他也许会认为父亲遇到这种事情后,只会尽量少想,省得烦心,跟人家做父亲的一个样。”

“就算你说的有道理,可你难道认为莉迪亚会不在乎一切,为了爱他而与他未婚同居吗?你相信她会沦落到这种地步吗?”

“说出来也不怕你们责难,”伊丽莎白含着泪说道,“尽管我知道作为姐姐我不该怀疑自己的妹妹,可我实在不能保证她不会如此呀!她一向放荡不羁,母亲纵容,父亲不理,她会发展成这样也是不足为奇的。我真希望我是错怪她了,可她年龄还小,对于这类人生大事她根本没有经验,那怎么会理智地看待它呢?近半年来——不,应该说近一年来,她就知道寻欢作乐,爱慕虚荣。家里人认为这是小事,也不严加管教,任她随意游逛,任她轻浮放荡、草率冲动。自从某郡民兵团驻扎在梅里顿后,她就更活跃了,整天就想着怎么去打扮,怎样去打情骂俏,怎样去勾引军官。她说的、想的几乎全是这类事情,而且极力把自己装扮成一个更——我用什么话形容好呢?就是更容易使别人注意的那种女人,尽管她已够招摇了。我们大家都知道,威克姆相貌英俊,谈吐有礼,完全可以迷住一个女人,又何况像她这种幼稚的小姑娘呢。”

“不过你要知道,”舅妈说道,“简与你的看法可是不一样的,她就没有把威克姆想得那么坏,她同时还认为他不会用心不良。”

“那是因为简太善良了,她还从没有把谁想得太坏过。无论什么人,不管他过去做了什么事,除非有真凭实据,或是她亲眼目睹,她才会相信。到现在这个时候,她对威克姆还抱有幻想的另一个原因就是以此来宽慰自己及别人。不过,我曾经向简谈过威克姆的底细。我们俩都知道,他是个纯粹的花花公子,人格低劣,不知廉耻,只会一味地哗众取宠,假仁假义。”

“你真的知道一切吗?”加德纳太太大声问道。她心中充满不解,她很想知道这一切外甥女是从哪儿得知的。

“是的,我当然知道,”伊丽莎白红着脸回答道,“那天我已经跟你们提起过,说了他对达西先生所行的不义之事,人家对他这么恩深义重,他却……上次你在朗伯恩时也应该听到他是怎么议论人家的吧。另外还有些事这里我不好多说,其实也不值得一提。他总爱编造达西一家的谣言,这种例子简直举不胜举。记得就是从他那儿听了关于达西小姐的事,让我以为她是一个傲慢冷酷、尖酸刻薄的人。然而他明明最清楚,事实并非如此,而且恰恰相反。他一定也知道,达西小姐就像我们看到的那样温柔可爱,从不装腔作势。”

“既然这样,莉迪亚怎么会对他一无所知呢?简和你都知道真相,为什么会连她都不知道呢?”

“哦,是啊!事情坏就坏在这儿。我原本也不知道这些,还是到了肯特,由于与达西先生和他的亲戚菲茨威廉上校接触多了，才知道的。等我回到家时，我才对简道出了一切真相，但在那种情况下——某郡民兵团还有一两周就要离开梅里顿，简和我都认为没有必要再节外生枝，威克姆就要走了，而且附近人们对他的印象一向很好，如果说了出来，我肯定不会有人相信的。就算在莉迪亚要跟福斯特夫人一起去布赖顿的时候，我也没想到有必要让莉迪亚了解一下他的为人。我就从没想到威克姆会打她的主意，当然也不会想到让莉迪亚了解一下他的为人。请你相信，我怎么也没想到会造成这种恶果。”

“这么说，你对莉迪亚和威克姆相好的事并不了解，直到民兵团调驻到布赖顿的时候。”

“是的，我一无所知。我真看不出他们之间有什么异样，他们也许在那之前根本没相恋。你应该明白，在我们这样一个家庭里，只要能发现一点不对，我们是绝不会置之不理的。记得威克姆刚刚加入民兵团的时候，莉迪亚就开始迷恋他了，不过我们也一样。在开始的头两个月，梅里顿一带的姑娘个个都被他弄得魂不守舍，不过他并没有对莉迪亚另眼看待。因此，经过一两个月痴迷的单恋以后，莉迪亚自知不可能，所以也就死了心，而她却受到了民兵团其他军官们的器重，于是她便移情别恋了。”

人们不难想象，他们一路上反反复复地谈论这个问题，然而除了焦虑、希望和猜测之外，始终没有新的进展，因此扯到别的话题上也是在所难免的，但几句后便又回到了这个中心问题上。伊丽莎白满脑子都充斥着这件事情。尽管这搅得她一刻也不得安宁，令她悲痛欲绝，悔恨不已，但是她仍然时刻挂念着这件事。

他们一路快马加鞭，途中只住了一夜，第二天晚饭时，便赶到了朗伯恩。伊丽莎白唯一感到欣慰的是，简不用再独自去承受这些痛苦了，她一定也等急了。

他们驶进了围场。加德纳舅父的孩子们看见远远地来了一辆马车，便全都站在台阶上等着。等到马车驶到门口，孩子们这才又惊又喜，又蹦又跳，欢天喜地的，这是几位游客回来首先受到的最热烈最令人快乐的欢迎。

伊丽莎白最先跳下马车，匆匆忙忙地吻了每个孩子一下，便向门厅跑去，恰好遇见了刚从母亲房间里跑下楼梯来迎接他们的简。

姊妹俩见面就相拥在一起，抱头痛哭起来。伊丽莎白竭力控制了一下感情后，急忙问姐姐，有没有莉迪亚他们的下落。

“还没有，”简答道，“不过现在好了，舅舅来了。”

“爸爸已经进城了吗？”

“是的，信中我也告诉过你了。他是在星期二走的。”

“他常写信回家吗？”

“不，到目前为止只有一次。星期三时我收到他给我写的一封短信，信中说他一路上很好，现在已经安全到达，并且告诉了我现在的地址，这是我叮嘱他一定要写的。此外，就说有什么消息，他会再写信的。”

“妈妈怎么样了？家里人都好吧？”

“妈妈虽然精神受了重创，但还算好，没什么大碍，只是不肯走出那间化妆室。她就在楼上，若是见到你们大家，她一定会十分惊喜的。感谢上天，玛丽和基蒂还都平安。”

“可你自己呢——好吗？”伊丽莎白大声地问道，“瞧你脸色有多苍白，你一定操了不少心。”

简告诉她，她一切都好，让她不要担心。姐妹俩是借加德纳夫妇跟孩子们亲热的这段时间，才谈起来的，可没说几句，他们都进来了，所以二人只得终止谈话。简急忙走到舅父母跟前，表示欢迎与感激，刚刚还喜笑颜开，这会儿又潸然泪下。

大家走进客厅后，舅父母便向简询问起了与伊丽莎白同样的问题，一会儿才发现简像他们大家一样并不知道什么新消息。然而，简一向宽容，生性乐观，遇事总会往开里想，所以才能挺到今天。她仍然抱有这样一个美好的愿望：说不定哪一天早上就会收到一封信，也许是父亲写来的，也许是莉迪亚写来的，信中报告了他们的下落，而且还写了他们结婚的喜讯。

他们简单地说了几句话，便一同上楼来到贝内特太太的房间里。贝内特太太一看到众人，那副惊喜的样子自然不必多言，可随后只见她捶胸顿足，怨天怨地，痛斥威克姆的无耻行为，抱怨自己命苦，只要能提到的人她几乎都一一指责了，唯独没有责怪自己，而这一切恰恰是她脱不了关系的，女儿所以沦落到今天这种地步，都是她自己一手造成的。

直到现在，她还没有醒悟。“当初要是听我的，”她竟不知羞耻地说道，“我们全家都一起去布赖顿消夏，这个问题就不会发生了。我可怜的莉迪亚，现在无依无靠。福斯特夫妇是怎么搞的，居然放心让我的女儿离开他们。我敢保证，他们只顾自己的事，一定不怎么注意她。我的女儿我最清楚，像她这样的姑娘，只要有人好好照顾，是不会出什么大岔子的，又何况私奔这种大事呢？我早就觉得他们不配照顾她，可你们有谁听我的。我可怜的女儿呀！现在可好，连贝内特先生也走了，我知道，他一向鲁莽，又在气头上，要是遇见威克姆，非跟他拼了不可，这样一来，他准会被打死。如果真是如此的话，你叫我们母女可怎么活嘛。他尸骨未寒，柯林斯夫妇就会把我们撵出去。我的好兄弟呀，你一定要帮帮我们这个忙，我们已无计可施了。”

她的这番话吓了大家一跳，大家都说她不该把事情想得那么可怕。加德纳先生极其真诚地表示了他对她及她全家人的关心，然后，劝她想开些，并且告诉她，他打算明天就赶往伦敦，助贝内特先生一臂之力。

“不要过度焦虑，”他接着说道，“虽然我们要有思想准备，去承受最坏的结果，但这并不能说明事情一定会有最坏的下场。他们离开布赖顿的时间并不长，还不到一周，也许再等几天就会有他们的消息了。要知道我们大家还是有希望的，至少到目前为止还没有他们没结婚或不打算结婚的消息。我一进城，就会赶往姐夫那里，叫他跟我一起住到我家——格雷斯丘奇街。到那时，我们会商量出个好办法的。”

“哦！我的好兄弟，”贝内特太太答道，“你真太好了，我会感激不尽的。你到了城里,请务必要找到他们,无论他们藏在哪儿。假如他们还没结婚的话,那么就请你催他们结婚。至于结婚礼服,就叫他们别在意了,一定要告诉莉迪亚,只要他们结婚,以后她要买多少漂亮衣服,我都给钱。另外,你一定要注意,千万别让贝内特先生与威克姆决斗。告诉他,我已经不起任何惊吓了,现在我被折腾得十分脆弱,简直快得精神病了,我天天浑身发抖,烦躁不安,腰酸腿痛,脸热心跳的,整整几天我都睡不安稳。请你告诉我的宝贝女儿,叫她先别在那儿买衣服,她不知道哪家店里的最好,还是等回来后我陪她去买。哦,兄弟,请允许我再次表示感激,我相信这事你一定能办好。"

加德纳先生再次表示他会尽力去办,让她放心,但是又让她不要过分乐观,更不要过多忧虑。就这样,大家又闲聊了一会儿,等到吃晚饭时,便都走开了,反正即便女儿不在身边,她也有女管家侍候着,这样也可以让她有个发泄的对象。

她弟弟和弟媳原本认为她应该和家里人一起共进晚餐的,但是仔细一想,也就不反对这么做了,而且认为这么做还是比较好的。因为他们都晓得她说话一向不小心,如果吃饭的时候,几个佣人一起来伺候,即使在他们面前她也一样会无话不说,因此,还是让一个佣人,最重要的是一个靠得住的佣人来伺候她,只让这一个佣人知道她满腹牢骚与忧虑就足够了。

大家刚进餐厅不久,玛丽和基蒂也来了。原来,这姐妹俩所以没有来迎接他们,只是因为她们在屋里各忙各的事。她们一个在屋里看书,一个在屋里化妆。不过,从她们的脸上似乎看不出任何痛苦的迹象,她们似乎都比较平静。只有基蒂讲话时的语调略显烦躁一些,这也许是因为她心爱的妹妹不见了,也许是因为她也为此事而感到懊恼。至于玛丽,倒是一脸镇定的样子,等大家就位以后,她便带着一副很成熟的神气,低声对伊丽莎白说道:

"这件事可闹大了,真太不幸了,一定会惹得别人说三道四的。不过,不管别人怎么说,我们姊妹几个一定要携起手来共同去抵制那股邪恶的逆流,用最深厚的姊妹之情来抚慰彼此那颗受伤的心。"

她看见伊丽莎白不动声色,便继续说道:"这件事对于莉迪亚来说虽属不幸,但却给了我们姊妹几个一个很好的借鉴:女人家贞操是最最重要的,一旦失去,便无药可救了,这也许就是所谓的一失足成千古恨吧。美貌可以说是很难永驻,可名誉又是何等的难以保全,对于那些视情爱为儿戏的浪荡子,我们可万万不要接近。"

听完玛丽的一番话,真是让伊丽莎白吃惊不小。她瞪大了眼睛望着她,也许一时心情郁闷,竟然说不出一句话来。然而玛丽仍抓住这件坏事大肆发挥,说什么道德,什么贞操,只不过在聊以自慰。

就这样一直到第二天下午,简和伊丽莎白这两个姊妹才有机会单独待上半个小时。这时,伊丽莎白认为一定不会有什么圆满的结局的,简当然也承认的确有这种可能。随后,伊丽莎白又接着说道:"我对这件事只是知道大概,其中具体的细节还不清楚,现在请你一一说给我听,而且要尽量说得详细些。福斯特上校究竟说了些什么?那两个人私奔之前,他们难道没有丝毫察觉吗?他们总该看到他们俩常混在一起吧。”

“是的，福斯特上校也曾说过，他是怀疑过他们之间有什么私情，特别是莉迪亚比较明显，但他万万不会想到竟会发生这种事情，否则他是不会不提高警惕的。可怜的上校，我真替他难受！他人很好，对人和蔼可亲、细心周到。当初在大家还不知道他们俩没去苏格兰的时候，他就很想亲自来这儿劝慰我们。等大家开始怀疑那两个并没去苏格兰的时候，他就急忙赶过来。”

“丹尼就这么肯定威克姆不打算结婚吗？他是不是事先就知道他们私奔呢？至少应该能感觉到有些不对吧。福斯特上校是否见过丹尼本人呢？”

“是的，见过的。不过见面后，上校问丹尼时，他说他压根儿不晓得他们有什么打算，至于是否结婚也是他自己的猜测，并不敢肯定，显然他是不肯说出自己的真实想法。丹尼再也没提到过他们不可能结婚的事，这么看来，我想说不定他是真的不大清楚底细，只不过被人误解了意思而已。”

“我猜，起初你们大家可能谁也不会怀疑他们有结婚的打算吧？至少直到福斯特上校来到之前。”

“当然了，我们绝不会冒出这种念头的，我只是有些不安，有些担心，怕妹妹嫁给威克姆这种人会不幸福，因为他的为人我是晓得的。至于父母亲，他们并不知道他的底细，只是觉得这件婚事太突然、太草率了。而基蒂呢，一听到这消息，非但没有感到不安，反倒有些洋洋自得，并且还公开说，莉迪亚要做什么，在写给她的信中早有透露。显然，她早就知道内情，因此不会觉得这事有什么大不了的。这么看来，他们应该在几周前就有私情，这件事已经计划有一段日子了。”

“我想她知道得再早，也不会在他们去布赖顿之前吧？”

“不会的，我想那不可能。”

“这事发生后，福斯特上校是怎么评价他的？是不是认为他不是什么好人？他本人清楚威克姆的真正面目吗？”

“是的，事情发生后，他已不像以前那样夸耀威克姆了，而是认为他草率冲动，风流放荡。这件不幸的事发生后，我又听说威克姆离开梅里顿时，欠了一大笔债，不过我想这也许是谣传。”

“哦，简，你想想看，当初我们要不那么犹犹豫豫，而是把事情的真相说出来，这事肯定不会发生！”

“噢，也许吧，”姐姐答道，“不过，无论对什么人，我们怎能不顾人家目前的情形，而去随便揭露他以前所犯的过错呢，这对他未免太不公平了吧，甚至有些残忍。当初我们之所以选择隐瞒，完全是为了大家都好。”

“福斯特上校说过莉迪亚给他夫人写了一封短信，那关于信上的详细内容他对你说过吗？”

“是的，他把信都拿给我们看了。”

说着，简从小包里取出那封信，递给了伊丽莎白，其内容如下：

亲爱的哈丽亚特：

明天早晨等你发现这封信的时候，我已经离开这儿了，你一定会大吃一惊。等你知道我们的打算以后，一定会大笑。我一想到你那吃惊的样子，就会禁不住笑出来。现在让我告诉你吧，我打算去格雷特纳洛林，当然我不是一个人走喽，另外那个跟我走的人你要是猜不出来话，那我会把你看成是个大笨蛋了，因为这个世界上令我倾心的男人只有一个，他是我的天使，我的全部。离开他，我是不会有幸福的，因此我宁可与他远走高飞。如果你认为把我出走的消息告诉朗伯恩会给你带来不便，那你不告诉也好，反正到时候我也会给他们写信，并且落款“莉迪亚·威克姆”，那样准让他们大吃一惊。这是我生平做得最有趣、最刺激的一件事了！我笑得简直不能拿笔了。请代我向普拉特道歉，告诉他今晚我不能赴约了，不能与他共舞了。我到了朗伯恩，就会派人来取衣服，不过希望你对萨利说一声，麻烦她在收拾我的行李时，把我那件裂了一条大缝的细纱长礼服给补一下。好了，就此搁笔，再见。请代我向福斯特上校问候。最后为我们一切顺利干杯。

你的挚友

莉迪亚·贝内特

“哦！莉迪亚简直疯了！”伊丽莎白读完信后叫道，“到了这个时候，竟还有心情写出这样一封信。不过这也好，至少说明她并没有视这次出走为儿戏，看来她是很认真的。她并不想干出什么丑事来，不管威克姆对他们究竟是怎么打算的。可怜的父亲！他看到了心里会怎么想啊！”

“我从来没见过谁会像他那样激动！整整十分钟呆在那儿一句话也说不出来。而母亲当时就挺不住病倒了，全家这下一团糟。”

“哦！简，”伊丽莎白大声嚷道，“这么说来，家里的佣人岂不是在当天就全部晓得这件事的底细了吗？”

“噢，也许吧，我也不清楚，但愿并非是全部知道。不过在那种慌乱的情况下，是很难注意到这种细节的。母亲当时就受不住了，哭天喊地，大吵大嚷起来，我担心极了，只顾好好看护她，生怕有什么疏忽。那时我真的吓坏了，有些不知所措，害怕再出什么意外。”

“你这样伺候母亲，真是难为你了。难怪你脸色那么不好，一定是这些日子担惊受怕弄的。唉！要是我一直与你在一起就好了，那就不用让你独自去承受这些烦恼和痛苦了。”

“玛丽和基蒂也很体谅我，很想替我分担些什么，可我觉得她们不应再受这份罪了。基蒂向来体质不好，玛丽学习那么用功，我怎么能够再去打搅她们呢。就在星期二，也就是父亲走的那天，菲利普斯姨妈就来到朗伯恩，她人真好，一直陪我住到星期四。这给我带来了很大的帮助与宽慰。卢卡斯太太也很关心我们，星期三上午她就跑来劝慰我们,并且说若是有什么需要就告诉她们,她和女儿们会尽力效劳的。"

"我看她还是乖乖待在自己家里比较好,"伊丽莎白冷冷地说道,"她绝没有这么好心,但凡遇到这类不幸的事,街坊邻里还是知道的越少越好。她们根本帮不上什么忙,那些安慰的话语只能让我们更加痛苦,还是让她们站在一边去看热闹吧。"

接着她又问起父亲到了城里打算怎么去找莉迪亚。

"我想,"简答道,"他也许会到埃普瑟姆去,因为那是他们最后换马的地方,他想向那儿的马夫打听打听,说不定能探听出什么线索。他的主要目的是想弄清楚他们在克拉帕姆租用的那辆马车的号码。那辆马车从伦敦方向驶来,父亲想一男一女从一辆马车换坐到另一辆马车上,不可能不引起别人的注意,因此他准备再去克拉帕姆打听一下。他打算只要一查明马车夫让乘客在什么地方下的车,他便去那里查问一下,也许能弄清马车的车号和停车的地点。此外,他还有什么计划我就不晓得了。他走时很急,心情也很乱,我好不容易才问出这些。"

第六章

大家一直盼望着贝内特先生的来信,尽管家里人都知道他很懒散,一向懒得动笔,不过现在情况那么紧急,还是希望他能勤快些。第二天早晨,大家就一直等他的来信,可等到邮差来了,却是白等一场。大家无奈,只能断定,他准是什么消息也没有,但就算是这样,他们也希望他能给个准信,否则他们不会安心。加德纳先生也是想等他来信后再动身。

加德纳先生去了伦敦以后,大家都宽慰了很多,她们认为以后至少可以随时了解事情的发展了。临走的时候,他劝大家放宽心,并答应他会劝姐夫尽快赶回朗伯恩的,这使得贝内特夫人放松了许多,因为在她看来,丈夫很可能会决斗,为了确保他的生命安全,她认为这是最好的办法。

好心的加德纳太太为了减轻外甥女的负担,她决定带着孩子陪她们在赫特福德再待上几天,以便能尽自己的一份力。她帮她们伺候贝内特太太,等大家都闲下来时,她又尽量说些话来宽慰她们。姨妈这段日子也三番五次地来看她们,用她的话说,这都是为了她们能开心些,另外主要是鼓励她们,可是每次她来都会带来一点威克姆人品低劣的新事例,这使得她们更不安,更伤心,比她来之前更难受。

还在三个月前,威克姆受到梅里顿人们的大肆夸奖,简直被捧上了天;而三个月之后,似乎梅里顿的每一个人都唾弃他,责骂他。大家开始说他人品极其低劣,并且说他在当地每个商人那儿都欠了一笔债,另外还给他加了一个引诱妇女的罪名,说他宿柳眠杨殃及每个商人的家庭。他被说成了天下最下流的青年,人人都否认他们曾经吹捧过他,并且一再声明自己早已看清他的真面目。伊丽莎白本来就怀疑妹妹是上了他的当,被他诱骗走的,听了这些话后,她就更是深信不疑了。就连一直抱有希望的简，现在也快绝望了，因为已经过了那么久，如果他们真的到了苏格兰的话(她对此信心很大)，现在也总该给家里捎个信来了。

加德纳先生是在星期日赶去城里的，到了星期二，他的太太便收到了他的一封来信。信上说，他一到伦敦就找到了姐夫，并且与他一起住到了格雷斯丘奇街，又说贝内特先生告诉他，在他没到伦敦之前，他曾去过埃普瑟姆和克拉帕姆打听消息，可惜是竹篮打水一场空。他还说，他决定再去城里的各大旅店探听一下消息。因为贝内特先生肯定，他们两人到了伦敦，一定是先住旅店，再找房子。加德纳先生认为这个办法并不怎么好，但见姐夫十分急迫而且对此十分有信心，所以也打算助他一臂之力。他还说，最近一段时间贝内特先生好像没有回去的意思。最后他答应不久会再来信，信上还附有这样一段内容：

福斯特上校那边我也写信了，希望他能帮个忙，让他尽可能向威克姆所在民兵团的一些好友打听一下，看他在城里是不是有什么亲友，或许他们俩躲在那儿也说不定呢。如果能找到他的亲友，从那儿获得一些消息的话，这对整件事都是至关重要的。因为我们心里根本没底，人海茫茫无从入手。也许福斯特上校会尽力找到他们的下落。但现在回头一想，也许莉齐会知道得更多，希望莉齐能为我们提供些线索。

伊丽莎白没想到他们会这样认为，但一会儿便明白其中的缘由，遗憾的是她只能让他们失望，她并不能提供任何他们满意的线索。

除了威克姆的父母外，她从没听说他还有别的亲友，而他的父母也已去世多年。不过，也许民兵团的某些朋友可能会知道些什么，她虽然觉得这似乎也不大可能，但还是认为打听一下比较放心。

朗伯恩一家人天天都在担心与不安中度过，但最令人觉得难熬的还是那段等待邮差的时间。似乎等信已成为大家每天早晨所盼望的头一件大事。信中无论是什么内容，是好的还是坏的，大家都会相互告知，而且共同等待第二天会有什么重要的消息传来。

真是出乎人的意料，在大家还没盼来加德纳先生第二封来信的时候，却收到了柯林斯先生写给贝内特先生的来信。父亲临走前叮嘱过简，说在他外出期间由简来代他拆阅一切信件，因此简便拆开来读给大家听。伊丽莎白知道柯林斯先生总是莫名其妙，于是便靠在姐姐身边一起拜读。信的内容如下：

尊敬的先生阁下：

赫特福德之来信已于昨日收到，惊悉先生悲苦至极，在下念及自身于世上之微薄声望及与君姻亲之谊，谨向先生聊表悼惜之意。先生宜静心休养，在下与贱内对先生及贵府上下深表同情。此番不幸委实令人痛彻心扉，皆肇始于永无洗刷之耻辱。身陷如此大难，先生定然心焦如置于炭火之中,在下唯愿多方抚慰,使君聊宽心怀。世事难料,若早知有今日之变故,宁使令爱早夭,则与今日孰痛?贱内夏洛特言之,令爱此番恣意妄行,皆因平日娇惯溺爱所致,此殊可悲。然以吾观之,先生聊以自慰者,乃令爱天性顽劣也,否则断无未及成人而铸此大错之道理。然以心推之,先生与令爱之遭际诚令人可悲,于此非特贱内心有戚戚焉,凯瑟琳夫人及其爱女闻之亦心有共鸣。为蒙夫人小姐与愚见不谋而合,断言令爱此番离家不归必牵扯到其姊妹之终身幸福,恰如凯瑟琳夫人所言,从今日起,岂有意欲与此种家庭联姻攀亲者乎?念及此,不禁忆及昨年十一月间事,庆幸百倍,若不如此,在下定然自取其辱,不胜哀伤。敬祈先生以身体为重,擅自解慰,摒弃父女之情,任其随波逐流,自食其果。

你的……

直到福斯特上校写信答复了加德纳先生,加德纳先生才写来了第二封信,但是信里并没有什么新的消息。根本没人知道威克姆还有什么亲戚与他来往,不过实际上他也没有什么亲戚在世了。在以前,他的朋友挺多,可随着他加入民兵团,他们也与他渐渐疏远了,也很少联系了,因此根本找不到什么人晓得他最近的情况。最近刚刚传出消息,说他临走时欠了一大堆的债,因此他手头上一直很紧,为了不让莉迪亚的亲友发现内情,他便尽力去隐瞒。可加德纳先生并不愿向朗伯恩一家隐瞒这一事实,福斯特上校认为,他需要大约至少一千镑才能还清在布赖顿欠下的债。这可不是一个小数目,可以说他已经负债累累了,而且其中大半都是赌债。简听后几乎跳了起来,惊呼道:“一个名副其实的赌徒,简直难以置信,我是怎么也想不到的。”

加德纳先生信上还说,他和贝内特先生两人绞尽脑汁,使尽了各种办法,也没能找到莉迪亚他们。贝内特先生被弄得精疲力竭,失望至极,所以只得答应加德纳先生的请求,先回家等着,而让加德纳先生留在那儿想办法,继续打探。这就意味着,这些姑娘们再有一天就可以看见亲爱的父亲了。而她们的母亲也应该就此放宽心了,因为现在她可以不必担心自己的丈夫会被打死了,可事实并非如此。

“什么?可怜的莉迪亚还没有消息,他怎么能回来呢?”她叫道,“没找到他们之前,他绝不应该离开伦敦。否则,他走了,莉迪亚怎么办?谁能帮她呢?谁去跟威克姆决斗逼他们成婚呢?”

这时,加德纳太太认为他们也该回家了,于是大家决定让他们与贝内特先生同一天分别从朗伯恩和伦敦启程。马车先把她和孩子们送到了旅途的第一站,然后再把贝内特先生接回家。

直到临走时,加德纳太太还是没搞清楚伊丽莎白和她德比郡的那位朋友究竟是怎么回事。其实,早在刚到德比郡的时候,她就感到不解。可在舅父母面前外甥女从不主动提起那人的名字。舅妈原来认为回到朗伯恩后那位先生一定会来信,可是事实并非她所料。自从回到家后,伊丽莎白就从来没有收到过从彭伯利寄来的信。

如今家中又出现这种不幸，所以用不着伪装，伊丽莎白根本没有心思想那些问题，而且心情烦躁不安。因此，不论怎样，舅妈始终猜不透外甥女的心思。不过，伊丽莎白却清楚一点，假如不是因为达西，莉迪亚的这件丑事也许不至于让她这么痛心，也许不会让她常常彻夜难眠。贝内特先生到家后，故意做出一副很轻松的样子，好像对这事一点也不在意。他跟往常一样很少说话，而且从不提及他这次为莉迪亚奔走的事情，女儿们更是小心翼翼，过了好久才敢提起。

一直到下午，大家一起坐着喝茶的时候，伊丽莎白才敢贸然地谈到那件事，她开始只是低声地说，父亲这次出去一定担了不少心，受了不少罪，她做女儿的，真是难受极了，而父亲只是淡淡地说："这又有什么呢？这事情都怪我，除了我之外，还能让谁去受这份罪呢？所以什么也别说了，这是我罪有应得。"

"不，这并非都是你的错，你太过分自责了。"伊丽莎白应道。

"你一定会有很多的大道理来劝说我。可你认为我天生就这么爱自责吗？不，莉齐，告诉你吧，我一生从没像现在这样怪自己，痛恨自己，这次就让我体验一下这种感觉吧。不过，我这人一向想得开，事情终究会过去的，所以你完全不必担心我会忧郁成疾。"

"你认为他们一定在伦敦吗？"

"是的，弄得这么神秘，他们还能在其他地方搞出这些名堂吗？"

"对啊！莉迪亚最喜欢去伦敦了。"基蒂插了一句。

"噢，这下她可以乐得上天了，"父亲冷冷地说，"也许还会在那儿住上一段日子呢。"

沉默了一阵儿后，他又接着说道："莉齐，现在想起你五月份劝我的那些话才觉得意义深刻，我当初真该听你的，这一切不幸都是你预料中的。"

他们正说着，恰好贝内特小姐过来给母亲端茶，打断了他们的交谈。

"架子不小呀！"他大声喊道，"不过，这倒蛮好的，可谓是给这不幸增添了一道风景！我认为我也应该学学了，身穿睡衣，头戴睡帽，一天到晚地无病呻吟，尽量让人伺候着。不过，看来只好等到基蒂私奔后再做这个打算了。"

"爸爸，可别那么说，我绝不会私奔的，"基蒂恼怒地说，"这次要是我去了布赖顿，绝对不会发生像莉迪亚那样的丑事。"

"即使给我五十镑，就连伊斯特本那么近的地方，我也不敢让你去，又何况让你去布赖顿呢。行了吧，基蒂，你也应该让我们省点心了，否则，以后你也好不到哪儿去。今后我们家不欢迎任何军官，我们的村子也不许任何军官走过。以后，除非有姐姐陪着，否则你休想参加舞会。你以后若不能保证在家老老实实地待上十分钟，你也休想跨出这个家门半步。"

这一番话可真把基蒂吓傻了，不由得呜呜哭起来。

"得了，得了，"贝内特先生说，"用不着这么哭哭啼啼，只要你给我乖乖的，十年期满后，我可以带你去看阅兵式。"

第七章

贝内特先生回来的第三天，简和伊丽莎白正在屋后的矮树林里散步，远远地看见女管家朝她们走来，她们认为一定是母亲有事找她们，便急忙迎上前去。但是，走到跟前，才知道并不是母亲有事找她们，只听见女管家对贝内特小姐说："对不起，小姐，打扰了，城里来的好消息，你们一定都听说了吧，不知是否可以让我知道？"

"到底怎么回事，希尔？什么消息？什么消息？我们可从来没听到过呀。"

"亲爱的小姐，"希尔太太十分惊诧地叫道，"你们不会不知道加德纳先生派来的专差半个小时前就到了，而且还给主人捎来了一封信。"

两位小姐听后还顾不上回答，便匆忙向回跑去。她们穿过门厅，跑到早餐厅，再从早餐厅直奔书房，可是却不见父亲，于是又向楼上母亲的房间跑去，这时却遇见了男管家，只听他说：

"二位小姐，一定是在找主人吧，他向小树林那边走去了。"

一听这话，两人急忙又穿过门厅，跑过草场，直奔小树林，在那儿果然见到父亲正悠闲地朝围场边的林子走去。

简一向比不上伊丽莎白能跑，因此被落到了后面，不一会儿妹妹就飞奔到父亲面前，气喘吁吁地喊道：

"哦，爸爸，听说舅舅来信了，快！快告诉我们，什么消息？"

"没错，我是收到了他的来信，是专差送来的。"

"唔，信里写了些什么？是坏消息还是好消息？"

"不算什么好消息？"他说着从口袋里掏出了那封信，"不过，你看看倒也无妨。"

伊丽莎白迫不及待地接过父亲手中的信，这时简也跑到他们这儿来了。

"大声念！"父亲说，"看得太急，我还没明白到底都写了些什么呢。"

格雷斯丘奇街

八月二日，星期一

亲爱的姐夫：

关于莉迪亚的事，如果这几日你一直为此焦虑不安的话，或许我带来的消息能够给你一点安慰。星期六你走后没多久，我便碰巧查出了他们在伦敦的住址。具体过程这里不便多说，留待以后见面细说，我想只要能够找到他们就是最好的了。他们俩我已经见到了——

"噢，事情不出我所料，"简高兴地叫道，"他们终于结婚了！"伊丽莎白接着向下念：

他们俩我已经见到了。他们俩并没有结婚，当然也看不出有什么结婚的打算。不过，只要你愿意的话，我认为他们结婚不成问题，他们向你提出了要求，同时我也冒昧地代你允诺了。他们提出的条件是：你的遗嘱里原本有五千镑的财产属于女儿们，而且她们将在你和姐姐过世后得到它们，这里你必须向莉迪亚做出保证，保证她将受到平等的待遇；另外，你还应该保证，你在世时，她每年从你那儿可以拿到一百镑。经过仔细考虑以后，我认为条件不算苛刻，自认为代你做主的权力还是有的，于是便毫不犹豫地答应了这些条件。此外，我们大家都搞错了，其实威克姆并不是我们想象的那样穷困潦倒，若是亲自见到他后，就会打消这种想法。我还要高兴地说明，外甥女除了自己的那份钱外，等威克姆偿还完债务后，还会有些剩余交给她。如果这事你没什么意见的话，那就让我代你全权处理吧，关于财产授予手续我也会立即吩咐哈斯顿办理。你尽管放心地在朗伯恩等着，不必劳你再进城了，请你相信我一定会尽全力效劳，小心谨慎地从事。现在，就请你务必快些给我答复，而且要清楚明了。在我看来，外甥女的婚事就在寒舍办比较好，希望你会同意。好了，她一会儿就会来我这儿。若情况有变，我将随时报告。

你的……

爱德华·加德纳

“真是不敢相信，”伊丽莎白读完信叫道，“威克姆竟答应跟她结婚。”

“我早就说过，威克姆并不像我们想象得那样可怕，”姐姐高兴地说道，“噢，亲爱的爸爸，女儿在此恭喜你了。”

“你回信了没有？”伊丽莎白问。

“没，不过得赶快。”

伊丽莎白一听，便劝父亲尽快回信，千万别再耽误了。

“哦，亲爱的爸爸，”她嚷道，“快，一分一秒也耽误不起了，你现在就回去写吧。”

“如果你不想动笔，”简说，“我非常乐意效劳。”

“是的，我的确懒得动笔，”父亲答道，“可这由不得我，不写不行呀。”

他一面说，一面带着她们向回走去。

“请允许我——”伊丽莎白说道，“我的意思是说，那些条件不算过分，我想你总不会拒绝吧。”

“拒绝！怎么可能？她要求那么点儿东西，我还嫌少呢，怎么好意思拒绝。”

“像威克姆那样的人实在叫人担心，我看结婚是唯一安全可靠的办法。”

“是的，是的，他们没别的选择，非得结婚不可。不过，我还是在担心两件事：第一,促成这样好的结果,究竟费了你舅舅多少心,花了他多少钱;第二,如此大的恩情,我将拿什么来报答。"

"什么?钱!舅舅!"简大声叫道,"你究竟要说什么,爸爸?"

"我的意思是说,只要有一点头脑的人,都不会选择莉迪亚做妻子的。因为她实在是没钱没势,更没有什么吸引力,就算我在世时,她可以从我这儿得到一百镑,我死后,加起来总共也不过五千镑。"

"这说得倒也是,"伊丽莎白说道,"不过我原来可从没有想到这一点。他欠了那么多债,还清债后,怎么可能还剩钱呢?嗯!我想一定是舅舅慷慨解囊暗中帮他的!舅舅真是太善良了,可这事又与他何干,竟让他受如此的苦?其实,这一切很明显,少了金钱是解决不了问题的。"

"是啊,"父亲说道,"拿不到一万镑就娶莉迪亚,威克姆不会那么傻,他会让自己那么吃亏吗?当然,现在我们也该算是亲戚了,作为岳父我不该把他想得那么坏。"

"一万镑!这可是笔大数目,千万使不得,即使一半,我们也还不起呀!"

贝内特先生没有再回答,大家只是在各自思索,就这样一直走回家里。这时,两位小姐去了早餐厅,而父亲则回到书房写信。

"他们这回可是真的要结婚了!"二人离开父亲后,伊丽莎白便大声说道,"这简直太出乎意料了!为此我们要感激上苍。尽管他们的结合并不美满幸福,尽管他的为人又那样卑劣下贱,可事实是他们要结婚了,而我们也应该知足了,哦,莉迪亚!"

"不管他如何不好,但有一点我敢肯定,"简答道,"他既然娶了莉迪亚为妻,我相信他对莉迪亚至少是真心的。至于他还清债务,我也认为一定是舅舅帮了忙,不过我不相信会付一万镑那么大的数目。舅舅家有五个孩子,以后说不定还会增多,他们经济上一向很拮据。别说是一万镑,就是五千镑,他也拿不出来呀。"

"假如能弄清威克姆债务的数目,"伊丽莎白说,"以及他打算给莉迪亚多少钱,那样我们不就可以知道其中有多少是加德纳先生为他们出的了吗,因为威克姆一贫如洗,没有一分钱。舅父母真是帮了我们大忙,他们的恩德也许我们这一生一世也报答不了。想想他们亲自接莉迪亚到他们家,自己保护她,教育她,为她费尽了心思,她这辈子都不应该忘记这份恩情。现在莉迪亚已经和舅父母在一起了!假如这样的一片好心都不能让她悔改的话,那么她就无药可救了,更不配享受这种幸福!真不能想象她怎么好意思去见舅妈。"

"过去的,就让它过去吧,我们不该总揪住他们的过去不放,"简说道,"我希望,而且也坚信,他们会有美好的未来的。我觉得,威克姆答应娶莉迪亚,正是这个美好未来的开端。以后他们相互间有了尊敬和爱护,自然不会像现在这样放肆。我认为,他们一定会痛改前非的,以后只要他们踏踏实实,规规矩矩地过日子,又有谁会想起他们过去那些荒唐至极的行为呢?"

"他们的行为也未免太过分了吧!"伊丽莎白应道,"忘掉!怎么可能!你、我,以及所有的其他知晓内情的人,是一辈子也忘不掉的。这种事根本用不着去谈,这是毫无疑问的。"

两位小姐突然想到这个好消息没有告诉母亲,但不知是否该让她知道。于是两个人便一同来到书房,向父亲征求意见。正忙于写信的父亲,并不抬头,只是冷冷地答道:

"这事你们拿主意吧。"

"可以把舅舅的信拿去念给她听吗?"

"别再烦我了,你们爱干嘛就干嘛好了。"

伊丽莎白从书桌上拿了那封信,姐妹俩一起上了楼。进了母亲的屋后,发现玛丽和基蒂也在那里,因此只需传达一次,大家便都晓得了,她们说完有好消息要宣布后,便读起那封信来。贝内特太太简直欣喜若狂。简一读到加德纳先生认为不久莉迪亚他们就会结婚时,她顿时就精神起来,以后每读一句话,她的眼睛都会亮一些。就在刚才,她还忧心忡忡、忐忑不安呢,而现在却这样激动不已。听到自己的女儿即将结婚,她似乎就十分满意了。因为这些日子以来她一直担心女儿行为不规不矩而使自己受到耻笑,现在可就放心多了,哪管这个婚姻对女儿今后的幸福如何。

"我的宝贝,我的甜心!"她欢快地嚷了起来,"这太令人兴奋了!十六岁!她才十六岁就要结婚了!噢,亲爱的莉迪亚,我又可以见到她了!我真的感谢我那善良的兄弟!我就知道他是不会让我空等一场的,没有什么事可以把他难住。现在我真想看看我的宝贝女儿,看看漂亮的威克姆!不过,还有结婚礼服和领结呢,这可不能疏忽了!我得马上写信与弟妹商量商量。莉齐,好女儿,快帮妈妈问问你爸,看他愿意出多少嫁妆。不,别忙,先等等,我看由我亲自去问比较好。基蒂,快拉铃把希尔给我找来,我要换了衣服马上就去。莉迪亚,我亲爱的宝贝!不久我们就会见面了,到那时大家在一起会多么快乐呀!"

简见母亲如此得意,简直有些忘乎所以了,便想让她收敛一下,于是提醒她别忘了加德纳先生的恩惠。

"要不是舅舅,这件事是不会如此成功的,"她接着又说,"我们大家都认为,之所以促成这样完美的结局,一定是舅舅暗中资助了威克姆先生。"

"哦,"母亲叫道,"那还用说!要不是自己的舅舅,谁会那么好心去帮这种忙?你要知道,以前他因为有一家妻小,所以拿走了本应属于我和我孩子的所有的钱,否则他将一无所有。为此他不过只送给我们几件礼物,这回可是头一次接受他的一点儿恩惠。哦,还是说说我们的莉迪亚吧,提起她我就高兴。我也要有一个女儿出嫁了。她,威克姆夫人!瞧,多么美的称呼!到六月份她才满十六岁,可是却要做别人的妻子了,真是不可思议。简,我真是太兴奋了,肯定写不成信,不如你代我写好了。关于钱的事,以后再跟爸爸商量也不迟,现在最要紧的是得马上订好衣物嫁妆。"

接着,她又没完没了地说起了白布、细纱布和麻纱,并且急不可待地要马上打发人去订购一些各式各样的东西,简费了好多口舌总算劝住了她,叫她等父亲忙完再作商议。简还说,这事并不急,晚个一天两天的也算不了什么。这话要在往常对母亲说一定会遭到一大堆的指责,可今天似乎一切都不一样了,也许是母亲太激动的缘故,所以她竟没有再坚持下去。再说,她脑子里又冒出了一个新想法。

“对了,我一换好衣服,”她说,“就去梅里顿,告诉我的妹妹菲利普斯太太这个特大喜讯。回来的时候,可以顺便拜访一下卢卡斯夫人和朗太太。基蒂,快下楼,赶快吩咐人给我备好马车,我要出去到外面走走,呼吸一下新鲜空气,这对我肯定会大有益处的。哦,亲爱的希尔,你可来了,刚才的好消息你听说了吗?告诉你,莉迪亚小姐就快结婚了,她结婚那天,我们大家都可以喝上一杯啤酒,一起高兴高兴。”

希尔太太当即表示十分高兴,她向太太小姐们一一恭喜,伊丽莎白当然也在其中。后来,伊丽莎白实在无法容忍这种老掉牙的情形,便回到自己屋中,独自享受起自由的空间。

她想,莉迪亚其实很可怜,她现在的处境并不容乐观,但也不至于坏到不可收拾的地步,这一点也使她感到宽慰,她从心底里感到庆幸。虽然想想妹妹的未来,她既得不到爱情应有的甜美,更无法享受到人世间的荣华富贵,可谓是一无所有,真是让人同情。可回想起来,几个小时前还在为此事坐立不安,相比之下,她觉得现在能够得到这种结果,已经是谢天谢地了。

第八章

贝内特先生心里一直有这么一个打算:希望每年尽量减少一些不必要的花销,这样便会留下一些积蓄,不至于让女儿们以后为吃穿发愁,如果自己命短,也可以让太太衣食有个着落。如今发生了这件事,他心中的这个打算就更加强烈了,他从没觉得这么需要钱。假如他早就留意去攒些钱的话,就不会让内弟为自己去出钱来挽回自己女儿的名誉,同时,也用不着劳驾别人去巴结那个天下最下流无耻的青年来娶自己的女儿。

贝内特先生认为,这实在不是什么好事,对谁都没有什么好处,而现在却要由加德纳先生出钱来促成,这儿的确认人不可思议。他心想,如果一有机会,他一定要弄清楚内弟究竟出了多少力,这样才好尽快报答这个恩情。

贝内特先生刚结婚的时候,当然认为自己会有个儿子,儿子成年后,限定继承权的问题也就随之消失,孤儿寡母的生活也就有了依靠,所以从没有想过要省吃俭用。可是从第一个一直到第五个女儿的降生,却始终没有儿子的影子。贝内特太太原以为莉迪亚出生后的那几年内,一定会有个儿子,可后来还是断了这个念头。但那时省吃俭用未免有些迟了。贝内特太太花钱一向大手大脚没个计划,好在大部分决定权在丈夫手中,才不至于把家弄得负债累累。

这夫妇俩当年在婚约上就有言在先,贝内特先生应留给贝内特太太及其子女们五千镑遗产。但子女之间究竟具体怎么分享,这个主动权要取决于父母,要看他们将来如何规定遗嘱。这个问题现在就提出来,至少应该立即解决莉迪亚应享有的那一部分,贝内特先生毫不犹豫地接受了他内弟提出的那个建议,满足莉迪亚的要求。在给内弟的信中,尽管内容简明扼要,还是没有忘记对他的一片好心表示感谢,并且表示完全赞同内弟所做的一切,让内弟做他的全权代表去处理这件事。信中还说,这次促成威克姆和他女儿成婚,不但没有想象中的那么麻烦,反倒比想象中安排得更妥当,这真是不幸中的万幸。现在虽然每年要付给他们小夫妻一百镑,但仔细想一想这根本算不得什么损失,要知道,就算莉迪亚住在家里也要吃穿,况且她一向很能花钱,母亲总是很纵容,这样算起来也差不多近一百磅了。

办妥这件事出乎意料的顺利,几乎一点儿力气都没费,这更加让他喜出望外。时下他的全部希望就在于这件事引起的乱子越小越好。起初他亲自四处奔波去寻找女儿,都是由于心中火起,无法遏制,现如今怒气已经一点点平息下去,自然又变回了原来的老样子——懒惰散漫。他立即把信使派走了,因为虽然他做事慢慢腾腾、拖拖拉拉,但只要行动起来,倒还迅速、快捷。他央告内弟能将他的蒙恩之处告之于他。但对莉迪亚着实气愤之极,因此连提都没提她。

好消息像长了腿一样迅速地传遍了全家的每一个角落,很快左邻右舍也都知道了这个好消息,当大家伙听说时,都摆出一副洞彻世界、贤明世故的面孔。当然,如果事情能发展成这样:莉迪亚·贝内特小姐走进那片新奇的烟花世界,或者能十分幸运地远离尘世喧嚣,躲进一座荒凉偏僻的乡间村舍,那么大伙便会更加起劲地到处传着小道消息了。不过,就是她要出嫁的消息还是让整条街的人议论了好一阵子。梅里顿那些恶毒多嘴的长舌老太婆,起初倒还能发自内心地祝福她找个善良称心的男人做丈夫。现在虽然事情发生变化的过程都被她们瞧在眼里,却仍不放弃,喋喋不休地起劲谈论,因为大家都认为,她找了这么一个丈夫,十有八九是要吃苦头的。

贝内特太太这两个星期以来一直待在楼上,没下过楼梯半步。不过,赶上今天这么喜庆的一个日子,她自然又乐呵呵地端坐在首席,你瞧她那副兴奋激动的样子,实在是让人忍受不了。看来得意的感觉已经紧紧地包围了她,羞耻感早就被她抛到九霄云外了,一丝一毫都没有留下来。自从简过了十六岁生日那一日起,她便把嫁女出门当作是今后日子里最大的愿望,现在亲眼看到这一夙愿就要实现了,她满脑子想的,满嘴说的,都是婚嫁时的气派阔绰的场面,例如质地优良的细纹纱,崭新的马车,以及男女仆人之类。她脑子里不停地思索,想要在附近为女儿找一个适合他们居住的宅院。至于他们能有多少收入,由于开间太小或不够气派等一条条理由,硬是把房子给否决了,这些她一无所知,也从不考虑。

"要是古尔丁家能搬走就好啦!"她说,"可以让他们住在海耶庄园里,斯托克大厦要是客厅面积再大一点,我们也可以凑合,离此十英里之外的阿什沃思太远了,我简直无法忍受,因为莉迪亚住在那儿离我就太远了。至于珀维斯小楼,它的顶楼实在糟透了。”

丈夫当佣人在近前的时候听任她唠唠叨叨个没完没了,从不打断她的话。但等佣人一出去,他便会冲着她说:“贝内特太太,随便你给女儿、女婿租什么房子都行,就算是全租下来我也不管,不过我得先把话讲清楚。这附近有一幢房子,绝对不能允许他们来往,永远都不许。我不会在朗伯恩接待他们,那样做的唯一结果是只会助长他们乱来。”两个人为了这番话面红耳赤地争吵了大半天,但是无论如何,贝内特先生就是不松口。两个人突然又为另一桩事情吵了起来,起因在于贝内特太太万分惊愕地发现她的丈夫竟然不愿为女儿置办衣服拿出一个子儿来。贝内特先生的态度十分坚决;这次他是不会把一丝一毫的父爱给莉迪亚的。对于这番表态,贝内特太太无论如何都理解不了。丈夫就算是气愤到了深恶痛绝的地步,也不至于不肯为女儿的婚礼做出一些让步。这只能把婚礼弄得不成体统,一塌糊涂,这委实令她吃惊万分。她只认为女儿出嫁时一件新衣服都没有是件丢人的事,至于她和人私奔,以及婚前同威克姆同居了两个礼拜,她却一点都不感到羞耻。

伊丽莎白对于当初的做法深感后悔懊丧——因为一时之痛苦而让达西先生知道了她全家为妹妹担忧的事。既然妹妹的一场婚姻足以将此前的私奔了结得一干二净,那么当初那件不体面的事情,自然可以使局外人无从知道了。

她倒不是害怕达西先生会把这件事张扬出去。其实对于保守秘密,简直没有什么人比他能够让她更感到放心了。但是,如果这次妹妹的丑事被别人而不是他知晓的话,那她一定不会像现在这样伤心沮丧。她倒不是担心事情对她自己产生什么不利,因为不论从哪方面讲,一条泾渭分明、无法逾越的鸿沟就摆在她和达西先生之间。即使莉迪亚的婚礼办得十分体面,那也不要指望达西先生会和这家子结亲,因为这家庭除了以往那些错误毛病之外,现在又增添了一个为他所不齿的人做至亲。

说到达西先生对这桩亲事敬而远之、望而却步,她早就有心理准备,丝毫不觉得奇怪。以前在德比郡时,她就看出来他想要博取她的欢心,但是自从发生了这么一桩事,他自然不可能没有一点想法而不改变初衷。她觉得整个颜面都丢尽了,觉得悲伤,又觉得悔恨,尽管连悔恨什么她都讲不出来。她成天忧心忡忡地担心失去达西先生对她的器重,尽管她已不再奢望这种器重会给她带来什么好处。就在本来已经没有希望再得到他的消息的时候,偏偏又想听到他的音讯。就在本来已没有希望再和他见面的时候,偏偏又去想能和他在一起将会多么幸福。

她经常冒出这样的想法:仅仅是在四个月之前,她还高傲地拒绝了他的求婚,如果他能够知道,她现在十分欣喜和荣幸能得到他的求婚,他心里又该是怎样的一种得意之情呀!她对于他是个宽厚大度的男人毫不怀疑;不过他毕竟还是个凡人,是凡人就免不了有得意忘形的时候。

她有一种愈来愈清晰的感觉:无论是从性格还是才干方面去考虑,达西先生都是一个最适合于她的男人。虽然两个人在脾气和对事物的看法上并不完全一致,也有许多不同,但是,他一定会让她心满意足。两个人的结合无论对哪一方都是大有益处的:女方活泼开朗,大方优雅,可以把男方陶冶得心性柔和,举止得体;男方则精干宽宏,知识渊博,又可以使女方得到一种互补性的锻炼。

只可惜这样一桩天赐良缘无法实现,天下万千有情人自然也就失去了一次体味什么才是真正美满姻缘的良机。她的家庭很快就会促成另外一种类型、性质的婚事,而恰好是这桩婚事使她那门婚事彻底葬送。

她想象不到,威克姆和莉迪亚将会如何过上他们所希望的闲居生活。但是她很清楚,那种只是由于情欲而置贞操于不顾的结合,是很难得到长久的美满与幸福的。

加德纳先生没过多长时间又写了封信给他姐夫邮去。信上除简单地应酬几句贝内特先生那些感激的话之外,又说了他诚心诚意地希望能促成他一家老少的幸福,信的最后又恳请贝内特先生从今之后千万不要再提起那件事了。他写这封信的最主要的原因来于告之他们威克姆先生已经决定脱离民兵团了。

信里他还写道:

> 我十分希望当他把婚事安排妥当就立刻这么办。我认为早一点离开民兵团无论是对于他还是对于外甥女,都是一件有百利而无一害的妙计,我想你们肯定也会这么认为。威克姆先生想到正规部队里去当兵,他有几个老朋友有能力,也愿意帮他这个忙。某个将军正指挥着一个团驻扎在北边,已经同意接纳他,还让他当个少尉。他离这一带远一点,反而会有好处。他的前途十分光明,但愿他到了一个陌生的地方,能够以另外一种姿态出现,能够更注重一些面子,言行举止更加注意。我已经把我们的计划安排写信告诉福斯特上校了。另外,还烦请他通知威克姆先生在布赖顿一带的所有债主,说我保证在最短的时间内替威克姆还清他们的债务。这封信里夹着一张威克姆在梅里顿的债主名单,这是他亲口告诉我的,也麻烦你能通知一下该地的所有债主。他已经交代了所有的欠款,希望这一次他没有骗我们。我们已经委托哈斯顿力争在一周之内把一切债务偿还清。届时若你不想邀请他们去朗伯恩,他们可以直接留在部队里。听内人说,外甥女在离开南方之前,非常希望能见见你们大家,近来她的情况一切都好,并且还让我替她向你和她母亲问好。
>
> 你的……
>
> 爱·加德纳

和加德纳先生的看法完全一致,贝内特先生和他的女儿们都认为:威克姆离开某郡的民兵团绝对利大弊小,好处多多。但是,贝内特太太却不这么看,因为她正期盼着能和莉迪亚幸幸福福、快快乐乐地过上一段时间呢,所以当她听到女儿将往北方移居而不是按照她原来的计划——让女儿、女婿到赫特福德郡时,自然失望极了。再者说如今莉迪亚已经和民兵团里的那些人混熟了,而且又有那么多她喜欢的人,这么突然的离开而北上的确让人感到有些惋惜。

"你们都清楚她非常喜欢福斯特夫人,"她说,"就这样让她去北边的部队驻扎地实在是太糟糕了!还有几个小伙子,也很讨她的欢心。某某将军那个团的军官,就未必能让女儿喜欢。"

女儿提出一点要求(姑且称之为要求吧,这还是应该算作要求的:即能在随夫北上之前,回家看看。),没承想这么一个要求遭到了父亲毫不留情的拒绝。多亏了简和伊丽莎白念及妹妹的身份和情绪,一致希望能得到父母亲的认可,于是便向父亲百般央求,让妹妹妹夫一结婚就来朗伯恩看看。两个人提出这一要求通情达理,又很婉转,终于使父亲动了心,勉强接受了她们的建议,同意他们的要求。这回可轮到母亲洋洋得意了。她大可趁女儿出嫁还未北行之前,向左右邻居大大地吹嘘炫耀一番了,于是,贝内特先生在给内弟的信中,答应让两个人回家看一看,并且又说要他们在婚礼结束后马上动身到这儿来。不过,令伊丽莎白大为吃惊的是威克姆对于这一安排毫无异议。如果仅仅从她个人的心理出发,她是一眼都不想见到威克姆了。

第九章

妹妹结婚的日子到了,弄得简和伊丽莎白坐立不安的,似乎比她们本人结婚还紧张。家里已经派马车到某地去接这对新婚夫妇了,晚饭时两个人便会到达。可到了这个时候,他们俩的即将来临却使两位姐姐十分担心,其中简尤为厉害。她禁不住在想,假如这次私奔的是自己,而不是莉迪亚的话,她心里将会是什么滋味,也许这种感觉会令她不堪忍受的。一想到妹妹就要受这样的折磨,她不由得伤心起来。

一家都候在早餐厅准备迎接他们的到来,女儿女婿到了,当马车停在门前的时候,贝内特太太是一脸的喜出望外,她丈夫却沉着一副面孔一言不发,女儿们则是又惊又喜,又是担心,又是害怕,心里七上八下的。

只听见从门厅里传来了莉迪亚的声音。门突然被推开了,莉迪亚跑进屋来。激动的母亲快步走上前去,欢快地拥抱她,亲吻她,一会儿又满面笑容地把手伸给新娘身后的威克姆,祝他们夫妻白头偕老。她那一副喜气洋洋的样子表明,她们的结合是美满幸福的,这一点简直是理所当然的。

女儿女婿接着信步走到了父亲的面前,父亲可不会像母亲那样热情地欢迎他们。他依然是拉着那张脸,一句话也不想说。他实在无法忍受他们那种镇定自若的神态。他们的样子简直令伊丽莎白作呕,就连简也非常震惊。莉迪亚就好像什么也没有发生过一样,依然是那样的高傲,不知羞耻,疯疯癫癫,吵吵闹闹。她自信地从这个姐姐跟前走到那个姐姐跟前,并没脸没皮地要求她们个个恭喜她。最后待众人坐下之后,她向周围看了看,发现了其中一些极小的变化,便笑着说:"真是好久没回家了。"

同样,在威克姆脸上也看不到丝毫难过的迹象。他的言谈举止总是那么优雅得体,要不是他为人极端卑鄙,而且还闹出了这样出格的事来,那这次来岳父家拜访,就凭他那副笑容可掬,气质优雅的样子,一定会讨得大家的好感,伊丽莎白原本还把他想得好些,可现在才真正体会到了什么叫厚颜无耻。不过她还是克制了一下,坐了下来,心想以后对这类没有脸皮的人,绝不能小看了其不要脸的程度。结果是她为他们感到害臊,红了脸,简也一样,而那两个应该做出这种反应的人,却旁若无人,谈笑风生。

这里当然不会出现没话说的冷场局面。新娘和她的母亲只怕时间不够,有话来不及说。碰巧威克姆与伊丽莎白坐在了一起,于是他向她打听起了他在当地的一些熟人的情况,谈论时一脸的欢笑从容,而伊丽莎白回话时倒显得拘谨不安,这简直是鲜明的对比。他们小两口似乎都有难以忘记的美好回忆。他们谈到往事,心里没有丝毫的不安与后悔。更让人想不到的是莉迪亚竟然主动地谈起一些事情,这真令几个姐姐大吃一惊,因为如果她们是她的话,是绝对不愿提及那件丑事的。

"真不敢想象,"她肆无忌惮地大声嚷道,"三个月!我居然走了三个月了!时间过得可真快,就好像是只过了两周似的。可虽然如此,这段日子却发生了不少事情。天啊!我走的时候,可从没想过自己会嫁了人再回来!不过我倒是想过,要是真能结婚,那倒是我求之不得的。"

这时,父亲抬起头来,睁大了眼睛,简感到不妙。伊丽莎白急忙向莉迪亚使了一个眼色,暗示她住口,可她一向不会在意那些她不愿理会的事,因此她只顾自己没完没了地高谈阔论。只听她喜滋滋地说道:"哦!妈妈,我结婚的事,附近的人都晓得吗?我看恐怕不见得。今天我来的时候,追上了威廉·古尔丁的轻便马车,我担心他不知道我结婚的事,便放下了靠他那边的一扇玻璃窗,接着摘下手套,好让我手上的戒指显露出来,以便他能看见。后来,我只是向他点了点头,这事简直笑死我了。"

伊丽莎白实在是受不了了。她站起身跑出屋去,直到听见她们穿过走廊,走进饭厅,才又回来了。她来得真是凑巧,正好看见莉迪亚大摇大摆地信步走到母亲的右手边,然后回头对大姐说道:"啊!亲爱的简!现在我可不一样了,我应该取代你的位置坐在你的上手,要知道,我可是在你们当中唯一出嫁的女儿。"

莉迪亚从来就不知道什么叫羞耻,现在遇到这事当然也就不知道难为情了,她反而更加镇定从容,欢天喜地。她心里一直盼望着去看看菲利普斯姨妈,看看卢卡斯一家,看看所有的邻居,只要听听她们称她"威克姆夫人"就足够了。她一吃过饭后,就迫不及待地先跑到希尔太太和两个佣人那里大肆炫耀了一番自己的戒指,要他们个个都羡慕她已经结了婚。

"妈妈,"大家回到早餐厅以后,她又说道,"瞧!我的丈夫有多英俊多可爱!难道你不这么认为吗?我猜姐姐们准嫉妒死我了。唉,只可惜她们没我的运气好。

要知道，布赖顿的好男人可真多，她们应该去那儿。妈妈，我们当初为什么不都去那儿呢？”

“是啊，你说的没错。要是当初不是你父亲坚决反对的话，我们早都去了。不过，莉迪亚，我亲爱的甜心，你要到那么远的地方去，我可真是舍不得，告诉我不去不成吗？”

“哦，当然不行！是的，这其实没什么大不了的，是我自己乐意的，要是你想我们，你和爸爸，还有姐姐们，可以来看我们。我们整整一冬天都不会离开纽卡斯尔，放心，我保管姐姐到那儿能开心，我们那儿会有好多的舞会，到时她们一定能找到她们中意的男伴。”

“哦，那真是再好不过了！”母亲说。

“到你们回来的时候，可以让一两个姐姐留在那儿陪我一起过冬，我敢说不等冬天过去，我准能替你们找个好女婿。”

“你的好意我心领了，”伊丽莎白冷冷地说道，“你那种找女婿的方式对我可不合适。”

威克姆在离开伦敦之前就接受了委任，必须在两周之内到团里报到，因此新婚夫妇只能在家里住上十天。

唯有贝内特太太觉得时间太短。她抓紧一切时间，带着女儿东走走西转转，动不动就在家里宴客。这种宴客倒是人人都欢迎的，无论人们有没有心思，倒都乐意来凑凑热闹、解解闷。

一切正如伊丽莎白所想的那样，威克姆对莉迪亚的感情不及莉迪亚对他的感情那么深。伊丽莎白没用多长时间，就看出了这一点。她断定，他们两人之所以要私奔，并不是因为威克姆爱上了莉迪亚，而是因为莉迪亚狂恋威克姆。那么人们不禁要问，既然威克姆不爱莉迪亚，又何苦带她私奔呢？对此伊丽莎白也是很清楚的，她认为威克姆一定是负债累累，迫不得已，为了逃债，他不得不选择逃跑。而像他这样一个轻浮风流惯了的男人，又怎甘路途寂寞呢？而莉迪亚恰好这时送上门来，他当然就不会错过这个机会啦。

莉迪亚简直是被他迷住了，她没有哪个时候不提起威克姆的，好像他是世界上独一无二的，无论什么事到他的手里都会得心应手，她甚至相信，到九月一日那天，他打的鸟一定会比全国任何人打的都多。

两个人回到家里没几天，一天早晨，莉迪亚正跟两位姐姐坐在一起，只听见她对伊丽莎白说：

“莉齐，你一定不知道我结婚时的情景吧，因为我向妈妈和其他人描述的时候，你恰好都不在场。难道你不想知道婚事是怎么操办的吗？”

“是的，我真不感兴趣，”伊丽莎白答道，“关于这桩事我只希望听到的越少越好。”

“哎呀！你这人真是让人无法理解！不管怎样，我都要把事情的经过讲给你听。你知道吗？我们的婚礼是在圣克利门教堂举行的，因为威克姆就住在那个教区。我们约好了十一点钟之前都赶到那里。其中舅父母是跟我一起的,而其余的我们在教堂见。到婚礼举行的那一天早上,也就是星期一的早上,我可担心了!要知道,万一没弄好出了什么事情,耽误了我的婚礼,我可会发疯的。在给我梳妆打扮的时候,舅妈在一旁絮絮叨叨,说个没完没了,好像是在布道似的。不过,我可没心情理会那些话,你应该理解,我当时是什么样的心情,我一心只想着我亲爱的威克姆,我多么想知道,他会穿什么衣服来结婚,是那件蓝色的吗?

"我们那天跟平时没什么两样,大约十点钟吃的早饭。可那顿饭的时间可真长,似乎吃了好久才吃完。因为,这里我附带说一下,我待在舅父家的时候,他们可不怎么热情。说出来都吓你一跳,我在那儿待了足足有两星期,可连家门都没出过,更别说什么舞会了,可以说在他们那儿我没有一点开销,过得乏味极了。再说,伦敦并不是我想得那样热闹,还好有一些小剧院开放。好了好了,瞧我又扯远了,现在言归正传。马车刚一驶出门口,那个讨厌的斯通先生又叫住了舅舅,说是有事。你可不知道,他们俩只要一凑在一起,就会说个没完没了。我可真吓坏了,不知怎么办好了。舅舅现在可是送我出嫁呀!万一迟到了,我的婚事岂不是耽误了。不过,总算没有那么糟,十分钟后他就来了,于是我们大家向教堂赶去。其实,我回过来仔细一想,即使他真的有事而不能前去的话,也用不着推迟婚礼,因为达西先生完全可以代他办事。"

"什么?你是说达西先生!"伊丽莎白不由得惊叫起来。

"哦,对呀!告诉你,他是陪威克姆上教堂的。天啊,瞧我这记性,我是向他们保证过绝对不泄露这件事的,可,可现在我怎么说出来了呢。怎么办?威克姆会生气吗?我可是保证过的呀!"

"如果这事对你真的那么重要的话,"简说,"那么从现在起你就不要说下去了。你放心,我们绝不会为难你的。"

"哦,是这样的,"伊丽莎白也频频点头表示赞同,可心里却十分惊奇,"我们绝对不会为难你的。"

"可真的谢谢你们了,"莉迪亚说,"不瞒你们说,假如你们坚持要问的话,我一定会全说出来的,到那时威克姆一定会大发雷霆。"

这话简直是鼓励姐姐们问下去。为了克制住自己,伊丽莎白便跑开了,让自己连问的机会也没有。

但是,她是不会对这事不闻不问的,至少也应该设法打听打听。达西先生居然会参加妹妹的婚礼。那个场合,那些人,显然与他毫无关系,他也不会有兴趣参加的,她开始没头没脑地乱想起来,猜过来猜过去,可仍是没有一点头绪。她认为应该往好里想。也许那是他心胸宽广的表现,但又觉得那绝对没有可能。她自己实在想不出什么原因,但又克制不住那颗好奇心,于是赶忙拿出一张纸来,向舅妈写信求助,请她在不违背保密原则的基础上,对莉迪亚无意中泄露的秘密做一点解释。

她在信中接着写道:"他跟我们一不沾亲二不带故的,可以说算不上什么熟人,竟会跟你们一起去参加这次婚礼，这是我丝毫没有想到的，也是我实在无法理解的。希望你能理解我此刻的心情，请你立即回信，向我讲明其中的原因，但如果这事正如莉迪亚所说的，必须严守秘密，那样我才甘愿蒙在鼓里。"

"不过，即便如此，我也不会就此罢休的。"她写完信后，又自言自语地说道，"亲爱的舅妈，假如连你也要守口如瓶的话，那我只好迫不得已，亲自去查个明白，不论用什么方法。"

简是个既善良而又懂情理的人，她绝不会想到像伊丽莎白那样私下里悄悄套莉迪亚的话，这一点令伊丽莎白很放心。她已经将信寄给了舅妈，不管回信是否如她所愿，但至少在接到回信之前，她是不会向任何人透露心事的。

第十章

很快，伊丽莎白就天遂人愿地收到了回信，一接到信，她便急忙跑到那片小树林中，找了一条长椅，坐下来，准备安安静静地细细读一遍，她有种感觉，舅妈并没有拒绝她的要求，这以信的厚度可以粗略地进行判断。

格雷斯丘奇大街9月6日

亲爱的外甥女：

来信刚刚收到，我准备花上一个上午来给你写这封回信，因为仅凭简单的三言两语是无法表达清楚我想对你说的话的。首先我得承认，你信中的要求令我惊诧不已，我一点也没有想到你竟然能提出这样的要求。噢，千万不要以为上面是我满腔怒气的发泄，写这些只是为了让你知道，我实在没有预料到你还用问这样的问题。如果你非得把我所要表达的意思歪曲，那么就请原谅我的礼数不周。你舅舅看罢来信也和我一样惊奇，他之所以同意那样解决这个问题，皆是认为其中与你有很大关联的缘故。如果你对内情果真毫不了解，那么还是让我说清楚为好。就是在我从朗伯恩回家的那一天，突然来了一个谁都猜想不到的客人找你舅舅，也许你已经明白几分，对，那就是达西先生。他和你舅舅两个人关上门密谈了好几个小时。等我回来时，他们已经结束谈话了，所以我倒不像你那样感到万分好奇。达西先生此行的主要目的是告诉加德纳先生，他发现了你妹妹和威克姆先生在什么地方，他说看见了他们，还和他们谈了挺长时间——跟威克姆还谈过好几次，跟莉迪亚也谈过一次。据我的推测，他离开德比郡只比我们晚一天，然后赶到城里去寻找他们。他对我们说，他之所以这么做全是因为良心上的自责，这件事情全怪他没有早一点将卑鄙丑陋的威克姆揭露出来，否则，哪个好姑娘都不会看上他的，更不会把他当成无话不谈的知心朋友。接着他又一遍一遍地深深自责，竟然把整个事情归罪于自己太过于傲慢。他以前一直有这么一种观点，即把威克姆的隐私公诸世人，会降低自己的尊严。他认为像威克姆这样的人，总有一天他的品格会被人们看穿，而无须别人来揭露。正因为如此，达西先生认为他必须出面进行调节，以补救由他所引起的诸多不幸。如果他当真另有用意，那也决不会使他丢脸。他在城市四处转了好几天才找到了他们。不过这番寻找确有些线索，我们可没有。他也正是因为自信有这种本领，才敢于下决心紧紧尾随我们而来。我隐约记得以前有一位扬格太太，曾经做过达西小姐的家庭教师，后来因为犯了点过错被解雇了，至于过错到底是什么，达西先生则从未对人讲过。现在扬格太太住在爱德华大街的一幢大宅院里，出租房间以求度日。达西先生了解到，这位扬格太太与威克姆一直过往甚密，于是他一进城就直奔扬格太太那儿，打听威克姆的消息。他用了两三天时间，才从她那里弄来可靠的消息。我估计扬格太太一定是收到了什么好处才会对朋友背信弃义的，而她又的的确确知道朋友威克姆的住处。威克姆一到伦敦第一个找的就是她，但凡她还能安排两个人的住处，他们也绝不可能跑到别的地方。最后，我们这位心地善良的朋友终于找到了两个人的地址——他们住在某某街。他最先见到了威克姆，说一定要见到莉迪亚才行。他当时一门心思劝说莉迪亚赶快脱离这一不光彩的处境，等和亲友们讲清楚讲通了之后便立即回家去，并答应这个忙一定会帮到底的。然而他却发现此时莉迪亚已经是王八吃秤砣——铁了心了。家中没有一个人她放在心上，她是不会抛下威克姆的，更不需要达西帮什么忙。她断定早晚他们是会结婚的，因此早一天晚一天也就无所谓了。既然莉迪亚已经坚定了这种念头，他觉得自己唯一能做的便是及早促成他们成婚，因为当他第一次和威克姆聊天时，便发现了他一点也没有结婚的打算。威克姆还曾亲口告诉他，他是由于欠了人家巨额赌债，才脱离民兵团的，而且他还恬不知耻地说完全由于莉迪亚的愚蠢才铸成了和莉迪亚私奔的恶果。他打算立刻辞职，至于将来的前途，他很难预料。他总要找个容身之处，但又不知道这种地方在哪儿，他很清楚目前他不能再挺多久了。达西先生又问他为什么不尽快和莉迪亚结婚，尽管贝内特先生算不上非常富有，不过起码可以支持他一点。一旦结了婚，情况便会往好的方面发展。但他发觉威克姆在回答这一问题的时候，仍然想找一个更有钱的高枝来攀亲，以便狠狠地捞上一笔。但在现在的情形之下，如果有个可以缓解燃眉之急的应急措施，他也未尝不会心动。他们因为有许多事情需要详细商谈，因此见面次数颇多。一开始威克姆必然来个狮子大开口，但后来迫于形势的无奈，也只得讲一点道理。等他们把一切具体的问题都谈好之后，达西先生的下一步行动便是将此事详细地告诉你舅舅，于是便出现了我回家的前一天晚上，他头一次来到格雷斯丘奇街的一幕。可惜那天你舅舅不在家，达西先生又打听到一个消息，说你父亲当晚也在那里，第二天早晨便要回去。你父亲倔得很，不像你舅舅那样容易说话，所以他决定，等你父亲离开之后再去找你舅舅。他没有留下姓名。你父亲走后的星期六，他又来了，恰巧你舅舅也在家。正如我信的一开头所写的那样，他们在一起商谈了好长时间。星期天他们又碰了次头，当时我也在场看见了他，全部的详细内容都谈妥是在星期一，一等谈妥之后，立刻派专使去朗伯恩。但是我们这位客人实在是太固执呆板了。莉齐，照我来看，他性格中真正的缺点是固执。人们经常对他指责不停，今天说他有这样的缺点，明天又说他有那样的毛病，其实他真正的缺点却在于此：凡事都要亲自压阵，亲自操办，尽管你舅舅很乐意一手包办(我的这种提法并非为了向你讨好，只是请你不要让别人知道)。为了这件事，他们争执了好长时间，尽管对两个当事的男子来说，他们的所作所为有些得不偿失。最后还是你舅舅被迫做出让步，其结果非但不能替外甥女尽点力，还有可能适得其反，劳而无功，这就完全违背了他的心愿。我相信今天早晨你舅舅要看罢你的来信定然十分高兴，因为你在信上让我把事情的真相讲出来，这样就使他不用掠人之美，该是谁的功劳就去表扬谁。不过莉齐，这件事你只可自己知道，最多告诉简而已。我想这回你算能晓得为了这两个年轻人他尽了多大的力！我相信为替那个混蛋威克姆还债，他的花销早已远远超过一千镑，而且还在莉迪亚名下的钱之外又多给了她一千镑，此外又花钱给威克姆买了个军官头衔。至于为什么心甘情愿地一个人支付这么一大笔开支，我已在前面说得明明白白了。这件事他负有主要的责任，都怪他一声不吭，考虑不周全，误使大家相信了那个混蛋的人品，全都上了当，把他当成一个好人。这话听起来或许在理，但是要我说，这事很难责怪他一声不吭，也不能责怪别人一声不吭。亲爱的莉齐，你应当相信，尽管他把这些话说得十分动听，但要不是考虑他的良苦用心，你舅舅是绝对不会应允的。当一切都解决的时候，他便又回到了彭伯利的亲朋好友那里。不过大家都已经约好，等举行婚礼的时候，他再到伦敦来把钱财方面的最后手续办好。至此，我已经将事情的真实情况完完全全、原原本本告诉你了。想必我的这番讲述会像你说的那样令你大吃一惊吧，我希望至少这番话不会引起你的不快。莉迪亚到我们这儿住过，她的言行举止让我十分生气，其实这些话我本不想对你说，不过星期三接到了简的来信，信上说她回到家也是这副样子，所以我想对你说说也无妨，不会让你感到难过。我曾经十分严肃认真地和她谈过好几次，责怪她这件事做得太不道德了，全家人都为此深感伤心。可是我的这些话她一句都不愿意听，即使是听到耳朵里一句，那也是十分偶然的。有时候我真被她那副样子气坏了，可立刻又会想起亲爱的伊丽莎白和简，满腔的怒气也就消了许多，看在你们的情面上，我也就一直容忍着她。达西先生准时回来了，正如莉迪亚告诉你的那样，他也参加了婚礼。第二天我们在一起吃的饭，星期三或星期四就又要离开城里。亲爱的莉齐，如果我在这里借机说一句我十分喜欢他（当然以前我从没敢这么说过），你会生我的气吗？他对我们的态度和以前在德比郡时一样，还是那么惹人喜欢。我非常欣赏他的见解和才华，他是个完美无缺的人，除了有时显得过于沉稳、活泼不足之外，什么缺点都没有，不过这个缺点不难克服，只要他小心慎重，找个好姑娘做老婆，自然会教他克服的。我认为他十分狡黠，因为他几乎没有提起过你的名字。不过狡黠似乎已成了时下的潮流。如果我说得太冒昧了，那就请你原谅，至少不要惩罚得太重就行了，将来连彭伯利都不让我去。我要走遍那个庄园的每一处地方，才能心满意足。我没有过高的奢望，只求一辆四轮轻便矮马车足矣，再加上一对漂亮的小马驹。孩子们已经嚷了半个多钟头了，我实在没办法继续写下去了。

你的舅妈

M·加德纳

伊丽莎白读完这封信后，心里久久不能平静。不过，她实在无法知道，她现在是喜还是忧。她原来也曾有过这么一点点想法，认为达西先生或许真想促成她妹妹的好事，但又担心是自己的多想，唯恐他不会像她想的那样宽容。同时，她又想到，如果事情真如她所料，那么这么重的恩情，叫她以后拿什么来报答呢，因而她左思右想，总觉得无论怎样都会令她为难。然而事到如今，所有的猜疑都变成了的的确确的事实！他亲自跟着他们到了城里，不知疲倦、不顾体面地去帮助他们解决问题。那是一个他极为厌恶和鄙视的女人，可如今他却向她低下他那高贵的头；同样，那也是一个他极力想要回避，并且连名字也不愿听见的男人，可如今他却要不厌其烦地多次与之见面，并且还要好言相劝，最后还不得不受他的敲诈。他如此煞费苦心，却只是为了一个既让他痛苦又让他失望的姑娘。她心里一直认为，他都是因为她才这么做的。可往别的方面一想，她又立即制止了这种想法。她当即感到，也许是她的虚荣心在作怪，会令她认为他确实喜欢她。但即便如此，她怎能不知天高地厚，指望一个她曾经高傲拒绝过的男人会爱上她。再者说了，他绝对不能容忍跟威克姆有什么关系，这本是无可指责的，因此绝对不要指望他会摒弃这种情绪。想想看，跟那样一个厚颜无耻、卑劣下流的人做连襟，是不会有谁能容忍的，只要他是个很体面的人。他为此事一定出了不少力，这一点是毫无疑问的。她简直不敢去想他究竟出了多少力。不过，为了名正言顺地过问这件事，他倒是为自己找了一个合适的借口，并且这个借口似乎还是有些道理的。他责怪自己做错了事，这是合乎情理的。他为人慷慨大方，而且自身也有条件这么去做。伊丽莎白虽然不认为达西先生主要是给她面子，但她却应该承认，达西先生仍然忘不了她，因此遇到这样一件令她万分痛苦的事，还是会竭力相助的。要知道，一个人对她们是这样恩重如山，可她却没有办法报答他，这怎能不叫她痛苦呢？她真不知道该怎么办好了。她们能够见到莉迪亚，并且还会让她的名声得以保全，这一切都是他的功劳。哦，她以前曾那样厌恶他，并且还说了一大堆尖酸刻薄的话，现在想起来真是悔恨不已。她真为自己的行为感到羞耻，但同时却又有一种自豪的感觉。自豪的是，他居然不在乎过去的那些不愉快，鼎力去解决这件事，真够义气。她反复读着舅妈夸他的那些话，一遍又一遍不厌其烦，还是觉得意犹未尽，不过倒也令她十分开心。她可以感觉到舅父母对她和达西先生很有信心，虽然这令她有些生气，但是心里却是得意扬扬的。

她这么想着，不知过了多久，忽见有人走了过来，便匆忙站起身来，向另一条小径走去，正在这时，威克姆却出乎意料地赶上了她。

只听见他说："也许我打扰了你散步吧，亲爱的姐姐？"

"是的，的确如此，"伊丽莎白微笑着答道，"不过，这并不代表我不欢迎你的到来。"

"噢，要是不欢迎，那我可就太遗憾了，要知道我们过去关系可一直不错，现在又成了亲戚。"

"是的，你说的没错，是不是其他人也出来了？"

"不清楚。贝内特太太和莉迪亚要乘车去梅里顿。亲爱的姐姐，听说你去了彭伯利，这是舅父母亲口告诉我的。"

伊丽莎白点头回应。

"你真让我羡慕，看来，我是没有这个福气去了，不然，我去纽卡斯尔的时候，倒是可以顺路拜访。那位管家老妈妈想必你一定见到了吧！可怜的雷诺兹，她一直惦念我，不过，这个她不会在你面前提的。"

"她当然提到你了。"

"噢，是吗？那她都说了些什么？"

"她说自从你进了部队，好像——好像就不太妙了。你知道，你们相距那么远，有些话你用不着太在意。"

"那是。"威克姆咬着嘴唇答道。伊丽莎白原来认为这样一定会堵住他的口，没想到他又继续说道：

"你一定不相信，上个月我在城里碰见了达西。而且我们多次见面，真猜不出他现在进城会有什么事。"

"我想说不定是筹备与德布尔小姐的婚事吧，"伊丽莎白说道，"没有太重要的事，他是不会在这个季节进城的。"

"哦，当然。他也去了兰顿，不知你在那儿见过他没有？听加德纳夫妇说，你是见过他的。"

"看见了，他还把他的妹妹介绍给我认识。"

"是吗？对她印象如何？"

"非常喜欢。"

"听说，她这一两年进步很快。上次我们见面的时候，她还没什么变化呢。不管怎么样，我真的希望她会更出众些，同时为你们俩能够投缘而感到高兴。"

"这你尽管可以放心,她一定会越变越好的。因为她已经度过了那个烦躁不安的时期了。"

"对了,金普顿村你们有没有路过?"

"我印象中好像没有。"

"那个地方景色美极了,那就是我本该得到牧师俸禄的地方。那座牧师住宅豪华极了!各方面都很配我。"

"你不会喜欢布道吧?"

"布道,我喜欢极了!虽然这要投入很多的精力,但是我一直把它当作自己的本分,所以很快就会无所谓了。人都应该学会满足。因此,这份差事太适合我了。这样一种安闲清静的生活,与我的幸福理想简直完全一致。可惜的是,最终未能如愿。你在肯特的时候,难道没有听到达西谈起过这件事情?"

"我听人说,如果那个职位给你,必须附加一些条件,并且这还得由现在的主人自行处理呢。这话应该是可信的。"

"原来你已经听说了。的确如此,那话是有些道理。其实我从一开始就对你说过这些,这你可能会记得。"

"另外,我还听说你曾经发誓决不当牧师,可见你当初并不像现在显得这么喜欢布道,这样就折中处理了这件事情。"

"你真的听说过?其实这话并不是完全瞎说的。在我们头一次谈这件事的时候,我就跟你说起过,你也许不记得了。"

伊丽莎白为了摆脱他,走得飞快,很快两人就走到家门口了,但是她又不愿惹恼他,仅仅和颜悦色地笑了笑,其实这是看在妹妹的份上,然后回答道:

"威克姆先生,还是算了吧,我们现在是姐弟了,这你是知道的。为过去的事吵闹是不值得的,我希望将来我们能够齐心协力,同心同德。"

说完后,她把手伸过去,威克姆带着尴尬的神情,亲切而讨好地吻了一下,然后,两个人走进屋里。

第十一章

对这次谈话,威克姆先生十分满意,以后也就再也不提这件事了,怕无故招惹什么,也怕伊丽莎白生气。他这样老实了,伊丽莎白见了非常高兴。

眼见威克姆先生和莉迪亚快要走了,贝内特太太一想到要和他们至少一年都见不着面,就十分依依不舍,还想让全家人都去纽卡斯尔,但贝内特先生坚决不同意。

于是,贝内特太太大声叫道:"哦,莉迪亚,我的宝贝儿,不知什么时候才能再见到你?"

"我也不知道,天哪!也许得过两三年吧。"

“宝贝儿,要记着常来信。”

“我会尽我所能的常写信。但是,你也知道的,女人一旦结了婚可就没什么空闲了。姐姐们都闲着无事,她们倒可以常给我写信。”

威克姆先生道别时,比莉迪亚热情多了。他说着动听的话,微笑着,看上去非常的风度翩翩。

等他俩一出了门,贝内特先生就说:“他是我见过的小伙子中最棒的一个。他傻笑,又假笑,对每个人都很好。我为他感到十分自豪。我敢说,就算是威廉·卢卡斯爵士也没有这么有用的女婿。”

嫁出去了一个女儿,贝内特太太好几天都闷闷不乐。

她说:“我总想着,没有比跟亲人离别更坏的了。没了他们,就好像变得孤独凄凉起来。”

伊丽莎白就说:“妈,你也明白,这就是你嫁女儿的结果。现在你还好受些,你还有四个女儿正单身呢。”

“不是那么回事。不是因为她结了婚就得离开我,只是恰巧她丈夫的部队离我们这儿很远。要是近一些,她就不会这么快走。”

不过,因为这件事整天不开心的贝内特太太很快又精神抖擞了,因为那时传来一条消息,把她的希望又点燃了。说是内瑟菲尔德的女管家接到为主人的到来做准备的命令,也就是说,她主人会在一两天后就到,并在这里住上几个星期。贝内特太太为此坐立不安,她看看简,时而笑笑,时而又摇摇头。

“呃,呃,妹妹,这么说来,宾利先生是要来这儿了,”(因为菲利普斯太太头一个就把消息告诉了她。)“呃,这太好了。不过我已经不在乎这个了。你也知道,对我们来说,他算不上什么人,我下决心以后再也不想见到他。不过,如果他喜欢来内瑟菲尔德,我们还是很欢迎他。谁知道会发生什么事呢?不过,这可与我们没什么关系。妹妹,你也明白,我们早约好了,对这件事一字也不提。这么说来,他真的要来?”

她妹妹回答道:“你就相信吧,因为昨晚尼科利斯太太到梅里顿来了。我见她经过,就跑出去问她,她告诉我这事是真的。他最晚也是周四到这儿,可能周三就来了。她跟我说,她得去肉铺买些肉为周三做菜准备着,还说她正好弄到六只鸭子,准备到时候宰了做菜。”

贝内特小姐一听说宾利先生要来,脸上都变了色。她已经好几个月都没对伊丽莎白提起他的名字;不过,现在不行了,等只有她俩单独处在一起的时候,她对伊丽莎白说:

“莉齐,当姨妈今天告诉我们这个消息时,我看你老拿眼盯着我。我知道,我那时看上去肯定很慌乱。但别以为我有什么傻想法。我那时只是有些迷乱,因为我觉得我一定成了大家注目的焦点。我可以跟你保证,这消息对我一点儿影响也没有,我既不高兴,也不痛苦。只有一件事让我感到高兴,那就是这次他是只身前来;这样,我们可以少跟他见面。我不是担心自己,而是怕别人议论纷纷。”

伊丽莎白也不明白宾利先生为什么会来。要是她没有在德比郡见到他的话，她可能认为他来这儿没什么用心；不过，她还是认为宾利先生对她姐姐很有好感。至于他这次的到来，她拿不准是他经过他朋友允许的，还是他自己大胆跑来的。

她有时候想："不过，可怜的宾利先生回到自己合法租的房子，还要遭遇这么多的猜测，真是让人感到难受！唉，我管他怎么样呢。"

对宾利先生要来的消息，不管她姐姐说什么，心里真正想的是什么，伊丽莎白却不难看出来，她姐姐的情绪受到了影响。她比平时更心烦，更不安起来。她们的父母曾在大约一年前，就热烈地辩论过这个问题。到了这会儿，他们又旧话重提。

贝内特太太说："亲爱的，宾利先生一到你就可以去拜访他。"

"不去，不去。去年你也逼我去拜访他，还说只要我去了，他就会娶一个我的女儿。可结果呢，一无所获，我不会傻瓜似的再跑一趟。"

贝内特太太则跟他说，他是一定要去拜访宾利先生的。因为宾利先生一回来，左右邻居都得去拜访他。

贝内特先生说："我最看不惯这个礼节了。要是他想和我们交往，那就让他来拜访我们好了。他知道我们住在哪儿。要是我们的邻居每次出门、回来的时候都要我去拜访，我还哪有时间干别的事。"

"好了，我只知道，要是你不去拜访他，那可是太不讲礼俗了。不过，我已经下定决心了，谁也别想阻止我，我一定会请他来我们家赴宴的。朗太太和古尔丁一家很快就要来我们家做客了，再加上我们一家，一共是十三个人，所以正好把他请来做客。"

有了这个决定做安慰剂，她也能容忍她丈夫无礼貌的行为。不过这样一来，她的邻居可能会先见到宾利先生，贝内特太太一想到这个就懊恼不已。宾利先生到来的日子也越来越近了。

简对她妹妹说："他的到来，我还是有点儿难受。其实也没有什么。我可以若无其事地和他见见面，但我受不了别人总是没完没了地谈论这件事。妈妈是一片好意，但她不知道，谁都不知道，她说的那些话让我觉得有多难受。他离开这儿的时候，我该会多么幸福呀！"

伊丽莎白回答说："我想说些安慰你的话，但我说不出来。你一定感觉出来了；一般人总是安慰伤心者说，一定要有耐心，我不喜欢这样做。再说，你一向都是很有耐心的。"

宾利先生到内瑟菲尔德了。贝内特太太，由于有那些仆人的帮助，因而是最先知道这个消息的，也是为这事焦虑劳神时间最长的一个。她总在数着日子，看还要等多少天才能送出请帖去，想早些拜访他是没指望了。不过，在宾利先生到达赫特福德郡的第三天，贝内特太太从她的更衣室窗户里看见他骑马进了围场，向她家的这个方向骑来。

她的女儿都被急切地召唤过来一起分享她的快乐。简坚决地坐在桌旁不起身；但是，伊丽莎白为了讨她妈妈欢心，就走到窗口那儿看了一下——她看见达西先生也跟着来了，便又坐回她姐姐身旁。

基蒂说：“妈妈，还有一位绅士跟着来呢，会是谁呢？”

“宝贝儿，我想是他的某个朋友吧，我也实在不清楚。”

基蒂又说道：“啊！好像是那位以前老跟他在一起的先生，我想不起他的名字了。就是那个高高个儿，很傲慢的那位。”

“天哪！是达西先生！——我说，就是他。呃，说实话，我们欢迎宾利先生的每一位朋友，但是，我的确非常讨厌看到这个人。”

简非常惊讶、关切地看着伊丽莎白。她不知道他俩在德比郡的会面，所以觉得她妹妹这次几乎是头一次跟那位达西先生见面——自从收到他的那封解释信后——肯定会很尴尬的。两姐妹都不安起来，相互体贴着，又各有心事。贝内特太太还在喋喋不休地说她一点儿都不喜欢达西先生，下决心礼待他也只是看在宾利先生的面子上。这姐妹俩对她的话可是一句也没听进去。简根本想不到伊丽莎白忐忑不安的某些根由，伊丽莎白还是不敢把加德纳太太的那封信给简看，也不敢对简说她已经改变了对达西先生的看法。简呢，只知道他的求婚遭到了妹妹的拒绝，也知道低估了他的优点。但伊丽莎白知道得更多，知道她们家受了达西先生的恩惠。而且她认为她对他的柔情虽然没有简对宾利先生那样含情脉脉，但也够合情合理了。她对他的到来感到惊讶——他竟然到内瑟菲尔德来，还主动跑到朗伯恩来找她，就像上次在德比郡她发现他的态度和以前大相径庭时无比惊讶一样。

当她想到，过了这么长一段日子，达西先生对她的情意仍没有动摇，原先那张变得没血色的脸在半分钟内就显得容光焕发起来，眼睛里闪烁着喜悦的光芒。但她心里还是没有底。

她想：“还是先看看他的态度吧。别把什么事都想得太早了。”

于是她坐着专心干活，努力装出一副若无其事的样子，眼皮都不抬一下。直到仆人快到门口了，她才急切、慌乱地看一眼简的脸。简看起来比平常要显得苍白一些，但比伊丽莎白想象得稳重多了。当那两位先生进屋时，简的脸都红了，但她还是以过得去的轻松态度接待了他们，举止很得体，既没有流露出怨恨的症状来，也没有显得特别的热情。

伊丽莎白只是出于礼貌跟他们寒暄了几句，就又坐下来接着干活，一副非常认真干活的样子。她只冒险地瞅了一眼达西，只见他跟平常一样一副严肃的样子，跟她在赫特福德郡见到的一样严肃，倒不像她在彭伯利见到的那个样子。不过，也许是他不可能像在他姨父母面前那样在她母亲面前表现得轻松自在一些。这是个让人感到难受，却又不是不大可能的猜测。

她又马上看了一眼宾利先生，只见这会儿他又高兴又尴尬。贝内特太太的态度让她的两个女儿感到很羞愧，因为她对宾利先生非常客气，相对之下，她对达西先生可冷淡多了，只简单地寒暄了几句，行了一个死板的屈膝礼。

特别是对伊丽莎白来说，因为她知道幸亏有达西先生的帮助，她母亲的宝贝女儿才得以保住了自己的名声。可母亲却这么悬殊地区别对待他，伊丽莎白伤心极了。

达西先生只问了问她加德纳夫妇过得怎么样后，就很少开口了，而伊丽莎白则是心神不安地回答了。他一直沉默不语着，也许是因为他没坐在伊丽莎白旁边的缘故吧。在德比郡可不是这样的，他要是不能和她说上话，也一定会和她的朋友聊上天。可现在，他都有好几分钟没开口了。伊丽莎白按捺不住自己的好奇心，有时便抬眼扫了一下他的脸，发现他总是不时看看简，又看看自己，更多的是毫无目的地望着地面出神。显然比他们上次见面时，他想得更多了，而且一点都不急着想取悦别人。她觉得很失望，又为自己这么失望感到生气。

她想："我还能奢望别的什么吗？但是他干嘛要来这儿呢？"

除了达西先生，她可没有心情跟别人说话，但她又不敢跟他说话。

于是她就问候了一下他的妹妹，但再也找不着什么话题了。

贝内特太太说："宾利先生，你走了有好长时间了。"

宾利先生忙说是。

"我开始还以为你再也不会回来呢。大家都说你打算彻底地退掉那所在米迦勒节的房子。但是，我希望那不是真的。你走后，这儿隔壁左右的都发生了很大的变迁。我想你也听说过了吧，卢卡斯小姐成婚安家了，我也有个女儿出嫁了。你也一定在报纸上看过报道吧。我知道，《泰晤士报》和《信使晚报》上都登了，但写得不怎么样。上面只简单地写着：'乔克·威克姆先生近期和莉迪亚·贝内特小姐结为伉俪。'一个字都没提到她父亲的名字，也没写她住哪儿，什么事都没提到。这稿还是我兄弟加德纳起草的，我就不知道他怎么会写得这么糟。你看到那则消息了吗？"

宾利先生便回答看到了，还向贝内特太太道喜。伊丽莎白连眼皮都不敢抬一下，所以也就不知道达西先生这会儿表情怎么样。

她母亲接着说："女儿嫁了个好人家，说实在的，这可是件让人高兴的事。不过，宾利先生，女儿嫁出去了，我又感到非常难过。他们去了纽卡斯尔，好像是很偏北的一个地方，我不知道他们要在那里呆多久。威克姆的部队就驻扎在那里，我想你也听说了吧——他退出了郡里的民兵团，进了正规部队里。感谢上帝！虽然他的朋友没有他应得的那么多，但总算还是有几个。"

伊丽莎白知道她母亲暗着讽刺达西先生，觉得真是羞愧极了，几乎都坐不住了。然而，她母亲这招非常高明，竟使得她女儿不得不和宾利先生聊上几句。她问宾利先生是不是打算在这乡下住一段时日，宾利先生回答说，会住上几周。

她妈妈又说话了："宾利先生，要是你园子里的鸟儿都打光了，我请你来我们贝内特先生的庄园。在这儿，你可以尽情地打。我敢保证，他一定非常高兴地欢迎你来，而且还会把最好的鹧鸪留给你。"

她母亲如此不必要的过分殷勤，让伊丽莎白更加羞愧难当！她相信，即使现在像一年前那样自以为很有把握，也会很快落空的。那时刻，她觉得她和简拿终身的幸福都不能弥补眼前这暂时的痛苦的慌乱。

她心里想："我现在最大的愿望就是以后再也不跟这两个人见面了。跟他们在一起，就是再快乐，也弥补不了像眼前这样的困窘场面！我以后真不愿再见到他们！"

但是，那终身幸福都难弥补的苦痛过了一会儿就减轻了许多，因为她看出来，她姐姐先前的恋人又倾慕起她姐姐的美貌来。当宾利先生刚进来的时候，他也跟简说话，但说得很少，但他好像越来越在意简了。他发现简和去年一样一点儿也没变，仍那么漂亮，那么柔顺，那么真诚，只是没有去年那样地健谈。简倒希望她没有表现得与平常不同，还自信自己仍那么健谈。其实，她自己沉默的时候她都没觉得，因为她总忙着思考去了。

当两位先生准备走的时候，贝内特太太才想起来要请他们吃饭的，于是就邀请他们几天后来朗伯恩赴宴。

她又补充说道："宾利先生，你可欠着我一个人情呢。去年冬天你进城的时候，你答应一回来就来我们家吃顿饭的。你看，我一直没忘呢。说实在的，你没有回来赴宴，我太失望了。"

宾利先生听说了这件事，显得有些木讷，于是很抱歉地说那时肯定有什么事给耽搁了。接着，两人就走了。

贝内特太太特别想在当天就请两人留下来吃顿饭，但是，她家的饭菜虽然一向都很丰盛，然而要招待一个她急切想拉拢的人，起码得要两道正菜。还有那个年收入为一万英镑的家伙，平常的饭菜是绝满足不了他的品位和高架子的。

第十二章

两位先生一走，伊丽莎白就想出去走走，清醒一下。换个说法，也就是想没人打扰地想那些更加让人头痛的问题。达西先生的态度让她感到惊奇，让她苦恼不已。

她想："他来这儿只是一言不发，冷漠严肃，那他干嘛来呢？"

她想不出一个让人满意的答案来。

"在城里，为什么他对我舅父母那么亲切，显得那么高兴，对我就不是那样呢？要是他怕我，那他干嘛来我家？要是他不喜欢我了，那他干嘛又一声不吭呢？这个人，他肯定是在挑逗我！哼，我再也不去想他了。"

她姐姐这时满面春风地走了过来，她只得暂且把达西先生置之脑后不去想他。她姐姐看起来对这次来访比伊丽莎白感到满意。

简说："现在，这第一次的见面就结束了，我感到非常的轻松。我知道我有信心，要是他再来拜访，我再也不会感到尴尬了。我很高兴他周二来吃顿便饭。那时大家都会看出来，我们只是很普通，很一般的朋友。"

伊丽莎白则笑着说道："是呀，非常一般的朋友。噢，简，你可要小心点儿。"

“亲爱的莉齐,你不能把我想得那么软弱,还以为我现在会遇上什么危险。”

“我想呀,你正处在让他又义无反顾地爱上你的大危险境况中。”

她们直到周二才能再见到这两位先生。贝内特太太同时又开始精心策划了,因为她看见宾利先生在这半小时的拜访里,谈笑风生,行为很得体。

到了周二,在朗伯恩开了一个很大的宴会。最期望着能来的那两位先生来得非常准时,真可以称得上是守时的猎者。当他俩进饭厅的时候,伊丽莎白关切地看着宾利先生,想看他是否像以前参加宴会那样,只坐在简的身旁。她母亲也正想知道这个答案,也就没有邀请宾利先生坐在她身旁。宾利先生刚进屋的时候犹豫了一下,但碰巧简回过头来,恰巧笑了一下,于是他下了决心在简的身旁坐下了。

伊丽莎白便得意扬扬地朝他朋友望了一眼,只见他一副若无其事的样子。要不是她看见宾利先生一副惊喜的表情回头看了达西先生一眼,她还以为她是得到了达西先生的批准才高高兴兴到简身边的呢。

宾利先生在席间对简的态度无不流露着爱慕之情,虽然比以前更加含蓄了,但使伊丽莎白相信,要是宾利先生自己拿主意的话,他和简的幸福就唾手可得了。虽然伊丽莎白对结局不敢有什么奢望,但她还是很高兴看到宾利先生这样的态度。她一下子兴奋起来,因为她心里原本很不高兴的。达西先生和她的位子隔得很远,他坐在她母亲身旁。她知道她母亲和他之间的场面很尴尬,两人有多么别扭。由于隔得远,她听不到他们之间的谈话,但她能看得出来,他俩之间很少谈话,即使说上几句,态度也是十分古板、冷淡。她母亲那样刻薄地对待他,丝毫不知他给了他们家多大的恩惠,伊丽莎白心里苦恼极了。有时候,她都想不顾一切地去跟他说,他对他们家的恩惠,并不是全家人都不知晓,都没有感觉的。

那天晚上,她希望能有机会和他在一起待一会儿,希望能和他多聊聊天,不只是在他进门时寒暄几句就完了的。在两位先生还没进客厅以前,她焦急不安地在客厅里等待着,闷得都快发疯了。她期待着他们进客厅,今晚她能否度过一个愉快的夜晚就在此一举了。

她想:“要是那时他不过来和我聊聊,我就再也不会理他了。”

两位先生进来了,她还想着,达西先生看起来好像就要满足她的愿望了。可,天啊!小姐太太们把桌子挤得满满的,简倒茶,她倒咖啡,她旁边连放个椅子的空间都没有。两位先生一来,有位小姐靠她靠得更近了,还低声对她说:

“我才不会让来的这两个家伙把我们分开。我们谁都看不上他们,你说是吧?”

达西先生走到客厅的那一边去了。伊丽莎白的目光尾随着他,羡慕每一个能跟他说上话的人,几乎都快没耐心给客人倒咖啡了。接着,她又对自己竟这么犯傻感到生气!

“他是一个被我拒绝的男人!我怎么能这么傻呢,还想着他会再爱上自己?哪个男人会没骨气到向一个女人求两次婚的地步呢?谁会忍受这种耻辱呢?”

但是,达西先生亲自把咖啡杯送回来了,这让伊丽莎白又有点兴奋。她赶忙抓住这个时机跟他说：

“你妹妹还待在彭伯利吗？”

“嗯，她会一直在那儿待到圣诞节。”

“一个人吗？她的朋友都走啦？”

“安尼斯太太正陪着她。那些朋友都在三周前去了斯卡伯勒。”

她再也想不出什么话题了。但是，要是达西先生想和她聊天的话，他肯定会想出什么话题的。然而，他站在她身旁，好一阵子都一声不吭。最后，当那位年轻的小姐跑来和伊丽莎白又说悄悄话时，达西先生就走开了。

当茶具都收走了，牌具摆上桌时，小姐太太们都起身了。这时，伊丽莎白希望达西马上就来找她。可她的希望又落空了，因为她看见达西先生被她妈妈强行拉去打桥牌，一转眼就见他已坐在牌桌上了。这天晚上，他俩就在不同的牌桌上打牌，伊丽莎白满心失望。但又见达西先生时时往她这边瞅过来，结果两人都打输了。

贝内特太太原本还想留这两位内瑟菲尔德的先生吃晚饭，但不幸的是，他们叫的马车比谁的都来得早，她只好作罢。

客人们一走，贝内特太太就说：“呃，女儿们，大家今天过得怎么样？说实在的，我觉得今天一切都非常顺利。正餐从没烧得这样好过。鹿肉烤得不生也不老——大家都说这鹿腿肉肥实极了。汤做得比我们上周在卢卡斯家喝的要好五十倍。连达西先生都说鹧鸪烧烤得好极了，我想他家至少得有两个法国厨师。噢，简，我的宝贝，今天你看上去最漂亮了。我问朗太太了，她也这么说。你猜她还说了些什么？她说：‘啊！贝内特太太，简到底是要嫁到内瑟菲尔德的。’她真这么说的。我的确认为朗太太真是个大好人——她的侄女们个个都可爱，知书达理，就是都不怎么漂亮。我非常喜欢她们。”

总之，贝内特太太兴奋得不得了。宾利先生对简的态度，她尽收眼里，非常自信地认为简最后还是要嫁给他的。贝内特太太一高兴起来就开始胡思乱想了，她希望这门亲事能给她家带来许多好处。结果到了第二天，没见宾利先生上门来求婚，她心里又失望极了。

简对伊丽莎白说：“今天真高兴，选的客人都很好，大家相处得这么好。我希望我们能经常聚聚会。”

伊丽莎白笑了一下。

“莉齐，你可别笑，也别怀疑我什么。那样我会伤心的。跟你说实话，我对他没什么非分之想，只是喜欢和他这个亲切聪明的年轻人谈话。我对他的举止很满意，他丝毫没有想到要讨我欢心。只不过，比起别的人来，他的谈吐更悦耳，显得更讨人喜欢。”

伊丽莎白则说：“你可真讨厌，你不让我笑，却又总逗我笑。”

“有些事让人真是难以相信！”

“还有些事让人真是不可能相信!”

“但是,为什么你非要让我承认,我没说出心里话?”

“我不知道怎么回答你。虽然我们指点的不屑一听,但我们都喜欢指点些什么。你得原谅我这么说,我是绝不相信的,即使你一再坚持对他没有非分之想。”

第十三章

过了几天后,宾利先生单独一个人又来拜访了。那天早晨,他的朋友离开他去伦敦了,十天内就能回来。他在简她们家坐了一个多钟头,情绪很高涨。贝内特太太就邀请他留下来吃午饭,但宾利先生很抱歉地说,他已经约人了。

贝内特太太说:“下次你再来的时候,希望你能留下吃顿便饭。”

宾利先生说他很愿意常来拜访,要是贝内特太太不嫌弃,他一有机会就来上门拜访。

“明天有空吗?”

是的,他明天没有什么约会,于是就高兴地接受了。

第二天他真的来了,不过来得太早了,太太小姐们还没打扮好呢。贝内特太太穿着睡衣,头发梳到一半,就跑进女儿的房间嚷起来:

“简,我的宝贝,快下楼去。他来了——宾利先生真的来了。快点,快点。萨拉,快到简这儿来帮她打扮打扮。先别去管莉齐的头发了。”

简回答说:“我们会尽快下来的,不过,我想基蒂会比我们这两个快一点儿。她上楼都有半个钟头了。”

“哦!关基蒂什么事?让她一边呆着去!你就动作快点吧,快点!宝贝儿,你的腰带放哪儿了?”

可是,她们的母亲一走开,简却坚持要求非要有个妹妹陪着她才肯下楼。

到了晚上,她母亲急着想把他们俩人单独凑在一起。用完茶点后,贝内特先生照例去了书房,玛丽上楼弹钢琴去了。五个灯泡去了两个,贝内特太太就看了看伊丽莎白和凯瑟琳,冲她俩挤了半天的眼,却没得到什么反应。伊丽莎白根本不去看她,最后基蒂看了她一眼,很幼稚地问了一问:“有什么事吗?妈妈?干嘛总冲我挤眉弄眼的?要我做什么吗?”

“没什么,孩子,没什么事。我没冲你挤眼。”她说完后静静地坐了五分钟之久。但她的确不想错过这个宝贵的时机,于是她突然站起来对基蒂说:

“宝贝儿,跟我来一下,我跟你说点儿事。”说着就把基蒂带出房间去了。简马上望了一眼伊丽莎白,流露出她对这出戏感到很难受的神情来,还用目光哀求她别走开。过了一会儿,贝内特太太半推开门,冲里面喊道:

“莉齐宝贝儿,我想跟你说点儿事。”

伊丽莎白也只好出去了。

她一走出门，她妈就跟她说：“你也知道，最好是让他俩单独在一块儿。我和基蒂去楼上化妆间呆着。”

伊丽莎白不想和她母亲争辩，就静静地待在走廊上，直到她母亲和基蒂在眼帘中消失才回到客厅里。

贝内特太太计划又落空了，宾利先生什么都讨人喜爱，就是没向她女儿求爱。那个晚会上，大方、精神焕发的宾利先生成为最受欢迎的客人。对贝内特太太的过分殷勤，还有她那些愚蠢的见解，宾利先生竟能很有礼貌地忍受着，这让简非常高兴。

宾利先生几乎不用人挽留就主动留下来吃晚饭，在走之前还约定好第二天早上过来和贝内特先生一起去打猎。当然，这个约定主要是由宾利先生和贝内特太太商定的。

这天以后，简再也不说她对宾利没什么意思了。两姐妹也再不提他了，但伊丽莎白则在就寝前高兴地想，要是达西先生不突然回来，这事肯定就有结果了。然而，她也认真地想过，坚信这发生的一切肯定是经过那位先生的批准了。

宾利先生准时来赴约，按照约定和贝内特先生在一起度过了整个上午。他发现贝内特先生比他料想中的和气多了。宾利这人一点都不专横、愚笨，没有什么地方让贝内特先生可以奚落的，也没有什么地方让他厌恶得一言不发，所以贝内特先生比他以前见到的要健谈得多，也不那么古怪了。宾利先生当然和他一起回来吃午饭。到晚上，贝内特太太又想法让他俩单独处在一起，把别的人都支开了。伊丽莎白由于要写一封信，吃完茶后就进了早点厅。而且，大家还要坐着打牌，她也不想再对付她妈妈的什么花招啦。

但是，当她写完信回到客厅的时候，不看不知道，一看吓一跳，心想她妈妈真是聪明。她打开门，便看见姐姐和宾利先生站在壁炉前谈得很热乎。再看见两人急忙转身离开的那神情，什么都明白了，用不着再怀疑什么了。他们的处境真是尴尬，但她想，她的处境才更糟糕呢。他俩一声不吭地坐在那里，伊丽莎白正要离开，宾利先生突然站起来，跟她姐姐悄悄说了几句话就跑出去了。

简心里高兴的事从不向伊丽莎白隐瞒，她立即抱住妹妹，按捺不住心头的狂喜，说她是世界上最幸福的人了。

她又补充说道：“我太幸福了！幸福得不得了。我真不配得到它。哦！为什么每个人都不这样幸福呢？”

伊丽莎白马上就祝贺她，任何语言都不能形容她那份真挚、热情、高兴，每一句贺词都给简增添一份甜蜜。但她不能和伊丽莎白待在这儿，虽然她要说的话还没说完一半呢。

她叫道：“我必须马上到妈妈那儿去，我可不能不在意妈妈的热切关注，也不能让别人告诉她这个消息，我要亲口跟她说。他去找爸爸去了。哦！莉齐，家里的人要是听到这个消息该有多高兴啊！我受不了了，我真是太幸福了！”

接着她急忙去找她母亲，贝内特太太早就散了牌场。正和基蒂在楼上坐着呢。

伊丽莎白一个人在那儿轻轻地笑了，这几个月来一直让家里人悬心、操劳的事终于有结果了。

她想："这就是他那朋友小心谨慎提防的结局！这就是他那个妹妹精心策划、骗人的结局！这结局可是最幸福、最明智、最合理的了！"

过了一会儿，她碰见了宾利先生。他跟她父亲的谈话很简单明了。

他一打开门便急忙问她："你姐姐呢？"

"去楼上找我妈去了。我想她过一会儿就会下来的。"

于是，宾利先生关好门，向她走来，接受姨妹的祝贺和祝福。伊丽莎白诚恳地、真心地表达了自己的喜悦，为他和她姐姐的婚姻。两人热情地握握手，然后宾利先生就讲他多么幸福，简多么完美，一直说到简下楼来。尽管宾利先生是站在一个恋人的角度来说的，但伊丽莎白的确相信，他这些幸福的期望是很合理的，因为简人又聪明，脾气又好，而且他们两个情感、品味相投。

那天晚上所有人都非常高兴。简心里也高兴极了，脸上洋溢着兴奋，显得分外妖娆，比平常任何时候都好看。基蒂傻乎乎地笑着，希望幸运很快降临自己的头上。虽然贝内特太太跟宾利先生谈了半个钟头，就说自己非常同意这门亲事，但她总觉得没有尽兴。晚饭时，贝内特先生和大家一起用餐时的言行举止，无不表现出很高兴的样子来。

但是，在客人没走之前，他闭口不谈这件事。客人一走，他便转向他女儿，说："简，我向你祝贺。你会成为一个非常幸福的女人。"

简马上走近他，吻了他一下，然后感谢父亲的祝福。

她父亲又说："你是个好姑娘，一想到你这么幸福地定了终身，我由衷地高兴。我坚信你们俩一定会和睦相处的，你们的性情这么相近。你俩都太随和了，办事肯定会优柔寡断；你们俩又都太善良了，佣人们肯定会欺诈你们的；你俩又都太大方了，财务上肯定会超支的。"

"我可不希望这些发生。要是我轻率地、大手大脚地对待钱的问题，我是决不会原谅自己的。"

她母亲叫起来："财务超支！我亲爱的贝内特先生，你在说什么呢？哇，他一年的收入就有四五千英镑，没准还要多。"接着，又对她女儿说："哦！我的宝贝，亲爱的简，我真是太高兴了！今天晚上我肯定睡不了觉。我早就知道这门亲事一定成的。我常说，迟早好事会成的。我就说嘛，我们的简小姐长这么漂亮可不是白长的！我记得，去年他来赫特福德郡时，我一见到他就想，你们俩没准能成一对。哦！他可是我见过的最俊美的小伙子！"

现在，贝内特太太把威克姆和莉迪亚早抛到九霄云外去了，她心里只装着简，眼里容不下别的孩子了。那几个小妹妹也马上开始向简要些好处，希望她将来多给她们一些恩惠。

玛丽求简让她用内瑟菲尔德的书房；基帝求简，则是希望能让她每年冬天在那里开办几次舞会。

从那时起，宾利先生自然成了朗伯恩的常客了。他经常在早餐前赶到，一直留到吃晚饭的时候。如果有哪家不知礼的邻居，也不怕别人嫌恶，非要请他去吃个饭，他也只好去敷衍一下。伊丽莎白现在都没机会和她姐姐说说话了，因为只要宾利先生在，简就根本不搭理别人。不过，伊丽莎白看到，有时他俩不得不分开的时候，她还是派得上用场的。当只剩下宾利先生的时候，他就跟伊丽莎白愉快地谈论简；当他不在的时候，简也总是来找她聊天。

一天晚上，简对她说："他跟我说，他根本就不知道今年春天我去城里了，我真是高兴！我原先就不相信那件事。"

伊丽莎白回答说："我也早就怀疑是这样的。但是，他怎么解释的？"

"肯定是他的那些姐妹们干的好事。她们不想让他娶我做老婆，这也不稀奇，他可以挑一个各方面都比我强的姑娘。不过，我相信当她们看到宾利和我在一起有多幸福时，她们肯定会渐渐赞同的。我会和她们和睦相处，但决不会像以前那么好。"

伊丽莎白则说："你说的这些是我听过的最没骨气的话了。善良的小姐！要是我看到你又陷入了宾利小姐的虚情假意中，我可真是要恼怒了。"

"莉齐，你相信吗，他说他去年十一月份进城的时候，的确很爱我。但是听说我对他根本没那个意思，他也就只好放弃了，再也不回来了！"

"那他肯定是误会了，不过，也是怪他太谦恭了。"

简自然地又夸起他的谦恭来，说宾利先生有很多优点，但他从不引以自傲。

伊丽莎白高兴地发现，宾利先生并没有跟简泄露那件事，就是达西先生干预的那件事。要是让简知道了那件事，即使她是多么宽容，也一定会对达西先生有偏见的。

简大声说道："我想我是自古以来最幸运的人了！哦！莉齐，为什么我们家就我这么幸运呢，就我这么有福气呢！祝愿你能和我一样幸福！祝愿你也能碰上一位这么好的人！"

"你就是给我四十个这样的人，我也不会像你那么快乐的。除非我有你那么好的性情，那么善良的品质，要不别想象你那么幸福。别说啦，让我自己去搞定吧。没准我一走运，啥时就碰上一位柯林斯先生。"

纸包不住火，朗伯恩家这件事很快就不胫而走。贝内特太太获许把这事偷偷跟菲利普斯太太说了，但菲利普斯太太却擅作主张，把这事转告给梅里顿的所有街坊了。

于是，很快地贝内特一家就被认为是世界上最幸运的一家人了。虽然几周前，莉迪亚跟人私奔的时候，她家还被认为是沾尽了霉气的一家呢。

第十四章

在宾利先生和简订婚大约一周后的一个早晨,宾利和她们正坐在起居室里聊天,一阵马车声突然响起,引起了大家的注意。于是大家都跑到窗口去看,只见一辆驷马马车进了草场。按理说,客人可不会挑这么早的时候来拜访,但那马车的装备看上去不像是哪位邻居家的。马是驿站马,马车和那个在马车前面侍候的佣人看起来都很陌生。然而,可以肯定的是,有客人来了。于是,宾利先生马上劝简和他去矮树林走走,别被这个不明来路的客人给缠上了。他俩走了,剩下那三个还在那儿猜测,但还是猜不出什么来。直到客人推门进来,才知道是凯瑟琳·德布尔夫人来了。

虽然大家是做好了惊讶的心理准备,但来者还是让她们吓了一大跳。贝内特太太和基蒂一点儿都不认识这个客人,但显得比伊丽莎白还要惊讶。

凯瑟琳夫人很傲慢地进了屋,见伊丽莎白跟她问好,也只是微微点了点头,闷声不响地就入座。她进来后并没让伊丽莎白介绍她,但伊丽莎白还是向她母亲介绍了这位不速之客。

有这样一位贵客来拜访,贝内特太太惊讶极了,但她又感到十分的荣幸,于是非常殷勤地招待这位稀客。凯瑟琳夫人一声不吭地坐了一会儿,便神色严肃地对伊丽莎白说:

"贝内特小姐,近来还好吧?我想,这位夫人是你的母亲吧?"

伊丽莎白简洁地应了一声。

"那我想,这位小姐就是你妹妹吧。"

"是的,夫人,"贝内特太太回答道,她很高兴跟这位夫人谈话,"她是我的四女儿。我的幺女最近才出的嫁,长女正和我未来的女婿在园子里散步呢,我想很快他就和我们成一家人了。"

凯瑟琳夫人沉默了片刻,又说道:"你家的园子真是小。"

"夫人,当然比不上罗辛斯庄园。可我敢说,肯定比威廉·卢卡斯爵士家的庄园大得多。"

"这起居室里的窗户全冲西边,夏天晚上要是坐在这儿肯定不好受。"

贝内特太太回答说,她们晚饭后从不待在这屋里,又补充道:

"恕我冒昧问一句,您来的时候,柯林斯夫妇还好吧?"

"很好,他们都很好。前天晚上我还跟他们见过面。"

伊丽莎白还以为她这时会拿出一封夏洛特写来的信呢,因为好像这才可能是她来这儿的目的。可夫人什么也没有拿出来,伊丽莎白困惑极了。

贝内特太太非常殷勤地请夫人用些点心,可凯瑟琳夫人却坚决地、毫不客气地一口回绝了。她站起身来对伊丽莎白说:

“贝内特小姐,你们家草场那边有点荒野的味道,景色还挺好看的。你能陪我去那儿走走吗?”

贝内特太太叫起来:“好宝贝,去吧,陪夫人去各处看看。我想她一定会喜欢上我们这个小庄园的。”

伊丽莎白只有遵从,她跑进房间去取太阳伞,然后就陪着这个稀客下了楼。经过走廊时,凯瑟琳夫人打开饭厅和客厅的门看了一下,说还不错就接着往外走。

夫人的马车还停在大门那儿,伊丽莎白看见夫人的女佣人在车上。她俩就一直一声不吭地走在去矮树林的石头小路上,伊丽莎白决定绝不主动跟这位傲慢、让人讨厌的女人说话。

“我怎么看她也不像她外甥呀?”伊丽莎白仔细看了看她的脸,心里直嘀咕。

她俩一走进矮树林,凯瑟琳夫人才开口说了下面一番话:

“贝内特小姐,我想你一定知道我来这儿的目的吧。你的心,你的良心肯定告诉你我为什么会来这儿。”

伊丽莎白一副很惊讶的样子。

“夫人,我想你肯定弄错了。我一点都不明白你怎么会屈驾来此。”

这位夫人怒气冲冲地说:“贝内特小姐,你应该知道,我不是好糊弄的。不过,你这么不诚实,我决不会像你这样。大家一向都称赞我这人真挚诚恳,就是碰上了这样的事,我也不会丢掉这些品质的。前两天我听到一个很惊人的消息,听说不仅你姐姐嫁给了一户富阔人家,连你这位伊丽莎白·贝内特小姐,很快就搭上了我的外甥,亲外甥——达西先生。虽然我知道这肯定是乱传的谣言,我也决不会相信这种事,免得伤害了他的感情,但我还是决定亲自来这里跟你讲个明白,让你明白我的心意。”

伊丽莎白因惊讶和蔑视而满脸通红,她说:“要是你根本就不相信有这种事,那你干嘛又不辞辛苦大老远地跑这儿来呢?你来这儿有何目的呢?”

“你得马上表个态,跟大家说没这回事。”

伊丽莎白冷冷地答道:“你跑到这朗伯恩来拜访我和我的家人,岂不是不打自招了,更肯定这传闻了?”

“不打自招!这时你还想装糊涂吗?你们不是费尽心思地到处说吗?难道你还不知道这事都已经传得沸沸扬扬了?”

“我从没听说过。”

“那你能肯定地说,这事是无稽之谈,根本站不住脚的?”

“我不想装得像夫人您那样直率。你可以问我许多问题,不过还得看我愿不愿意回答。”

“别太无礼了!贝内特小姐,我一定要得到一个满意的答案。我的外甥向你求过婚了没有?”

“夫人您刚说过这是不可能的。”

“应该是不可能的。只要他没有被迷失了心窍，他绝不可能干这种事的。但是你肯定会耍些手段，一时迷住了他，让他把他对自己和对家人的责任都忘个精光。他可能就是被你迷住了。”

“要是我真把他给迷住了，也不会告诉你呀。”

“贝内特小姐，你知道我是谁吗？我可不习惯你用这种语气跟我说话。我几乎是这世上跟他最亲的亲戚了，当然有责任关心他的婚姻大事。”

“但你没权管我的私事。而且，像你这种态度，别想逼我承认什么。”

“让我明白地告诉你，你别想入非非地巴望着能嫁给他。那是绝对不可能的事，达西先生早就跟我女儿有婚约了。现在，你还有什么话要说吗？”

“只有一句：要是他真的有婚约了，你没道理会猜测他会向我求婚的。”

“他们的婚约很特别，是他们小时候订下的。这是两家母亲最大的心愿，就在他俩还在摇篮里的时候，我们两家就定了婚约。现在，他俩都要完婚了，我们两姐妹的心愿就要完成了，却无故半路杀出个程咬金来，冒出一个出身低贱、门户低微、跟他非亲非故的女人来！你一点都不在乎他亲人的心愿吗？一点都不在乎他跟德布尔小姐从小订的婚约吗？你怎么这么不讲礼仪，不知羞耻呢？你听见我说了吗，他从小就跟她表妹缘定三生了。”

“听见了，我以前也听说过。但这事与我无关。如果只有他母亲和姨妈要他娶他表妹这一条理由，没有其他什么理由让我不嫁给他，我还是不会放弃的。你们姐妹俩为这婚事可真是费尽了心思，成不成却还得看别人。要是达西先生没义务，也不愿意娶他表妹，他为什么不能另外选择呢？要是我被选中了，我为啥不答应呢？”

“你不能答应，因为要顾及自尊心，体面，要深谋远虑一些，而且还要顾及利害关系。是的，贝内特小姐，一定要顾及利害关系。要是你任性地非要这样的话，你就别指望他的家人和朋友会好好地对待你。跟他有关系的所有人都会谴责你，瞧不起你，讨厌你。你们这种婚姻会成为一件不光彩的事，甚至你的名字，我们谁都不想提起。”

伊丽莎白答道：“这的确是太悲惨了。但是，若当了达西太太肯定会得到无限的幸福，所以，总的一权衡，也就用不着埋怨。”

“真是个顽固的小妮子！我真为你感到害臊！今年春天我可是殷勤地招待了你，你就这样忘恩负义？一点都不思泉水的点滴之恩吗？我们坐下来说吧。贝内特小姐，你应该知道，我来这儿是决不会白来的，不达目的决不干休，谁都甭想阻止我。我从没向任何怪念头屈服过，我从不让自己处在失望之中。”

“那你这么做，只会让夫人您目前的境况更可怜，却对我丝毫没有影响。”

“别插嘴，安静地给我听着。我女儿和我外甥是天造地设的一对。他俩的母亲都出自同门贵族；他们的父亲，虽然没有加官晋爵，却都相当有地位，是名门世家。他们双方都是有着万贯家财的大户。双方家人都认为他俩很般配，谁会去抗拒分开他俩呢？你这丫头，凭什么自命不凡，你一没家世，二没什么富豪亲戚，三没有财产。真是让人受不了！简直让人无法忍受。要是你还明智的话,你不会想背弃你的出身吧?”

“我并不认为嫁给你外甥就是背弃我的出身。他是个绅士,我是绅士的女儿,我俩正好门当户对。”

“嗯,你父亲是个绅士,但你妈妈呢?你舅父母和姨父母又是什么出身呢?别以为我不知道他们的底细。”

伊丽莎白则说:“管我那些亲戚是什么出身,要是你外甥不介意他们,他们跟你又有什么干系呢?”

“你就打开天窗说亮话吧,你跟他订婚了吗?”

虽然伊丽莎白不想回答这个问题,她可不管凯瑟琳威逼利诱,但是她细想了一会儿后,只好回答说:

“没有。”

凯瑟琳夫人这时好像高兴起来。

“你能答应我,永远不接受他的求婚吗?”

“我不能答应这种事。”

“贝内特小姐,我真是震惊极了。我原想着你会更明白道理一些。不过,你可别太自信,我是决不会让步的。我会一直待到你给我一个满意的答案为止。”

“我永远都不会给你一个满意的答案。我决不会在你的威逼之下做一些没有道理的事。你想让达西先生娶你女儿,就是我答应了,他们就能成吗?再说,他向我求婚,我要是拒绝了,他真的会转而向他表妹求婚吗?我冒昧说一句,凯瑟琳夫人,你这些奇怪的要求跟你的论点一样荒唐透顶。别以为你的这些话就能说服我,你看走眼了。我不知道,达西先生是否介意你干涉他的事,反正,你无权干涉我的事。所以,我请你不要再为这件事来烦我了。”

“你别这么急躁。我的话还没说完呢。除了上面我所陈列的一些反对理由以外,我还要加一条。对你小妹私奔的那件不光彩的事,我可是清楚地知道底细。我知道这件事的详细情况:那个年轻人娶你妹妹,全是你父亲和舅父花钱收拾的残局。她那样的一个小妮子,也想做我外甥的小姨子?那个年轻人,是他先父管家的儿子,也想爬上来做我外甥的连襟?天哪!——你到底想怎么样?彭伯利的声誉就要这样地被毁掉吗?”

伊丽莎白生气地说:“你现在还有什么没说,尽你所能地辱骂够了吧?我现在得回家去了。”

她边说着边站起身来。凯瑟琳夫人也站了起来,两人一起往回走。那个夫人真是肺都气炸了。

“你真的一点都不考虑我外甥的尊严和名声?真是个冷血、自私的小妮子!你就不管他娶了你以后,会在世人面前丢尽了颜面吗?”

“凯瑟琳夫人,我不会再跟你费唇舌了。你知道我是什么意思。”

"那你真的想嫁给他?"

"我没说过这话。与我无关的人,包括你在内,谁都管不着我怎么做。我只是自己决定事情,觉得怎样做我会幸福,我就怎样做。"

"很好。也就是说,你拒绝了我的要求。你拒绝负责任,不管尊严,恩将仇报。你已经决心要把亲人们眼中的他给毁掉,让世人都鄙视他,是不是?"

伊丽莎白答道:"这事就根本扯不上什么责任、尊严和恩情。我嫁给达西先生,跟这些原则有什么关系,根本就犯不上。要是他娶了我,说什么会让家里人对他不满意,会让世人生气,我可是绝不会在乎的——再说,我觉得一般人都是很讲道理,不会个个都笑他的。"

"这是你真正的看法,这是你最后的决定?真是太好了,我现在知道我该怎么做了。贝内特小姐,别做梦了,你的野心不会得逞的。我来只是试探你一下。我原以为你会很明智的,不过,你等着看吧,我会达到目的的。"

凯瑟琳夫人就这样不停地唠叨,直到走到了马车门口,她又赶忙回过头来,补充道:

"贝内特小姐,我不向你告辞,也不向你的母亲问候了。你们怎么配得上这种殊荣。我真是感到扫兴极了。"

伊丽莎白没有答话,也没邀请她进屋坐坐,只是闷声不响地一个人进了屋。她在上楼梯的时候听见了马车离开的声音。贝内特太太在化妆室门口急切地迎候她,问凯瑟琳夫人为什么不进屋歇歇呢。

伊丽莎白便说:"她急着要走,不想进来。"

"这个女人长得真是俊美!她真是太好了,能屈驾来我们这种地方!我想,她来的目的就是告诉我们一声,柯林斯夫妇很好吧。没准是她去哪儿,路过梅里顿,顺便来看看你吧。莉齐,她没跟你说些什么特别的话吧?"

伊丽莎白只好撒了个谎,她的确没法把那些谈话告诉她母亲。

第十五章

这个非凡的来访者把伊丽莎白搞得心神不安,心情难以平静,几个小时都在不停地想这件事。凯瑟琳夫人以为她跟达西先生订婚了,这才不辞辛苦地从罗辛斯大老远地赶过来,就是为了把他俩给拆开。这个想法倒是很合情合理!但是伊丽莎白想不明白,他俩订婚了的传言怎么来的呢。到后来她才想起来,达西先生是宾利先生最要好的朋友,她是简的妹妹,大家又是希望能好事不断,这些就足够让人们生出这种想法来。她也不会忘记,她姐姐要是结了婚,以后她跟达西先生的见面可就越是频繁了。(她想肯定是卢卡斯家和柯林斯家通信时提到过这件事,凯瑟琳夫人才会得知这个传言。)她对这事在将来能否实现也只是期望,谁想卢卡斯家会凭这一点就妄下断言,认为这门亲事成定了呢。

但是,她想想凯瑟琳夫人说过的话,心里就不安起来。她不知道有了夫人的干预,结果会是怎样。从夫人说她一定会下狠心拆散他俩的话中可以听出来,她肯定会劝阻她的外甥,跟他讲若娶了伊丽莎白会有多么恶劣的后果,她说不出来。她不知道达西先生跟他姨妈的感情程度到了什么地步,也不知道他姨妈能否左右他的决定,但可以肯定的是,他肯定比伊丽莎白更尊重凯瑟琳夫人。夫人肯定会跟他说娶了这样一个门户不对头的小姐,会受很多苦的,他的要害就被击中了。达西先生这人自尊心很强,伊丽莎白觉得很荒谬、不值得一提的理由,没准他会觉得很合理、不可辩驳。

要是在以前他就犹豫不决,好像他的表现一向如此,再由他这么亲近的姨妈相劝和恳求,他肯定会抛下所有的顾虑,下定决心要体面不失尊严地去追求美好婚姻。万一是这种情况,那他肯定不会再来这儿了。凯瑟琳夫人去城里可能会去看望他,那他跟宾利先生约好回内瑟菲尔德的约会一定是要取消了。

她又想:“因此,要是这几天宾利先生接到他不能来赴约的口信,我就什么都明白了。那时我就不奢望什么了,也不会想着他此心不变了。要是他对我只是抱有遗憾,他本可以得到我的爱,让我跟他结婚的,这样的话,我马上一点都不为他感到遗憾。”

家里其他的人知道了客人的身份都吃惊不已。但是,她们想的跟贝内特太太想的差不多,所以都满足了好奇心,就没为这事去和伊丽莎白开玩笑。

第二天一早,伊丽莎白下楼时,碰到她父亲手里拿着一封信出书房来。

他父亲向她喊道:“莉齐,我正要找你,来一下我的书房。”

她跟着进了书房,不知道他父亲会跟她说什么,一猜想可能跟那封信有关,好奇心就更重了。她突然惊想到,这信没准是凯瑟琳夫人写来的。一想到又要跟父亲解释个没完,她实在是难受极了。

她跟着父亲坐在壁炉旁,他父亲这才开口说道:

“早上收到一封信,信的内容让我惊讶不已。你应该知道都写了些什么吧,因为信里主要都是针对你写的。这以前我竟然还不知道,我就有两个女儿都快出嫁了。我得向你贺喜呀,你也要结婚了。”

伊丽莎白的脸立马就红了,她立即就肯定,这信是达西先生而不是那位夫人写来的。她现在不知道是该高兴呢,还是该生气。高兴的是,他竟亲自写信来解释;生气的是,他竟冒犯地不直接给她写信。这时,他父亲又说:

“你心里好像很明白似的。对这种事,年轻的小姐好像最有洞察力了。但是,我敢说,像你这么聪明的娃娃,肯定都猜不出求婚者到底是谁。这信是柯林斯先生寄来的。”

“柯林斯先生!他会说什么呢?”

“当然是些有目的的话啦。信一开头他就恭喜我长女即将结婚,这事没准是卢卡斯家哪位好心的爱唠叨的人透露的。关于这事的话我就不念给你听了,免得招你烦。关于你的，就是‘我们夫妻向贵府奉上真诚的祝贺后，我还要跟阁下说一下另外一件事，这些事的来源同出一处。听说，贵府大小姐出嫁后，二小姐也即将出嫁，而且二女婿还是天下的豪门贵族。’”

“莉齐，你能猜到他指的是谁吗？‘这个年轻的绅士有着非凡的福气，想要的东西应有尽有——万贯家财，出身高贵，有强大的后台。不过，尽管有这么多的优越条件，我还是要给阁下和伊丽莎白表妹提个醒，要是轻率地答应了那个年轻人的求婚，后果将不堪设想。’”

“莉齐，你知道这位绅士是谁吗？不过，下面就说到他了。”

“‘我给阁下提个醒，也是因为考虑到这个年轻人的姨妈凯瑟琳·德布尔夫人肯定是不会赞同这门亲事的。’”

“你看，他说那个年轻人是达西先生！莉齐，我想你肯定给吓了一跳吧。这柯林斯，卢卡斯家，挑谁不行，偏在熟人圈里挑他，这话岂不是不攻自破吗？那个达西先生，看任何女人都会挑些小毛病出来，没准他还从没有正眼看过你呢！真是让人好笑！”

伊丽莎白努力想让自己和父亲一样开开玩笑取取乐，但只是勉强挤出一丝笑容。父亲的风趣在今天还是第一次没惹她高兴。

“你不觉得很好笑吗？”

“哦！是的，很好笑。请您读下去吧。”

“‘昨天晚上，我跟夫人说起这门亲事的可能性时，由于夫人平日对我就宠爱有加，于是当时就把她的看法全盘相告。显然，因为表妹家家门不幸，出了许多不光彩的事，所以夫人绝不会同意这桩婚姻，认为太有失体统了。我认为自己有责任把这事及早告诉表妹，这样表妹和那位富贵的求婚者会意识到错误，不会未经许可就草草结婚。’他还说：‘莉迪亚表妹的事总算解决了，我感到很欣慰。我担心他俩在婚前就同居的事已家喻户晓了。然而，我是绝不会忘记我的职责的，听说那一对一结完婚，阁下就迎他们回家，着实让我感到震惊。这种做法是在助长恶习，要是我是朗伯恩的牧师，我决不会让这种事发生。你当然应该以一个基督徒的胸怀去宽恕他们，不再见他们，不再提他们的名字。’这就是他讲的基督教的宽恕胸怀吗？信剩下的都是在说他的宝贝夏洛特，说她快要临盆了。莉齐，看你那样子，好像是不想听似的。我希望你可别发小姐脾气，听到一些无聊的话就假装生气。我们活着为了什么，不过是当当邻居们的笑料，回过头来又笑笑他们？”

伊丽莎白大声说道：“哦！我觉得这滑稽透顶。不过，也挺古怪的！”

“是的——正是由于古怪才说很好笑。要是他们扯另外一个人，这事也没什么。偏扯上他，他一点儿都不在乎你，你又那么讨厌他，这件事真是荒谬！尽管我恨写信，但我可不想为了什么和柯林斯先生断了通信。而且，我每读他的信时，我就禁不住喜欢他要比威克姆多一些，尽管我很看重威克姆的厚颜无耻和虚伪。莉齐，问你一句，凯瑟琳夫人对这事有什么看法吗？她来这儿就是为了反对这件事的吗?”

伊丽莎白笑了一下算是回答了这个问题。她父亲也没再为难他女儿非要她回答不可,因为她父亲一点儿都不相信这件事会是真的。伊丽莎白今天显得异常难过,表里不一,脸上还得装着笑,心里却着实想哭。父亲真是狠心要伤她的心,竟然说达西先生一点儿都不在意她。她只是纳闷,父亲的洞察力怎么这么差,又担心也许是她想得太多了,而不是父亲觉察得太少了。

第十六章

伊丽莎白没料到,达西先生并没给他朋友写不能赴约的道歉信,而是在凯瑟琳夫人来过没几天后,就跟宾利先生一起来到了朗伯恩,而且来得还很早。伊丽莎白时刻都在担心着她妈妈会说起凯瑟琳夫人来过的话,坐在那儿愁眉不展,还好贝内特太太没来得及提,宾利因为想和简单独处一会儿,就建议出去散散步。大家都同意了,只是贝内特太太不习惯散步,玛丽没工夫,于是那五个人就出去了。宾利先生和简让别人走前面,他俩落在后面,于是伊丽莎白、基蒂和达西在一块儿闲聊。三个人话都少,基蒂怕达西先生所以不敢说话;伊丽莎白正暗下决心;没准达西先生也是她那样。

基蒂想去看望玛丽亚,所以三人就朝卢卡斯家走去。伊丽莎白觉得用不着人人都去,于是基蒂一个人走了,她就鼓起胆量和他并排朝前起。现在该是她下决心的时候了,她的勇气一上来,她就马上他说:

“达西先生,我这人很自私的,因为只想着让自己高兴,却不关心是否伤害了你的感情。一想到你为我那可怜的妹妹拔刀相助,我就不由得涌上一股感激之情。我听说了这件事后,总急着向你表白我的谢意。要是我家里其他人也都知道的话,我就不只表示我个人的感激之情了。”

听了这话,达西先生语调激扬起来,充满了惊讶的语气:“真是对不起,太对不起了,你竟然知道了。要知道一个不小心就会让人误会的,搅得你会心神不宁的。我没想到加德纳太太这么不守信用。”

“不管我舅妈的事。是莉迪亚不小心说漏了嘴,我才知道是你出手相救的。当然,我肯定是打破砂锅问到底的。请允许我代表我全家,再次向你表示感谢。你那么慷慨、善良,为了寻找他们历尽艰辛,受尽了委屈。”

达西说:“要是你非要感谢,就表示你一个人的就行了。我不否认我这么做除了其他的一些原因,还有就是想讨你欢心。用不着你家里人感谢,虽然我对他们很尊敬,但我相信,那时我只想到了你。”

伊丽莎白窘得一句话都说不出来。过了一会儿,达西先生又说:“你要是大度一些,就别耍弄我了。要是你的感情跟去年四月份一样没变,请立即告诉我。我的感情和心意永不改变,但是只要你一句话,我以后就再也不会提这件事。”

伊丽莎白更窘了，也越来越焦急起来，她现在不得不开口说话。尽管她说得吞吞吐吐，但他立即就明白了，从他指的那个时候起，她对他的感情早就发生了翻天覆地的变化，现在她非常感激、非常高兴地听到他这么表白心迹。这个回答给了他从未有过的幸福感，他当即就跟她倾诉衷肠，就像一个掉进了爱河的恋人一样敏感、热情。要是伊丽莎白能看看他的眼睛，她就会发现，他脸上洋溢的喜悦使他显得更俊秀了。不过，虽然她看不见这些，但她可以听出来。他一个劲地说她对他有多么重要，使得他的一片深情越来越受到珍惜。

两人漫无目的地朝前走着，根本不在意别的事，他们有很多事情要考虑，要感觉，要倾诉。伊丽莎白不久就了解到，他俩能有现在这样相互倾诉、谅解的机会，全是凯瑟琳夫人"努力"提供的。夫人的确在回家路过伦敦时去找了达西先生，并把她这次去朗伯恩的动机以及与伊丽莎白的谈话都告诉了他，还着重强调了伊丽莎白的言行举止，因为夫人认为这些言行足以说明伊丽莎白的狂妄。夫人还相信，这么说伊丽莎白，就是她不愿意放弃，达西先生也会被说服放弃的，不过，很不幸的是，结果全反了。

达西先生说："我以前从不抱什么希望，现在总算有了。我非常了解你的性情，所以敢断定，要是你真是对我恨之入骨，一点儿挽留的余地都没有，那你肯定会坦率地直接跟夫人说明白的。"

伊丽莎白脸都红了，边笑边说："嗯，你了解我这人是很直的，肯定会那么做的。我要是当你面把你骂个狗血淋头，那我也会在你所有亲戚面前把你骂得一钱不值的。"

"你说我的那些话，不都是我该受的吗？虽然你骂的话都毫无根据，建立在错误的基础之上，但我那时对你的态度的确应该受到严厉的谴责，这是不可原谅的错误。一想到这事我就懊悔不已。"

伊丽莎白说："我俩就别再争那晚上该怪谁这个问题了。严格来说，双方都有错。不过，从那时起，我想我俩都变得客气多了。"

"我不能这么便宜了自己。回想起那时我的言语和所作所为，还有言谈举止，我这几个月来就一直处在说不出的难受中。你那些话说得好极了，我怎么也忘不了你说的那句话：'要是你能表现得绅士一些。'你无法想象得出，你不知道这句话让我有多痛苦。不过，我承认，隔了一段日子我才明白过来的，才认为你骂得很对。"

"我真没想到那句话会给你留下那么深刻的印象。我一点都没想到，那句话会让你那么痛苦。"

"我相信。我想那时你一定认为，我的情感一点儿都不高尚。你当时跟我闹翻的情景，我永远都忘不了。你那时说，不管我以什么方式向你求婚，你是决不会答应的。"

"哦！别再提我那些话了。那些回忆根本不算数的。说实话，我从心底为那些话感到羞耻。”

达西提起那封信。他说：“那封信很快就让你对我改观了许多，是吗？你在读的时候，相信这信的内容是真的吗？”

伊丽莎白就解释说，这封信给她造成了很大的影响，她对他以前的那些偏见全都没了。

他说：“我早知道了，我写的那些肯定会让你感到痛苦，但我必须那么做。我真希望你已经把信给毁了。特别有一段，就是开头的那一段话，我担心你都不会再鼓起勇气去看一遍。我还能记得一点那些话，你那时看了肯定是恨死我了。”

“要是你认为那封信对你保证对我的爱有重大作用的话，的确应该把它烧掉。不过，虽然我俩都有根据认为我这人观点易变，但我想，还没像你指的那样那么容易多变吧。”

达西先生回答说：“我写信的时候，还认为自己非常平静、冷静，但后来证实，我当时写信的时候情绪却是坏极了。”

“也许信的开头的确隐含着怒气，但结尾时就没有了。结尾那句还很慷慨呢。不过，别再想那封信了。不管写信人还是收信人，现在的感情与那时都不再一样了。应该把那些不愉快的事都统统忘掉，你应该学学我的哲学，只想着过去那些让人快乐的事。”

“我不能信你的那种哲学。你的过去完全没有什么可遭到指责的，你对这些事觉得很满意，不是因为什么哲学，而是因为你觉得问心无愧。但对我来说，就不行了，那些痛苦的回忆，我不能不去想，也不应该不去想。实际上我的一生都是自私的，虽然我本质上不那样。小时候，我只学习怎么做才是正直的人，却从不学习怎么改正我的脾气。我学习许多大道理、大原则，却被放任去学傲慢自负地遵循这些原则。不幸的是，我是独子（好多年都是家里的独生子），就被双亲给宠坏了。我的父母都很善良（尤其是我父亲，为人非常仁慈、和蔼），他们都放纵我，鼓动我，还都教我怎么自私，怎么自以为是。除了自家人，对谁都不用太关心、太看得起，至少认为谁都不如自己聪明，不如自己高贵。从我八岁到二十八岁，我一直就是那样的。要是没有遇上你，亲爱的伊丽莎白，没准我现在一直都是那样的！我现在没成那个样子，全靠你！你给我的那个教训，开始时真让人难受，但的确都是最受用的。你贬我正是恰到好处。我原以为你会毫不迟疑地答应我的求婚。是你让我明白，对一个自己认为值得去讨她欢心的姑娘，你想取悦她，绝不能摆出一副高架子来。”

“那时你认为你一定会取悦我？”

“真是那样认为的。你想我有多自负？那时我还相信，你一直在希望，期待我向你求婚呢。”

“那我的举止肯定出错了，说实在的，我不是故意的。我没想着要骗你，可是我的思想总引导我犯错。过了那天晚上后，你一定很恨我吧？”

“恨你！刚开始可能有点儿生气，但不久我就知道该跟谁生气了。”

"我都不敢问你,在彭伯利见面时你对我有什么想法。怪我不该去那儿吧?"

"的确没那么想,我只感到有些惊讶。"

"我比你更惊讶,你那么客气地对我。我的良心跟我说,我不该受到那么客气的招待。我承认,我没想到我会受到格外的招待。"

达西先生回答说:"那时,我只想尽我所能地礼貌地招待你,向你表明我并没有记仇,我不是个小气鬼。我那时希望能得到你的原谅,减少你对我的偏见,于是就让你看看你说的那些缺点,我都一一改正了。我不知道自己什么时候又起了别的念头,不过,我想是在看见你后的大约半个小时吧。"

接着他又告诉伊丽莎白,乔治亚娜非常高兴能认识她,并且为突然地断了交往感到很失望。于是俩人又自然地提到断了交往的原因,伊丽莎白很快就明白了,他在还没退那个旅馆的房间之前就已决心要陪她从德比郡开始去找莉迪亚。那时他那一副严肃、忧心忡忡的样子,也是因为在为这件事冥思苦想,可不是为了别的什么事。

伊丽莎白又向他表示感谢,但这件事太让人痛苦了,他们就没再说什么了。

他们散漫地走出了几英里地,只顾着聊天,其他的什么都不管。到最后看表的时候,才发觉到了该回家的时间了。

"宾利先生和简怎么成的!"一声惊叫,他俩又开始讨论起宾利和简的事情来。他俩订了婚,达西先生感到很高兴,宾利早把这事告诉他了。

伊丽莎白问道:"我得问一下,你感到惊讶吗?"

"根本没有。我启程的时候,就觉得这婚事快成了。"

"也就是说,你早就同意了。我猜也是这样的。"伊丽莎白就是觉得这是事实,不管达西先生怎么说不是那样的。

他说:"在我去伦敦的前一天晚上,我就跟他坦白了,我想我早该那么做的。我把什么事都告诉他了,说我以前干涉他的婚事,是荒唐、鲁莽的行为。他听了,惊讶极了。他一点都没想到会发生这种事。而且,我还跟他说,我以前总认为简小姐一点都不在乎宾利,现在发现是自己弄错了。不难看出,他依旧那么爱简,所以我相信他们在一起会幸福的。"

伊丽莎白听他朋友这么听他的话,忍不住笑了。

她说:"你跟他说我姐姐真的很爱他,是你自己观察出来的,还是去年春天听我说出来的?"

"我自己观察出来的。最近我拜访了你们家两次,我仔细观察过了,我相信她对宾利一往情深。"

"我猜,你这么一肯定,你那位朋友马上就信了吧。"

"嗯。他这人太谦恭了,也缺乏自信心。所以一遇到很急的事就六神无主,还好他很信赖我,许多事就迎刃而解了。我不得不坦白,有一次我做错了一件事,冒犯了他。我没法跟他隐瞒那件事,就是今年冬天你姐姐进城住了三个月,我知道这件事却有意没告诉他，他很生气。不过，我相信，他一听说你姐姐对他仍一往情深，气便都消了。他现在从心底里原谅我了。”

伊丽莎白想说，“宾利先生这人真是可爱，这么容易让朋友左右，真是难得。”但她忍住了。她想到现在跟他开这种玩笑还是为时过早了些。达西先生预想宾利先生肯定会很幸福的，当然还是比不上他幸福，他就一直说着这些话，直到进了家门。他俩在走廊那儿分了手。

第十七章

伊丽莎白一进屋，简就问她：“亲爱的莉齐，你们跑到哪儿散步去了？”大家都坐下吃饭的时候，家里人也都这么问她。她能说什么，只好就说他们瞎蹓跶，也不知道到了什么地儿，说的时候脸都红了。不过，不管她脸红还是其他什么神情，大家是绝不会疑心到那种事上去。

晚上很平淡地就过去了，没出什么特殊情况。那对订了婚的又说又笑，这对恋情还没公开的都保持沉默。达西先生很深沉，有什么高兴的事都从不流露出来。伊丽莎白呢，又兴奋又慌乱，知道自己正在幸福之中，却不知怎么去感觉它，因为除了这时的尴尬之外，她面前还摆着许多其他的烦心事。她在想，当她的事公开后家里人会怎么想呢。她意识到，除了简谁都讨厌他。她还担心，就算他再富贵，再有权势，也不会招人喜欢。

到了晚上，她对简打开了心扉。虽然简一般是从不多疑的，但她怎么说也不相信这件事。

“莉齐，别开玩笑了。这不可能的！——跟达西先生订婚！不，不，你别骗我了。这知道这是不可能的事。”

“天，开头就这么失败！我可是把希望都寄托在你身上了，我知道别的人肯定是不会相信我的，要是你也不相信的话。不过，我的确是在坦诚相告，说的全是事实。他还是对我一往情深，我们就订婚了。”

简还是一副怀疑的样子看着她，说：“哦，莉齐！这不可能的，因为我知道你是很恨他的。”

“你不了解这件事，就把你刚才说的话全忘了吧。也许我以前是不像现在这样爱他，不过，这种事可不能老挂在嘴边不忘。这是我最后一次提到它了，以后我就把它忘了。”

简还是震惊地看着她，伊丽莎白不得不再次郑重声明，这件事是真的。

“天哪！真是这样的！不过，现在我相信你了，”简大声叫道，“亲爱的莉齐，我要——我要恭喜你——不过你确信吗？恕我冒昧问一句——你确信和他生活在一起，你会幸福吗？”

“肯定会的。我俩早就谈过了，认为我们俩是世界上最幸福美满的一对。不过，简，你高兴吗？你愿意让他做你妹夫吗”"

“非常、非常愿意。我和宾利会为这件事高兴死的。不过，我们也曾考虑过、谈论过这事的可能性，都想着不大可能。你真的非常爱他吗？哦，莉齐！不管怎么样，没有感情可千万别结婚。你真的肯定你应该这么做吗？”

“哦，是的！要是我把什么都告诉了你，你肯定会认为，我的感觉太多了，行动的反而太少了。”

“什么意思？”

“呃，我肯定会向你坦白的，我爱他比爱宾利还深。我怕你听了会生气。”

“亲爱的妹妹，请正经一点，我想正经地跟你谈谈。快点，把我要知道的全告诉我。快告诉我，你什么时候爱上他的？”

“我也不知道什么时候开始的，这只是逐渐发展的。不过，我认为，应该是我在彭伯利的美丽庄园头一次看到他的时候吧。”

简又请求她放严肃正经一些，不过，这回才起了作用。伊丽莎白马上郑重地说她真的爱达西先生，简这才满意。相信这一点后，简也就没什么要求了。

她说："现在我很高兴，因为你也和我一样会幸福的。我一直就很敬重他，就为他爱你这一条理由，我就应该永远敬重他。不过现在，他是宾利的好朋友，又是我妹夫，除了你和宾利，他就是我最喜欢的人了。莉齐，你可真滑头，连我都瞒住了。你怎么一点儿都不告诉我，你去彭伯利和兰顿发生的事呢？我知道的那些全是别人跟我说的，你一句也没跟我说过。”

伊丽莎白就告诉她为什么要瞒她。她不想提宾利先生，不想提达西先生是因为她总是心神不宁，情绪波动。不过现在，她用不着再隐瞒了，就告诉姐姐达西先生怎么为莉迪亚的婚事操劳奔波。她把什么事都说了，两姐妹一直说到半夜。

第二天一大早，贝内特太太站在窗口就叫起来："天哪！怎么那个讨厌的达西先生又跟着亲爱的宾利来了！他可真是讨厌，干嘛没事总往这儿跑？我还想着他去打猎了，或干点别的事去了，不会来烦我们了。我们可怎么对付他呢？莉齐，你今天还得陪他出去走走，别让他总碍着宾利。”

伊丽莎白见她母亲给她一个这么方便的机会跟达西在一起，不由得笑了。不过，她又气她妈妈为啥这么讨厌达西。两位绅士一进门，宾利先生就意味深长地看着她，很热情地跟她握了握手。她马上就知道了，达西肯定把事情都告诉他了。过了不久，宾利先生就大声说道："贝内特太太，这一带还有什么隐蔽的小路，让莉齐今天再迷一次路吧？”

贝内特太太便说："那我想提个建议，今天上午就让莉齐、基蒂和达西先生去爬奥克姆山吧。这条山道很长，还很好走，达西先生还可以大开眼界，看看那儿的风景。”

宾利先生答道："这对他俩倒是挺好的。不过，我想基蒂肯定受不了。基蒂，我说的没错吧？”

基蒂承认,她情愿呆在屋里。达西先生便说他很有兴致去看看山上的景色,伊丽莎白不吱声表示赞同。当她上楼去准备的时候,贝内特太太跟在她后面对她说:

"莉齐,真是对不起你,要逼着你去应酬那个讨厌的家伙。不过,我希望你别往心里去,你也知道,这都是为了简。你就时不时应酬两句就行了,用不着跟他东扯西垃的。所以,你用不着太费力气。"

他俩在散步的时候就决定好了,今天晚上去求贝内特先生同意,由伊丽莎白去跟她母亲说。她不知道她母亲听了之后会是什么态度,她有时还在疑惑,不知道达西先生的财势会不会让她母亲对他改观。不过,不管她母亲是强烈反对这门亲事,还是会高兴得发了狂,可以肯定的是,她母亲的态度一定是很乱七八糟,一点都不体面,让人觉得她这人见识短。伊丽莎白可受不了让达西先生看见她母亲那个样子,不管是她高兴地同意的样子,还是恶狠狠地反对的样子。

晚上,贝内特先生进书房不久,伊丽莎白就看见达西起身跟了进去,她的心弦一下子绷紧了,紧张极了。她倒不怕她父亲反对,而是怕他会被这事搞得闷闷不乐。她应该想到,她是父亲最喜爱的女儿,却为了选择夫婿而伤了父亲的心,让父亲为她的婚姻大事操心受累,这也太悲惨了。她凄凄惨惨地坐在那儿等着,后来见达西先生满脸笑容地回来了,她才好受些。过了一会儿,他走到她和基蒂坐的桌子旁,边假装欣赏她干活,边小声说道:"你父亲找你,他在书房等着呢。"伊丽莎白立即就去了。

他父亲看起来很严肃,也很焦虑,正在书房里来回踱步。他说:"莉齐,你在干什么呢?你是不是失去理智了,竟答应了这个人的求婚?难道你不是一直都很讨厌他吗?"

她现在多么希望她以前的观点能明智一些,语言表达得温柔一些!但现在她必须为此付出代价,不管有多窘,必须跟她父亲坦白和解释一番。于是她慌忙跟父亲说明,她真的很爱达西先生。

"也就是说,你是铁了心要嫁给他了。是,他是很有钱,你可以得到比简还要多的衣服和马车。可是,这些东西会带给你幸福吗?"

伊丽莎白回答说:"你说我对他根本没有意思,那么,除了这条理由外,你还有其他的理由吗?"

"没有了。大家都知道,他这个人很傲慢,不讨人喜欢。不过,要是你真的爱他,这些也算不上什么。"

伊丽莎白满含着泪水回答说:"我真的,真的爱他。我爱他。实际上,他这人并没有傲慢得没道理,他非常和气的。你并不真正地了解他,所以求你别再用这些词语来说他,我会伤心的。"

他父亲便说:"莉齐,我已经答应他了。他这种人,屈驾向我恳求,我也的确不能拒绝他。现在,要是你下了决心非要嫁给他,我也同意你出嫁。不过,我劝你再想一想。莉齐,我了解你的脾气。我知道,要是你认为你丈夫没有你好,要是你并不敬重你丈夫,那你一定不会体面地、幸福地生活。你天资聪颖,若是陷入了这种不般配的婚姻里,是很危险的。免不了是失体统的、悲惨的下场。孩子,别让我看见你看不起你的丈夫,那我会伤心的。你做什么你应该自己放明白一些。"

伊丽莎白情绪更激动了,她非常诚恳、严肃地回答他父亲。她详细再三地说明,达西先生的确是她的选择,她对他的感情是渐渐培养出来的,她敢保证达西对她的感情也不是一时形成的,而是在几个月的悬而未决基础的考验下形成的。接着她还如数家珍地一一列举达西先生的优良品质,让她父亲信服了,很是愿意这门亲事。

伊丽莎白一说完,他就说:"呃,亲爱的,我没什么要说了。要是这样的话,他的确配得上你。莉齐,我不想让你和一个配不上你的人结婚。"

为了让她父亲对达西有一个很好的印象,她又告诉父亲达西先生怎么自愿地为莉迪亚的婚事奔波。她父亲一听,大为震惊。

"今晚的奇事可真多呀！就是说,达西先生安排了一切,是他促成了这门亲事,出钱替那个东西还债,还给他找了份工作！安排得可真是周到。让我省了不少麻烦和金钱。要都是你舅舅做的,那我还非得还他,不过,这些年轻人恋爱太狂妄了,什么事都擅作主张。我明天跟他说把钱还给他,他一定会喧嚣夸张地说他有多么爱你,这事也就结了。"

他又记起前几天他读柯林斯先生的信时伊丽莎白的窘样,于是开起玩笑来,把她笑了一阵才让她走——当她正要走时,他又说:"我正闲着没事,要是有向玛丽或基蒂求婚的年轻人,也让他们进来吧。"

伊丽莎白悬着的心终于放下了,她在自己房间里想了半个钟头,才能装着很平静的样子和大家处在一起。一切都太突然了,让人都来不及高兴,不过,夜晚平淡地就过去了。不用再担心什么事了,于是会让人生出一种轻松、亲切的舒服感。

晚上,当贝内特太太回化妆室的时候,伊丽莎白跟进去了,跟她母亲说了这件事。反应很非凡:贝内特太太刚听到这消息,安静地坐在那儿,一句话也说不出来。她好半天才明白过来她女儿说的是什么,当然,她平时可没这么迟钝,她一向对于家有利益可占或有人上门来求婚的事反应敏捷。最后,她平静下来,在椅子上坐着不安起来,站起来后一会儿又坐下,一会儿感到很惊讶,一会儿又祝福自己。

"天！上帝保佑！想一想！天哪！达西先生！谁想到有这种事呢？这是真的吗？哦！我的小甜心莉齐！那你可成富豪了！你会有多少钱,多少珠宝,多少马车呀！简有的那些可真是微不足道——根本算不上什么。我太高兴了——太幸福了。他可真招人喜欢！——真是英俊！高大！——哦,亲爱的莉齐！我以前那么厌恶他,你就代我跟他道个歉吧,我希望他别把那放在心上。亲爱、亲爱的莉齐！他城里有座房子！房子里有许多好东西！我三个女儿都结婚了！一年一万镑的收入！哦,上帝！这些事怎么都让我碰上了呢,我都快要发疯了。"

毫无疑问,这些话足以证明她同意了。伊丽莎白很庆幸只有她一个人听见她母亲的这番滔滔不绝的讲话，听完后就走开了。她回自己房间还不到三分钟，她母亲又急匆匆跟来了。

她母亲大声对她说："我的小宝贝，我光想这事，忘了别的事了！一年一万镑的收入，可能还要多！就像王公大臣一样富阔！要有特殊许可证！你一定要，也应该有特许结婚证才能出嫁。但，我的小宝贝，告诉我达西先生最爱吃的菜是什么，明天我好让人准备。"

这个兆头可不好，她母亲可能要在达西面前丢丑了。伊丽莎白认为，虽然达西先生对她的深情已经被确认，而且家里人也都同意了，可还是有些事让人担心。不过，第二天，事情比她料想的顺利得多，因为很庆幸，贝内特太太对她这个女婿还是有点敬畏，不敢贸然地跟达西先生搭腔，只是尽她所能地吹捧他，恭维他见识远大。

伊丽莎白还很高兴地发现，她父亲也正在尽心尽力地跟达西先生套近乎。不一会儿，贝内特先生便跟伊丽莎白说，他越来越敬重他这个女婿了。

他说："我对我的三个女婿都很敬重。也许威克姆是我最喜欢的一个。不过，我想，我对你的丈夫跟对简的丈夫一样，都喜欢。"

第十八章

伊丽莎白兴头儿一来，便调皮起来，非要让达西先生说说他为什么会爱上她。她说："你是怎么开始喜欢我的？我知道，你一旦有了个开头，便会顺顺利利地干下去。不过，是什么让你开了个头呢？"

"我也说不准是什么时候，什么地方，你的什么表情，什么言谈，让我开始喜欢你。时间隔得太长了。当我知道的时候，我发现自己已经爱上你了。"

"最初，你不可能对我的美貌动心，至于我的态度、举止，都近乎于不礼貌，每次和你交谈，总是讽刺你让你不好受。现在，你得老实地说，是不是我的任性无礼才让你喜欢上我的？"

"是你的聪慧敏捷让我爱上你的。"

"你最好马上说是因为我的任性无礼，就是因为这个。事实是，你讨厌奉承恭维，讨厌过分殷勤的礼节。你讨厌那些说话、表情、思想都只是为了讨你欢心的女人。我不是那种女人，所以引起了你的兴趣，打动了你的心。要是你真的一点儿都不和气，那我说这些话，你肯定会恨死我了。不过，不管你怎么痛苦地来掩饰你自己，你的感情却一直都是高尚公正的。在你心里，你深恶痛绝那些对你奉承恭维的人。瞧——我都帮你解释清楚了。要是真的把所有的事都考虑一下，我也觉得你做得非常有道理。说实在的，你不知道我这人到底有些什么实际优点——不过，谈恋爱的人们可从不会去想这些问题。"

"当简在内瑟菲尔德生病的时候，你那么精心地照顾她，这不算优点吗" "简为人太好啦！谁会不关心她呢？不过，不管怎么样，就当它是优点吧。你这么夸我的优点，你就尽可能地夸吧。作为报答，以后我可会经常找时机跟你争论，嘲笑你。现在，我该开始问你了：为什么你总这么不愿意直接提出来呢？你头次来拜访和后来在这儿吃饭的时候，为什么你总躲着我呢？特别是你来拜访的那次，为什么你看起来，好像一点都不在意我呢？”

“因为你那时表情严肃，一声不吭，我一点儿勇气都没有。”

“可是，我那时觉得很尴尬。”

“我还不是一样。”

“你来吃饭的那次，本可以跟我多谈一些的。”

“要是我并不是那么爱你，没准是可以多谈谈。”

“真是不幸，你给出的理由很合理，我也很合理地接受你这个理由。不过，我纳闷，要是我不来搭理你，你会拖多长时间呢；要是我不问你，你什么时候才会开口跟我说话呢？我下决心一定要对你表示感谢，感谢你那么好心地帮助莉迪亚。没想到，这决心倒起了巨大的作用。我想，起的作用真是太大了。要是我俩是违背了诺言才得到现在的舒适，那么把道德放在哪里了呢？我不应该提这事，永远都不该提。”

“你用不着伤心，这事在道德方面肯定说得过去。凯瑟琳夫人无理取闹，努力想拆散我们，谁知适得其反，反而把我所有的疑虑都打消了。不是因为你迫切想要感谢我，我才得到现在的幸福的。我才等不及呢，非等你开口吗？姨妈的那些话给了我希望，于是我下决心要把所有的事都弄得一清二楚。”

“凯瑟琳夫人起的作用可真不小呀，她真应该感到高兴，因为她可喜欢自己能派上什么用场呢。不过，你得告诉我，你来内瑟菲尔德有什么贵干？只是想骑着马来到朗伯恩，发一阵窘？或者是打算做点什么正经事？”

“我的真正目的是来看看你，想判断一下，如果可能的话，看看我是否还有希望让你爱上我。我对外宣称，也对自己宣称，我来这儿，是想看看你姐姐是否还钟情于宾利。如果是的话，我就跟宾利承认错误。我已经向他承认错误了。”

“那你有没有勇气向凯瑟琳夫人宣布我们之间的事？”

“伊丽莎白，现在我要的可能不是勇气，而是时间。不过，这事是势在必行。要是你给我一张纸，我马上就给凯瑟琳夫人写信。”

“要是我不急着自己要写封信的话，我一定会坐在你身旁，像另一位小姐都会过的那样，欣赏你那漂亮的书法。不过，我也有封信要写给我舅妈，给她的信不能再拖了。”

因为伊丽莎白不愿意承认她舅妈对她和达西先生之间关系的过分高估，所以一直没有给加德纳太太写来的那封长信写回信。不过，现在若是把这条好消息告诉她，她肯定会高兴死了。但伊丽莎白也有些惭愧，因为这事过后三天才让舅舅、舅妈知道，于是她立即提笔写信。

亲爱的舅妈，多谢您的好心，给我寄来那么长的信，还和颜悦色地、让人满意地说明每一个细节。我早就该回信向你表示感谢，但是，说实在的，我当时有些生气，也就没有给你写回信。你的那些猜测太不符合实际了。不过现在，你愿意怎么猜就怎么猜吧，尽你可能地想象，展开你那想象的翅膀任你想，除了别认为我已经结婚了，你想的那些可能都是真的。你一定要回一封信，在信上尽你可能地、比上一封还要多地赞扬他。我再三感谢你，幸好你没让我去湖区那儿。我那时傻得真是可爱，竟想去那个地方！你那个主意——就是驾着两匹小马去游逛园子——真是太让人高兴了。我们会每天都绕着彭伯利庄园游逛的。我真是世界上最幸福的人！也许别的人以前也曾说过这句话，但没有一个人像我这样真正是有感而发。我甚至比简还幸福快乐，她只是在微笑着，我却是大笑。达西先生从他爱我的心中拿出一点来向你问好。圣诞节时，请你全家都要来彭伯利过。

您的外甥女

达西先生给凯瑟琳夫人写的信则是另外一种格调，而且，贝内特先生给柯林斯写的回信，跟他们俩写的那两封又完全不同。

亲爱的先生：

真是不好意思，还得麻烦你再向我祝贺一次。伊丽莎白很快就要和达西先生结婚了。请您还是尽您所能地劝劝凯瑟琳夫人。不过，如果我是你的话，我肯定是站在达西先生这一边。他给你的好处可比夫人给你的还要多。

你忠诚的……

宾利小姐向她哥哥祝贺他马上就要结婚了，贺词虽然有感情，但没有一点儿诚意。她还给简写信，表达了她的高兴，并把她以前的那套惺惺作态的情意又表白了一遍。简这次没有被她骗着，不过她还是有些感动。虽然简一点都不信任她，但还是禁不住给宾利小姐写了一封措辞很和气的回信，宾利小姐真是受不起这封信。

达西小姐收到她哥哥热情洋溢寄出的喜讯，立即回信表达了她跟她哥哥一样的高兴心情。写得满满的四张信纸还不够表达她的欣喜之情，她那渴望被嫂嫂疼爱的殷切心情表现得淋漓尽致。

柯林斯先生还没给贝内特先生回信，柯林斯夫人也没给伊丽莎白来信祝贺，朗伯恩这一家就听说柯林斯夫妻到卢卡斯家去了。他们突然来访的原因很快就清楚了。凯瑟琳夫人收到她外甥的信，看了信的内容后大为恼怒。夏洛特却为这门亲事感到很高兴，于是便急切地跑出去避避风头，等这件事风平浪静了再回去。在这个时刻她的朋友跑过来,伊丽莎白由衷感到高兴,但是,在他们会面的时候,当伊丽莎白看见柯林斯先生对达西先生大献殷勤,尽他所能地奉承恭维,她有时想她为这高兴付出的代价也够大的了。然而,达西先生非常平静地忍受着。他甚至还能听威廉·卢卡斯爵士絮絮叨叨地说他把这个城市最明亮的珠宝给摘走了,说希望以后能经常在宫里见面,还摆出一副非常得体镇静的样子。直到威廉爵士走得不见人影了,他才无奈地耸耸他的肩。

也许叫达西先生更难以忍受的是菲利普斯太太的粗鄙。菲利普斯太太和她姐姐一样,见宾利很随和,所以对他说话就很随便;但也是对达西先生敬而远之,不敢贸然地就跟他说话。不过,她一开口说话,显得总是那么粗俗。虽然菲利普斯太太敬畏达西先生而显得比较安静一些,但并没有让她变得文雅一些。伊丽莎白尽她可能的让达西不受这两个人的一再纠缠,努力让他只跟自己交谈,跟家里那些不会让他感到难受的人交谈。虽然这样做让她觉得很不舒服,把谈恋爱的乐趣都抹杀了,但却给未来增加了希望。她高兴地盼望着他们离开这个不招人喜欢的人圈子,去彭伯利享受他们舒服而优雅的两人生活。

第十九章

贝内特太太最幸福的那一天,就是她那两个最可爱的女儿结婚的那天。不难想象,她之后会多么意气风发地去拜访宾利夫人、谈论达西夫人。看在她一家人的面子上,我渴望自己能说两句:她如此称心地为她这么多的女儿找到了如意郎君,居然产生了可喜的效果,叫她在她的后半辈子变成一个非常明智、非常和气、见识十分广的女人。即便她时而还神经兮兮,总是很愚蠢,可对她丈夫来而言,或许是件好事,他可以享受享受这不平凡的家庭乐趣。

贝内特先生十分想念他的二女儿。他很少为别的事跑出门,可他很疼伊丽莎白,因此常常往她那儿跑。他非常喜欢去彭伯利,尤其是当别人想象不到的时候去。

宾利先生和简在内瑟菲尔德只呆了一年。即便宾利先生性情温和,简温柔善良,他俩也不愿意和贝内特太太、梅里顿的亲戚住得过于太近。于是,宾利先生在德比郡附近的一个郡买了一座房子,满足了简和伊丽莎白的愿望。两姐妹住的地方相距不过三十英里,这就给姐妹俩又增加了一个幸福的源泉。

基蒂很多时候跟她两个姐姐住在一块,于是获益颇多。跟一帮比平日高贵的人接触,她有很大的改进。她不像莉迪亚那样轻佻放荡,她受到适宜的照看和约束,又摆脱了莉迪亚给她带来的影响,就变得不再那么狂妄、愚昧、庸俗了。为了不让她再继续去受莉迪亚的不好影响,家里也当然非常谨慎地约束着她。虽然莉迪亚,即威克姆夫人经常邀请基蒂去她那儿和她住,说她那儿有许多舞会和年轻人,可贝内特先生从未答应让基蒂去她那儿。

玛丽是留在家里的唯一的女儿,她总被她母亲搅得无法学习,因为贝内特太太可耐不住一个人单独坐着。玛丽也被迫出来应付一下,可是,她还是能从道义上说明每一次的早晨的来访。她也再不为因为样貌逊色于姐妹们而感到烦恼,贝内特先生甚至怀疑,玛丽是心甘情愿地接受这种变化吗。

至于威克姆和莉迪亚,两个姐姐的结婚可没有让他们的性情发生一点改变。威克姆现在不得不烦闷地相信,伊丽莎白现在可明白他这人的忘恩负义和谎言了,她之前可是毫不知情的。不过他却满不在乎这些,还想着达西能给他谋个差事呢。即便他本人没这么指望过,他妻子至少有这个意向。这可以从伊丽莎白结婚时,莉迪亚给她写的一封信中看出来。那封信内容如下:

亲爱的莉齐:

我祝福你幸福快乐。要是你爱达西先生有我爱威克姆的一半多,那你肯定能幸福的。你如此富有,真叫人感觉无比惬意。希望当你无所事事的时候,能惦记着我们。我想,威克姆肯定愿意在宫里谋个差事干。我认为,要是没人给我们一点救济的话,我们实在是没有足够的钱来维持生活。任何差事都行,一年有三四百镑的收入就可以了。但是,要是你实在不情愿的话,就别勉为其难地跟达西先生说了。

你的……

伊丽莎白肯定不想跟达西先生说啦,还回信极力劝说莉迪亚不要提这种要求和不要抱这种期待。可是,她费尽心思从自己的开销中节省出一些,用以减轻一部分他们的经济危机。她一直就非常明白,他们两个收入的确不多,可却要铺张浪费,不为将来做丝毫打算,一定是生活窘迫到了一定地步了,难以维持生计了。每逢他们搬家的时候,简或伊丽莎白都会收到他们的求救信,想让她俩寄些钱给他们还账。不过到了和平年代,士兵退伍回家了,他俩的生活依旧那么不稳定。他俩常常为了住便宜房租的房子搬来搬去的,最后却是花了很多不该花的钱。威克姆对莉迪亚的爱渐渐冷淡了,莉迪亚对他的爱还长久那么一些。无论她多么年轻,脾气多么刚烈,她仍然把婚后应该维持的名声顾全得很好。

即便达西先生一直不肯让威克姆来彭伯利做客,可看在伊丽莎白的份上,还是帮他找了份差事。莉迪亚不时去彭伯利拜访,也是趁威克姆去伦敦或巴思自己寻乐的时候才跑去的。他们俩却不时去宾利家做客,还时常长时间地住着不走,甚至宾利如此温和的脾气都受不了,竟也说要给他俩下逐客令的暗示。

宾利小姐对达西先生的结婚感到十分伤心,可是,她想保留合理去彭伯利做客的权力,也只好把不满吞进肚子里。她比之前更喜欢乔治亚娜了,对达西先生也差不多和之前那般含情脉脉,也尽力补偿自己以前对伊丽莎白的不敬之处。

彭伯利现在就成了乔治亚娜的家了,她和伊丽莎白之间的亲密感情正是达西先生所期待的。她俩能照自己想的那般,惺惺相惜。乔治亚娜非常推崇伊丽莎白,可最初的时候,她对嫂子用那种生动、淘气的口吻跟她哥哥说话简直是震惊极了,近乎于惊愕了。她对她哥哥的感情无非是敬重,差不多都超出了兄妹之情,现在看见她哥哥竟然成了公开的取笑对象了。她的思想接触了很多她之前从没有见识过的知识。经过伊丽莎白的教导,她也开始清楚,一个男人可以忍受他的妻子对自己放纵,却绝不允许一个比自己小十来岁的妹妹淘气捣蛋。

凯瑟琳夫人对她外甥的这个婚姻大动肝火。达西先生写信让她知道结婚的事,她却毫无顾忌地把自己的真实想法显露出来了,写了封回信把他骂了个狗血淋头,尤其是把伊丽莎白批得一塌糊涂,在一段时间里两边都断了往来。后来,伊丽莎白说服了达西先生,他也考虑不在乎姨妈的那些冒犯,跟她和好。凯瑟琳夫人固执了非常之久,心里的那些愤恨也就消了,或许是因为她非常疼爱她外甥吧,或许是想看看伊丽莎白如何表现的好奇心重吧。即便彭伯利有了这样的女主人,并且她的舅舅舅妈时常来这里做客,玷污了这里的树木,她仍旧是放下尊严到彭伯利来看他俩了。

达西和伊丽莎白跟加德纳夫妇一直有着最深厚的情义,他俩一直都很爱加德纳夫妇,并且十分地感谢他们。原因是正是加德纳夫妇把伊丽莎白带到德比郡,才让他俩成为夫妻的。